王干文集

王干 著

灌水时代

作家出版社

图书在版编目（CIP）数据

灌水时代／王干著 . -- 北京：作家出版社，2018.1（2021.1重印）
（王干文集）
ISBN 978-7-5063-9710-0

Ⅰ . ①灌… Ⅱ . ①王… Ⅲ . ①散文集—中国—当代
Ⅳ . ① I267

中国版本图书馆 CIP 数据核字（2017）第 229864 号

灌水时代

作　　者：王　干
书名题字：沈　鹏
责任编辑：赵　莹
装帧设计：鸿儒文轩 · 书心瞬意
出版发行：作家出版社有限公司
社　　址：北京农展馆南里 10 号　　**邮　　编：**100125
电话传真：86 – 10 – 65067186（发行中心及邮购部）
86 – 10 – 65004079（总编室）
E – mail: zuojia@zuojia. net. cn
http: //www. zuojiachubanshe. com
印　　刷：三河市华东印刷有限公司
成品尺寸：155 × 225
字　　数：330 千
印　　张：28.5
版　　次：2018 年 1 月第 1 版
印　　次：2021 年 1 月第 2 次印刷
ISBN 978-7-5063-9710-0
定　　价：78.00 元

目录

灌水时代

·作家地理·

·新作快评·

赵薇的大眼睛

灌水时代

批评对我来说，是条鱼

有时候很清醒，更多的时候，是困惑。清醒是短暂的，瞬间即逝的，把握不住的，而困惑是长久的，挥之不去的，我甚至认为就是与生俱来的。我在不清醒的时候就写评论，在评论的过程中企图洗脱自己的困惑，显然，那些平庸的作品让我清醒，而伟大的作品则加浓我的困惑。我是一个困惑的人，尽管批评本身要求我清醒如圣，我自己也经常作清醒状，但我知道我的内心是困惑的，我自认为写得好的文字都是在表达我的困惑，写得清醒而又有点自得的往往是不太好的文字，甚至是虚伪的文字。

我是一个极度痛恨虚伪的人，我曾经把自己的终身的使命定为要与虚伪作斗争，像契诃夫终身要与小市民的庸俗为敌一样。但我发现，难。有时候自己也不得不容忍那些虚伪的言辞和虚伪的表达，因为在从事文学批评活动以后，发现彻底的真诚会损害别人，当然也会损害自己。在一个文学平庸的年代，真正的批评往往会感到生不逢时，或者说真正的批评家也只能平庸下去。如果显得不平庸，就必然会写些糊涂的文字。

关于文学的真理让亚里士多德和孔子这些先哲们差不多已经说尽，我们能说的只是重复和再次重复。依照文学的经典条文去套文学文本，是件简单而无聊的事。我们显然不能满足于这样的表述方式，我们努力在寻找能够不同以往的方式，十年前我在出评论集时曾经想把自己的批评定位于“南方的文体”，现在想来是词不尽义，“南方”作为一个地域文化显然会影响工作者的思维，更多意义上是风格学界面上的。而今天我发现，批评对我来说，是条鱼，它游弋于理论与作品的河流之间，沉浮在理性和感性的水波当中，永无尽头，也接触不到真正的彼岸。

当文学的浪潮汹涌澎湃的时候，这条鱼的游姿也会波澜壮阔甚至会有点“鲲鹏展翅九万里”的英雄气概，当文学趋于平静的时候，这条鱼就折腾不了大的声势，在水中像一片水藻一样平常。有时候也有些可悲，文学是水，批评是鱼，这么一种鱼水关系，批评对创造的依赖是不言自明的。但不要以为作家就是文学的河流，作家也是鱼，他们和批评者一起创造文学的河流，他们同在文学的河流里同呼吸、共命运。

在这样的情形下，我们来到了网络时代，或者说网络来到了我们的时代。网络的一个特征就是你说我说大家说，一个真正的多元共存的空间，虽然网络也同样不能幸免报刊审查制度，但网络对发表权、言说权的极大解放超过任何时期，对满足广大人民的发表欲也是功德无量的历史性里程碑。当然极度自由的言说不仅让言说失去了分量，也让自由失去了分量。后工业时代和电脑时代搅拌在一起，就是让很多具有分量的事物降低分量或者变得没有分量，让一些没有分量的东西变得有分量。比如宫殿的建造在过去是何等重大的历史事件，而在今天，一个非一流的房产开发商在短时间内就可以营造一座宫殿式的建筑，并且用自己公司的名字甚至个人的名字进行命名，宫殿这么庞大的叙事一下子失去了分量。一个电视观众因为收看了电视回答了几个近似弱智的问题，就因此被邀请到电视台奉若贵宾，享受近乎国宾的礼仪，而他可能获得的只是厂家滞销的一两件电子产品。在平等自由的意义上来说，国家、皇上的宫殿和开发商的楼盘、普通市民的房屋都是具有同等居住价值，而在以前，普通百姓是不能居住在那么豪华那么高大的宫殿似的建筑里的，而现在建筑冲破了等级森严的宫殿制度，旧时王谢堂前燕，飞入寻常百姓家。

网络上自由言说的出现就像城市里四处挺拔而起的宫殿似的建筑，而我们这些以前文字和语言的宫殿的制造者们看着那些不顺眼的“楼盘”，心里难免有些酸意，他们肆意的不规范的言说让我们的言说分量变得轻起来，他们的无拘无束让我们的文字越发显得过于格式化和宫廷腔。我们曾经以为自己作为社会的良知、作为历史的见证而存在，甚至把自己作为政府的监督者和批判者而存在，在网络的自由言说群面前，文学就显得有些多余和矫情。尽管无数的人想通过网络进入文学也有无数的人由网络进入了文学，但文学已经是旧的宫墙，并不是真正的通道。我的困惑依然是困惑，我的清醒依然是不清醒，我的文字依然是怀疑，我的言说依然是灌水。

“灌水”，这个网上发明并流行的词实在是太妙了，我第一次听我女儿说这个词的时候，我想到的是小学课本上几个著名的关于水和灌水的故事。一则是说鸟儿渴了，看到瓶子里有半瓶水，但瓶颈太小，鸟的脖子伸不进去，鸟儿就衔来小石子，填进瓶里水就浮上来了，鸟儿喝上了水，解了渴。另一则是说司马光砸缸的故事，童年的司马光看到小孩掉进水缸里，众人不知所措，司马光搬起一块石头砸破水缸，水流出来了，落水者得救了。另一个故事是说小明（好像是小明，或者其他什么小）和一帮小朋友玩皮球正起劲的时候，球突然掉进了一个比较狭小的树洞里，拿不出来，大家都很着急，小明想出了一个好办法，就是用盆装水往树洞里灌水，不一会儿，皮球就浮出来了，游戏继续进行。很显然，这几个故事都是农业文明智慧的产物，带有强烈的农耕色彩，小石子，树洞，水缸（肯定是太平缸，用来消防的），皮球而非足球，它们都与水有关，或者是取水、或者是放水、或者是灌水。我怎么也没想到网络如此后现代的载体竟会使用农耕时代的那么土的语符，等我后来发现用它来比喻网上发帖子、发言实在是“绝配”。灌水，它彻底颠覆了我们多年来对“发表”的崇拜，作为那个时代的文学青年，作为那个时代的书写者，我们知道发表是怎样的艰难，而发表又是怎样的荣耀。在一个意识形态为中心的年代，发表虽然没有更多的经济利益，但却有可能因此改变命运，因而到现在，还为发表而焦虑。记得我在高邮工作的时候，有一个文学青年怎么写也发表不了，终于有一天，他向全城朋友宣布，他的文章在省电台“发表”了，大家惊愕之余又为他高兴，但没想到，只是他点播的一首歌被播了。

可怜的发表欲。

发表是证明自我能力的一种方式，发表在当时不只是文章公布于众，发表还意味着拥有话语权，至少参与了话语权的分配。虽然文学在边缘化，但网上还是有那么多的文学网站，还是有那么多的人在写着、“发表”文学作品，如果点击率高了，被转发了，还会因此出点名。因此，有无穷无尽的水在灌，有无穷无尽的话语在流淌。

我不知道每天有多少人在灌水，他们究竟为什么而灌水，但我知道我的写作其实也是一种灌水。我曾经把自己的书写看得极为神圣，也曾经觉得自己的文字多么庄严，也曾经认为自己的批评应该如何拒绝虚伪，尽管我到现在并不认为那种神圣、庄严、真诚是多么可笑，但我现在也觉得自己的写作其实也是一种灌水。这不仅在形式上，我和那些灌水者拥有同样的面貌和同样的自由，更重要的是我们面临同样的话语纷杂的灌水时代，我们已经丧失了不灌水的可能，生存着就意味着面对灌水，不仅是网络，电视、报纸、刊物以及所有的媒体都在以自己的方式在灌水，我们别无选择，我们可能在沙里淘金，也可能在稀释我们已经成型的精神之液。和那些年轻的新的灌水者相比，我这个老灌水者多了一份责任和虔诚。

我把新近写的评论和这些年来没有收到书里的评论放到一起，起名为《灌水时代》。一看，最早的居然是 1986 年写的《我的树在哪里》时间跨度居然达 20 年了。一想，我为这世界灌了多少水，浪费了多少纸张和人力，而且，我今后还得继续灌下去，像网上说的那样，生命不息，灌水不止。只不过有时候我觉得我在往瓶子里加石子让水浮上来，有时候则要砸一砸水缸，要让水流出来，更多的时候可能是灌水，和我的同行一起，一盆又一盆，往那个不知底细的树洞里灌水，要让皮球从树洞里跑出来，这样过了一年又一年，水有时候把自己都淹了，都泡了，皮球还是不上来，真禁不住要怀疑那个树洞里还有没有皮球的存在。

等水大到把自己漂浮起来的时候，我便成了一条鱼。或者说，这些年我已慢慢忘记了那个皮球的存在，在水族世界里游弋着、呼吸着、张望着，行于所当行，常止于不可不止。

2005年春节于北京润民居

文化视域

作者死了　读者也死了

尼采说，上帝死了。

巴特说，作者死了。

王干说，读者死了。

尼采在高呼上帝死亡的时候是一种预言也是一种启示，在他动用如此惊世骇俗的语言暴力时，不知道是否畏惧冥冥之中神祇对他的惩罚。当尼采的意志哲学被纳粹头目希特勒盗用之后，第二次世界大战给人类精神带来的满目疮痍至今未能平复。人们发现，与其让魔鬼统治人类还不如让上帝活着好。然而，死去的上帝已不能在人类精神中复活，对秩序合法性的损害，对信仰的亵渎和对真理的消解几乎变成一种行为艺术，并有理论家为其辩护。因为真理和秩序都是典型地以一种“被置于中心地位”的方式设想出来的（见［美］约翰·W·墨菲《后现代主义对社会科学的意义》一文）。让旧日的上帝重新君临我们的社会生活和精神生活，只是现代都市生活里一支感伤的怀旧的田园牧歌而已。

法国学者罗兰·巴特将上帝之死演绎到文学研究和文学创作中

就产生了一个著名的论断：作者之死。他说："在写作多重体中一切均可拆解，但一切均不可破译；结构在每一点，每一层次上都可被追溯，'被抽丝'（像袜线那样），但不存在底层的东西；写作不停地设定意义，为了不停地将它驱散，对意义进行系统的消除。文学（从此以后最好说写作），正是这种方式，通过拒绝将一个'隐秘的'、一个最终的意义赋予本文（以便赋予作为本文的世界），释放出一种可称作反神学的活动。归根结底就是拒绝上帝和其同体物——理性、科学、法则。"（《形象·音乐·本文》）这显然是尼采余音在文本上空震荡产生的余波。罗兰·巴特的主张是那样的激动人心而富有诱惑力："文学作品中（在作为作品的文学中），至关重要的是使读者不再是本文的消费者，而是本文的生产者"（出处同上）。作者的死亡与读者的诞生便成为文学理论界一时广为传播的佳话，阅读的自由与文本的非专利性使人们看到了一个民主对话时代的曙光。

这是要付出代价的，"读者的诞生必定以作者的死亡为代价"，作者之下的着重号并非我所为，而是罗兰·巴特自己加的。这意味着什么？福柯曾无可奈何地宣布"人死了"，利奥塔德则悲凉地告诉人们"知识分子死了"，而作者这样的在文本里的知识分子的符号自然也会死去。长期以来，作家（知识分子）始终充任一个启蒙者的角色，他一方面要作为意识形态的代言人，提供某种终极价值和思想工具，另一方面又受民众的委托来表达民众的意思。这样复杂的社会角色让作家蒙上神秘乃至神圣的光泽，成为一种神坛上的宣谕者与进谏者。遥想新时期文学发轫之际，作家要不是扮演为民请愿的谏客形象，就是时常发出类似"救救孩子"这样忧国忧民的警世之言，他是凌驾于民众之上的传道士与精神执法者。但这一叙事激情很快遭到了阻击，一方面是民众对启蒙理想日益陌生，而对"被拯救”语境的厌烦，对作家越显空洞的示谕失去信任，从迷信、迷恋的心理误区走出；另一方面社会生活发生了转型，市场经济，商业浪潮，淡化了意识形态，动摇了文化启蒙者地位的合法性与话语的权威性。作家已不大可能像过去那样至高无上旁若无人地宣谕真理播撒价值，也不能再以民众的代言人或民众委托者的身份去为民请愿了，他已不再是会场大厅中心的主讲人，虽然作家仍幻觉自己处于中心的位置，但听众的走失与拒绝已不可遮拦地进入视野，挽留听众与吸引读者迫使当代作家走下神圣的讲坛去寻找读者，这时候，原先笼罩着佛光的作者便消亡了。

读者，在西方阐释学和接受美学的范畴内有着多重而复杂的含义，形成了一种概念流。德国学者埃尔夫 · 沃尔夫在一篇题为《意向的读者：文学概论导论的思考与楷模》就提出了想象读者、现实读者、理想的读者、被理想化的读者和内在读者的概念。姚斯和伊瑟尔则赋予读者以“文学史的仲裁人”的历史重任（《接受美学与接受理论》,〔德〕H·R· 姚斯著〔美〕R·C· 霍立勃著，周宁，金元浦译，辽宁人民出版社 1987 年 7 月第一版。）罗兰 · 巴特呼唤诞生的“读者”与姚斯等人的“见证人”之说在取向上正好相逆。姚斯是从研究者的角度就文本的生成乃至文学史的生成意义上来肯定读者的地位和价值，而巴特则从写作者的角度要求文本与读者同时诞生。姚斯是一种客观性的假设与论证，而巴特则是主观性的要求与号召，他要把原先文本的消费者改为文本的生产者，文学史已不单是读者的接受史，文学史还应是读者的创作史。巴特的“读者”与我们今天“发行量”意义上的读者有一种交叉关系，后者大部分人是文本的消费者，也有一些人参与了文本的生产。一部《水浒》，从古至今有无数的“读者”，绝大部分是消费者，但有些人是本文的生产者，像那些续书者，还有那些添油加醋的读书者以及戏曲改编者，都不是被动地接纳文本而是参与创造，金圣叹更是一位了不起的“生产者”，他大笔腰斩《水浒》之后，七十一回本的《水浒》便成为作者和读者共同创造的新文本。这一经典性的著作的诞生，说明罗兰·巴特理论有他的可靠性。“消费者”与“生产者”还可与罗兰·巴特另外的两个术语进行互文性的阅读，这便是“可读性”与“可写性”，“可写性”实际便要求读者成为文本的生产者。

我最近撰文谈论“读者的诞生”实际仍是借用巴特的概念。（见拙作《新时期文学的晚钟暮鼓》；刊于《天津社会科学》1993年第4期）显然，中国作家已感受到读者的存在，他在写作时开始注意到面对谁在写作了，而不像过去那样只是充当代言人，示谕者，传播器，以一种请君入瓮的方式将读者强行纳入叙述的通道，而是“期待接受者的出现”（伊瑟尔语）。这些作家的“期待”虽然还未完全进入巴特企盼的理想状态，但已由请君入瓮的指令性计划叙述方式变成了守株待兔的自由操作程序。请君入瓮虽是强者的话语，但是以权力支配尚方宝剑为前提，守株待兔不免笨拙，却是一种渴望自由对话的姿势。一些作家在不损害作者的前提下进行“可写性”的艰辛努力，努力给读者在作品中留下广阔的阅读空间，以提供“生产”的可能，几乎是一种全方位的开放，像格非便始终坚持罗伯·格里耶的叙述立场，“制造出一个更实体，更直观的世界，以代替现有这种充满心理的、社会的和功能意义的世界”（《未来小说的道路》），他的《青黄》《敌人》《边缘》等都是以与读者对话姿势写作的经典性小说。

“新写实”也是寻找读者的一种文学话语。作为一种理论设想，作家、作品、理论之间缺少严密的理论构架与统一规范，但“新写实”作为一次写作态度的调整却是群体性的一致。无论是刘恒、刘震云还是方方、池莉，无论是苏童、余华，还是王朔、叶兆言，他们都不约而同地降低了小说的叙述视点，放弃了原先的精英立场，剥去启蒙者的装甲服，以非启蒙的灰色面貌开始讲述故事。苏童以女性与孩童的视角交替出现在历史与现实的变焦图景之中，叶兆言则重新回到古代话本话语的操作程序中，刘震云虽仍穿着契诃夫的战袍，但契式解剖刀的锋芒在“一地鸡毛”面前黯然无光，刘恒虽有鲁迅的深刻，但多了阿 Q 的自慰与闰土的麻木，方方套用鬼魂，池莉学会了“流水账”。王朔则是用反启蒙的方式进行写作的（王朔把写作称为码字），在王朔的小说里，作者“已丧失了最后一点尊严和体面，变成了几个消费文化的痞子和混混可以自由使用的代码”（张颐武,《对“现代性”的追问》，刊于《天津社会科学》1993 年第 4 期）。“千万别把我当人”这样的“贱话”赫然成为长篇小说的标题，而“一点正经也没有”“过把瘾就死”这类非启蒙反文化的词语则成为一种生活价值的新广告词。在《顽主》里,“作家”与“流氓”画上了等号，这已经不是巴特那种文本意义上的死亡，而是生活的格局。王朔寻求一种低于读者的姿势讲述故事，目的在于唤起读者的介入意识。原先的作者神话便委地如泥，自然消解了。

作者的死亡并没有能够挽救文学的颓势，作家在把“叙事权”“生产权”无条件地拱手让出之后，并没有造就出真正的“读者”。王朔的走红没有诞生罗兰 · 巴特所期望的读者而是迎合并滋生出一大批的文本消费者、语言的挥霍者。作家们放弃“射击”的灌输行为之后，读者之兔并没有如期来临，厄普代克说，兔子，跑吧！那些痴情期待读者光临的“作者”在丧失原先的自尊之后反而成为韩非子笔下守株的宋国农夫。

也许今天的文学已经没有读者，人们需要文学，其实需要的是一种畅销读物，像需要可口可乐、麦当劳、卡拉 OK 那样的消费品。人们对王朔的喜爱并不是出于一种阅读的热情，而是一种文化消费性的需要。人们对街头报刊书摊流行读物的购买欲是为了满足眼睛等平面化的感官刺激，不是解决阅读这样深层次的心理需求与文化创造。电视的迅速普及，培养了一大批观赏者、一大批以平面观赏为终极目标的消费者，人们已经懒得像过去那样从铅印的字里行间去寻找人生哲理和白日梦了。清晰的画面与清晰的声音让人的潜在心理与欲望昭然大白，无需再躲在铅字后面作创造状。因此不论作家怎样变换姿势与读者亲近，也不能使读者成为真正的阅读者。现代声屏艺术的发展，窒息了作家的创造力，也窒息了读者的想象力与创作愿望。现代社会是观者的时代，不是读者的时代。

名噪一时的法国“新小说”派也是著名的“读者主义”者，他们反对在小说中采取启蒙的人道主人方式来“强奸”读者。但他们最后被人们承认，不是因为出现了他们所期盼的喜好参与有创造力的读者，而是观众。他们参与电影的制作，而《去年在马里安巴》的改编成功，使“新小说”派在法国受到推崇，并继续使青年一代着迷（克洛·莫里亚克语，出自柳鸣九编选《新小说派研究》，中国社会科学出版社 1986 年版）。在今日中国大陆，我们发现一些先锋作家的小说也因为某部作品被改编为电影之后特别是在国际上获奖之后会有相对应的销售量。苏童在中篇《妻妾成群》被张艺谋改编为《大红灯笼高高挂》以后成为明星作家，而另一部小说《红粉》也因为几家争拍，用苏童的话说，快成“世界名著”了。真正优秀的文学作品在改编为影视以后不可能是同样优秀的，语言艺术的妙处只有通过阅读才能真正领略到。过去，往往因为小说是名著人们才对改编的影视发生兴趣，现在则颠倒过来了，电影出名了，影星走红了，人们才能对小说家发生兴趣。

这就让对罗兰·巴特和接受美学理论营造的“读者”神话发生怀疑，我们发现，“读者”的理论仍是一种启蒙性的主体说。我们在强调作者的消失，在瓦解作者的主体功能，目的仍是要让读者成为文本的主体，成为文本的生产者。这种对他人主体性的极端恭敬与虔诚维护，在本质上是一种移情，是自我主体愿望的另一种方式的实现，当我们沉浸于“读者”这样的新语境自得其乐时，其实是自欺欺人，我们期望的“读者”只存在于我们的理论设想与文本期待之中，从未被生活本身验证过。（倒是娜塔丽·萨洛特一语道破天机：“现在的读者不能再在小说中寻求轻松的消遣——任何优秀的小说也往往不能满足这种需求。读者可以从电影获得这种消遣。既不需费力又不致浪费时间，而且他们对‘栩栩如生’的人物和故事情节的爱好，从电影中就能得到满足。”语出《怀疑的时代》，柳鸣九编选：《新小说派研究》，中国社会科学出版社 1986 年版）当罗兰·巴特一厢情愿地要求读者放弃消费的立场成为文本的生产者时构想是极其美妙的，也是艺术创造的新的思维向度。可现在人们宁可跟着流行歌星后面鹦鹉学舌，也不愿在接受美学设立的那样“文本结构”中去充任一个耗智用心的语言建筑师。在中国文化的语境里，由于缺少深厚的逻各斯的理性的文化积淀，“后现代”在拆除深度模式的同时也在钝化人们的思想能力，在卸去人们神话信仰的负重包袱的过程中也滋生出顺从世俗、苟同平庸的惰性。中国文学特有的“载道”意识让作家（文人）始终以神的使者或者圣的宣谕者进入文学操作，而中国的民众始终是优秀的听众，心甘情愿地接受布道者的灌输与教诲，从未进行过阅读这种带有主体色彩的思考行为。真正的阅读只产生在文人之间的唱和与文字交流之中，更何况中国的文人还有“秘不示人”这样孤芳自赏的至境哩。在新文学近百年的进展史上，民众也只是处于“听”的位置，“视”与“思”只是“作者”的权利。而现在我们要求我们的文学读者从听众变为“作者”，那实不是强人所难，无异于让他回到安分守己的老位置上去一样难受。因为阅读从来都不是一种消遣行为，从来都是验证一种价值结构，或者预设一种价值结构，也就是说是一种非平面的范式。现实生活里有那么多供人平面消费的文化载体，人们当然不愿从听众“进化”到“读者”这种充满人文启蒙色彩的结构之中，而是躲开“阅读”这样富有主体结构价值的范式，逃避到“观者”这样轻松的平面的文化消费结构之中。当一个观者，既不必像听众那么循规蹈矩、那么缺少自我意识，他可以介入其中，但又不必付出自己的灵智参与，更多的是一种身体行为和生理行为。观者可以拒绝一切富有建设性的理论蓝图，他们对罗兰 · 巴特说：千万别把我当人。而巴特、姚斯、伊瑟尔都是把读者当成人的前提下进行理论构想的，可在一群蔑视“人”的神话的文化消费者面前，“读者”一出笼就像无菌室里培养出来的生物来到尘世一样，很快便消亡了。

事实上，读者的死亡在中国只是符号的死亡，因为在新时期文学里它从未真正出现过，那只是作家和理论家共同幻想出来的理论飞碟而已，从没有被实在地把握过。也许有人要说，在中国有那么多的文学研究者、评论者，不是一种理想化的读者么？乍看也是，可一进入新时期文学结构内部，就发现这些富有激情的理论家、批评家仍是作者，他们对民众的启蒙姿势是出自一种模型。事实上，在整个新时期文化的进程中，知识分子都在扮演“作者”这样的角色，如今“作者”与“读者”的同归于尽，意味着一个时代的终结。而在一个以平面观赏为极值的文化消费时代里，“作者”的复活与“读者”的新生，将是文学从世纪末走向复兴的契机。未来还会有宁馨么？我不禁又对自己这种人文的启蒙的“作者”的立场产生疑惑。

影响的焦虑

一贯以涮人为己任的王朔这一次自我开涮了一通，他在新千年之初推出的《无知者无畏》一书中，对自己痛下杀手，在题为《我看王朔》一文中，他一一交代自己作品的出处，尤其说自己深受外国作家的影响，他说他受过雷马克、海明威、海勒等人的影响，有的小说简直就是他们的作品的“中国版”，甚至说自己的“《痴人》是对一部保加利亚小说改头换面的抄袭”。

王朔的话够坦率的，他说出了很多中国作家不想说也不敢说的话。连王朔这样被认为称作“京油子”（贬者）、“新京味文化”（褒者）的“本土”作家，也如此强烈地受到国外作家最直接的、最赤裸裸的影响，其他的以“译文体”而活跃文坛的作家就可想而知了。

一个作家的创作受到另外一个作家的影响，是很正常的，并不是件什么可耻的事。伟大的作家、伟大的作品总是产生在“巨人的肩膀上”，总是在前人的基础上发展而来的。20 世纪的中国，受到国外诸多思潮的影响和冲击，20 世纪的中国文学，更是在世界文学的大环境中发展、生长起来的。“五四”新文学的产生，与来自异域的思想、文化的冲击紧密相关，翻开“五四”新文学的著名作家的履历，不出国门而能领潮头之先的作家极为鲜见。到70年代末期、80年代初，闭锁的国门重新打开，幽闭已久的国人如饥似渴地引进了大量的外国文学作品，而中国作家以惊人的速度“赶超”世界文学，用评论家的行话便是：他们用十年的时间“走”完西方文学一百年的进程。

这种“走”，不是漫步、散步，而是比赛似的“竞走”，一潮接一潮，一浪接一浪，在貌似“创新”的旗帜下对西方文学流派和代表作品进行大胆的模仿。80年代中期有两部很红、很新潮的小说，一部叫《你别无选择》，一部叫《无主题变奏》，都有其“母本”。前者的意念出自《第22条军规》，后者的情绪与《麦田里的守望者》惊人相似。莫言说他在写作《红高粱》之前，曾接触到福克纳的《喧哗与骚动》。而加西亚·马尔克斯的《百年孤独》对“寻根派”文学的作用更是有如模型一般。90年代起步的青年作家，几乎没有人没有读过博尔赫斯的小说，更有人虔诚地对博氏的小说进行临帖式的写作。因而陈瑞元先生针对创新还是模仿的争论指出：“新时期文学史某种程度上就是外国当代文学借鉴史，仅《百年孤独》头一句‘许多年之后……’不就被无数中国作家借鉴引用吗？”（《新民晚报》1996年10月16日），而韩石山先生在《马桥事件：一个文学时代的终结》（《文学自由谈》1998年第6期）一文中，则直截了当地指出“新时期文学的特质”是“模仿”，“这是一个模仿的时代”，“从观念到流派，从风格到写法，从构思到文句，几乎没有不模仿的，有人甚至靠模仿卓然成为一时的名家。”

不难看出，尽管在使用具体词汇上有所不同，有的说是“借鉴”，有的说是“模仿”，有的说是“影响”，有的则说是“全盘照搬”，激烈者如王朔，干脆称之为“抄袭”，但对西方文学的“母本”作用，“模型”效应是认可的。至于模仿与借鉴的界限，照搬与影响的关系，都是一个“量”的问题。而这种“量”的研究，不仅涉及比较文学，还是另一种“接受”美学。就是中国作家会按照怎样的方式去“接受”域外作家的作品，又如何按照自己的解读演绎出“本土化”的文本来。

因而，孙维新、吴文智两位主编的《20 世纪影响中国的百部文学名著提要》一书的出版便有着特别的意义。这本书并不是学术性特别强的研究著作，虽然只是一种“提要”，却有着丰富的信息量，具有文化史的价值。第一，书目本身的筛选便是一种价值观，它是建立在“影响中国”这样宏大主题之下进行的，是“影响中国”而不是“影响中国文学”，可见编选者的眼光已超出了文学的范畴，而是从更广阔的历史文化视野来考虑问题。第二，它截取的时间是 20 世纪，虽然文学的影响是难以完全以时间来瓜分的，但一百年的时段是可以纵向思考一些问题的，特别是像鲁迅的《野草》、曹禺的《雷雨》这样一些本是受到象征主义文学、易卜生戏剧影响的作品，也收入其中，便产生了一种奇特的历史纵深感，因为《野草》《雷雨》这样一些名著对中国文学和中国文化的影响太大了，普通的中国人可能会不知道奥尼尔，也可能会不知道波德莱尔，但对《野草》的篇目句式、乃至语感，对《雷雨》中的人物都非常熟悉。第三，“提要”本身虽然是对原著精神的一种“阉割”，就像翻译本身也是一种误读一样，但“提要”是由一些从事外国文学研究和翻译的专家和学者来撰写，因而就保持了一定的“客观性”，这种“客观性”使得我们能够更加清晰地掌握和了解到受影响者（或曰模仿者）是怎样误解并进行解构的。况且,“提要”本身便是一部语义丰富、众声喧哗的文本，不同时期、不同国度、不同风格、不同语言的作品经不同的人“去肉存筋”地拼到一起，烩成的巨大的拼盘，既可以读到过去时代文学的一个轮廓，又可以嗅到这个时代文化浮躁的气息。照理来说，了解文学作品的方式最好是读原著，但百年沉淀的作家、作品太庞杂了，即使经过筛选后的一百部作品要读完，也得花费相当长的时间，差不多是一个中文系学生四年的教程。因而，现在这样一种“快餐”式的“提要”，是很适合现代社会人们阅读的心理和阅读习惯，倘若对其中的作家和作品产生了兴趣，可以去读译著，还可以读未经翻译的原著。编选本身带有一定的总结性和概括性，史料的价值会大于文学的价值。

至于编选的篇目，由于编选者并不带有强烈的个人色彩，应该说照顾到方方面面，甚至连王朔不屑一顾的金庸的武侠小说也赫然在目，可见选材之宽。但有一些篇目的疏漏还是不能不提的，比如曾经对中国人精神文化思维产生深刻影响至今还在产生影响的毛泽东诗词一首也未选进去，与“影响中国”这样宏大的主题极不吻合。还有，在20世纪90年代对中国文化产生极大影响的王朔小说未能入选，也是一种忽略。可能有人认为王朔现象产生的是负面影响和副作用，即使那样，作为“靶子”也该收入。另外，就是像《哈扎尔辞典》这样对世纪末中国文坛产生巨大震动并宣告“一个文学时代的终结”的名著未能入选，也说明编者“重远轻近”的倾向。

当然，这并不是下次再版时非要“改正”的内容，它只是一种编选眼光所照射不到的视面，我们不必苛求。

在新千年之际，读到这样一部内容丰富、轮廓清楚的“提要”，让我在回顾“历史”的同时，还好好地伤感了一把，那些熟悉的篇目，像青春时的纽扣一样，在我手中悄然滑落，当年阅读时的兴奋难以找回，我居然像个历史老人在谈论她、她们。

文人与影人

文人这个概念古已有之，并且形成了一套独立的思想观念体系，比如“士为知己者死”，“士可杀，不可辱”，“君子远庖厨”，“君子之交淡如水”等等。近年来又引进了知识分子这个概念，以区别于文人，因为原先文人所包含的内容里是将科技人员排除开来的，而科技知识分子在当今世界占据的地位足令文人惭愧，现今我们国家的重量级领导人都是理工科名牌大学毕业的。这是时代的需要，也是时代的进步。

因而到了 90 年代，有了“百无一用是书生”的说法，这一半是牢骚，一半是无奈。在一个以经济建设为中心的国度里，在一个以和平和发展为主旋律的时代，淡化文人和裁军一样必然。

文人随着意识形态的淡化从以往的显赫地位走向边缘，有人甚至说在 60、70 年代虽然文人特别是作家经常挨批挨斗，被流放，但文人的地位并不低，从当时批判的常用语就能读出，比如，当时最流行的一句话，反动文人 XX 企图通过反动作品《XX》改变我们国家的颜色。这显然夸大了文人和文学的力量，一部作品是不可能改变一个国家的格局的，鲁迅曾说过，一首诗赶走不了孙传芳，一发炮弹就能将他轰走。建国以后文人被器重（无论是捧还是批）都是当时国家意识形态的需要。

如今，文人是淡出了，但昔日文人占据的显赫位置却没有被经济家、企业家、科学家所拥有，而被另外一种文化和另一类人物所统治，被电视、报纸、电影、广告、体育、演唱会以及由此派生出来的明星名人“接管”，现在将这种堪与当年意识形态抗衡的东西叫大众传媒，并视为一个新兴的产业。在中国，大众传媒发展的速度远远超过经济发展的速度，影视明星传播的范围和效率更是文人们不可企及的。今天走红的一些作家，也无不受益于大众传媒。大众传媒已经成为当代生活的一个特殊载体，大众传媒的人员急剧增加，传媒参与者的结构也在变化。

虽然如此，这样一些介入者、参与者并没有享受到当年文人的“待遇”，不仅在文人圈里被另眼相看，政治家也不屑去“修理”他们。他们自己也有自卑感，很多明星纷纷写书，颇有挤到作家队伍里的嫌疑。更重要的是，对这样一种方兴未艾、涉及千家万户的文化现象却不大受人关注，认为是快餐文化、一次性消费文化，甚至是垃圾文化。

其实，这是一种偏见。大众传媒既然取代了文人的主流地位，肯定有必然性。快餐也有研究的价值，麦当劳、肯德基凭什么在中国站住脚跟，不止是一个崇洋媚外的问题。况且，垃圾的处理也是一门新兴的科学。米兰·昆德拉将此类文化叫作“意象形态”，认为它是冷战结束后意识消解之后的另一种意识形态。我则认为大众传媒的勃兴是一批“影人”控制了原先文人操纵的操作系统。

什么是影人？就是大众传媒图像文化的创作者、表演者、制作者、操作者、介入者以及受惠者的统称。“影人”的概念最早来自电影界，是电影人的简称，它与独立制作人制度有关。我这里所说的“影人”是指以图像方式主要以电子图像方式出现的人物，他可以是演员、主持人、歌手这样一些直接与公众见面、交流的熟面孔，也可以是在幕后操纵的编剧、策划、导演、制作人员。还包括如今在网络上营建新文化的弄潮儿，如果说电脑尚是“后电视”的话，那么鲜活、多变的网络文化很可能是电视的掘墓人。由于网络也是凭借屏显这样的图像方式进行运作的，网上的弄潮儿也属影人之列。不知道有没有委屈他们？在笔者写这篇文章时，南京两千人在电信局排队登记上网，颇似粉碎“四人帮”之后在新华书店门前排长龙购书。

简单地说，文人借助文字、印刷文化说话，影人则依靠声像、电子文化来表达。文人与影人虽有先后关系，但并不是一个简单的雅俗关系，是文化载体嬗变的结果。文人与影人之间并没有一道不可逾越的鸿沟，昔日的戏子关汉卿今天看来也是“影人”，可《窦娥冤》名垂千古，而今天，大量的年轻的“知识分子”以多样的方式（被分配、被邀请充当策划）介入到传媒，成为新一代的影人，必将创造出新的文化来。

呼唤大器　呼唤力量

中国当代文学在经历了 80 年代的井喷式的爆发期之后，又迎来了 90 年代的杂花生树期，各领风骚的一代代风云人物纷纷登场，新世纪的文学在一个前所未有的语境中展开新的历程。这个前所未有的语境在于，宏大叙事被消解成一个个碎片，这些碎片像是拆碎了的“七宝楼台”，一个一个都很眩目，但很难形成整体的形态。由于 80 年代的文化新鲜感丧失了，90 年代多元竞争的消涨感也淡化了，代之而来的是一些“小”字号、“小”字码的文学角色唱起大戏。“小”不是什么罪过，“小”也不是什么边缘，“小”也有“小”的存在必要，但有人过于迷恋“小”的感觉、“小”的意绪、“小”的话语并以为可以替代其他的文学品种成为主角，那将是文学的悲剧。因此，呼唤大器，呼唤思想力量，已是当务之举。没有力量的文学，是缺少说服力的文学，也是软弱的文学。没有大器的文学时代，肯定是一个平庸的时代。

大器不是重新恢复昔日的宏大叙事，昔日的宏大叙事是意识形态的产物，它把文学推到了一个极其崇高也极其危险的位置，文学往往与政治斗争、思想方向联系在一起，80 年代文学的轰动和辉煌，很大程度上来自于意识形态变革的轰动和辉煌。当文学急不可耐地剥离意识形态的烙印而独立的时候，意识形态也在走向新的格局，这个新的格局显然是非文学化的而带着强烈的理性色彩。也就是说，今天的文学即使重新全盘意识形态化了，既不可能也不能产生当年的那种力量了。那种力量来自非文学的力量，而今天的社会、今天的政治、今天的意识形态已不是文学能够单方面承担得了的，今天的社会、今天的政治、今天的意识形态已有了多种表达的方式，而文学显然是辅助性的。但这并不意味文学可以放弃对自身的追求，而更要求文学有一种大器，才能不被遗忘和忽略。文学的大器需要的是一种力量，这种力量来自于文学的自身，来自于审美的自身，来自于作家的自身，而不是外加的和粘贴上去的。

首先需要思想的力量。思想在今天是一个时髦品，也是一个奢侈品。我们听到不止一个作家在谈论思想，看到不止一个作家在表达思想，一些刊物开有作家的思想随笔的专栏，一些出版社也出版了作家的思想随笔集，甚至还拥有一定的市场（印数在几千册以上），但是我们并没有感到思想的力量，反而感到是一些作家在做“思想秀”，在作深沉状。他们这些思想要不就是简单地移植和照搬西方流行的思想和主义，显得花哨而没有生命的感悟，要不就是在传统的哲理和情怀里徘徊，显得轻飘飘的，缺乏真正的思想的质地。真正的思想往往是朴素的，而我们现在见到的大多是一些感想和随想，是由文采堆砌起来的，轻巧是轻巧了，就是见不到作家的真正的思想内容，只是思想的形式。

今天还特别需要一种整合的力量，应该有那种包容万象、囊括一切的大气，张艺谋的《英雄》里秦军高喊“大风”前进，这“大风”

便是一种大气，“大风起兮云飞扬”，便是一种大气。而我们的文学却很少见到这种大气，一些被某些评论家看好的作品从局部看往往写得够晶莹剔透，写得四面光滑，但小里小气，只停留在一己的自我满足上。80 年代、90 年代在积累文学的诸方面的经验和技巧上，取得了令人满意的突破，今天的一些作家只是满足于对 80 年代、90 年代的遗产的把玩和摆弄，就不会有什么进展和发展。我们希望看到有那种大手腕来统领来整合这些在局部已经很灿烂、很绚丽的“文学”，营造巨大的文学空间。伟大的作家不仅是拓荒者，也是集大成者。比如发源于 80 年代的文体实验、流行于 90 年代的跨文体写作，对小说文体的穷究可以说到了山穷水尽的地步了，但没有出现不用说鲁迅意义上的文体大家了，连 80 年代就出现的汪曾祺、林斤澜和高晓声那样的个性小说文体家也没有。一些人把不成熟的作品贴到网上，然后命名为网络文学，更是对跨文体写作的戏弄。

需要人格的力量。人格的力量，是对作家的真正的考验。人格的要求，不是对作家道德品格的要求，并不是“要写革命文，先做革命人”的要求，而是对作家人的综合素质的要求。人格的力量必须杜绝“表演秀”，通过种种似是而非的表演来体现自己的反世俗的作家，在今天比媚俗者更容易赚取世俗的掌声。V·W·布鲁克斯曾经辛辣地评论说，“清教徒的酒泼翻之后，酒香变成了超验主义，酒汁本身则变成了商业主义”。这是对时下一些媚雅主义者绝妙的写照。具有真正人格的力量的作家，往往并不是那些标榜自我圣洁的人士，也不是那些四处讨伐别人堕落的“知识分子”，一个过分依赖作品之外的言行来策划自己的作家往往并不可靠。人格的力量在作品之中，像钱锺书先生，像沈从文先生，像老舍先生。我们的文学不乏这样的榜样。

文学的力量来自各个方面，但展示自己肌肉，粗暴，恶俗以及一切与精美对立的元素，都不能简单视为力量，力量有时也可能是精美的精制的“导弹”，问题在于它的“杀伤力”，而对文学来说，也是同理，有没有震撼力。震撼不是威慑，而是一种对心灵的撞击。文学之力，莫大于此。

批评的使命

从事文学批评至今，快有十五个年头了。但从来没有像今天这样清醒地意识到批评的使命是如此的沉重。这种使命感一方面来自职业的驱使，作为一个文学批评的工作者，作为一个文学的研究者，他所必须坚持的立场、所必须保有的原则和所必须承担的义务就构成了他特有的使命；另一方面则来自作为一个健全人生和健全人性所必须拥有的基本理想，弗洛姆在《占有还是生存》一书中说得好，“我们人生来就有一种要求真正地生存的深刻愿望：去表现我们的能力、有所作为、与人联系在一起以及摆脱利己欲的约束”。

我想我所以选择文学批评确实是“一种真正地生存的深刻愿望”，是想“有所作为”，因为文学评论能够表现我的某种能力（有时觉得是我的全部能力），与人发生联系（至少文学评论让我与作家不可避免地联系在一起），但关键还在于能帮助我摆脱利己欲的约束。弗洛姆在表述“利己欲”这一概念时进一步论述道：“战争和苦难比和平生活更能唤起人的牺牲精神，在和平时期最为盛行的则是自私自利的行为”。而和平时期的文学批评则体现了某种牺牲精神，一个真正的批评家必须克服自私自利的行为之后，才有可能肩负起批评的使命和责任。

批评的牺牲精神特性的形成在于文学批评具有某种“战争性”，这种战争是看不到硝烟、枪林弹雨的，这种战争是批评家与作家之间的精神对峙造成的，文学批评的外部环境必须是和平的自由的，但文学批评的内在结构则必须有某种紧张和对抗，这种紧张不是人际关系的紧张和对抗，而是来自两股精神力的较量，是征服与反征服的格斗。一个作家的作品在完成之后必然孕育着某种征服力，它对是读者阅读结构的设想和模拟，是营造“请君入瓮”式的精神圈套，而批评家就在于破解这个圈套，以自身的理论和思想的力量来对作品进行征服。由于批评天生的滞后性（产生在作品之后），批评某种程度上是一种攻城，批评者就是攻城的战士，他要穿过语言的枪林弹雨，顶着语词的硝烟，去突破作家精心设立的防线。或许，一颗流弹飞来，将他击中，他因此便倒在城墙的脚下，后来者踩着他的尸骨，继续前行。这是我们在攻城的战役中经常见到的情形，而现在我则联想起批评家的精神历程，想起批评家的使命——文学繁荣的牺牲者。

回到世俗的层面上，批评家是一个随时随地与利己欲决裂的人，当他在“攻城”的过程中，征服了这部作品，他或者发现了一个优秀的作家或者发现了一个优秀的作品，他是一个伟大的人梯，伟大作品的传世是和作者连在一起的，批评家是注定要被淹没和遗忘的。这有点像某种昆虫，在献出生命的汁液之后死去。如果批评家发现了一部“皇帝新衣”式的作品，他必须无私地揭露未穿衣服的真相，而这种揭露又是一种与利己欲做斗争的结果，因为他不仅会得罪那个没穿衣服的人，更重要的还会得罪那些人云亦云的围观者，批评者同样付出了代价，他可能牺牲了朋友甚至同道。对他的谴责会用各种各样的方式表达出来，“没穿衣服就是一种巨大的创造，人的天体就是一件伟大的新衣”，“是你的眼中没有衣服”，“泼脏水！低能！”这时候的批评家甚至会被不明真相的人视作一个不谙世事的好事者和顽童（难怪《皇帝的新衣》的揭发者是两个小孩），陷入前所未有的尴尬。

也就在这个时候，批评家才会充分显示出他的理想和抱负，他必须坚持真理，坚守批评的疆土，他可以倒在批评的岗位上（岗位这个和平岁月里的常见词在此时如此地悲壮），但不能退却，因为他是肩负使命的人，他是文学的清道夫。

传媒与批评

也不知道从什么时候开始的，具体说是哪一年很难恰切，批评与传媒挂上了钩，甚至有了传媒批评家这一说。说这是 90 年代才有的现象，其实未必尽然。在 80 年代的时候，批评家们也非常关注传媒，传媒对批评家也格外关注，80 年代的很多文学事件也都是通过传媒的释放之后才产生轰动效应的，比如“伤痕文学”的论争，关于“主体论”的讨论，乃至“文坛黑马”风波，都是传媒介入之后才引起人们注意的。

但 80 年代叫新闻，叫报道，90 年代叫炒作。80 年代计划经济，没有版税，作家不考虑印数，90 年代作家为了纯文学可以不考虑，但出版社不考虑不行了，印数少了会扣奖金。这就产生了“炒作”，“炒作”与“操作”，一字之差，但意味不同，“操作”往往是单方面行动的事，“炒作”则带有“共同富裕”的性质。“炒”也比“操”要温柔些，要有些人情味。“炒”，要有温度，要有人气，人气一旺，就有市场了。于是有了媒体，“媒体”一词也是从港台借鉴过来的，它在某种程度上着实起了“媒子”的作用。现在中国的媒体是从计划经济时代沿袭过来的，人们虽然不像当年那么相信红头文件那么信任媒体，但人们很少会意识到它是一个“媒子”（好的说法是桥梁），连从事传媒工作的人也很少会想到这一点。

传媒就像一只大锅，可是这只锅怎么炒热呢？无非是这样几种方式：①炒作家和作品的趣闻轶事，但这些往往可遇不可求，如做过分了，弄不好还会闹上法庭什么的，书可能是畅销了，人却里外不是人了。②记者亲自来炒。但记者有很大的局限，一是记者不见得都是评论家出身，也没时间看那么多的小说；二是记者在报上与读者见面时间长了，天天说这个好那个孬反而会引起读者的逆反心理，尤其是如果有“炒煳”经历的记者更容易炒走调。在这种情况下，评论家便很自然地与传媒联手了，虽然二者共同炒作，但处境大不一样。

批评家成了尴尬的角色。批评家出现在传媒之中的“形象”往往是经过“剪辑”“合成”过的，他的思想、观点是通过编辑、记者“运作”之后才产生那样的“效果”。90年代批评家往往以“语录”的方式来表达他们的观点和想法，这并非批评家所愿，而是传媒所需，记者采访了半天，最后到版面上只有几句话，或者只有几个镜头，这些“语录”往往只是“适合”编者意图的，而非你的原意。因而90年代，批评家“在场”和“缺席”一样遭人指责，他不但要空担“缺席”的罪名，还要承担传媒批评一旦出错的“在场”的责任。为传媒做了广告，但没有收到广告的效益，还时时替传媒扛着“炒作”的旗号。

这是社会文化转型时期必然会出现的悖反现象，批评家如何对待传媒是当下新老批评家面临的一个新问题。拒绝传媒，不仅对文学批评不利，对文学的发展也不利，但如果只是传媒的一个道具，将更不益于文学批评的正常发展，将导致文学批评的浅薄和文学的泡沫化。

在文学泡沫泛起的时候，批评应该起到定海神针的作用，而不应该推波助澜。

我的树在哪里

平常我喜欢读北岛的诗，几乎每次翻阅都得到情绪上的冲击与启示。近日重读《北岛诗选》，又被《青年诗人的肖像》里两句诗震惊了：

每棵树
有每棵树的猫头鹰

震惊之余，便涌上了不可解脱的惭愧。我的树在哪里？我不免悲哀。我要树，我要成为一只有自己的树的猫头鹰。

当批评把我推上了这样一种尴尬的境地时，我也不得不把文学（批评）当作标示生命存在的方式乃至内容和价值的手段。而选择总不是在一厢情愿之中进行的。两年来的实践，大大破灭了我的幻想，批评的浪潮大大混合着我和其他人声音，我的生命并没有获得任何特别明显存在的迹象，反而有被其吞噬、淹没的危险。我必须从这样的困境中或者摆脱，或者超越，否则，只有一次的生命便会无为地、无力地、无端地消耗下去，将是一种错误的生活。虽然小小生命在无边无垠的时空之中实在称不上一粒尘埃，更谈不上什么位置了，但倘若要用一种形式来表示生命的存在，就必须能够凸出地显露出来，哪怕只有一次。我的危机感同时也来自于整个批评的危机。一九八五年春天新批评终于以强大的冲击力撞开教条、教材、权威的束缚之闸，开始出现了一片盎然的生机，批评界很是兴奋，大家都一心想出“新”，但是当新方法的热潮走向平静之后，一些新名词、新概念、新说法为大家所掌握之后，批评便出现了大家所不期望的局面：一些文章换汤不换药，有些批评题目也大同小异，所谓“新概念”“新名词”都无限制地高频率地出现，到了令人也令词本身都感到疲乏的地步，这也许是新的事物出现之后的正常现象；但最重要的是批评的个性，依然是模糊一片，你的文章，我的文章，他的文章，倘若将署名调个位置，决不会有什么人站出来责难，这不是某某人写的，这是某某人写的。也就是说，不少猫头鹰并没有找到自己的不属于别人的树？众多的麻雀群栖在一棵树上叽喳叽喳，看似热闹，一旦这棵树被宣称老了，旧了，麻雀又纷纷飞向被认为新的、最新的树上去，有耐心寻找、建立自己的树的猫头鹰虽有，但不多，或者尚未成为一种批评的原则和习惯。因而在批评的繁荣表象之后潜伏单一、浅薄、雷同的危机，潜伏着缺少个性、缺少风格、缺少流派、缺少大家的危机，当然这种危机之中又同时孕育着新的生机、新的浪潮、新的变革、新的景象。

我不是最早的觉醒者，也不是最后醒悟的。

最早的觉醒者已经向艰难的领域跋涉，未曾省悟的仍在原先的土地上徘徊、徜徉、流连。批评的生机与危机全在其间。

伟大的自然界造就了数以亿计的生物，它们各以其独特的形态生活着，绝不雷同，绝不重复，绝不一致，绝不混淆。我喜欢钻树木茂密的大森林，感受生命的活力和热量，我也喜欢呆呆地坐在公园里，默默观察欣赏姿势各异的树态，感受一种审美的愉悦，杨柳轻柔婀娜，松柏刚劲沉雄，榆树稳健雍容，楝树老练沉实，水杉清秀挺拔……目光顺着枝叶向上，便是广阔深邃的蓝天背景。我常常沉浸在这美好的情景之中，并希望批评能出现这样美好的景致。显然，今天的文学创作以其多元繁复的实践为个性批评提供了较为宽阔的用武之地，批评对象也不能容忍批评单调的模式和形态，来自作家的挑战，向批评的自立提出严峻的挑战。

因而，迅速建立“树”的意识的迫切感，不仅来自批评内部，也来源于批评对象的驱动力。

所谓“树”的意识，在于“猫头鹰”必须寻找那棵只属于自己的树，既然批评作为一种对象科学，就必须拥有自己独到不属于别人的领地。无对象的批评是不可能成立的，泛对象的批评也即是没有对象的批评，因为作为真正意义上的批评总是面对属于自己的批评对象，无所不评，无所不论的“全知批评”，实际上是对批评本身的一种嘲讽。这样的批评家充其量也不过是漫天没地觅食的野麻雀，数量虽然可观，但批评的个性早已丧失殆尽。耐心地寻找批评对象，寻找自己能够栖落的树，应该是进行批评的热身训练。可惜我们目前的有些批评并不重视这样的“热身”，缺乏寻找的耐心与毅力，往往是匆匆上阵，或者奉命而作，虽然有精彩之作，但很多由于是从感受出发，往往是干巴巴的赞语与浅层次的描述，往往是新名词、新概念的随意套用组合，并不能深入到对象的内层结构之中。这就容易出现一窝蜂地挤在一个作家、一部作品上面的情况。比如，莫言无疑是所有批评者都感兴趣的对象，但有人却忽视了另一个方面：虽然可以对莫言进行多侧面的研究剖析，但对莫言的批评并不属于所有的批评者，莫言的批评只属于少数人，他这棵“树”上蹲不下那么多的麻雀。有个性的批评家，总有属于他自己的批评客体，或是某些作品，或是某类作家，或是某种思潮，只有客体的内涵与主体的精神气质相融合，才有可能进入竞技状态，批评才会相撞出灿烂的火花与光彩。耐心地寻找能够属于自己的批评对象虽然困难，但只有找到了并占有了，批评才会有独立的意义、价值，批评者也才能成为“猫头鹰”，而不会误为麻雀与小鸡。

寻找适合自己栖落的树木，这是批评的一个重要层次。寻找到适合自己情绪、感受宣泄的“树”，并不等于已经完成了自己的使命，还要使自己成为与众不同的有自己的叫喊声音有自己嬉笑怒骂的猫头鹰。批评并不满足于对对象的阐释，批评要树立自己的个性，就必须具备树的千姿百态，这种对批评自身的建设对批评者个体来讲最为迫切。“我所评论的就是我自己”，我正是竭力希望的自己，但写出来往往是别人，是人家，我是这棵树的猫头鹰，又不是这棵树的猫头鹰，因为我是一只没有特别标志的猫头鹰。这便出现了我前面所描述的那种非常困惑的心境。

强化批评的个性，需要批评者拥有独特的批评风度。批评风度往往是批评者的学识水平、鉴赏经验、理论素养、语言运用、风格特质等诸多因素的整体表现。批评风度的内核是批评风格的建立。批评风格的建立在寻找对象本身就开始显示出来，它是可以通过追求然后自然实现的。如果故意地把自己框定在某种既定风格的范畴之中，反而影响风格的形成。因为风格是批评主体与批评对象共同实现的，它是在动态的过程之中自然形成的，并不是一个既定的已有的某种美学常数的简单运用。批评个性的确立，还必须依赖于个性化批评语言的确立。现有的批评语言，大多还是共性的，通用的，个性的批评语言是私有财产，神圣而他人侵犯不了。这种语言既是广义上的（比如结构语体等），也是狭义上的。不过，批评语言的变革同时，已经开始显示出某种端倪，批评文体的解放，也从宣言走向实践，各式各样的猫头鹰正开始起飞，虽然翅膀尚不够坚硬，羽毛更未丰满，但起飞本身就是希望，就是信心。

我该如何起飞呢？

双重视域
——王干先生访谈

2004 年 1 月 7 日下午，《中华文学选刊》主编办公室。

徐则臣问。王干答。吴玄在一边喝茶翻杂志，想起来就说上两句。

录音整理：徐则臣。

一 作为主编的王干

徐则臣：王老师，我们先从《中华文学选刊》入手。20 世纪 90 年代后半期以来，文学期刊的处境总体上每况愈下。《中华文学选刊》在最近几年也几经改版，目的是寻找适合自己的发展道路。在目前这种刊物本身生存压力巨大、而选刊类的杂志有增无减的大环境下，作为主编，请问您是如何给《选刊》做一个比较合理有效的定位的？

王干：这个刊物我接手有三年时间了，也是在慢慢寻找一个行之有效的、能够代表文学的发展方向的办刊路子。我的思路是，能够体现当代文学发展的走向，发现文学新人，寻找到体现文学新动向和有表现力因素的作家和作品，以便从整体上把握文学现状，更接近文学界。我们的刊物不仅仅是一个读物，还应该体现文学创作和思考的动向，这和别的选刊不一样。

徐则臣：您能否具体地谈谈？

王干：具体地说，我是用办原创刊物的办法来办选刊。比如现在开设的“朝内论坛”，就是及时思考当下文学创作和思潮中出现的新的动向，跟踪、分析和描述。再一个就是关注副刊。这是被传统文学所忽略的一块，但是中国现代文学很大程度上是从这里起步的。这个创意很好，但还需要进一步改进和完善。总的说来，力求做到对文坛有一个全景观的、带有俯视性的描述和把握。最近搞了一个年度文学人物评选，也是这个目的。对事件、动向比较感兴趣，可能跟我这么多年一直搞评论有关，喜欢用宏观思维，关注一些重要的作品、作家、活动、现象、思潮和评论。

徐则臣：这样一来，可以成为当代文坛的一个比较宏观的编年史。

王干：对，有这个想法。关注文学热点，比如前段时间搞的“文学与疾病的关系”，“文学与疾病”四人谈。就是希望能够比较鲜活地进入文学现状，希望在整体上站得比文坛高一些。

徐则臣：也就是说，《小说月报》是仰视，《小说选刊》是平视，你们则是俯视。

王干：不能这么说，我们只是想办得有特点一些，能区别他们，因为他们已经很成功了，我们跟在后面不会有什么出息，就有些自作主张地想比一般刊物宏观一些。

徐则臣：为了达到这个要求，《选刊》在选稿方面有什么独特的标准和原则？在选稿的时候如何解决名人作品和人际关系问题？

王干：好作品原则是当然的，但是更重视能够代表某种思潮、动向的作品，及时推出新作、新人。现在我们的刊物比较看淡名人，对新人的兴趣更大。当然也要看重名人的市场效应，前提是质量一定要保证，就是“名家新作”这个栏目。一个刊物完全没有人际关系也是不可能的，这是人性，也是一个社会学的内容。还有一个，熟悉的作家作品，往往可能出现知人论世的情况，对作品的理解会更深一些，这对外界也会造成一定的误解。这个刊物侧重新人动向，所以对人际关系也不太讲究。不可能完全避免人际关系的干扰，但是尽量按照我们的尺度和标准去衡量，是有底线的。

徐则臣：您在接任《选刊》主编时，曾打出一个口号：“只要《中华文学选刊》在，纯文学就不会寂寞。”在理念上坚守纯文学的精英立场，刊物本身又要在市场化大背景中谋求发展，请问您在刊物具体运作中，如何处理好两者之间的关系？这对《选刊》的栏目设置和选稿提出了什么具体要求？

王干：这和我们办刊的方向有关。关注文学动向和新人，这就决定了我们的纯文学立场，而不是简单地认同市场。所以当初提出这个口号，是有它的必然性的。现在纯文学受到的冲击比较大，但没有必要放弃。纯文学是各种媒体、各种传播方式和我们精神的源头。比如《南方周末》做得比较好，因为很多编辑都是诗人；电影电视剧由作家来做，质量就相对有保证。因为作家、诗人能够站在一个纯文学的比较高的起点上看待和处理问题。纯文学这个概念比较模糊，但是我们还是能感觉到它和我们的精神和内心靠得比较近。如果一个国家的作家和刊物放弃了纯文学，那么这个国家和民族的文化发展一定是不会健全的。说实话，面对市场，我也常常处在夹缝之中，如果听从自己的愿望，我完全可以不要市场。我希望能够办成一个高雅的东西，但是又要顾及市场，所以经常会出现摇摆，一会儿高一些，一会儿低一些。

徐则臣：您当初在《钟山》杂志社任职，后来被江苏有线台请去做《东方文化周刊》的特邀执行主编，现在又来到北京主编《中华文学选刊》。这三份杂志一个是纯文学原创刊物，一个是文化娱乐刊物，一个是文学选刊，您觉得在运作这三份刊物时有什么不同？前两份杂志的运作对您现在主编《选刊》有什么切实的裨益和帮助？

王干：那会儿我在《钟山》，在文学圈子里待的时间长了，有点烦腻，后来有个机会让我去做大众文化。当时大家都在谈大众文化，但是没人去实践。我想看看大众文化生产的机制到底是怎样的，就是带着这么个想法去《东方文化周刊》当主编的。因为你进去了，你必须到第一线，掌握它的机制。去了一年，我觉得对我的文学批评和文化研究生涯很有意义。长期以来我都是做文学编辑，搞文学批评，用的是文学的思路。现在是大众文化。我研究了大众文化的产生。干了一年，很累，但是很有收获。最近将要出一本这方面的研究专著《赵薇的大眼睛》，研究一些文化现象，比如赵薇为什么这样热，春节联欢晚会大家到底会怎么看，张信哲的歌为什么好听，《激情燃烧的岁月》为什么很多人爱看，等等。我在这方面下了些功夫，大概在目前也是做得比较全面、生动的。这个研究我搞了三年，有些发表在《大家》杂志的专栏上，叫“多维游走”。这些主要得益于在《东方文化周刊》的一年。但也就是干了一年大众传媒，想离开，回去做文学，觉得做媒体太累，没意思，没有精神享受，那个时候就想看文学刊物，觉得亲切。特别关注文学界的动态，置身其外了才发现不行，还是不能和文学离婚，离不掉。还是文学能把我搁进去，其他的只能让我漂浮着，没法安妥自己的灵魂。如果说转了这一圈有什么裨益，就是坚定了和文学在一起的想法，所以现在的《选刊》也紧紧地抓住这一点。

徐则臣：那么您以后是否还可能再转向？比如您要深入研究大众文化，为了研究，再去做大众文化，离开文学。

王干：不可能。大众文化很简单，当时干了一个月很兴奋，要创意，要生产，但是后来发现就是一个流水线，过了就过了，创意不再有意义，能够存留和保值的很少。

徐则臣：关于大众文化，一个网站曾经对网民做过调查，选出中国现代以来的十大文化偶像，王菲赫然在列。很可能会出现这样一个情况，随着大众文化的普及，会有两个王菲乃至更多的王菲跻身十大偶像之列。对整个民族的文化趣味、对一代人产生这种变化，作为大众文化研究专家，您是否有所担忧？

王干：没什么可担忧的。首先对这些网民的身份和素质需要把握清楚，他们代表了哪一部分层次上的人；当然王菲也并不浅薄，她不是一个简单的歌手。具体到这个问题，我们可以发现，越是穷的地方，越是容易出哲学和宗教的地方，因为物质生活得不到满足，就要精神上的寄托和支撑；娱乐则产生在生活比较好的地方，“饱暖思淫欲”嘛。所以不必担心。这一定程度上和生活水平有关系，当物质生活水平达到一定程度时，肯定会出现肤浅的东西。少数人在过好日子时，大多数人在思考精神，为自身的生存寻找依据；当大多数人过上幸福的生活时，只有少数人在思考精神、思考哲学。因为吃饱了肚子，只有享乐才能消耗、排遣。事实上一个国家，并不是人人都要去当哲学家、科学家、文学家，一个发达、健全的社会里，分工是很清楚的。哲学是用来止痛的，娱乐则是用来消遣的。

徐则臣：前一段时间好像有个讨论，就是杂志编辑由批评家、评论家来做合理，还是由作家来做合理。作为著名的批评家、理论家，您对这个老生常谈的问题有什么看法？

王干：这要因人而异。最好的方式是找一个编辑来做，给他一个好的办刊思路，好的创意，这是最重要的。评论家和作家往往带有太强的个人色彩，编一本书或者编刊物，短期内可能会比较精彩，时间久了是不太好的。比如说 20 世纪 30 年代的很多刊物，都短命得很，当然同仁刊物是可以的，但是同仁刊物搞时间长了就没劲了，大家要说什么都知道了。如果非要在作家、批评家里挑一个，真是很难说，也有作家办得很好的，也有批评家办得很糟糕的。整体上应该是政策要好，当刊物的编辑实际上需要的是通才，各方面都懂，最重要的是要编辑理念，办刊思路，靠的是一个综合指数。

徐则臣：在面对一个备选的文学文本时，您更看重的是它的文学性还是它可能产生的影响性？

王干：在“文学”史和文学“史”这两种意义上，我还是更看重文学“史”的意义。比如胡适的《尝试集》和郭沫若的《女神》，作为第一部白话诗集，我更看重《尝试集》，看重它的“史”的意义。

再比如《班主任》等，它的开创意义更重要。这可能和我的办刊方针有关系，希望能够为文学史发展勾勒出一条线来。具体到一部作品，应该也是后者。

徐则臣：《选刊》搞了一个下半月刊少年版，《少年写作精选》。这是否表明了您对低龄化写作的某种态度？您对低龄化写作有何看法？

王干：低龄化写作不是一件好事。学生写作应该只是一个生活表达的手段，但是现在把它当成了谋生的手段了。学生嘛，写作是个教育，对将来的谋生可能发挥作用，学写作，将来可以做秘书，当记者，或者当编辑。关于这个问题，我们刊物马上准备要跟北大中文系合作搞一个论坛，讨论一下少年写作的问题。我的想法是，低龄化写作可以作为一个提高素质的手段，不能作为现在谋生的手段。做《少年写作精选》这本刊物，是为文学准备后备人才，当然也希望能有市场效应。但是我不主张都去当作家。目前很多孩子阅读的刊物太差，我们看不下去，想办一个好的刊物，来引导一下学生，什么是健康的写作，什么是真正的写作。

二 作为批评家的王干

徐则臣：作为批评家，您在写作《世纪末的突围》时就十分强调文学的严肃性和艺术性，也一直在坚守纯文学的立场，但在现实中，面对文学文本时，您更多地表现出的是宽容，认可文学的多元化，比如对待韩国作家金河仁的作品，以及国内一些事实上比较通俗的作家和作品。这两者之间有冲突吗？

王干：你说的是那次和虹影他们在一起的讨论。当时我就讲，文学有两种东西，一种是青铜器，一种是易碎品。我们说的纯文学的经典是青铜器；那些易碎品，一次性用完了就没了。不可能要求所有的作品都是青铜器，也不能因为你的东西是青铜器就不允许人家易碎品存在。当时是就事论事，不是一概而论，不能因为我爱吃羊肉，就说猪肉不好。猪肉也可以吃，牛肉也可以吃，我只能说，可能羊肉最好，营养最高，我经常吃它。但也可能吃猪肉、牛肉。文学本身就是三分天下，纯文学、主流文学、通俗文学，不能老是拿纯文学来贬低和取消其他文学的合法性。允许易碎品的存在，并不是说我没有绝对的标准，我内心里面是喜欢纯文学的。金河仁的小说我不喜欢看，看不下去，但是作为一个评论家，不能拿足球的标准要求乒乓球。我是站在多元化的角度，客观地评论这个问题的。

徐则臣：《北京文学》曾提出过“她世纪”问题。您认为文坛上所谓的“她世纪”真的名副其实地来了吗？

王干：“她世纪”这个概念带有男权主义的色彩。“她世纪”并不是一个被女人主导的世纪，而是女人被更加充分利用、更加商业化的世纪。妇女解放、商业化的结果是什么呢？是女人能更充分地展现她的身体，更充分地展现她的女人的特征。但是这些都被商业化利用了，而这种利用往往都是男性在利用。把玩、掌握“她世纪”的手，实际上还是一只男性的手。所以没有什么“她世纪”，还是一个男性话语的世纪。

徐则臣：这让我想起您和戴锦华老师的一次谈话，您曾提出文坛上女性作家的老中青三代“三巫”。当时您是否使用了男权话语？

王干：当然是男权话语，这不需要避讳，小戴用的也是男权话语。因为根本就没有一个女性话语存在。这个男权话语其实也是男人和女人共同创造出来的。

徐则臣：据说“春天文学奖”颁奖会后，王蒙想找青年作家聊聊，找了半天，30 岁以下的男作家居然一个也找不到，全是女的。您也感叹过，在 20 世纪 80 年代，中国作家协会女作家比例不到 10%，而现在女作家们一夜之间全冒出来了。您觉得一下子涌出这么多女作家是否正常？

王干：这个很简单，男人都忙着挣钱了。女性当作家，也是没有办法的选择，想当名演员当不了，想到报社当名记也当不好。我有一篇文章《女性为什么写作》，探讨的就是这个问题。现在女人写作很多，这个和我们整个社会结构的变化有很大的关系。一下子涌出来这么多很正常，东南亚、香港多少年前就已经这样了，大陆其实在补人家的课。现在的写作越来越变成一种小安慰、小倾诉、小娱乐、小苦闷，也有这样一些因素。

徐则臣：现在好像出现一种情况，年轻的女作家成名较男作家容易得多，您怎么看待这个问题？很多人似乎也都心照不宣地认为，这其中有一些文学之外的因素在起作用。您也曾经说过，现在是眼球经济，吸引眼球就是看美女，所以所谓的“美女作家”方兴未艾。

王干：女性相对比较早熟。比如二十几岁的男作家真是写得不好，而女作家在二十几岁里可能就写得好。我倒没仔细分析这个原因。但男作家大了以后，肯定都比女作家强。还有一个，现在最优秀的男人都不写作，而优秀的女人却有可能写作。这很正常，以前最优秀的学生全上中文系、哲学系、历史系，现在优秀的学生都跑经济系、搞电脑、出国去了。现在写作的基本上都是找不到工作、被生活淘汰下来的男人。

徐则臣：也有比较优秀的，像吴玄这样的。

王干：他三十多岁了。他是八十年代文化哺育出来的，是把文学作为一种信仰和追求来做的。现在的写作，很多人都是因为无聊，也有的是因为无法生存来写作的，很多男人写作又回到了早期，像八十年代路遥他们，是为了改变命运。

吴玄：有这种情况吗？写作为了改变命运？

王干：有啊，写作为了挣钱，改变命运。

吴玄：能改变吗？

王干：能啊，我写得好可以挣版税，挣稿费，可以到电视台工作，到报社当记者。文学像个酵母，发酵了可以解决很多问题。当然，在今天，眼球经济也是一些女作家出头成名的原因之一，这毋庸置疑。

徐则臣：广西“三剑客”最近都以较大的精力投入影视，对此您有何看法？

王干：我觉得作家触电是哺育我们中国的影视，用我们作家肥沃的乳汁把影视都吃得白白胖胖的。

徐则臣：您曾写过一篇文章质疑张艺谋的《文学驮着电影走》。

王干：有这事，我写的是《文学不是小毛驴》。作家触电对影视有好处，因为影视和小说有相通之处，作家良好的训练和艺术感悟对影视是个极好的营养。也有非常冲突的地方。因为影视的功利性很强，它的流水线很强。作家写作比较讲究灵性，强调个体写作。而影视基本上是个大生产车间，对作家的个性是有损伤的。所以王朔有一次跟我聊天，说他现在一写小说就场景对话。是有后遗症的。但是作家接触影视也会有好处，好处就是，有些作家对人物的理解可能会更加深入，写人物会更生动、更准确。因为作家过去写小说基本上是感觉，都是我怎么怎么，是我在走，而不是人物在走。影视让作家充分地矫正了这一点。广西“三剑客”写影视，很正常，夸张一点说，全国的作家都在写，除了王蒙没在写，其他的作家好像都在写。

吴玄：北京两个牛作家一直在搞影视，刘恒，刘震云。

王干：从作家来说，能够接触到一种新的载体。

吴玄：不过还是不太一样啊，你像法国的新小说作家，格里耶、图森，直接做导演，拍出非常先锋的电影。

王干：那是另外一种。

徐则臣：他们进入影视是自由的，很大程度上就是把小说形象化地搬到电影上去，像格里耶的电影，杜拉斯的电影。

吴玄：中国作家还是比较被动的。

王干：其实中国很多作家也不喜欢影视，但是迫于市场经济的驱动，能够从中提高知名度，让更多地读者知道他。也跟经济利益有关系。

徐则臣：继“三剑客”之后，广西出现了年轻一拨的作家，他们这些人放到国内文坛上会有怎样的位置？

王干：我曾选过一些广西年轻作家的作品，还都是蛮有灵气的。我觉得他们目前假如想写好，要注意两个，一是格局要大。现在，我看了一下，普遍格局偏小。第二个就是，还没有形成很强的个人风格，还容易和别人混淆起来。现在他们在国内文坛，还没太多人知道，还需要更多的了解，还需要发表更多的作品。他们还需要写出更有分量的作品，让全国的作家、评论家、编辑来了解他们，理解他们。

徐则臣：您 20 世纪 80 年代初就到了北京，1989 年回到南京，然后重又回到北京。这一波三折地往返，最后您还是选择了北京，是出于哪方面的考虑？

王干：当初最早到北京工作，是在《文艺报》。当时很有青春朝气，阳光的，人际关系十分和谐。真是个好时光。89 年回到《钟山》,2000 年底重返北京。我十分怀念当时的北京，物质条件很差，但精神状态很好。那时候是在一个地下室里整理出《王蒙王干对话录》的，用一个破录音机。反差很大，王蒙当时是文化部长。那时候还没有方便面，就是凑合着吃点。

吴玄：当时叫“二王”对话录。那是当代文学史上很牛的东西。

王干：当时很有激情，很充实。现在回头看，我都说不到当时那么好。后来江苏想办一个理论刊物，后来没办成，就到《钟山》当编辑。在《钟山》也好，因为北京 89 之后文化气氛相对比较拘谨，所以当时在《钟山》还是做了不少事。我有个比方，那个时候的南京是个文化“陪都”。但是后来，我和南京的那一批作家很熟了，一起成长的。时间长了，感觉南京的作家资源已经很少，没什么可挖的了。再一个，北京又重新成为一个文化的中心，成为新一代的文化集散地，能够给人以新的冲击。还有一个，就是我老想找回当初《文艺报》的美好记忆。而且当时在作家协会太闲了，也做了一些事，但是还想改变一下闲散的生活状态，有一种要做事的欲望。后来离开《钟山》，让我当创作室负责人，有点夸大我的能量了。作家是个体创作的产物，我去做他们的头，是小材大用。在我整个的文学工作程序当中少一个环节，就是出版。我把作家、刊物、评论都做过了，现在我要考虑出版、发行。正好有一个机会到北京来。

从最初比较纯粹的精神追求慢慢到现在走向社会、从事出版，一个更大的人生空间。

吴玄：时候不早了吧，该吃饭了。

徐则臣：那好吧，就问到这儿，下次再请教。耽误您的时间了。

王干：不客气。

年代追踪

诗性的复活
——论“新状态”

引言　优美地告别新时期文学

1. 何谓“新状态”，倒计时的方式

“新状态”的提出，是1994年的文学事件。1994年是人们步出80年代的第五个年头，又是迈向21世纪的重要时刻。在远古的岁月里，时间并不包含具体的历史内容和文化内涵，它只是一堆空洞枯燥的数字。可进入现代社会以后，时间的概念被扩张被“增容”，它不再是一堆冷冰冰的机械的数字，它开始变得有血有肉变得有声有色，它是我们生活中不可缺少的活泼元素了。更重要的是时间不仅有原先纵向排列自然流动构成的史的效果，而且有了空间

性的含义。这是一次耐人寻味的裂变，现代社会要求时间增值，要求时间衍生出新的含金量来。我们可以说这是对时间的一次巧取豪夺，也是对生命的强暴榨取，然而，没有办法，这是商品经济、市场经济赋予社会文化转型期的思维方式。

从 1987 年开始，面临 1990 年北京亚运会召开日期的迫近，北京各大体育场馆建筑工地纷纷挂出"离北京亚运会"还有"XXX 天"的广告宣传牌，接着《中国体育报》也在报眼的位置每天打出同样的字眼。"倒计时"，改变了原有时间线性流动的秩序，"倒计时"，它在提醒人们时间的数量在日渐减少，它在要求人们在有限的时间做出更高的效率和更大的价值。"倒计时"显然是工业社会的产物，它说明我们的国家在告别小农经济农业社会。到 1993 年"奥申委"也同样采取了"倒计时"的方式，又同样拨动了全国人民的心弦。虽然"奥申"最后以微弱的差距未能梦想成真，可在"倒计时"这段时间内民众情绪的高涨民族情绪的高扬，让我们再一次看到民族的希望。

提出"新状态"实际是一种隐性的"倒计时"的思维方式。"新"，本身是一个时间概念，是以计时来区分不同事物的一种方式，"新时期""新写实""新古典"都是参照原有的历史的政治、文化、审美和叙事方式提出的概念，都有很强的相对性、针对性，是一种普通的"计时"方式。"新状态"的"倒计时"特性在于"状态"本身带有很强的飘浮性，因而"新状态"不可简单拆析为"新的状态"，更不可确立一个莫须有的"旧状态"去与之对立，"新状态"本身是不可拆解的一个词，不是以"新"为词头或词根的一个词组，它是一个完整的不可分割的语词。"新状态"是文学的一次"倒计时"，这种"倒计时"缺少具体的实在的指向，它并不是为奔向文学奥运会——诺贝尔文学奖的领奖台（它甚至有一种“反诺贝尔情结”），它也不是为了快速走进21世纪——21世纪并不意味文学的再度辉煌（说不准21世纪是文学消亡的坟墓）。“新状态”的“倒计时”表现为对过去时代的一次悲剧性的告别，因为这种告别是缓慢而缠绵的，缠绵中痛苦更增强了这种缓慢，“新时期”作为作家和整个人文学科工作者的温暖巢穴实在是太诱惑人太让人迷恋，它是人文乌托邦在80年代中国的现实化的实现。然而告别“新时期”则是无可挽回的历史格局，90年代中国社会政治、经济、文化的转型则使原先的乌托邦产生了覆巢之劫，“卵”们“拣尽寒枝不肯栖”势必成为那个乌托邦的殉葬品。“新状态”在这个时候是对“卵”们的一个提醒，一个忠告。因而“新状态”的“倒计时”主要特性不急于要进入什么得到什么，而在告别，告别新时期之日就是新状态的诞生之时。

因而，“新状态”的完整概念与确切定义自然需要时间的投资，它的魅力也在于目前的边缘状态与非完整化。不过在未来的文学史和文艺思潮史中，人们肯定能清晰而明了地阅读“新状态”理论和“新状态”作品。那时，或许才是“倒计时”真正结束之日。

2. 寻找临界点：走出“实验文学”的语义场

新时期文学虽不是“实验文学”的同义语，但“实验文学”无疑包含新时期文学的全部特点。告别新时期在某种意义上就是告别“实验文学”。“实验文学”与“先锋派”“新潮文学”“探索文学”虽然有种种细微的差异，但在逼近世界文学潮流，谋求中国文学迅速与国际“接轨”“同步”这一伟大目标上是一致的，这也构成了80年代文学“赶潮”“逐浪”的实验性特征。

1981年，花城出版社出版了高行健的一本小册子，书名也相当学究化，叫《现代小说技巧初探》，没想到在作家中居然引起了强烈的反响，以致引发了一场关于“现代派”的论争，这便是所谓的“四只风筝”事件。当时的青年新秀冯骥才在给友人的信中这样写道：“我急急渴渴地要告诉你，我像喝了一大杯味醇的通化葡萄酒那样，刚刚读过高行健的小册子《现代小说技巧初探》。如果你还没见到，就赶紧去找行健要一本看。我听说这是一本畅销书。在目前‘现代小说’这块园地还很少有人涉足的情况下，好像在空旷寂寞的天空，忽然放上去一只漂漂亮亮的风筝，多么叫人高兴。”冯骥才这封发在《上海文学》1982年第8期的书信今天看来可以称之为80年代文学经典性的文本之一，我们由此可以窥见新时期实验文学的某种情态，它所提供的信息是非常耐人寻味的，第一，追赶的迫切，“我急急渴渴地要告诉你”，这“急急渴渴”四个字太逼真了，80年代的作家的心态可以概括为“急急渴渴”的写作心态，80年代风起云涌的文学浪潮亦可视为“急急渴渴”地走过场。第二，作家的自信，这从“急急渴渴”的表达当中自然溢出，“急”是有感于中国文学与世界文学的不协调有落伍之感，“渴”，则是一种自信，“‘现代小说’这块园地还很少有人涉足”，冯骥才成功地运用概念的模糊性来掩饰自己跃跃欲试的心情，从书信的上下文语境关系来看，“很少有人涉足”是指现代小说理论技巧的探索，但实际上意指现代小说的创作还很少有人涉足，因而文坛显得“空旷寂寞”。如今的作家已经很少有人这么自信这么“急渴”了。另外，在这段话里还折射出文学在社会的地位以及作家的消费水准。“这是一本畅销书”，在我们今天看来简直是天方夜谭，一本论述现代小说技巧的小册子居然会畅销，可见文学的读者是何等之多，文学的图书市场是何等之坚挺。这与文学在新时期的功能超值放大有关，直到1986 年，刘再复的“性格组合论”还被排在畅销书之首，高行健的小册子在 1982 年畅销就是正常又正常的事情了。我还注意到这段话里的一个比喻，冯骥才用“喝了一大杯味醇的通化葡萄酒”来形容读书的感受，这自然是 80 年代的比喻，今天再用这样土气的比喻肯定是出自农民业余作者之手。因为，今天中国社会生活中有了各种各样的洋酒，在一些作家、评论家的作品中，经常出现 XO、人头马、路易十三这类五星级的字眼。可在 1982 年，喝葡萄酒本身（非用餐需要）就是一种西化的表示，一种享受现代生活的标志。

有的朋友将这样一种情形归结为一种“现代性的焦虑”，当时就有一位青年评论家在评论《北方的河》时这样概括道：

> 是的，这是一个科学和神话相互交织的时代：五光十色的外界信息的编入，重新唤起了我们对生活的热情。这是一个思辨的时代：它满足了我们对于所要委身的各种价值的简直不顾一切的追求。这是一个行动的时代：它冲破一切障碍，势不可当。这些行动有的得到了肯定，有的则受到了应有的否决。但是，在这巨大的热情迸发中所产生的行动总是显得那么生气勃勃，即使因此而导致的一些错误，也往往充满青春的魅力。（蔡翔《一个理想主义者的精神漫游》，载《读书》1984 年第 9 期）一种价值观念刚刚破土而出，另一种价值观念又在悄悄地萌动：当一些人终于在生活中找到自己的归宿，又有一些人起锚开航，开始对生命进行新的探索……（出处同上）

尽管当时文学界还没有出现“实验文学”的概念，可这一描述准确地勾勒了后来实验文学大潮的面貌，十年之后，我们读来异常感到亲切而准确。新时期十余年中，观念更新频繁，小说思潮递嬗奇速，从“伤痕文学”“反思文学”“改革文学”到后来的“寻根文学”“现代派运动”“新写实思潮”都以进化的观点和进化的方式向世界显示中国文学“现代化”的过程。这种显示是“实验性”作为巨大的理论前提，而“实验”对一个正在走向现代化社会的古老国度来说总是具有强大的诱惑力的，虽然“实验文学”一度受到善意的劝阻和批评，但实验文学的神话激动着作家，兴奋着作家。到 1985 年，实验文学已经成为人心所向，不可阻遏的历史潮流了。“五七族”“知青族”两代作家竞相向社会奉献自己的实验性力作，而另外一些后来被视为先锋的作家在暗暗磨砺自己的小说之剑，同样在实验室里准备一鸣惊人之作。

十年之后，人们开始发现了实验文学的困境，这种困境源于实验文学的自身，实验文学一度被有些尖刻的批评家称之为“伪现代派”，这一方面说明实验文学对西方现代小说借鉴的生硬与不成熟，另一方面则说明新时期文学的价值判断是确立在“他者”的基础上。实验文学的发展是以对西方文艺思潮以及代表作家的移植、借鉴、模仿作为第一推动力的，海明威、福克纳、塞林格、马尔克斯、博尔赫斯、纳波科夫、昆德拉这些西方现代派或后现代的经典作家的文风（汉译语体）被那些自称为先锋的作家用所谓的实验方式重新演绎了一遍，意识流，黑色幽默，“新小说派”，迷宫文体成为文坛的热门话题，在这第一推动力的启动下，确实释放了一部分作家的艺术创造潜能，也出现了一些优秀的小说，他们与这些西方文艺思潮、流派以及技法找到了天然的契合点，就焕发出他们的内心创造欲望和能量，形成了艺术创造的第二动力，就有了《杂色》《红高粱》《小鲍庄》这样的传世之作。但实验文学并没有处理好第一推动力与第二推动力的关系，很多青年作家的第二推动力是靠第一推动力去启动运转的，因而当西方现代思潮陆续介绍完之后，异域文学的新鲜度丧失了，在一个信息爆破的年代，中国文学也确乎赶了上来，外国文学拥有的流派、模式在中国都可以找到“进口组装”的“国货”，最新诺贝尔文学奖得主的作品在当年就能读到他（她）的中文译本，更重要的是外国文学在“新小说”之后，尤其在昆德拉之后似乎并没有出现像以往那般激动人心的大作家、大作品，实验文学的第一推动力丧失了，实验文学走进死胡同，也走到了尽头。“新潮文学”随着“新”的消失，“潮”自然也就不存在了，更重要的是不少新潮作家发现自己握的竟是人家作废了的过期粮票，几乎所有的新时期的实验之作，都不难从国外的大师作品中找到相应的“对称”，这种残酷的“对称”让新潮作家陷于失语的尴尬境地，每一次进行实验，就可能意味着重复他人的话语，而这对于从事个体性、创造性劳动的人来说无疑是一页死刑通知单。残酷的现实让作家重新寻找新的突破点：放弃实验，面向小说。

朱苏进把这种状态称为“临界面”，他在一篇题为《心境若干》的短文中这样写道：“当鱼在水中窒息时，就会冲向水面，此刻它的唇吻已经戳破了水皮，进入不属于它的空间，而身体还浸泡在如旧的水里。就在水与空气的临界面上，就在那非法的瞬间，鱼儿进入了创作。创作是被迫的、伟大的、失常的窃取。一个人必须进入某种程度的非人状态，才能将自己像子弹那样打出去，在创造的空间中飞行。那种飞行没有什么具体目的，只有一个遥遥的指向。同时，如果它被击落，也不该被什么具体目的击落，宁肯被一缕光击落。真的，也只有光才配击落它。”（载《文艺争鸣》1993年第6期）朱苏进并没有被列入先锋作家、新潮小说家之列，他关于“临界面”的认识显然是目睹了实验文学种种壮举之后独自参悟出的甘苦之言，他渴望“在创造的空间中飞行。那种飞行没有什么具体目的，只有一个遥遥的指向”。这就摆脱了实验文学那种现代性的焦虑，而在“水与空气的临界面”这样新状态之上重新确立小说的方位、文学的方位。事实上，有很多作家都已经意识到这种“临界面”的存在，像王蒙、刘心武、张洁、王安忆、史铁生都已脱去实验的外衣，进入到心灵的内部、记忆的内部、情感的内部去寻找叙述的新状态，一些新起的作家为了摆脱所谓先锋作家的话语阴影，逃避实验文学的囚笼，也在开辟新的语义场，像韩东、陈染、张旻、海男、马建、述平、鲁羊、何顿、大仙等晚生代作家的作品都逐渐剥离了先锋实验文学的文体意识与语言意识，不再将外国作家的探索之作视为某种绝对参照，而将自我内心的叙述激情作为小说创作的第一推动力，在另一个弧度上与王蒙、刘心武、史铁生等新时期文学的宿将不期而遇，共同获得了新状态。新时期文学的辉煌随着实验文学的终结慢慢向地平线远遁而去。

实验文学的终结，意味着中国作家在进行创作时第一推动力的改变。小说家书写的激情不再是缘于对外国前卫性艺术的追逐，个人的体验、个人的“隐痛”、个人的智识、个人的欲念的无目的的“飞行”成为小说创作的第一推动力。这好像是一种回归，但不是那种“写自我”的简单回归，它是主体意识在经历了诸多磨难之后一种螺旋式的上升，它是知识分子面对文化失语症时一种自我保护式的选择，一种别无选择的选择。

3. 浮出地表：知识分子叙事人的诞生

新时期文学最初发轫并不注重文体的实验、语言的实验，它承袭的是五四新文学运动被视为主流的优秀传统：为民族代言，为国家代言，为民众代言。因而在“伤痕文学”“反思文学”“改革文学”中作家扮演的社会角色都是“代言人”，并不是作家真正的自我。在“启蒙”“人道主义”的大旗下，作家实际充任意识形态的传声筒或反意识形态的急先锋，作家的叙事是一种“伟大的叙事”（张颐武语，此处不妨借用），作家的写作往往是一种寓言的营造，通过一个人的命运来象征民族的命运（比如《伤痕》），或通过一种现象来唤起民族的警醒（比如《班主任》“救救孩子”的提出）。1985年出现的“文学寻根”运动表现了新一代作家不满足于直接代言的现状，对十年浩劫的反思在他们的作品中延伸为对民族历史与文化的反思，“但文化反思运动本身包含着的内在矛盾：一方面成为五四精神的承接，成为对中国历史文化的彻底否定，以期为现代化进程扫清障碍，一方面成为‘寻根’行为，力图穿越文化裂谷，重返民族文化本源，发现并表述被权力话语所遮蔽的民族历史”（戴锦华《电影理论与批评手册》，第916页），这种内在的矛盾决定了韩少功和他的朋友们的写作更加寓言化，《爸爸爸》成为阿Q寓言在八十年代中国再度扩写与增容自不待说，《女女女》的抽象性更加突兀地表现出这种现代性与民族性在内心的纠缠。这种自然的表现，本身就有了文学史、文化史和心灵史的价值，它反映一代知识分子顽强的抗争与真诚的投入。

以后出现的一些激进的青年小说家虽然主动放弃了做民族代言

人的权利，虽然竭力在小说中淡化意识形态强化语言形态，但由于以“实验”“探索”这样的旗帜、这样的方式急于向西方现代文学去寻求认同，他们亦在某种意义充任另一种隐形的代言人，中国文学与世界文学对话的代言人。历史很快证明他们不可能代表中国文学与世界对话，“走向世界文学”只是一厢情愿的单相思，可是“走向世界经济”“走向世界市场”却成为明明白白确确切切的事实，“复关”则意味着中国市场真正成为经济地球村的一个村民。而中国文学则依然处于世界文学的边缘，反而倒是一些海外的华文书刊在向中国大陆倾销或企图倾销。1989 年以后，稳定压倒一切，市场经济压倒一切，意识形态的功能被还原到应有的位置之后，人文工作者特别是作家开始感到无所适从，开始发现：在这个社会上原来没有自己的角色，没有自己独立的地位。王朔说：“我觉得咱中国的知识分子可能是现在最找不着自己位置的一群人。商品大潮兴起后危机感最强的就是他们，比任何社会阶层都失落。”“我的作品的主题用英达的一句话来概括比较准确。英达说，王朔要表现的就是：卑贱者最聪明，高贵者最愚蠢。因为我没念过什么大书，走上革命的漫漫道路受够了知识分子的气，这口气难以下咽。像我这种粗人，头上始终压着一座知识分子的大山。他们那无孔不入的优越感，他们控制着全部社会价值系统，以他们的价值观为标准，使我们这些粗人挣扎起来非常困难。只有给他们打掉了，才有我们的翻身之日。”（《王朔自白》，《文艺争鸣》1993 年第 1 期，第 65 页）

说实在的，王朔的聪明有点用在“乘人之危”上，他敏锐地将他的顽主之剑击在知识分子最脆弱的地方。王朔潮的泛滥，宣告了知识分子神话、启蒙神话、人道主义神话、蓝色文明神话这些“新时期”表象与灵魂的死亡，有意思的是，王朔作为一个作家也在客串着社会角色——我是流氓我是谁，他充当的也是一种代言人的角色，代痞子之言，代雅痞子之言，代伪流氓之言，他扮演的并不是他自己，他扮演的只不过是他喜欢和熟悉的角色而已。但王朔们的“翻身之日”，比市场经济对知识分子的损害还要明显，顽主们对作家、对知识分子的亵渎、调侃将文人逼近死亡的悬崖，跳下去或许会新生，但站着也等于活着而已，而活着在形而上的层次上也等于死亡（“有的人活着，他已经死了”，这里用得上这样的警句），于是出现一批在小说边缘处游走的小说家，他们这种游走已不像 80 年代具有探险的先锋性实验意味，他们在边缘处的自由漫游只是为了证实自己的身份——在脱离意识形态怀抱，在脱离大众消费文化广场，在走出书斋走出图书馆之后的独立存在的价值，这便有了知识分子叙事人独立叙事的可能与必要。

1993 年 12 月 24 日，王蒙在台北的一次讲演中可谓道出了知识分子叙事人的真谛：“文学除了为人民宣言，为历史竖纪念碑这些功能外，文学还是个人的精神活动，在个人的精神活动中充满了各种各样的可能性，我可以写这个世界，也可以是自己的内心；我可以为大家讲故事，也可以是自己的独白，我可以有明确的时间和空间的规定性，也可以没有规定性，也可以没有明确的社会政治的指向（一定要反映什么，批评谁或赞扬谁）。”（《杂感》，载《文艺争鸣》1994 年第 2 期,64—65 页）王蒙对文学“个人的精神活动”的强调在某种程度上便是对知识分子叙事人的肯定与认可。事实上，王蒙从 1988 年的《一嚏千娇》开始，便开始放逐人们惯以见常的那样一种叙事者，而将叙事者与作家自身进行重合，小说家即真正成为小说的叙事者。在他的新作《恋爱的季节》里，我们发现小说的叙事者就是王蒙自己，虽然小说并没有用第一人称“我”进行叙述，但比以往那种受委托的“我”还要更贴近小说家自身。小说中的很多真切感受显然源于王蒙自身的精神体验和生活实录，可王蒙既不想将那样一段异乎光明的历史当作功勋来炫耀，也不想做廉价的忏悔文字来衬出自己的超历史才能，《恋爱的季节》描写的是 50 年代青年的情状，一种无须遮蔽的精神状态。不难看出，王蒙在《恋爱的季节》里唤醒记忆的激情与写作记忆的怅惘所形成的那样的一种状态的纠缠，超越了 80 年代文学的象征 / 深度模式，也摆脱了语言游戏 / 反讽的后现代方式，在一个纯粹个人精神活动的新的层面组建了新的话语之流，在这样的状态之流中，时间之流、空间之流、语言之流复合于小说家的生命之流、精神之流，文学在被影视声响等大众传媒轰击之后有了一种新生的可能。

王蒙的长篇力作《活动变人形》是新时期文学几块不可或缺的碑石与标识，这部小说反思历史的深度不仅超出同时代作家的同类小说，也超出了王蒙自己所有的作品。然而不难看出，王蒙对倪吾诚的审视依然是站在某种明确的立场上做出的，小说的叙事者是清醒的逻辑的理想主义者，而这种理想主义者代表的时代的民族文化的建设、理想价值观念以及难免的困惑，有痛苦的精神家族的自传因素，是在审父的过程中来完成对历史文化的反思的。而在《恋爱的季节》里，王蒙则陷入了一种自审，在小说里出现的与他相仿的同龄人在历史中的种种天真荒唐的表现，让王蒙无力去像审父那般去判断倪吾诚的存在价值，“明确的社会政治的指向”显然已经丧失，因为王蒙明白，在《恋爱的季节》他所射出的炮弹最后都会落到他的历史同龄人身上，落到钱文身上，落到他自己身上。这种消解，在语词的戏拟与谋杀上是一种淋漓尽致的狂欢，可狂欢之后的碎片只能导致作家和小说的同时消失。因而在《恋爱的季节》里，自审不再是单纯对价值的疑问与消解，也不再单纯是对历史的语言颠覆与戏拟，自审升华为个人精神活动范围，他是沉思的，但不是哲理的，他是叙述的，但不是定点的，非定点的叙述便可以排除任何功利价值的主导性（包括消解这样反价值主义的价值观），小说家可以自由行走在语言的边缘处、情节的边缘处、价值的边缘处，在多空间的非规定性中确立自我的存在。

在“新时期”的阵营中，有一个与王蒙相似的晚辈作家，她就是王蒙的同龄人茹志鹃的女儿王安忆。说她与王蒙相似，其实只有一点，就是不断地变换自己的叙述风格和小说格局。因而我们在谈论任何一种小说思潮和叙述流变，都可以提到这两位作家，一方面说明他们小说的包容性与丰富性超出常人，另一方面则说明这两位小说家能及时调整自己的小说方位，更新自己的小说观念，王蒙靠的是男性的智慧，王安忆则是靠的女性的敏感。1989 年以后，文学从喧嚣走向冷落，王安忆则慢慢地找到状态，她说：“书写真是一件快事；它使一张白纸改变了虚空的面貌同时也充实了我们空洞的心灵。它是使我们人生具备意义的最简便又有效的方式。它可使我们人走在冷清的街道，内心却熙熙攘攘，或者人走在熙攘的街道，内心却旷远辽阔。”（《纪实与虚构——创造世界方法之一种》的第九章，《收获》1993 年第 2 期，人民文学出版社 1993 年 6 月出版）这与王蒙的“精神活动说”可谓异曲同工。其实，无论是“精神活动说”还是“心灵说”都不是什么新鲜高明的见解，都是被前人陈述过的普通道理，但“重要的不是话语讲述的年代，而是讲述讲话的年代”，“精神活动说”与“心灵说”在 20 世纪 90 年代文化转型、作家队伍重新构成、文学贬值的情境下便有了新的可读性，它是作家穿越 80 年代进入新状态的一种标志，也是作家重新在小说中确立自身位置——知识分子叙事人——的一种自信。王安忆的长篇小说《纪实与虚构——创造世界方法之一种》从标题便可看出她的反媚俗倾向，这标题仿佛是一部哲学著作，也仿佛是一部人类学的著作，至少也是一部文艺理论著作。把它作为一部长篇的标题显然是故意反畅销，说得严重些甚至有拒绝读者阅读的嫌疑。这与那些把自己的小说标题定为某影片导演喜欢的字眼以取悦于大众传媒的价值显然是针锋相对的，她要借此来张扬小说家的独立性和小说的纯粹性。令人欣慰的是，《纪实与虚构——创造世界方法之一种》不仅摆脱时下那些青年作家流行的话本写作倾向（有意无意与影视隐喻性的接轨），而且对王安忆自身的书写历史也进行了一次伟大的超越，从而成为新状态小说最初的经典文本之一。如果将王安忆在新时期的另一经典文本《小鲍庄》与之对照，就会发现这种书写式的巨大差异，《小鲍庄》的开端虽然以良好的语言之流发轫，但很快便堕入寓言之瓮的程式中去，小鲍庄作为一种象征，寓意自然是深长的。而《纪实与虚构——创造世界方法之一种》则是反象征的，非寓言性的，小说的另一支虽然在顽强进行姓氏的寻根，但这种寻根已非文化寓言式的探究，亦非历史事实象征性的隐喻，小说家对寻根的兴趣完全是为了满足虚构的热情与语言的快乐，而关于作家“我”的自传的叙述也不是为了解剖这个麻雀去映射时代和社会的变迁（客观上可以从语词的变化发现生活更变的痕迹）。这种自叙为了说明一个小说家的诞生和小说的诞生，从这种意义上，我们可以说，小说家有了属于自己的小说。这是一个不可忽略的信息，作家（知识分子的委托叙述者）有了自己的叙事权和叙事能力。我们要为此而欢呼。

还不可忽略“晚生代”作家在新状态小说形成中的历史性功

绩。这样一些年轻作家与前几年走红的“先锋派们”在年龄上并没有“代沟”和“时差”，可视为同龄人，但由于各种各样的原因，“晚生代”作家并没有为社会认同，他们被淹没在先锋派的阴影之中，事实上，他们亦曾真挚而忠诚地尾随过先锋派，崇拜过先锋派的偶像——马原和残雪，但先锋派的走红与衰落让他们认清了先锋的策略——反抗是为了更圆满地皈依。于是“晚生代”在被先锋派遗弃的语词废墟，重新寻找与世俗对抗、与妥协了的先锋派划清界限的武器，本来文学和道路是很宽广的，面对日渐沉沦的大众化读物，对影视对文学肆无忌惮地亵渎，“晚生代”的出路却只有一条，捍卫文学的纯粹性和个人性。在“新时期”的语境里，文学的纯粹性和个人性或许是一种自作多情的奢侈品，是一种脱离大众的不良行为，而今天，它成为小说家保护自身声誉的唯一方舟。因而，在陈染、张旻、韩东、海男、何顿那里，他们对个人性的表现远比王蒙、王安忆来得尖厉而彻底，他们的精神性活动范围也比王蒙、王安忆显得更加锐角化（尖锐、脆弱、狭窄），这种锐角化的结果让他们的叙事更加摆脱社会性的遮蔽，世俗性的遮蔽，在个人性的语言之流中沉浮。陈染是一个颇有写作历史的小说家，她在 1985 年文学寻根思潮之中便有些脱颖而出的味道，但她的声音很快被淹没在实验的浪涛之中，在那样一个急遽动荡而又变化的年代里，她的小说肌理还是显得纤弱单薄。奇怪的是 1991 年她居然写出了《与往事干杯》这样刷新纪录之作，成功地告别了孱弱的小说“见习期”，一步跨入新状态的门槛；《与往事干杯》作为“新状态文本”，除了具备了叙事充分的自我指涉化外，还显露出叙述的性别意识，探索女性作为叙事人的可能性。二十世纪人文科学的发展，认识到女作家的个人性、精神性这些话语还容易为男性话语所遮蔽，挖掘“第二性”话语的潜能，则是知识分子叙事的新的天地。不难看出，陈染的小说曾受过玛格丽特·杜拉斯的熏陶，她从杜拉斯那里找到了女性的视角，但小说中所有的体验、所有的情绪、所有的状态都源于她个人生活的描述与虚构，都是当代中国青年女知识分子的心灵回旋曲。陈染的小说虽然充满了浓郁的女性气息，但陈染无意于图解某种女权主义的思想观念，也无意以女性话语去向男性话语进行强烈的抗争，去夺取话语的制高点，她游走在男性话语与女性话语的边缘处，她展现的只是一个 90 年代中国青年女知识分子的生存状态、精神状态、叙事状态。用《与往事干杯》的姐妹篇《无处告别》的话便是：

独自在雨街走着，她把自己几年来积蓄的各种毁灭感一件一件细细数来。……她没有哀伤，也没有悲叹。她知道自己永远处在与世告别的恍惚之中。然而却永远无处告别，她知道自己在与世界告别的时候，世界其实才真正诞生。

“无处”与“告别”构成的缝隙，构成了陈染的状态，也构成了新状态游走者的边缘地域；在不断游走不断告别中，新状态诞生着又消逝着，消逝着又诞生着。

4. 逃避无奈：穿越“新写实”的灰色背景

在“新时期”与“新状态”之间，小说曾经有过“新写实”的沉闷期，事实上这种沉闷与灰色仍在一部分作家那里延续着展衍着。谁也没有想到，“各领风骚三五载”的新时期文学浪潮最终会陷在沉闷、琐碎、低调的“新写实”泥淖之中不能自拔苦苦挣扎，直至终结。“新写实”的出现，表面上看来是由一家刊物（《钟山》文学双月刊）牵头诸多作家介入的“人造”思潮，但持续了五六年之久仍未衰退而亡，成为 1989 年以来小说界唯一的话题，说明有它的必然性。我在《新时期文学的晚钟暮鼓——“新写实”小说漫论之一》(《天津社会科学》1993 年第 4 期）一文中曾就“主体的终结”“实验的中止”“读者的诞生”诸方面来论述“新写实”的“坡度”功能，人们精神从 80 年代的极度亢奋，到 90 年代初期的极度疲软，中间需要一个缓冲的精神坡度，“新写实”可谓正逢其时，它的灰色叙述背景成为人们精神遮阳的凉棚。

这种灰色的背景迫使作家通过叙述的“降调”来减弱淡化小说的理想音响，有的则通过叙述角色的替换来消解叙述的一元绝对性，有的则谋求“零度”叙述的可能性，冷色调的叙述语流混合迟疑、暧昧、冗繁和低沉的叙述态度成为一种时尚。这以刘震云和池莉的小说最为明显，在《烦恼人生》《不谈爱情》《太阳出世》《单位》《一地鸡毛》等“新写实”的代表作中，灰色的生活背景和不明亮的叙述者构成中国普通百姓司空见惯的生活“原生态”。对细节细部的刻意追求、渲染和铺陈，无意之中冲淡了对典型的塑造，而将感性的、局部的、零碎的生活场景与冗琐的生活感受错杂重合于一体，影响了理性的犀利与强烈。这种低调叙述首先改变了作家布道者的形象，消除了作家对读者进行意义“施暴”的可能，同时也还原读者的本来面貌——与作家平等对话的权利。在“新写实”小说中，另一种隐匿作家主体的办法，便是“委托叙述”。比如方方的《风景》便是通过一个亡婴的叙述展现了七哥一家顽强生存的生活场景，在小说里“亡婴”并不具有生命意义，他只是作家委托的叙述人而已。苏童的《妻妾成群》便把叙述的任务委托给陈佐千的四姨太颂莲，以颂莲的视角来窥探陈家大屋子里的腐败和罪恶。“新写实”小说以一个客观的全息摄影的方式来反映社会平民的生存状态，让文学从放大了的“人”的神话释放了出来。

“新写实”的功不可没，除了缓冲着人们精神下滑的速度外，在小说技法史的发展过程中也有着“补课”的意义，虽然五四新文化运动以来，作家一直呼吁坚持现实主义，一度曾以现实主义作为判断价值的标准和尺度，但现实主义与写实主义一字之差，在中国的文学概念却有着说不尽的区别。因而在很长一段时间内，强调现实主义者往往忽略写实功夫，稍一写实便会犯自然主义之忌，“新写实”对以往的那种观念化的现实主义是一种强有力的反拨，促进了中国作家写实功力的提高，而且写实也被得到了正名，并不是只有实验性的文学才是文学，好的写实作品亦是好文学。由于“新写实”后来成为承受着负载人们疲惫心理的特殊载体，它并没有在健康的文学轨道上正常运行下去，它后来由银灰转向深灰甚至灰暗，由平实转向琐碎转向啰唆，在选材上也由现实慢慢偏向历史，这是先锋派向“新写实”认同的“曲线救国”方式。再加之商品大潮的冲击，文学图书市场的疲软，大众传媒的诱惑，“新写实”逐渐蜕化为一种“新话本”，《菊豆》《大红灯笼高高挂》《秋菊打官司》《活着》这些张艺谋用来获得国际大奖（《活着》亦直奔着国际大奖的目标）的影片无一不是根据“新写实”小说原著改编，这样也从另外一重意义上摧毁了“新写实”作家们保持个人话语的企图。“新写实”便成为《大红灯笼高高挂》里的颂莲，她被锁在灰色的深深大院里，她只有窥视陈家丑恶和罪恶，却无力改变别人当然也包括她自己的命运。

“新写实”在关注普通人生存状态方面可谓摆脱“新时期”那种“伟大的叙事”模式，从客观性的层面上进入了“状态之流”，但“新写实”在展示生存状态时往往过多地阻扼人的情感状态的表现，特别容易造成作家这样一个知识分子叙述主体的不在场，因而造成精神的空缺。像“新写实”的低调叙述委托叙述往往是小说家的精神缺席抑或精神阳痿作为前提来得以实现，这种低就读者阅读的小说策略，亦是街头地摊文学惯用的伎俩，这就在本质上混淆了小说家与畅销书之间差异，让知识分子的仅有的人文精神在语言之流中自我泯灭。造成这种作家的自嘲与自戕，“新写实”只是表象而已，它是“新时期”知识分子神话破灭的见证。而“新状态”则是要在神话之镜破灭的碎片上寻找并使之闪烁出知识分子的精神亮度，一种对“被遗忘的存在”的心灵勘探。“新写实”只是对社会生存状态的客观呈现，但生存并不意味着“存在”，更不意味着知识分子叙事人的存在，“新写实”正是通过“空缺”来逃避存在的勘探的。

“新状态”注重复现生存状态的同时更注重表现作家的精神状态，通过作家自身存在的反复多侧面的边缘性的游动性的展示，在神话与都市的废墟上去洞开存在的虚无之光。所以朱苏进说：“将自己像子弹那样打出去，在创造的空间中飞行，如果它被击落，也不该被什么具体目的击落，宁肯被一缕光击落。真的，也只有光才配击落它。”（出处见前）因而在朱苏进带有强烈自传色彩的中篇小说《接近于无限透明》当中，李觉与李言之的分裂与重合便构成存在的悲剧，智商超常的李觉被人们视为“失常”，可精神“正常”之后的李觉变成了李言之，但“李言之不再是李觉了。李觉是唯一的，而李言之和李言之们，则挤满了这个世界”。这种对“唯一的”推崇，是对失落个人精神的李言之们的轻视，也是对知识分子话语（在《接近无限透明》的小说里，李觉是以高智商的青年教师出现的，李言之则是世故的敏锐的军官面貌出现）被毁坏的抗议。不难看出，李言之是“新写实”化了的，而李觉则是“新状态”中人，李言之是灰色的，李觉是透明的。显然，正常的世俗的社会是容不下“透明”的，“透明”只存在于精神，高蹈世俗之外、价值之外。对平庸的拒绝，迫使朱苏进将个人的极大值的显现置放到一个脆弱的“幻境”之中，使存在本相渐趋透明。

这种透明的新状态美学追求在史铁生的近作中也表现较为突出，他的《第一人称》便是将个人的内心体验充分地空灵化，在一个如梦似幻的个人性的写实故事中充分地展现“第一人称”的心灵价值与语言价值。阅读这篇小说很容易被表面那种类似写实的语象所迷惑，因为“我”在叙述新的楼房居室空间时甚至有点“悬念”的意味，但我们很快发现，史铁生意在对“第一人称”这样一个激动人心而又朴素无比的新的对象进行审美考察，这种考察之中甚至带有拷问的味道，但“第一人称”最终归入神圣的透明之中。“第一人称”的出现，也意味着与以第三人称（即令像《风景》等以“我”进行叙述的作品也是变体的第三人称，前文已指出这是一种委托叙述）为特征的“新写实”小说撕开了一道清晰的界线。

上篇　文化断桥之畔的书写

1.“文化断桥”：双重裂谷之间

“断桥”在中国既有的语言秩序里意味着一种悲剧性，脍炙人口的白蛇娘娘与许仙的故事便起源于杭州西湖的断桥。1980 年我去杭州旅游去观赏西湖十景之一的“断桥残雪”，我固执地寻找断裂的痕迹，发现断桥未断依然一体，只好猜想桥的内部必有一条隐形的分裂之线，要不，怎会有断桥一说。“文化断桥”的提出也是源于悲剧性的人文现实，在经历了80年代的种种人文主义思潮涌动之后，90年代的中国社会现实在市场经济这一非人文性的魔棒的驱使下出现了无法回避的文化断裂，这一断裂是在转型的合理理论作用下完成的。无需掩饰，市场商品经济热潮对意识形态功能的淡化，社会价值观念更新对人的金钱意识的强化、给人文学科的刺激无疑是一场破坏性极强的地震，文化的裂谷豁然醒目，虽然往昔文化的表象依旧存在，但断桥在深层结构已经形成。在一些方面断桥已经浮出地表呈两极对峙之势，比如图书市场上地摊与国营书店的冷战，便是80年代向90年代过渡的一种写照。文化断桥已经横亘在90年代中国知识分子的心头，不管你视它为一处风景也好，还是把它看作不顺眼的障碍也好，反正它已经进入了人们的视野而且不会轻易消失。

“文化断桥”的提法最早出自戴锦华女士对第五代导演的阐释，她在《电影理论与批评手册》一书中有一节《断桥：子一代的艺术》中这样写道：“第五代的艺术是子一代艺术，“文革”的历史规定他们痛苦地挣扎在无法撼动的父子秩序与无父的事实之间。于是80年代，中国第五代的艺术便成了一种超越历史/文化裂谷、而终于陷落的断桥式的艺术，使他们创造一种全新的语言与历史表述的努力成了子一代的精神流浪的传记。”（17页）这种断桥是由文化反思运动本身包含着的内在矛盾决定的，“一方面成为五四精神的承接，成为对中国历史文化的彻底否定，以期为现代化进程扫清障碍；一方面成为‘寻根’行为，力图穿越文化裂谷，重返民族文化本源，发现并表述被权力话语所遮蔽的民族的历史。”（16页）戴锦华的概括与描述异常准确，可谓把握住了第五代的脉搏。

很显然，“新状态”所陈述的“文化断桥”已超越了原有的内涵与外延，其实是一次重新命名的结果。我们今日面临的“文化断桥”已远非文化反思的内在矛盾所能概括，我们面临的不仅仅是传统文化的断裂，还同样面临着另一重的断裂——启蒙神话的破灭。启蒙神话的特点用戴锦华的话说，便是“完成一个深入的文化内省与历史批判，永远地放逐并埋葬五千年的历史幽灵，为将临的、已至的现代化进程拓清道路”，一个世纪的历史事实表明，中国社会从未放弃过这种现代化的努力，即使在十年动乱之间也有开明的周恩来先生排除重重障碍向世界发出“实现四个现代化”的响声。然而，80年代后期急剧加速的现代化进程与猝然而至的商品化大潮，90年代的文化转型使之陷入现代化的迷惘，对西方现代化文化的无条件认同并不能真正解决中国文化精神的困顿，反而会导致一种新的精神流放。

在这样一种双重断裂的社会背景映照之下，文学也迅速从原先中心位置被抛落到边缘。当93年下半年贾平凹的《废都》这样一部文学奇书被地摊文学广泛销售时，人们看到的不是多少年前万人空巷传诵天安门广场诗歌的文学的辉煌，而是文学的破落与灰暗，它有点像余华《活着》中的那个破落户福贵——活着而已。文学面临的双重断裂同样不可弥补，一方面是作家从启蒙的神坛上走下之后悚惶地流落到民间艺人的地位，文学与意识形态的脐带戛然斩断，作家与庙堂的隐形通道亦轰然崩塌，文学失去社会意识形态的庇护与控制之后，犹如丧失了地球引力的月亮，茫然不知如何使用这份奢侈的自由。另一重断裂则是风起云涌的大众读物掠夺了文学的读者，作家面对越来越多越来越精的大众文化消费品种，手中的语言之剑如锈了的青铜古器闪耀古典的光辉，却难以重施旧日的魔力。丧失了读者的作家已很难宣称为下一个世纪写作或者为子孙们写作了，没有发行量的文学作品从经济上打击了往日作家的优越感，在往日一份文学期刊发行超百万的日子里，作家满可以骄傲地以版税来炫耀文学的价值，但今日的文学期刊大多数不盈利，靠国家和创收来维持，像《收获》等“四大名刊”（韩小蕙语）的稿费标准远远低于《风流一代》《家庭》《XX 纪实》一类亚文化期刊，在文化市场上，文学成为滞销的产品，作家与读者往日鱼水关系断裂了，文学成为商品浪潮沙滩干涸的鱼，与“海”无缘。于是一度时间内文人下海成为中国不可不看的风景不可不听的奇谈，一些作家也以富以钱多来重新表明自己没有被时代抛弃，并声称宁可被文学抛弃。一些执着于文学的作家虽然能够忍受经济上的贫困，但不能容忍精神上的贫困地位，既不能投身商海挣钱，又不能静心写作，这一群丧失了“终极关怀”（他们在灵魂深处是皈依国家意识形态启蒙神话的）被我们传媒视为“人类灵魂工程师”们开始为自己的灵魂发愁了。与可爱的意识形态启蒙神话和原先淡漠视之的大众读者的双重断裂，形成了作家的“文化断桥”，小说这种被法国利奥塔视为“伟大的叙事”陷入了尴尬不能自救的处境。呼唤新状态，超越文化断桥的裂谷，便成为90年代文学自我救赎的重要方式。《国际歌》里早就唱过：

从来就没有什么救世主，
全靠自己救自己。

2. “孤岛”上的叙事人：作家之死与小说家之生

1993 年 2 月，我到海口去参加了一次笔会，在会上见到了很多作家老朋新友，乍看起来颇有重温旧梦的感觉，后来发现这次笔会正好宣布了旧梦的终结，迫使我们寻找新状态。这里可要感谢这次会议提供给我的种种感触，虽然会议只有短短半天谈论文学，而且谈及的还是文学与下海经商的关联，但海口之行让我深切地感到文学和作家在 90 年代由辉煌走向没落颓势难挽。学者风范很足的韩少功事（不是“私”之误）下交谈说，海口是真正的文化沙漠，没有一个人可以进行对话的。现在我才意识到少功的悲哀是真诚的悲哀，是一个作家的真正悲哀。离开海口那天，飞机升至空中，我鸟瞰下去，海南岛在茫茫的大海上状如椰子般孤苦伶仃，仔细品味少功的话，我脑子里跳出了“孤岛”二字，便一下子将我进入 90 年代以后一些零散的观念和想法整合起来，好，孤岛。回来以后立即写作一篇题为《孤岛、非卖品、乌托邦——90 年代文学走向刍议》的文章，我感觉重新找到了状态。这种概括只是缘于我个人经验的角度，有不可躲避的遮蔽性阴影，但它毕竟有了一种新的阐释的可能性。

“孤岛”其实是就作家与社会的关系而言，在新时期的语义场中，作家与整个社会的文化意识形态亲密无间，作家对社会政治现实认同与某种看似拒绝的否定，都表明文学自身的运转来源于社会政治文化的巨大吸力，作家有理由也有可能为国家代言，为民族代言，为民众代言，大则可以成为启蒙的精神领袖，小亦可作一个比新闻记者高级得多的宣传人（时代精神的传声筒或政策文件的图解者）。张颐武将之称为“现代性”的整体性的话语，认为“这种话语是以 18 世纪西方的启蒙话语为开端的。它包含着以‘主体’为中心的一整套意识形态，它创造了‘理性’的合法性的神话，它构筑了灵 / 肉的二元论的知识体系和文化立场。它提供了两大支撑现代文化的神话，一是人文独立解放的思考模式，二是对整个知识系统作纯思辨式的思考。‘现代性’并不仅仅指向一种历史的分期概念，而且指向一种对传统对立的新文明。这种‘现代性’的话语带来了‘个人主体’和‘民族国家’的观念。这些来自西方的话语自‘五四’以来就已经深刻地影响了中国文化，它已成为中国人文话语的中心。同时，‘现代性’也意味着新的时间的开始，它标识着在传统 / 现代、旧 / 新、黑暗 / 光明等一系列的二元对立中的肯定性的方面。‘现代性’不是文学中的‘现代主义’，而是现代西方文明的价值化与认识论的总体，而知识分子则始终处于话语的中心。”（详见《天津社会科学》1994 年第 4 期《对“现代性”的追问》一文）张颐武在指出“现代性”话语其实是来自西方话语的过程，实际也在运用西方当下的话语（如法国理论家利奥塔的后现代理论阐述）解释中国的人文状况，事实上，在中国“现代性”的状况远没有张颐武文中所说的那么充分，它是一个始终未能正常发育的孩子。虽然未能发育健全，并不影响这个孩子的成熟与死亡，中国“现代化”神话的破产，也就如同一个发音不健全的人同样要面对死亡一样，或许由于其不健全，死亡也比发育正常的人来得要迅疾——这就是后现代在中国迅速繁衍的土壤。张颐武在文中抓住了一个要害：“知识分子则始终处于话语的中心”，作家虽然讲述的并不是自己的故事，他虽然处于代言人的位置，然而这个位置却是话语的中心，作家的作品可以是“投枪”“匕首”，还可以成为“革命机器上的螺丝钉”，作家本人往往也被等同于“人类灵魂的工程师”“社会的良知”“历史的见证人”，事实上，文学和作家的这一特殊的功能还是在历史的进程起过一些意想不到的作用，比如 1976 年天安门广场诗歌对“四人帮”的毁灭应该是功德无量的。问题是文学的这些特殊功能离开了特定的历史时期和文化背景，如果滥用或者一定要随时随地让它生效，反而使文学失去了本性，就像使用抗生素只在疾病炎症状态时才能发挥作用一样。

文学在过去的日子无疑是“话语中心”的中心，作家也充任重要的社会角色，他对社会拥有话语的发布权、代言权，他是站在时代之塔上的宣谕者。到了 90 年代，作家从原先的时代骄子变成了“码字的”（王朔语），在王朔的《顽主》里，作家成了流氓的代名词，作家与街头的阿混已经没有太多的区别。作家社会地位的前后反差之大，表明社会文化价值观念发生了变化，作家原先与社会的联系被日益高涨的商业浪潮和实用精神割断，被闲置到一个非常尴尬的边缘地位。文学几乎在一夜之间成为无人问津的“孤岛”，“朝去暮来颜色故”，又死死守住贞节不肯“嫁作商人妇”，只有靠追忆往昔的好梦来慰藉。作家队伍亦迅速分化，①下海经商；②制造畅销书；③投靠影视；④报刊专栏作家；⑤苦坐书斋；⑥做官。这些身份宣告了在“新时期”语义场中存在的作家已经死亡，文学已经不能够由他们来肩负，需要一种新的角色，以新的姿态来重新君临文学。

在新状态的小说里，我们可以读到“作家之死”这样的意味，马建在其新作《拉面者》中通过专业献血者与专业作家的对话无情宣告作家之死，当专业作家痛斥专业献血者是“虚伪的奉献者”时，血客毫不客气地指斥作家：“我比你们更真实”，“你也是个献血者。我比你高明的是血流出来救了人。我得到食品和人格。而你的脑浆消耗之后，没得到任何安慰。你得到的物质仅够你苟延残喘，靠闻邻居的香味过活。你根本还没体会到一个完整的生命。你常说要接近什么真谛，你的上帝帮了你吗？”“我不是谁的牺牲品。改革开放给了我生存机会。我能自己创造自己。我从第一次拿到血钱就不再绝望了。我要的东西都有了。而你，为了登上中国作家大辞典，还要苦苦熬着。因为你不愿意写你不想写的东西，你在惩罚自己。你把生活故作神秘，使自己的不实际变得合理。你竟忘了人是靠谋实利生存的，而不是靠意义。”马建小说中血客对作家的警觉，可以说是整个社会对作家和文学的一种反诘，甚至我在前面提到的海口笔会上也听到类似的反诘。王安忆的《叔叔的故事》则通过叔叔这样的一个飘浮不定甚至有点抽象的作家的描写，彻底瓦解了“作家”这样一度被夸张了的神话。当大宝用那把切西瓜的大刀劈向父亲时，曾经屹立在读者心中的“人类灵魂工程师”便颓然倒在血泊之中——作家死了。血客用语言现实将专业作家置于死地，大宝用的则是明晃晃的菜刀，而王安忆则是以小说作为武器，他们不约而同谋杀了作家这样伟大而渺小的历史人物，新状态便由此诞生。

“作家之死”在新写实小说中是通过精神的缺席来得以实现的，应该说新写实的小说家已经敏锐地意识到作家这个伟大的神话的破产，面对 80 年代末 90 年代初急遽变化的社会文化现实，作家已无力像新时期之初那么做出坚定的价值判断，只能采取客观化的叙事策略来逃避精神的惘然。委托叙述便成为“新写实”在文本内部的一个重要特征，所谓委托叙述便是作家将叙事的责任委托给一个与己不关联的作者，这个作者往往是小说中的一个人物或潜在的平行的人物，作家抑制住自己的叙事欲望潜入到小说中人物的视野来进行小说操作。这种叙事人的出现，本是现代小说发展过程中的一种进步，它避免了作家单声道的平面输入，而去追求一种立体辐射的效果。但由于“新写实”专以小人物、灰色人生来展现底层平民的生存状态，委托叙述则意味着小说的“视点下沉”，而这种下视造成了小说与叙事人价值观念的重合，导致了作家的不在场，知识分子的不在场。刘震云的《单位》《一地鸡毛》便是以小林的视角来进行的叙事，在小林叙事的过程中，作家多次无意识介入小林的叙述，附和小林的叙述，阐释小林的叙述。在池莉的《不谈爱情》中，我们看到了一个类似“世故老人”型的人物——梅莹，在梅莹和生活的双重教导下，庄建非才真正地“成熟”，认识到只有“不谈爱情”，才能“圆满解决了一切问题”,“他相信往后就有经验了”，这是一种大彻大悟后的感慨。正是在“身边的日常琐事”中，知识分子与大众达成了某种“共识”，也正是在这个意义上，他们成了大众的“转述人”，而不是“代言人”，现代文学对大众“哀其不幸，怒其不争”在这种“转述”中被消解了。蔡翔将这种现象称之为“日常生活的诗性消解”，认为这种消解背后，“是对浪漫主义的排斥，对乌托邦的怀疑，对知识分子传统的人文目的的消解，是对‘解放人类’与‘解放自己’的双重拒绝，并且不自觉与公共性的日常生活准则达成‘妥协’，个人只剩下了自己的‘日子’，‘活着’就是目的，它成了一个不可逃避的存在符号。”（参见《花城》1993 年第 4 期《日常生活的诗性消解》一文）

“新写实”虽然也宣布了作家之死，但却是在妥协与认同的姿态下进行的，对“解放人类”与“解放自己”都采取逃避的姿态，最终丧失了作家自身，也丧失了知识分子在新的历史时期叙事的可能。新状态的意义并不在于宣布作家的符号性死亡，而在于宣告小说家的新生。小说家与作家之间在一般的语词逻辑意义上有一种隶属关系，不是两个相对应的概念。但由于作家这个符号在以往的语义场被灌输了过多的角色内涵，作家的最初语义已经被肢解，已经填充进新的含义，作家的概念发生了质的变化，已经在非文学的范畴内存在，重提“小说家”是为了让作家这一书写者重新回归到文学状态中，因为小说家所具有的那种职业性寓意恰恰可以抵消那种非文学状态对写作者生存的干扰与辐射，在一个新的历史文化断面重现诗性的尊严与智性的光芒。

这种重现便是让小说家重返精神不在之场，让知识分子借助书写（不是创作）来“解放自己”，从“讲述老百姓的故事”（中央电视台《东方时空》的栏目定位语）转向讲述自己的故事。这便在小说里出现知识分子叙事人这一全新话语，结束以往“代言人”与“精神缺席”的悲剧命运。

3. 新体验：象征之塔的倒掉

在上述的论述中，我谈论了小说家作为新状态的书写者的可能性，这种知识分子叙事人的诞生意味着“解放自己”在文化转型时期具有一种涅槃性的意义，新的个人性话语与精神性话语在大众消费文化的包围圈突围出来，让诗性的阳光重新照耀那些被各种阴影遮蔽太久的心灵——孤岛上的文化守望者，促使他们在没有家园的语言之流中寻找一种不在之在，在文化的边缘处自由地游走，以一种新的生命形态改变“守灵人”的被动之势，在若即若离的社会状态中真正地“解放自己”。

王安忆在《叔叔的故事》的创作札记中写道：“《叔叔的故事》重新地包含了我的经验，它容纳了我许久以来最最饱满的情感与思想。它使我发现，我重新又回到了我的个人的经验世界里，这个经验世界是比以前更深层的，所以，其中有一些疼痛。疼痛源于何处？它和我们最要害的地方相关联。我剖到了身心深处的一点不忍卒睹的东西。我所以将它奉献出来，是为了让人们与我共同承担，从而减轻我的孤独与寂寞。”（见上海文艺出版社《上海首届（1990—1991）长中篇小说优秀作品大奖获奖作品集》一书，309 页）王安忆在这里强调了“我的经验”“个人的经验”和“身心深处”这样纯属于个人性话语、精神性话语的重要性，并强调这与“我们最要害的地方有关联”，这与王蒙所说的“文学还是个人的精神活动，在个人的精神活动中充满了各种各样的可能性”（引文出处见前）可谓异曲同工。

个人性、精神性这并不是什么新鲜的概念，它在十年前连续不断对“现代派”的论争中就被人反复提及过，也被人反复否定过，后来虽未形成某种共识（文学无需求得共识）但已无法排斥，倒是有一些更年轻的评论家、小说家主动放弃这一话语以更新颖的理论指出其局限性，事实上，个人性、精神性在过去的文学进程中亦几经沉浮，亦曾放射出迷人的光辉。但由于在整个“新时期”的语义场，文学和作家在解放思想拨乱反正产生的巨大历史影响，小说始终被嵌定在“民族寓言”这样一个高高矗立的象征之塔之上，它的“个人性”“精神性”往往扩大为某种价值观念和思想观念的隐喻，最终削弱个人性、精神性的功能。在新时期文学的经典作家中，张承志可以说是个人性、精神性最为强烈的一位，他小说中的“我”总是以大写的方式出现，他的代表作品《北方的河》《黑骏马》在以其充分个人化抒情化的叙事过程之中，最终仍归结为一种象征的板块结构，北方的河成为民族精神的一种象征，黑骏马则成为博大母爱的隐喻，大写的“我”最终成为大地之子、文化之子、历史之子，个人性以及由个人性而生发出来的精神性最终消失在茫茫草原的尽头，融合在民族历史寓言之中。早在 70 年代末期，刘心武就曾写过一篇小说叫《我爱每一片绿叶》，实际上提出了在现代社会里，个人性存在的合法性，但刘心武发出的呼吁本身带有寓言性质，他关心的是所有人的隐私自由。80 年代，王蒙、高行健、李陀、张辛欣等人曾以“意识流”为依托来展示个人性、情绪性、精神性的诗学价值，但不久便被更年轻一代倡导的“文学寻根”运动所冲淡。王安忆将这段“寻根”历史称为“游离的时期”，“在这个时期里，我与我个人的经验保持了距离，我将注意力放在别人的经验上，以我在成长中的认识去解释经验”。（出处同前例）在对别人的经验的猜想与虚构中，韩少功的《爸爸爸》与鲁迅的《阿 Q 正传》“接轨”，对民族劣根性的批判使小说的象征化不断升温。个人性的话语虽然曾以变体的方式出现过一阵（比如刘索拉的《你别无选择》），但很快就被“新写实”这种更加客观化的他者的经验所取代，主观的自己的个人的话语一直被放逐在象征之塔的视线之外。

有人曾以“深度模式”来概括新时期文学的特点，但恰恰忽略到新时期话语里缺少个人性的深度，对个人性的贬抑来源多于对民族性的几近唯一肯定，新时期无疑是一种深度模式，但它往往以民族性的深度遮蔽了个人性的深度，以文化的深度来取代精神的深度。当有人移植新小说派的理论概念对中国当代文学进行“拆除深度模式”这样的后现代工程时，在消解中国传统文学载道观念的同时也给本来就异常苍白的文学中的个人性深度、精神性深度以毁灭性的打击。因为文以载道的文学观念有着深厚的文化传统作为支撑，并不是使用一两次涂改液就能轻易抹掉的，而在中国文学里先天发育不良、后天营养不足的脆弱个人性话语、精神性话语则很容易被打翻在地再踏上一只脚，事实上，王朔“我是流氓我怕谁”“千万别把我当人”这样一种调侃的话广泛流行，便表明我们担心的事实已经发生，平面化的文化思潮中死去的并不是那些业已物化了的传统价值观念，“个人之死”“精神之死”则是惨痛的现实。我曾在《平面人与精神侏儒》（载《作家》1994 年第 1 期）对这种“精神之死”“个人之死”表示极大的愤慨和悲哀：“一个作家，一个文化人，一个知识分子，可以不做民众的代言人，也可以不做真理的传教士，也可以不做文化的守灵人，但作家却不可以一个平面人自居，平面人是后现代社会生成的畸形怪胎，没有思想的负荷，没有价值的规范，没有灵魂，没有灵智，不追求意义，不相信永恒，是平面人的文化消费指向。总之，它是文化失范之后出现的精神侏儒。”很显然，要求每个作家都成为文化巨人和思想巨人是天方夜谭，但如果丧失了这种个人性、精神性的执着追求，文学至少是跛足的。事实上，即便法国的“新小说派”也从未放弃过个人性的、精神性的追求，法国“新小说派”的一些作家像罗伯 · 格里耶、克洛德·西蒙、娜塔丽·萨洛特、米歇尔·布托尔的话语充满着鲜明的个人性，怀疑精神则使他们“不得不尽他的最高责任；不断发现新的领域，并防止他犯下最严重的错误：重复前人已发现的东西”。（娜塔丽 · 萨洛特：《怀疑的时代》，见中国社会科学出版社出版的《新小说派研究》，柳鸣九编选）

在新状态小说里，小说家放弃的并不是深度，而是一种高度，站在象征之塔之上的那样一种理性观念的高度，一种民族寓言的高度，一种不顾自身存在而拼命攀附的高度。而新状态小说则努力表现的是个人性的精神深度和凹度，从而取代象征模式的高度脚手架。青年作家韩东在谈到美国作家卡佛时说："这是一个为标准写作的人，也达到了目的。只是，他没有把某种精神的果实带给文学。没有，或者因为标准的目的而压抑了。他长成了一棵很好看的树，但从不结实。和我喜爱的作家相比，他是次一等的。卡佛的写作是保守的写作。或者说，他的目的设置在自身以外。他从外部描画这个世界，他的内部一直沉默着。没有那种精神的洪流从中洞穿，然后流泻在大地上、世界中。精神的源流或许不从他的身上发端，但必须借助写作者的身体。卡佛拒绝这一'借道'。他的写作是不伤皮肉的。由于缺乏根本性的循环，他的写作是停留于外部的。甚至是没有必要的。"韩东对卡佛的不满同样可以用到以新写实为特质的那样一些作家身上，"他的写作是不伤皮肉的"，"他的目的设置在自身以外"。这还不是最主要的，最重要的是他对那种"精神的洪流"的推崇，认为这是"根本性的循环"。这种"根本性的循环"在朱苏进的作品里则表现为一种"隐痛"："隐痛有时接近于幸福，因为只在看得太多相得太透之后才会产生隐痛，他于大贯通之后对一切都理解都宽容都绝望，只好默然地享受隐痛。隐痛不是生命力萎缩而是凝聚，它直接表现为一个人的内在质量。隐痛是异样的沉默，是太深的敏感，是无边的期待，是心底的巨雷，是无形的累积……隐痛者只有两条出路：要么力竭而亡，要么在一个瞬间辉煌地爆炸。"（《心境若干》，载《文艺争鸣》1993 年第 6 期）并由此推断创作是"为了把自己与别人区别开，他牢牢守定了那一份渺小，把自己钉在神圣的隐私上"。（出处同上）

王安忆的"深层疼痛"，朱苏进的"隐痛""神圣的隐私"，韩东的"伤皮肉"的"精神洪流"，都在强调一种"新体验"——与个体生命相关的经历、经验、情感、情愫，它必须唤起记忆深处的深层隐痛，或许它并不能与人分享，或许也激不起人们的强烈的共鸣，它只是一根孤独的琴弦在颤动，但它不是肤浅的、被观念冲溅起来的感情泥沙，它是个人存在的幸福和痛苦的源泉。《北京文学》发起的“新体验小说”应该说较为敏锐捕捉到这一重要的动向，它强调作家“亲历性”无疑是对个人性、精神性的写作方式的一种推动。“新体验”的自传化与纪实性为“新状态”提供了一个重要的切口，这个切口或许不如“民族性”的切口那么宽阔，但它构成的锐角却异常尖深，是放弃历史高度之后造成的心理凹陷，在这种凹陷里灵魂会达到一种前所未有的深层颤动。王蒙的《恋爱的季节》可谓触及到这种深层的“隐痛”，这部长篇小说作为作家早期长篇《青春万岁》在 90 年代的“重写”，无疑带有强烈的纪实性与自传色彩，这是一次对“50 年代情结”的痛苦告别。王蒙这一代人对青春岁月有一种近乎宗教般的迷恋与固守，但站在 90 年代历经沧桑的王蒙发现感情的投入与历史的回应之间所存在的巨大反差，这种反差便成为作家心灵中难以解散的“隐痛”，否定某段历史的价值观念是必然的，而欲去彻底消解自己在青春时代全部投入的美好的纯洁的感情却又是难以自已的。纯洁的感情、美好的青春是无辜的，她又让人有再度投入的可能。在这样矛盾复杂的心理状态下，王蒙不再躲闪回避这种心灵的隐痛，而是着重展现这种难以言清的感情状态，而不是简单抽取几条理念的筋骨而舍去血肉。王蒙写于 1985 年的长篇小说《活动变人形》，据他说“是我写得最痛苦的作品，有时候写起来要发疯了”，（见《王蒙王干对话录》，230 页，漓江出版社出版）这部长篇在很多地方也触及作家个体的家族的“隐痛”，但 80 年代的文学是站在象征之塔上面瞭望民族历史文化结构的文本，《活动变人形》最终也将“隐痛”升华为一种历史的高度：

中西文化冲突之下中国人的尴尬处境。小说的主人公倪吾诚成为继吕纬甫（鲁迅小说中的知识分子形象）之后又一个重要的“典型”，具有深刻、宽广的历史概括力。而在《恋爱的季节》这种典型的概括方法便消失得无影无踪，没有占据中心的主人公，“主人公”是作家自我流动的心灵状态。

王蒙从“审父”到“自审”，是小说螺旋式发展的必然结果，也是“新时期”转向新状态的一个方式。王安忆的《叔叔的故事》虽然充满了对当下知识分子自身状态的描画，但由于以“叔叔”作为叙事的视角，依然具有“审父”的意味，而近作《纪实与虚构》则完全地“自审”，虽然这部以复调结构组成的长篇有一半是关于家族的寻根史，但这部寻根已丧失了象征的历史感与民族感，完全是小说家自身智力冒险与语言游戏的载体，而另一半关于小说家自身的成长史，“我们交头接耳，唧唧哝哝，我们以无穷的废话来结合我们的关系”，“我就是在那时候变得饶舌，我的上海话也在那时锻炼得一泻千里”，“搬弄是非的下场总是很悲惨，真相大白的一日是我最孤独的一日”。这些关于童年、少年的记述已完全进入“没遮拦”的状态，完全进入小说家自身的当下状态，是对《小鲍庄》那种“民族寓言”“文化寓言”的自我反拨。王蒙、王安忆的这两部长篇同样芜杂而斑驳，他们都以自身个体的当下情感形态来进行小说这种文体的书写，不再是那种隐喻性文学思维的产物。

由于忽略了小说的隐喻的确指性，象征之塔的高度性便被新状态的凹陷度和透明度所瓦解，个人性的话语之流越来越倾向于自身的拟传记的书写方式。朱苏进的《接近于无限透明》与他的自传体散文《想到便说》可以说是互涉性的文本，《接近于无限透朋》中的“我”的故事与《想到便说》中朱苏进少年的记忆几乎是重合的，连关于人体标本、瘸腿狗的细节也没有差异。在《接近于无限透明》里，朱苏进丝毫也不避言少年时代住院期间给予他后来文学创作某种“病态”的影响，“在你现在年龄段，可塑性最高，挥发性最强，心灵嫩得跟一团奶油似的，谁要是不当心碰一下你的灵魂，他的指纹就会永久留在你的灵魂上”，这种对“灵魂指纹”形成的描述必须在一种“接近于无限透明”的状态才能够坦然地书写，“对呀，你敢说你毕生当中从来没有心理失常的时刻么？敢么？假如真的没有失常，那么你正常的时候在哪里？”很显然，这种反诘看似为小说中的李觉辩护，其实是为自己心理的某种“失常”而争取正当存在的权利，因为这种“失常”恰恰正是李觉留在朱苏进童年心理上的一个巨大的精神指纹。在这篇充满茨威格气息的中篇小说里，朱苏进亦从《第三只眼》那样一种对“他者”的审视转为自审自视，对自身的书写代替了对他人的猜度与描摹。

韩东的《西安故事》、张旻的《情幻》、何顿的《生活无罪》、朱文的《飞行的大爷》都是这种自审自视个人经验的书写。韩东成功地将他在诗歌中的审美经验移植到小说之中，在《西安故事》里他写道：“不久后有一个机会使我调回了家乡，即是小说开始时我和何飞在一起喝加饭酒的那个城市。我的工作仍然是教书，上班之余写作。正如读者朋友所了解的，我开始是写诗，逐渐有了一点名气。但诗歌写作并不能维持我的生活，相反的倒是越写越穷，人来越灰——灰溜溜。于是近年来我转向小说，于是才有了这篇关于西安的小说。对于那些关心我诗歌写作的朋友，我想告诉他们：我并未如外界认为的那样已放弃了诗歌。只是我不再让诗歌承担我的生活抱负，让它们从不堪重负的境况下解脱出来吧”这种自白式书信式的句式在晚生代的小说时常可以读到，人们已经可以借助小说去阅读小说家个人生活的状态（过去的、现在的）以及动向，小说家不再是躲在幕后的导演或魔术师，小说与小说家在这种新体验的状态下几乎可以画上了等号。青年小说家张旻在谈到他《为什么写作》一文时说得好："照理我不应该将这种私人性的、隐秘的状态呈现。但是我还是这么做了。在虚构的名义下，我感到忐忑，但不害羞。"小说与小说家这种公然的重合是在"虚构的名义"掩护下实现的。

这种对私人性的、隐秘性话语的认可诱发了女性话语在小说中产生的可能。王安忆的小说无疑充满了状态感，但她的小说并不刻意呈现女性性别的含义。她有些像奥运会冠军四川姑娘张山，是依照男性的竞赛规则进行小说叙事的，因而在《叔叔的故事》里的青年作家"我"便是一个性别模糊的叙述者，这种无性别的叙述到《纪实与虚构——创造世界方法之一种》中并没有自审自视而强化其女性色泽，反而有一种逃避性别写作的倾向，因为王安忆的小说力量无需借用性别来为其增值。晚生代的女性作家如陈染、海男、林白等则需要动用女性的天然资源来强化她们小说的个人性力量，因为在实验性话语被所谓"先锋派"作家尝试过多种可能之后，寻找叙事的缝隙、寻找小说的新空间才有可能获得新状态，历史证明，她们不可能像王安忆那般坦然地写作，她们需要一种爆发力来张扬她们小说的活性。于是，私人性与隐秘性便成为她们鲜明的唯一的选择，"对艺术家来说，这种意识到她自己就是本文的感觉意味着在她的生活和她的艺术之间几乎没有什么距离可言。妇女作家之所以那么偏好个人抒情的形式如书信、自传、自白诗、日记以及游记等，恰是生活被体验为一种艺术或是说艺术被体验为一种生活的结果，就像妇女对化妆品、时装和室内装饰那种世代相传的爱好一样。"

[苏珊·格巴(美)《“空白之页”与女性创造力的问题》，转引自张京媛主编的《当代女性主义文学批评》，北京大学出版社出版]这种生活与艺术的相互体验使她们去洞现女性以往被遮掩的“异国风光”，在传统文学观念视为禁区的艺术世界里狂舞。这在男性话语里被视作“裸露”与“窥淫”的两种变态性格经女性话语的整合而化作一种新体验：逃离实验文学，就是逃离男性话语中心。这些女作家都带有不同程度的“私小说”的性质，陈染的《与往事干杯》是对自己海外冒险的一次纪实与虚构的混合性书写，而《潜性逸事》则是对两个同心相爱者的细腻描绘，落笔之处不难看出她自身生活的影子被投射到小说之中。海男的小说更趋于那种艺术家的体验，她的小说是苏珊·格巴所说互为体验的结果，在更多的时候，她诗的洪流淹没着小说的堤岸，这妨碍着人们对她的了解。而林白的小说可以说是她们当中最勇敢的陈述者，她的长篇小说《一个人的战争》也是关于她个人的成长史，她不可能像王安忆那么平静，“一个人的战争意味着一个巴掌自己拍自己，一面墙自己挡住自己，一朵花自己毁灭自己。一个人的战争意味着一个女人自己嫁给自己。”这种自恋而又自戕的情绪在这部长篇里被一种回忆录性的语调抒写得张弛得法，那种矛盾复杂而难以言状的私人性、隐秘性被释放在体验的河流之中，“写到这里我大笑不已，这实在是一个滑稽的场面，不像现实生活，倒像是一出拙劣而不真实的戏”。“多米十九岁时因为剽窃，三十岁时因为嫁人，她也曾两次遭到社会的拒绝”，长篇以这样的叙述结尾，表明她内心有一种难以解开的情结，是朱苏进所称的“隐痛”，有意思的是她敢于刺入当下的心理状态，在痛未定则思痛，颇有外科手术不用麻醉药之意，表示自己对疼痛的承受能力，写得似悔非悔，似忘非忘，“男人和女人没有共同的目

标”，林白将社会的拒绝简化为一个性别的拒绝，只有这样简化，她叙事的激情才能从状态之河中涌动而出，忘记孤独和寂寞。与多年前遇罗锦的《冬天的童话》一个相比，《一个人的战争》所蕴含的个人经历中显然难以找出“象征”“抽象”“典型”这些泛意义的历史感和社会性，“人”与“冬天”置换，说明个人性、隐秘性的强化造成社会性、历史性的淡化，“战争”与“童话”的区别在于，“童话”是经过过滤的、明净的、公众享用的静态审美物，而“战争”则是纠缠的、丑陋的、血肉横飞的流动之势。而且是“一个人”的“战争”，这就把小说的体验性推向了极致：“它是拒绝与人同享的快感，它是一个人与整个世界的私语。”（朱苏进《心境若干》，《文艺争鸣》1993 年第 6 期）

需要指出的是，上述所谓的小说中的女性话语并不是一种价值判断，更没有说女性话语优于男性话语之意，事实上性别的差异从不会影响文学自身的质量。就像任何一种话语都可以产生经典之作一样，面对新时期的诸多“经典”，新状态只是在文化转型时期根据文学现状、作家现状所进行的一种调整的姿势，对新的话语的可能性的尝试。而女性作家以一种鲜明凸出的性别意识来展示她们深层的甚至隐秘的心理凹度，以“解放自己”而不“出卖别人”的方式写作，更能接近文学的状态与自身的状态。这既不是新状态的最好方式亦不是唯一的方式，但她们的介入，无疑为新状态增添了一只迷人的毛茸茸的小说触角，丰富了新状态小说的层次感和可能性，在另一个层面上强化了小说的精神、情感、性爱、诗性的深度。

塔的崩塌或许正意味着井的诞生，塔的高度是为历史架设的，井的深度则隐埋在心灵的洞穴之中，一旦找到出口，便是“精神的洪流”，状态的洪流，任何的阻隔，都只能是抽刀断水水更流。

下篇　逃避畅销的自我阅读

1. 小说之死：边缘处叙述的可能

在 1993 年我曾写过一篇题为《枪毙小说》的文章，很多朋友读了觉得我用语古怪，我当时觉得只有使用这样的语言暴力才足以警醒人们。现在看来，小说之死已经成为 90 年代文学的一个重大事故，造成这个事故的不是来自哪一方面的力量，而是多种合力的结果。我们曾经熟悉的小说在一夜之间变得不伦不类，在睡眠中被大众传媒和伪精英文化共同谋杀，小说之死表明作为代言人的作家已经找不到说话的方位，失去了为之奋斗为之呐喊的指向，在这一转型时期很多的小说家转向了散文随笔的写作，一方面是散文的需求量随着时代的文化市场的初步发育加大了，另一方面则由于不少的小说家面临小说的圭臬之崩，已找不准新的小说定位，先在散文的暖巢中栖身。

因而在一些被我们称为新状态的小说中，会发现这些小说的非小说因素以一种漫不经心的方式向四周漫溢扩散，这种无序的漫溢并不像实验小说家们那样有明确的实验目标和实验方案，它们的指向含混而暧昧，这些作家不是为了非小说而非小说，这种无序的漫溢是作家心灵状态的自由漫洇，并非对某种小说规范的有意涂改和刻意颠覆。王蒙在长篇小说《失态的季节》开头这样写道：

> 据说曾经有过这样的“科学幻想”，当人们移动的速度超过了光速的时候，人们会走——不，冲到光线的前

边，会追上已经散失过去的光线，追上昨日的、月前的、年前的、往昔岁月的光，回首，看到往昔岁月图景，如追上时间，如回到了往昔的岁月；正如我们在地球上看到的星星，与我们距离几万光年、几十（？）万光年，我们所能见到的是几万年或者更长更久以前的它们发射的光，我们永远不可能感知它们的现在，我们只能生活在它们的古老的过往的微光里。然而，同样栩栩如生，如光的今日，如亲切的遥远，如正在做着的闪耀的梦。

我们互为历史，互为博物馆的展览，互为寻找和追怀、欣赏和叹息的缘起。

我们互为长篇小说。

这样空谷来风的文字是对著名物理学家爱因斯坦相对论一次富有想象力的文学性创作和发挥，这样的价值预设是为了寻找一种跨越时空的史诗氛围，站在这样的叙述视点上的小说将会是在一种恢宏的场景中展开，可谁也没想到，王蒙的笔锋轻轻一转，便转到一个小人物的命运上来："整整二十年间，钱文常常想起那个最后的夏天，那个'夏天最后的一朵玫瑰'。那个昙花一现的日子，那个日子布满了他的从此以后的生活，却永远不可能再出现一次就是说出现第二次。他的遐想一进入这一天，一进入那寂寞的奢华的自由的享受的——却又流露着青年人的一种难言的脆弱和惆怅的一天，他就会想起苏联彩色电影《苦难的历程》来"。小说便从钱文个人的视野来展开那种漫忆的回叙，而这种漫忆性的回录式的个人视角与开篇那种爱因斯坦式的跨越时空超越具象的史诗式的荷马视角之间没有任何的过渡，你弄不清作者是站在爱因斯坦那样的大视角上

“说话”还是站在钱文那个小人物的微观视角上“说话”。或许这两个大小视角之间的边缘地带正是作者得以进行叙事的存在区域。这种寻找叙事缝隙的非小说定位方式，已成为“新状态”小说的一个重要表征。王安忆的长篇小说《纪实与虚构——创造世界方法之一种》则将两类截然不同的文体以复调的形式组合到一部文本当中，从小说的题目就体现出它的非小说性，其“创造世界方法之一种”的副题似乎是一部理论著作的框架，小说中那大段大段对“茹”姓历史的漫长的追逐与破译，是一种带有考古文献和论文性质的文字，可以说是与小说水火不相容的，它们占据了小说的一半篇幅。小说的另一半内容是作者个人的成长史——如何成为一个小说家的过程，这个过程又穿插了作家的对文学的一些想法甚至她对同辈作家及作品的看法和评价，属于比较规范的文学评论文字，叙述和评论的交织在两大板块形成的边缘之外又构成新的边缘状态。小说家游走在如此切割的边缘状态进行叙事，而不是固守在某种特定的视野进行单一的价值模拟，这种游移多变的叙事行为宣告了一元叙事观念的破产，也意味着传统的小说正在死去，一种接近“元小说”的诸多叙事可能正在悄悄滋生。

如果说王安忆的“纪实与虚构”是通过文本内部的文体分裂的缝隙来体现这种边缘叙事的张力的话，那么在张旻的小说中叙事的边缘化则是非分裂性的，他的《情幻》《校园情结》《艺术摄影》都体现为一种和谐的叙事状态。这种和谐是通过混合了作者、叙事人、人物视角这样在小说叙事学里界限分明的角色才得以实现的，也就是说小说的叙事游离在作家、叙事人、人物之间，作家无需扮演多种角色来区别人物和叙事人以及作者的身份特征和语言方式，整个小说便在一种稳定的话语状态下向前推进。张旻小说经常出现

的是师 / 生与男 / 女这样一对稳定人物关系，可小说的叙事的“话筒”无论“握”在谁的“手”中，不论是师的视角还是生的视角，不论是男的独白还是女的自语，他和她的叙述语言乃至语调、语气都是惊人地一致，以至于《校园情结》里出现的“小说中的小说”也与整个小说的格局氛围完全一致，丝毫显示不出复调结构所应有的反差。张旻这种抹消小说叙事所应有种种距离的作法，显然不是他缺少从事小说写作应具有的基本能力，而是他故意为之。这一方面与他追求的和谐的叙事美学形态有关，另一方面则与他的边缘化的小说价值观密切相关，张旻的小说在叙事上是统一的非分裂的，可他的叙事的指向却要制造真实与虚幻的分裂，有意消弭真实与虚幻的界限，因而在他的小说里心理想象与生活存在的边境是不那么清晰的，过去、现在、未来的时间痕迹也是淡淡的若有若无的，这种在边缘处进行叙事的方式张旻称之为“第三种状态”。他在题为《一种状态》的创作谈的短文里写道：“在我的感觉上，除了现实和梦幻，我们的生活中还存在着第三种状态，这是一种不能用任何标准去衡量、用任何概念去阐释的非真非假的状态，是一种不确定的、不可知的、若隐若现、随机应变的状态。”“我不能简单地把它们剥离开来，它不像我的朋友所相信的那么虚幻，也不像我妻子所疑心的那般真实。它是一种可能得太逼真的状态，又是一种我只能以虚构（编故事）的方式让你信以为真的状态，一种简单、自然、合理的事实。”张旻把叙述的边缘性从那种外在语体断裂转为小说叙述本体内所指和能指的复合，小说真实与虚构的那种对应不再是创作书写这一过程与现实生活的对应，小说书写本身亦充满了这一对应。

我把新状态的这一特征称为“游走美学”，以在路上的姿态作为小说的姿态，以心灵的方位作为小说的方位，放逐某种具体不变的价值规范，包括带有终极关怀意义的人文主义理想。他们小说的个人性和精神性在自由流动中实现，因而他们的小说中经常出现游走者的形象，像韩东的《三人行》、鲁羊的《九三年的后半夜》、朱文的《食指》都不约而同地描写了一群丧失家园的精神流浪汉的“流浪”过程。在这个过程中，都通过对价值的游走和放逐来完成小说的叙述，消解不只是对人为价值体系的一种意义行为，也是小说的叙述行为。在《三人行》中，三位城市的漫游者并没有强烈的焦灼感和失落感，他们毫无目的地行走，并不是去寻找什么，而是企图在现实中能证明一下自己的存在，结果证明他们只能在游走中证明自己。《九三年的后半夜》则是知识分子从守望转向游走的一种过渡性文体，主人公想回到故乡家园去栖息自己的灵魂，可记忆中的家园只能存活在记忆中，无枝可栖的诗人们已无灵可守，他们只有在路上游走。《食指》的诗人之死与《九三年的后半夜》的家园之废一样都暗示着文化守灵人游走的必然。放弃象征化的寓言模式，以个体的精神凹度取代主题的高度和理念的深度。这是新状态对“后现代”文学模式最有力的突破。“后现代”主张铲除深度——象征模式，从而以平面化的语言游戏消解之，但由于忽略了人的存在、精神的存在，并不能彻底解决人的危机、精神的危机，在游戏的狂欢之后弄不好反而会加剧这种危机。新状态的游走者则从游戏转向游离，他们要在游走的过程中表现个体的精神凹度。这种精神的凹度与我们经常使用的精神深度有明显的区别，深度来自于挖掘，这种挖掘是非自然的“采伐”，因而必然会损害状态的完整和心灵的真实，而凹度则是自然形成的，是未经理念的加工和磨洗的。凹度是游走者在游走过程中与种种价值碰撞相遇形成的精神印痕，它是个体生命在当代生活转型时期的独特标志。它不是简单的“解构”和“拯救”，而是人的自由状态在面临商业、政治、历史、文化多重压抑之下的一种抗争和解放。有人把这种自由状态统统归之为“欲望”，是对游走者小说的平面化处理，事实上在游走者的小说中虽然感性的触角敏锐异常，欲望的表现并不遮掩，但最终这些感性的欲望也消解在精神的凹度之谷。

俄国著名佛教学者舍尔巴茨基在《小乘佛学原理》一书中对状态作过这样的描述，他说状态“则是由尊敬的世友所倡导的。我们知道，他的主张是：当某一构成元素在不同的时间显示它自身时，它的状态有所改变，并随它所达到的状态，而获得不同的名称，但其实体却未改变。（称友注：当一构成元素处于一种它尚未产生其功能的状态时，它称为未来；当其功能已发出，则为现在；当已结束其功能，停止任何作用时，它便是过去，但它的实体始终是一样的。）这如同一个算盘，同样的一颗珠子因处在不同的位置而获得不同的意义。当它在表‘个’的单位上时，它是‘一’；当在‘百’的位置时，它是‘一百’；当它处在‘千’的位置时，它是‘一千’。”舍氏及他引用的世友、称友对状态的阐释显然有一种深奥的佛理蕴涵其中，笔者在这里则想说明状态存在的重要性以及对状态进行多种表现、多重叙述的可能性。当新状态小说的作者们努力在新的边缘视角来显示自身的生存状态和精神状态时，他们可能在“个”的位置上活动，也可能在“十”“百”“千”的位置上活动，但他们不愿意在原有的小说支点上展开他们的叙事行为，在这种意义上我们才把这一现象比喻为小说之死。

2. 读者之死：逃避畅销的自我阅读

这里所说的读者之死是新状态话语中比较重要的一个命题，作者与读者的关系，作者采取什么的态度面对读者是所有文学思潮和作家都无法回避的。这里将从三个层面上去阐释描述“读者之死”的必然性。第一类读者是指作家为之代言的民众，这些读者与作家有良好的默契关系，因为作家老是以他们的代言人身份自居，他们也乐意有这样忠实为他们服务的知识分子。因而这些读者的期待视野是经作家训练好的胃口，他们期望小说有认识功能、教育功能和审美功能，他们希望作家替他们说出心里话，能够在文学作品中发出他们的吁请和呐喊，或者表现他们生存境遇和理想追求，这类读者在很长一段时间内是文学作品的爱戴者和忠实拥趸，我们的文学也确实是为他们提供了诸多的需要，特别是新时期文学发轫之初的七十年代末期和八十年代初期，文学的功能因其他文化传播功能的不健全和匮乏被极大地扩张和夸大了，它在揭露、解决“文革”后期遗留下来社会问题方面，在呼唤改革开放方面有着不可磨灭的功绩。作家和读者共同度过了文学最辉煌的阶段，作家也享有“无冕之王”的美誉。然而这种辉煌是特定历史时期的产物，当社会生活逐步稳定正常发展之后，当其他文化传播功能迅速恢复迅速发展之后，特别是大众传媒对社会生活神奇覆盖，文学的辉煌和作家的功能也随之走向了终结，文学也理所当然地回到了本体，而那些曾经是作家铁杆的读者也找到了新的代言人，这些读者所要求的认识、教育、审美诸功能有了更好的载体，这就是以电视为主体的大众传媒文化，他们心中的吁求和困苦能够借助新的代言方式得到解决和宣泄，比如这些读者关注的某一社会问题需要解决，若由作家写作一百篇小说所产生的效应远不如中央电视台在《东方时空》一个栏目作一次纪实性“访谈”的效果，在这种情境下，读者当然要亲电视而疏小说了。有人曾把文学读者的减少归结为实验文学、探索小说的“先锋意识”，现在看来其实这一说法失之偏颇，因为那些在八十年代富有实验意识和先锋精神的作家和小说至今也没有被读者淘汰，反而倒是那些缺乏创新意识的作家过早被人们遗忘了。

第二类读者是在新时期文学中被遮蔽的对象，由于往昔的作家要为认识功能、教育功能、审美功能写作，文学作品自身的娱乐消费性被忽略了，那些纯粹为消费而阅读的读者群在新时期文学终结之后便迅猛地膨胀起来。这种读者就是在前面说的那种畅销书的购买者，他们要求文学作品的可读性，这种可读性正是罗兰·巴特蔑视的可读性，他们是把文学作品当作一种消费品来对待，是满足视觉感官的刺激，而不是用心在阅读。他们是严肃文学的潜在杀手，也是诗性的天敌。由于这种读者已经成为转型时期文学、文化读物的阅读主体，不少的作家也自觉不自觉地转向畅销书和亚畅销书的写作，文学在市场经济的冲击下很难像以往那样无视这类读者的存在了。这样一些并不是作家的心目中真正的读者，他们只是一群文本的消费者，作家的作品只是和所有商品一样的消费品。这样一些貌似读者的人，其实正是文学的杀手，是他们和大众传媒一起掠夺了文学读者的生存空间，当然也挤压甚至掠夺了小说家作为个性创作的文化空间。

我要说的读者之死主要是指另一种读者的消亡，这就是我们曾经为之欢呼的“读者神话”在中国的无情破产。罗兰·巴特的主张曾是那样的激动人心，“文学作品中（在作为文学的作品中），至关紧要的是使读者不再是本文的消费者，而是本文生产者”，然而这是要付出代价的，“读者的诞生必定以作者的死亡为代价”（作者之下的着重号并非我所为而是罗兰·巴特自己加的）。与巴特的理论差不多同时进入中国的一度几成显学的接受美学和阐释学也让“读者”的位置上升，虽然姚斯等人的“读者”取向与巴特大相径庭，比如姚斯是从研究者的角度就文本的生成乃至文学史的生成意义上来肯定读者的地位和价值，而巴特则从写作者的角度强调文本和读者同时共生，在巴特看来文学史已不单是读者的接受史，文学史还是读者的创作史。不论“读者”的理论如何有分歧，但“读者”的诱惑力还是对中国当代作家产生了作用。他们开始注意面对新的读者写作，有意淡化“可读性”追求“神秘的可写性”，不再以请君入瓮的指令性方式将读者强行纳入自己的叙述通道，而是采取渴望对话的姿态努力给读者留下可写性的空间。一些作家不约而同地放弃了原先的精英立场，以非启蒙的面貌进行小说的叙事，甚至在王朔的小说里，作家已经与“流氓”划上等号。然而作者的死亡并没有能够让文学重新辉煌起来，作家把“叙事权”“生产权”无条件拱手让出之后，并没有造就出真正的“读者”。王朔的走红，在某种意义上确实是意味着作者的死亡，因为在王朔的小说中作家已采取大大低于读者的姿态进行叙述，遗憾的是王朔小说的热潮并没有产生出罗兰·巴特所期望的“读者”，而是迎合并滋生了一大批的文本消费者、语言的挥霍者。作家们在放弃对“兔子”的“射击性”的灌输行为之后，读者之兔并没有如期来临，厄普代克说，兔子，跑吧！读者在“可写性”面前仓皇出逃，那些痴情期待读者光临的“作者”成了韩非子笔下守株的宋国农夫。

这就让我们对罗兰·巴特和接受美学理论家营造的“读者”神话产生怀疑，他们在强调作者的消失，要瓦解作者的主体功能，目的仍是要让读者成为文本的主体，文本的生产者，这种对他人主体性的极端恭敬与虔诚维护，在本质上是一种移情，是自我主体愿望的另一种方式的实现，当我们沉浸在“读者”这样的新语境自得其乐时，只不过是自欺欺人，这样美好的“读者”只存在于理论设想和文本期待之中，从未被生活验证过。由于中国文学特有的载道意识始终让作家（文人）以神的使者或者圣的宣谕者进入文学的运作，而中国的民众又始终是优秀的听众，心甘情愿地接受各种各样的教诲和灌输，真正意义上的阅读只产生于文人之间唱和一类文字的交流之中，更何况中国的文人还有秘不示人这样孤芳自赏的至境呢。在新文学近百年来的进展史上，民众也只是处于“听”的位置上，“视”和“思”只是“作者”的权利。而现在要求文学读者从听众变为“作者”，实在是强人所难，对刚刚摆脱灌输开始“享受”消费的当代读者来说，比让他回到安分守己的听众老位置上还要难受。因为阅读从来都不是一种消遣行为，从来都是验证一种价值结构，或者预设一种价值结构，只有在这样的意义上读者才能成为“作者”。很显然，“读者”这样美好的神话，在中国一出笼就像无菌室里培养的生物来到尘世一样，很快便消亡了。即使在罗兰·巴特的家乡，读者说也受到了挑战，法国著名学者J·贝尔沙尼等编写的《法国现代文学史》就发出疑问：“这样的读者存在吗？问题不在于知道理论上是否有可能设想一种不只是对一部作品的再创造，而是，如果可以说的话，对一部作品的共同创造的阅读……从人们让读者如此紧密并如此大规模地参加一项如此艰难的事情的合作之时起，考虑谁培养这种读者。”

显然，读者之死在中国当代文化里只是符号的死亡，因为它只是作家和理论家共同幻想出来的理论飞碟而已，从来没有被实实在在地把握过。再这样自作多情地去和“读者”对话，错把读者当作者，便会导致作者真正的死亡。在罗兰·巴特那里“作者之死”

并不是作家消失了，而是转换了，作者的角色由读者来扮演了，可现在的状况是读者拒绝阅读，拒绝担任作者，也没有能力来充任作者，文学面对是一大批的消费者，是畅销书的顾客。逃避畅销便成为新状态文学写作的内在动力，逃避畅销说白了就是逃避读者，逃避读者并不是取消阅读，而是为了更好的阅读，作者身兼二职，他既是本文的写作者，又是本文的阅读者，他既是本文的生产者，又是本文的创造者，罗兰·巴特渴望的“读者”在这里真正诞生了，新状态代表作家之一韩东在为其同伴朱文的小说集《弯腰吃草》所做的序言中这样写道：“把握住自己最真切的痛感，最真实和最勇敢地面对是唯一的出路。朱文的方式就是要不断地回到自己，他从不间断地考察和追问自己的写作动机和文学热情是否真实和纯粹。与其说是完善自身的需要不如说是把自己当成了一条道路、一座桥梁或者一块铺路的石子，那流淌于天上地下的精神洪流从此经过，伤及自身、流血流汗，甚至被完全碾碎也在所不惜。这样的写作显然是献身性的。但不因其献身的意义而变得悲壮，同时它也是坚实而痛快的。其中的奥妙谁又能解呢？朱文曾这样对我说：真实的写作将和你的生活混为一体，直到我们相互交织、相互感应，最后不分彼此。这和那些杜撰悲哀和绝望的作家是截然有别的。他们的写作不伤皮肉、名利双收，一面侈谈崇高之物，既虚无又血腥，一面却过着极端献媚和自得的庸俗生活。他们把写作看成了成功的一种方式，如果能从其他方面获得更多的成功和回报，放弃写作又有何不可呢？”韩东的“献身”一说是对新状态的一种具体描述，也进一步表明对那些假悲壮、伪崇高的写作方式的抛弃，“要不断回到自己”。张旻则明确从阅读的角度来阐释写作的意义，“写作是否是一种虔诚而又勉强的阅读？我也许无法读懂心灵这部天书，不过我的写作证明了阅读的勤奋和专心，我的写作使我处于一种状态，这实际上是关于阅读的状态”，这般公开宣称“写作”与“阅读”的同等关系，在我们过去是不多见的，视写作的状态为阅读的状态，这或许是新状态的“状态”所在。虽然这样说有些简单化，压缩了很多的信息量和可能性，而且可能会引起更多的误解、不解以致嘲讽与唾沫，但将写作的状态和阅读的状态复合处理本身就是一种冒险的尝试，就有它的“可写性”。在这一命题之下，知识分子叙事人的问题、自传和纪实混合的问题、个性化书写的问题、精神凹度的问题、告别新时期的问题、反象征反小说元小说的问题等等有关新状态的话题都可以找到一个契合点，都可由此作为切入口展开讨论与敷衍。

把小说写作作为阅读的一种方式在其他具有新状态意向的作家那里也有类似的说法，像王蒙在长篇《失态的季节》开头的那些“互为”的精彩之论（“我们互为历史，我们互为博物馆的展览、互为寻找和追怀、欣赏和叹息的缘起”“我们互为长篇小说”）也是一种自我阅读的体现，事实上王蒙的多卷本长篇“季节”系列便是以反畅销的姿态出现的，这是他对个人的历史和历史的个人的一种“清算”方式，这种带有“私人账本”性质的“清算”虽充满了时代和历史色彩的细胞解剖的意味，可个人性的自我审视与回溯与小说的语言叙事行为是同步的，是不可分割的。另一位青年小说家刁斗干脆以小说的读者自居：“也许我能算一个好的小说读者。不过我得先申明一句，某种不可更改的客观存在，多少模糊了我的读者形象。作为一个小说读者，我同时又兼任了小说作者，这样一种双重身份，使我的阅读有功利的嫌疑。好在我还善于摆脱作者的角色，换副嘴脸去说读者的话。”这篇发在《作家》1995 年第二期上题为

《小说阅读一得》的文字表明他对自我阅读的潜在向往和默认，从作者走向读者的变化正是新状态最不可缺少的内容。朱文是用另一种方式来表达这种自我阅读的愿望：“在写作中，我和自己交谈，讨论一些我所关心的问题，借优孟之冠，浇心中之块垒。有时只是用写作来克服自己难以克服的某种情绪，为了更好地生活下去”（《片断》,《作家》1995 年 2 期），“和自己交谈”，是一种对话，也是一种阅读，这已不是一种过去曾经有过的独语和自白，而是有了“我”“自己”两个对象出现在小说之中，“写作”和“阅读”两种叙事行为在同时进行，它们共同的状态就是小说的存在。

新状态的自我阅读方式很容易让人联想到早期浪漫主义的某些特性，特别是五四时期郁达夫、郭沫若等人的一些“私小说”的叙事形态，这里面是否有某种具体的承继和脉连尚不可断言，但作为对“诗性”这样一种在中国当代文学屡屡被放逐的文学精神的显现，新状态与郁达夫等人的取向是有某些相同之处。这倒不单是因为新状态的很多小说家都是由诗转向小说，而是知识分子除了坚守诗意、诗性这样的栖息之所并以此来对抗以畅销排行榜特征的文化消费时代以外，知识分子还没有更好的说话方式，这是知识分子叙事的立足点，也必然是其结穴点。但新状态并不是五四浪漫主义的简单回归和重复，而是一次跨世纪的超越。这里没有篇幅去比较两者的差异，新状态“自我阅读”这一特性就是对浪漫主义的一次反动，因为自我阅读不是纯粹的自我宣泄，也不是纯粹的自我表现，而是在共时性状态下的一次自我超越的完成和实现，是个性化话语和个人主义叙事的穿越多重文化限制和文化时差的自由游走。

新状态自我阅读的书写形态颇有一些孤芳自赏的清高和“弦断有诗听”的悲壮，其实这只是写作时的一种姿态，面对读者之死的一种自我保护的叙事策略。他们并不能做到真正的拒绝读者，而是写作的目标是非读者化的，非他者化的，至于作品发表出来，还是要接受读者各式各样的阅读方式。一是他们的作品不可能与世隔绝，二是在他们的小说变成印刷品以后他们还是希望有一些读者的，这和那种自我阅读的书写状态并不矛盾，这个时候希望读者是因为处于非书写状态，朱文的表述很能说明问题："我希望我的小说能有一些读者，不要太多，但有那么一些，我为他们写作，虽然这个'他们'更多的只存在于我的期待之中，但是我不会同意让我的写作成为一件完全孤立的事情，那样毫无意义。小说只有被阅读时，它才是小说，不然它就是语言垃圾、印刷品。"因而新状态文学对"畅销"的逃避和"阅读"的自我主义是写作前的心理准备和写作时的写作姿态，并不是要故意对着读者来，也不是一种小说理想，更不是什么终极关怀。事实上，一个作家的作品能否畅销能拥有多少读者，并不是他一厢情愿就能把握住的。重要的是不要为了畅销而写作。

3. 放连评论：文学找回失落的草帽

在八十年代的文学进程中，有一个重要的现象特别引人注目，这就是文学评论的地位和影响空前的提高。曾经有人援引外国人的话说二十世纪是文学评论的世纪，为文学评论的繁荣和热闹作注，其实这种繁盛也是特定历史条件形成的，某种程度上说是非常态的，因为作为文学评论这样一种文体并不需要有那么庞大的群体在那里专门从事这项带有即时性和随机性的操作，因文学创作本应是人类的业余活动，文学评论则是业余的业余，所有的从事人文科学的人都可以从不同的角度进行这项业余活动，事实上一些报刊、出版社的记者、编辑直到现在还仍是文学评论队伍的中坚力量。在大学里从事文学研究的教授、学者是不能把他们当作评论家来看和“使用”的，因为他们主要的任务和使命是文学理论的探讨和文学史的写作。让他们从事评论这种提供瞬间性阅读感受的工作，很可能是大材小用，或者吃力不讨好，因为当代文学是一条流动的河，它的非经典性使得它的学术性削弱，它的时效性会不可避免带来浮躁一类的个人化的情绪，而情绪恰是学问的大敌。但由于“文革”之后，文学的使命空前的伟大而沉重，文学评论作为社会舆论的间接呼应和反馈，有时反而显得比文学创作肩负的使命更重大，文学领域一度成为整个社会文化的热点，必然会有更多的富有才智和激情的人卷入其中。以至于文化大师钱锺书也要站出来为“伤痕文学”辩护（钱先生当时发表了《诗可以怨》的论文），而美学家李泽厚也专门为朦胧诗读懂读不懂这样的低级问题著文表态，在这样的情境下不但出现了一些富有个性的评论家，甚至还出现了一些富有个性的评论刊物，像《当代文艺思潮》《当代文艺探索》等正生逢其时，早生必不存在，晚办绝不会有那般风光，九十年代的文学评论刊物举步维艰的命运足以为证。

在新时期文学的发展中，文学评论的功绩无疑是卓越而灿烂的，它在开拓文学禁区、推动文艺思潮、造就文学新人诸多方面做出了贡献，或者说圆满地完成了自己的使命。到了九十年代以后，由于整个社会文化的格局发生了变化，作家和评论家这种在计划经济时期的特殊分工已经丧失了它的活力，评论家在文学没有什么“禁区”可以以理论家的勇气和良知来冲破的状况下，他们对文学保护神的效用已经不存在，而另一些青年评论家（这是特别耐人寻味的命名，不知道最初命名者是谁，也不知道真正的动机是什么）

在西方文艺思潮被大量反复介绍之后在实验文学和先锋文学们陷入困顿并开始向现实妥协之后便也显得无所事事。事实上到了九十年代以后，评论家的队伍特别是青年评论家的队伍也发生了巨大分化，有的重新回到讲坛上和书斋里各登原位各司其职，不再越位操作，有的则直接下海做生意，或半下海地为老板和导演当高参或副手，还有的则出国求学或讲学，向世界“介绍”中国文学，有的则改变评论对象，写作畅销书评论、影视评论、美术评论，正视大众文化的存在，还有的则写起了散文随笔，其作品与那些作家相比并不逊色。虽然还有不少人继续从事评论工作，但多半是由于工作岗位的职业需要，或是对文学的痴情难改和惯性作用，可这些评论的效应与八十年代已不可同日而语。曾有评论家对批评展开批评，说是评论参与“炒”作家“炒”作品这类商业活动，实是可笑可叹，评论家过于看重自己了。且不论有多少评论家参与此类活动，即是有也未见得就是一件大逆不道的事，倘若评论家本身已转为新的身份（比如经商），他从事文化性商业活动属于务了正业，是一种敬业精神。问题在于，今天的有影响能畅销的作家和作品，岂是评论家能点头认可便“成材”的？当今走红的作家几乎都是与影视结下“姻缘”之后被市场认同的，记者的一篇百字报道有时甚至要比评论家的万字长言更能产生“炒”之妙用，海外的认同“转内销”之后也会产生“热”效应，大众传媒实际上取代了文学评论在八十年代向社会推荐文学作品的功能。也不要低估大众传媒的鉴赏力，如今操纵大众传媒的不少就是做过文学梦和评论梦的青年人，当然大众传媒与文学评论的价值取向不大一致，可在时效性上它们是没有差异的，而这一点上评论家上则永远望尘莫及。失去了时效性的评论既难以与新闻抗衡，又不能当作学者的学问储蓄起来，评论家只剩下空洞的符号，随着新时期文学的终结，这个符号的价值一日一日地贬损下去，成为漂浮的泡沫，多余的局外人。

在这样的意义上说评论家已死，未见得就是一个悲剧，这是一个必然的结果，既然“新时期”这样的母体已名存实亡，寄生在母体之上的生物也将难以生存，所谓覆巢无完卵也就是此意，我曾在“引言”部分中将新时期比作温暖巢穴，应该说这个巢穴是作家和评论家共建的结果，如今被一阵恼人的商风和无形的风摧散了，也该各奔东西自寻出路罢了，何必作苦苦相恋白头到老的单相思呢。奇怪的是作家对这一现状大多处之泰然，有些评论家比作家要贪恋这个“家”，他们不肯告别这个温暖的巢穴，认为告别是一个时间神话，似乎要在这个暖巢里繁衍后代培养接班人才肯罢休。然而，这种单性繁殖的梦想只不过显得悲壮缠绵和自作多情而已，评论家的消亡已无可挽回，当然这种消亡是功能意义上的消亡，并不是肉体和物质意义上的消亡，连它的符号也依然存在。事实上评论家的功能的消亡并不是一件可怕的灾难，它对文学回归本体在自身的轨道上正常运作有益无害，在一个文学平缓发展的年代里，评论家对文学的“干扰”越少越好，作家的写作心态会更加自由而健康。对评论家来说，也是提供了一次新的选择的机会，不少的评论家也是“误入”评坛，只是借评论这种特殊的容器来装载（当然亦是抒发和表达）他们的才情和思想，现在容器已碎，他们便寻找新的载体来重新定位。前面我描述的今日评论家的种种情态，便是重新定位的状态。

不必担心没有人从事文学评论的写作，文学评论本是作家的份内事，不用说在古代文人既是诗人又是诗评家，就是在西风东渐以后产生的中国现代文学史上，有几个纯粹的评论家？他们都是身兼二职善使双枪（说二职只是沿用旧的说法，对他们来说评论和小说不过是不同的兵器罢了）的好手，王蒙把这称之为作家的学者化其实是以新中国成立后作家队伍和作家心态的非知识分子化作为参照的。现在作家的叙述确立在知识分子的立场上，他们完全有能力也有兴趣展开文学评论这一文学创作的另一种方式的创造性活动。一些具有新状态特征的作家，像王蒙、刘心武、王安忆、朱苏进、史铁生、韩东、鲁羊、陈染等都写作过不同数量、不同类型的评论性文字，王安忆还以兼职教授的身份专门到复旦大学中文系开设小说叙述学的课程，颇有学院派作家的风采。

值得注意的还是新状态小说中评论文字和拟评论文字的大量出现，他们以一种传统文体学里称为“夹叙夹议”的方式来写作小说，作家同时以评论家的身份出现在小说里。西方把这种小说称为“元小说”或“后小说”。“元小说”方式是新状态小说中经常使用的小说伎俩，但“元小说”只是新状态的一种类型或一种方式，是其不可缺少的有机体。小说家的这种理论化评论化的迹象一方面是对评论的一种放逐和调侃，另一方面也表明小说家对理论批评的热情和修养。新状态小说中出现的种种理论和批评并不是为了强化作品的理性深度，恰恰是放逐抽象的理念和理性，是为了感性的解放。感性的解放并不是一个“欲望化”叙事的问题，感性的解放不是为了解放欲望，感性的解放在小说中就是语言的解放。只有语言的解放才能获得小说的解放，才能获得小说的新状态，评论性的文字进入到小说的叙述，一边叙述一边消解，就是语言解放的一种方式。美国学者作家洛奇的《小世界》以学者“罗曼司”这一传奇来面对文评理论可以说以毒攻毒，他在小说的导言中说：“我想以一种狂欢的精神来处理形形色色互相竞争的文评理论，那时这些理论正使文学界生机勃勃而又四分五裂；处理学术研究、文学创作、出版界和传播媒介之间错综复杂的关系，这是当代文化中一个极为突出的特征。”小说还借人物之口，以揶揄的口吻对传奇文学进行学术性探讨：“传奇文学也是叙述的‘脱衣舞’，它不停地引导读者往下读，不断地推延最后的真相大白，使它永远不出现，或者说，一旦真相大白，文本的欢悦也就结束了……”，徐坤的《先锋》等小说可以说是中国知识界的《小世界》，她对文学评论术语和文学潮流的谙熟表明她对文学评论这一行曾经有相当时间的投入，她亦是以学者身份来写作小说的，她在小说中对“先锋”和评论的放逐和消解，正是新状态的价值取向所在。叶兆言的《关于厕所》不仅是对小说的一次彻底放逐，也是对评论的一次消解，他以随笔这种非小说非评论的叙述姿态撕破了蒙在小说和评论之上最后一层薄薄的温柔面纱，小说的新状态便诞生了。

小说的新状态不受年龄、性别、地域、文化和当下所处的“身份”（所谓“先锋派”“新写实”之类）的限制，关键在于作家能不能真正解放了自己，真正面对小说而不是面对其他的背景进行写作。事实上，先锋派和新写实的有些作家与新状态只有一墙之隔甚至一纸之差，他们有的已经有意无意地闯进了新状态的柴扉，只是昔日的“包装”遮蔽了他们，比如我上面举到的叶兆言的《关于厕所》，还有苏童的《离婚指南》《肉联厂的春天》，北村的《最后的艺术家》《回乡》，方方的《随意表白》《行为艺术》《无处逃遁》，刘震云的《故乡相传流处》等都是告别新时期文学的产物，都是自身艺术蜕变的新状态，只可惜被他们原先的形象吞没了。

我这样说无意把新状态无限扩张，因为新状态本来就不是专指某类作家的一种状态，而是文学回归自身重新找回失落的草帽的一种标志。新状态显然不是一顶桂冠，将它视作桂冠或企图当作桂冠为自己加冕，都陷入价值的误区。处于边缘之境的知识分子不能无限期地失语下去，总是要发出自己的声音的。当年鲁迅“破帽遮颜过闹市”，如今的作家和文学则可以头戴草帽坦然过市，这顶草帽就是知识分子叙事的可能性，就是复活了的诗性。

（载《钟山》1994 年第 4 期）

重新回到当代

——2001 年中篇小说述评

“世纪末”是缠绕过去十多年文学的一个阴影似的概念，当人们走出世纪末沐浴在新世纪阳光之下，发现“世纪末”的情绪是何等的脆弱和矫情。摆脱“世纪末”的阴影，在新世纪文学的浪潮中重新树立文学的理想精神、重新确立文学的当代意识、重新建立文学的审美价值，已成为 2001 年一种新的小说意识。

时间不是没有重量的，从世纪末到世纪初，人们的生活会有一种重新开始的感受，而中国社会在国际地位的变化，申奥成功、加入 WTO 等一系列新世纪带来的新气象，无疑为当代生活的意识增添了新的内容。作家的当代意识无疑在这种变化的当代生活中得到了强化和补充，其价值取向和审美视野也逐渐发生位移，因而 2001 年的中短篇小说便呈现出一种与当代生活同悲欢、共命运的格局。

与当代生活同悲欢、共命运

2001年的中短篇小说创作有意识地拉近了与当代生活的距离，当代生活的丰富多彩与变化多端在作家们的笔下得到真实的迅捷的抒写，池莉的《看麦娘》、方方的《新杀夫记》、张者的《唱歌》、许春樵的《一网无鱼》、刘心武的《京漂女》、汪溪的《从夜晚开始》、申维的《第六代》、唐颖的《告诉劳拉我爱她》、东西的《我为什么没有小蜜》、程青的《艾琳访谈录》等都重新再现了文学的鲜活感，在他们的小说中，都能感受到当代生活清新的气息和可以触摸的实感，都能感受到当代生活的变迁和人物命运的动荡。

池莉是这几年当中值得注意的作家，如果说早在80年代末期，池莉便以《烦恼人生》《不谈爱情》等小说探讨新写实的一种“零度写作”的可能的话，那么近年来的池莉小说则进入了自由写作的状态，她对当代生活的关注，不只是对普通人群生活状态的关注，不只是还原他们的原生态，还关注他们心灵的波动、情感的涟漪。《看麦娘》和《怀念声名狼藉的日子》都是池莉以独特的视角来观照当代生活变迁的优秀之作，将当代生活的喧嚣与繁杂巧妙浓缩在一个女性的视角之中。《看麦娘》显得尤为突出。“看麦娘”是一种植物，当地老百姓俗称“狗尾巴草”，因为“看麦娘所有的草穗子都会护着麦地，无论日出日落”，所以这个本来从欧洲传过来的植物就有了非常中国化的名字。“看麦娘”成为整部小说的一个经典性意象，“于世杰曾经陪我去父亲的麦地里散步，当我满含泪水，试图告诉他这些貌似相同植物的细微差别和不同名字的时候，于世杰看看手表，然后失去耐心地插话道：‘还不就是狗尾巴草吗？’”。小说中“我”和于世杰的冲突，不只是夫妻情感的冲突，而是两种价值、两种人生的冲突，小说围绕寻找失踪的女儿容容展开了一系列当代生活图景，而“我”和丈夫于世杰的貌合神离，已不是婚姻意识上的破裂，而是不同价值观的碰撞。“我”留恋的生活、热爱的理想是与“看麦娘”一系列意象相关的，与麦地、田野、星夜、理想这些美好的记忆相关，于世杰则是活在现实之中的人，他关心的是金钱、地位、时尚和虚荣，当“我”死心塌地要去寻找养女容容时，于世杰怎么也不能理解。

《看麦娘》属写实类的作品，但池莉却能写出境外之境、意外之意来，小说的主人公找女儿容容，但容容并不是记忆中的看麦娘，容容因经营负债失踪，容容是一个比于世杰还要于世杰的混世小魔女，这让“我”的寻找带上难以言清的悲剧色彩。小说中另一个意味深长的人物是上官瑞芳，这个唯一能和“我”沟通并达到心灵默契的人是容容的生身母亲，但她却生活在精神病院之中，因为她生活在昨天。艺术和幻想之中，容容和上官瑞芳都是两个极端的人，而“我”和于世杰都仿佛是他俩影子似的活着。在小说中，我们能够感受到作家与当代生活的切身联系，但这种联系并不是加入生活的合唱，而是带着真实的感受去抒写，带着疑虑、困惑甚至拒绝来看待生活。池莉将“我”的名字取为“易明莉”，更表明作家对这个人物的认同倾向，也表明作家从“新”写实走向“心”写实。

许春樵的《一网无鱼》可以作为《看麦娘》的“男性版”阅读，小说里的主人公是个乡村的诗人，来到城市打工，看不惯俗世的浑浊和虚伪，他就到网上的虚拟世界去寻找慰藉，也不肯在现实生活中妥协。这个倔强的诗人显然是作者精神的一种虚构，也是一种寄托，以拒绝的态度来面对当代生活，不只是一种观念的排斥，而是心灵的回避和抵抗，正是当代文学的另一种心路的历程。

进入当代生活的多种方式

描写当代生活是当代文学的一个传统，但这个传统曾经受到了挑战，一度也受到了作家的冷落。当代文学反映当代生活，本是天经地义的事情，历史上虽然不乏写旧的生活的经典之作，但任何时代的文学任何时代的作家都无法不正视当下生活，无法不面对当代生活的变迁。在 20 世纪 80 年代曾经出现过描写古老、描写蛮荒、描写原始的“寻根文学”潮流，远离了当代生活。这与我们当代生活的观念化和单一化可能相关，为什么会出现“伤痕文学”“反思文学”“改革文学”这些主潮流的思潮？因为它们确实是当代生活的最重要的内容，而现在的当代生活进入了丰富多彩的正常状态，已经很难用一种概念或一股思潮形容我们的当代生活，当代生活本身的丰富性为作家的选择提供了多种可能性，在如此丰富的生活面前，作家不会简单依附于某种思潮，也不会只是一个时代的传声筒。

张者的《唱歌》是他校园系列中精彩的一篇，这是反映大学知识分子精神状态的写实小说，其格局有点像钱锺书的《围城》，一个法学教授与一群研究生，在市场经济浪潮的袭击下，价值观念发生了重大的动荡，因而上演了一出出人生的悲喜剧。20 世纪 90 年代中期曾经讨论过“人文精神失落”的问题，可当我们在《唱歌》中看到一群兴高采烈在世俗之境中狂舞的师生，就愈发觉得知识分子的脆弱是不值得夸耀的。汪淏的《从夜晚开始》，也属于困惑类的小说，主持人尤扬可以在电台解决很多听众的心理问题，可尤扬的心理困惑却无人能解。尤扬按照今天的知识分子分类法，该属于“传媒知识分子”，但无论是“学院知识分子”，还是“传媒知识分子”，他们都面临着同样的悖反，就像高明的理发师能够帮别人理出各式各样的发型却无法面对自己的发型一样。知识分子的这种当代困惑，不只是面对生活的动荡变迁之后的困惑，而是人文主义者永久的困惑。

唐颖《告诉劳拉我爱她》是 2001 年让我读后大感意外的小说，当更多的作家去试图理解生活，且阐释生活时，唐颖却以她独特的思维方式告诉人们，生活不是拼搏，而是心灵的平静，是对生活美的享受。这或许与唐颖旅居海外的生活感受有关，可她至少为我们开启了生活的另一扇窗户，在另一个层面上与当代生活息息相关。陆离的《到佛罗里达》按照流行的文学分组法，该属于“留学生文学”的范畴，可陆离好像不在意“留学”与“非留学”的概念，也没有夸张地表现中西文化的冲突，而是隐隐地写到经济对人的制约和影响，把“贫贱夫妻百事哀”那种人性的切肤之感写得微妙而传神。

刘心武的《京漂女》、申维的《第六代》、程青的《艾琳访谈录》都是介入当代生活的另一种方式，这些作品都属于描写“他者”的小说，而且又是描写“圈内”生活的小说，因而他们在叙述时都保持着某种客观，或者说做出某种客观状，因为这些小说中的人物可能是作者的朋友，也可能是熟视无睹的一些人，当然还有《京漂女》那样的采访对象式的熟人。这些艺术家或准艺术家的生活状态或许更能体现当代生活的种种变迁，《艾琳访谈录》中的那个艾琳我们似曾相识，她的发迹是一个当代神话，而那个落魄的第六代导演丁建成，又是当代艺术生存情境的一种写照。刘心武的《京漂女》中的“京漂们”，已经成为北京文化的建设者，而这正是作家没有意识到的。

北方的《四如意》是2001年小说中的别调，他对风尘社会的描写是一种白描式的零度叙述，因为缺少批判的力度而会引起人们的不满。虽然作家的主观情绪过于暧昧，但不能不承认《四如意》所展现的当代社会那段阴暗而龌龊的人生，虽然只是残余地存在着，但如果我们把《四如意》和《看麦娘》比较起来阅读，会发现它们是当代生活的正面和负面，就像一个镍币一样，当“妓女文学”“妓女电影”被传媒争论不休时，《四如意》不动声色地展现了另一种世俗风情画，我们可以鄙夷，可以摒弃，但无法不承认它是生活的千分之一，或万分之一、亿分之一。

审美不拒绝“零距离”

“零距离”是2001年的关键词之一，这个由中国足球传媒圈引发出的概念，正在广泛地使用，申奥成功——中国与奥运会零点距离；加入WTO——中国与世贸组织零点距离；中国队冲出亚洲——中国足球与世界杯零点距离……而文学与生活的距离也慢慢地拉近，这种拉近不是人为的，这种变化是两方面作用力的结果，一是前些年“个人化写作”的思潮让一些作家从历史的记忆、寻根的古趣中走向当下生活，而个人生活的仄逼让他们把视野投入更广阔的生活领域；二是读者的呼吁和制约。这些年读者冷落文学的原因，是因为当代文学缺少当代生活的鲜活和迅捷，当所有作家都去经营传世之作时，读者宁可去读那些经典的传世之作。前几年刘恒《贫嘴张大民的幸福生活》对广大读者和文坛的冲击，更加说明当代生活的变迁、当代人心灵的波澜仍会引起文学的“轰动效应”。刘恒这部小说可以说是某种“零距离”的体现，一是与当代生活的“零距离”。张大民的“房子问题”是北京人的问题，也是全国人的问题，它是社会的热点；而另一个“零距离”，则是小说与作家的血肉联系。刘恒告诉我，他在写这部小说时曾经几次号啕大哭，不能自已。而池莉近期的小说也不时融进自己的经历和心态，这种“零距离”的尝试，说明文学的“我”（不只是主人公）永远是其他载体无法替代的心灵使者。

审美理论上有一种“距离说”，意即审美主体与审美客体要保持适当距离才可能发现美，同时才能表现美。因而在当代文学创作中便有一种贬新扬旧的批评倾向，理由就是有了距离才能过滤掉生活的杂质，有了距离才有比较，因而美不在当代，不在现实。其实，这是一种以偏概全，是一种古典主义的美学理想。现代美学的概念，并不是建立在距离的长短上，尤其电视“现场直播”的方式出现之后，更新了审美的时间方式。我们在看奥运会、维也纳新年音乐会等节目时，都是由电波及时传递给我们，我们感受到的并不只是新闻价值，还有很多的审美价值。而当代艺术强调介入性（比如行为艺术）之后，审美不只是历史主义的旁观和远视，也近距离或无距离地置身其中。

当然文学上的这种“零距离”表现在叙述上要更为复杂一些，这里就张者的《唱歌》和申维的《第六代》作一些说明。《唱歌》是用第一人称写作的小说，因为小说里时时出现“我”，是“我”在叙述，但这个“我”与池莉的“我”不仅担负叙述故事的任务，“我”还是一个重要人物，甚至就是小说的主人公。而《唱歌》的“我”只是快乐的叙述者，“我”与小说中的生活是没有距离的，但小说生活和人物又与“我”没有关系，这种“零距离”其实是一种距离，是一种“无我”的距离，因而《唱歌》中的那些人物和故事既亲切，仿佛在身边，又生疏，“我”并没有介入。这种审美上的两种距离就像小说里的两种事件一样具有张力和变化。而申维的《第六代》是一篇无“我”的小说，但小说里那种对人物近距离和无距离的叙述，又让你感受到“我”无时不在。《第六代》里的主人公丁建成是一个真实的人物，因为真实，显然作者始终用小说虚构的笔法来遮蔽这种纪实性，但遮蔽本身就产生了与人物的亲密性，你会感到作家与丁建成的“零距离”，因为那些生活细节、那些细微的感受，并不是体验和想象的结果，而是由作家这个叙述人转述出来的。转述本身又产生了距离，这使得这篇小说在叙述上具有强烈的个性色彩。苏童的《女同学们二三事》也有类似的叙事特点，这位描写女性的“红粉圣手”写的虽是女同学的旧事，但他的笔不经意地把她们拉到当下生活之中，当代生活的变迁、人物命运的无常便自然呈现出来。

描写当代生活，正视当代生活，并不是从 2001 年开始，也不会在 2001 年结束。文学表现当代生活，什么时候都会是一个挑战，什么时候都会有优劣高下之分。我欣喜地看到，当代作家认清这个文学的基本原理，并勇敢地接受这种来自生活的挑战，也是对文学的单一、文学的冷落的挑战，当文学不能成为传声筒也做不了象牙塔时，文学与当代生活的联系就比任何时候更加密切了。我想用《看麦娘》中的一段话来结束这篇述评，也许是合适的：

“无论世事如何变幻；无论大阳从东边或者从西边升起，无论我们的女儿什么时候归来，上官瑞芳，我们都更要力争平静度过每一天。只有我们自己的生命，在轻轻生长过程中的那些感受，那些只有我们俩人领会到了却永远无法用语言表达的东西，它将与我们的终身如影随形。”

（载《南方文坛》2002 年第 1 期）

战栗的城市　成长的女性

城市和女性是近年来小说创作的一个生长点，城市在发展，女性在成长，城市与女性的关系密切相关，水乳交融，城市虽然不是专为女性设置的，但城市的出现和发展，为女性的存在和独立提供了极大的可能和空间。中国社会城市化的进程，自然也带动了女性生活的变化和动荡。

城市是什么？是高楼大厦？是霓虹灯？是酒吧群？是地铁？是电车？是豪华购物中心？是立交桥？是各种各样的聚会和会议？……这些都构成了城市的表征。但城市化不仅仅是普及这些表征符号，城市化对有几千年农业社会历史的当下中国来说，是一个曲折的复杂的漫长的转型过程。苏东坡诗说，“春江水暖鸭先知”，最早能够感受到城市化的气息并融入到其中去的，大概便是女性了。早在十九世纪，法国著名的现实主义作家福楼拜便在其传世之作《包法利夫人》中，深刻地描写了城市与女性的关系，包法利夫人原本生活在一个宁静的小镇，但禁不起巴黎的诱惑，只身闯荡这座美丽而邪恶的都市，最后以悲剧而终结。应该说，福楼拜最早写出了城市的战栗感，他是通过包法利夫人爱玛的视野来体现这种战栗感的。战栗，不是一种单向度的生理反应，它是一种激动，是一种沉醉，也是一种恐惧，还是一种迷离。

一百多年以后，城市的战栗依然在震荡着我们的生活，在张者的《跳舞》和梁晓声的《贵人》当中，我们依然能够感受到这种战栗背后城市狰狞而温柔的面目。梁晓声和张者作为两代人，对城市生活有着不同的理解，小说的文风也大相径庭，但他们的这两部中篇不约而同地把小说的“鼠标”点击了大学生活这个“菜单”。大学肯定是城市的产物，女性进入大学，更是城市发展到一定程度才会出现的现象。在现代城市生活中，女大学生已经很难做到“两耳不闻窗外事，一心只读圣贤书”，各种各样的选美活动，各种各样的时尚表演，都把关注的焦点“锁定”在女大学生身上。我们也看到了女大学生出现在电视、酒吧、书店、商场、家庭，她们或以主持人的身份，或以礼仪小姐的身份，或以打工族的身份，或以家教的身份，在与这个城市发生了千丝万缕的联系。张者、梁晓声却表现她们与城市的另一种隐秘的联系，就是她们的身体与城市的关系。女性身体与城市的关系，并不是什么新鲜的主题，但在新的时代总会发生新的故事。张者的《跳舞》描写了蓝娜这样一个个性鲜明的女大学生形象，她美丽大方性格开朗，很酷，是e时代的女性，她是大学里的舞蹈明星，也时常到娱乐场所去展示自己的动人舞姿，并获取一定数量的酬金，但贪婪的老板们早就对她的身体垂涎，对她卖艺不卖身的原则耿耿于怀，终于有一天被人下药遭到奸污。蓝娜为捍卫自己的尊严将罪犯送上了法庭，但蓝娜也因表演艳舞被公安局传讯。

《跳舞》里这种欲望互动引起的战栗，是城市欲望化的真实写照。梁晓声的《贵人》写的则是女大学生被包养起来的故事，哲学系研究生素，和教授的女儿蓝娜不一样，她来自贫苦家庭，父亲病故，母亲下岗，因为读研，她微薄的工资很难应付生活，在同学芸的介绍下（芸也被人包养），她认识了“贵人”，度过了短暂的危机，但万万没想到，她短暂的“幸福生活”很快被命运击碎，包养她的“贵人”原本也是一个穷书生，她很快陷入了更加困苦、更加困惑的境地。她有点类似爱玛，但爱玛是带着野心和欲望去巴黎的。素来到北京是求学，但生存之困境把她推到了城市的罪恶边缘，她无助的恐惧甚至不能像蓝娜以反抗的方式对这座城市进行抗争。

马尔科姆·布雷德伯里在《现代主义的城市》一书中这样写道：“现代城市有着日益增多的社会问题，它既把各阶级、各种族融合在一起，又造成明显的社会差别，既有期望，又有幻灭，它能像触须般地、神秘地发展着。”“期望”和“幻灭”是城市带给所有人的精神需求和精神困惑，浙江青年作家吴玄在 2002 年的创作令人关注、令人欣喜，吴玄以前的创作偏于文本意义，但 2002 年吴玄寻求小说的生活质感，在生活的褶皱处显出人性的深度来。《西地》《发廊》在 2002 年的小说中有“秀”出群山之感，虽然《西地》《发廊》并不直接以都市作为小说的背景，但你能够感到城市化在“触须般地，神秘地发展着”，《发廊》里的发廊作为都市生活方式向乡村的延伸自不待说，《西地》虽然直接叙述乡村社会与父亲命运的变迁，但你会发现，父亲的所有欲望指向直奔城市。“父亲天生不像个农夫，但生活又偏偏安排当农夫，这就很有些悲剧性或者戏剧性。他懒散，喜欢夜游，喜欢睡懒觉，这些通常是读书人才有的习性。”父亲懒散，夜游，睡懒觉，其实都是都市人的特点。父亲对公社干部的向往和模仿，都是城市生活的渴望。小说在写到父亲与知识青年林红的男女关系时，写出父亲的反常，因为林红是“城市女孩”，所以对她特别尊重敬畏，不敢轻易动手动脚，甚至浪漫地在夜晚拉二胡向林红表达爱慕之意。因为城市对父亲来说，既是一个巨大的诱惑，又是一个看不透的神话。当小说写到林红怀孕时，城市这只美丽的气球也就破灭了。蔡晓航的《当兄弟已成往事》和胡廷武的《听蝉》分别从两个极端的方面写出城市对人性的压抑，《当兄弟已成往事》那种荒诞的生存主题说明城市生活的不可靠和不稳定，《听蝉》在回忆乡村生活的温馨中透露出对城市喧嚣的逃离。

苏童的小说一贯以写历史和女性见长，他早期的“枫杨树”系列小说显然受到福克纳“邮票理论”（福克纳说过他只写邮票大小的故乡）的影响，但他的长篇成名作《米》却通过五龙这个人物把乡村和城市紧密地结合起来，之后的“香椿树”系列小说又专注于旧城的回叙和玩味。2002 年苏童推出了他的两个短篇《白雪猪头》和《人民的鱼》，正面触及城市的日常生活，与吴玄关注性事不同，苏童这两个短篇关注的是食事，一是猪头，二是鱼头，主人公是两个色衰脸黄的家庭主妇，与苏童早期小说的色彩斑斓相比，可谓绚烂至极，归于平淡。《白雪猪头》和《人民的鱼》的宗旨都可用辛酸二字来表达，但《人民的鱼》却写出了历史的变迁，世事的沧桑，当年被权贵视为下脚料的鱼头，如今却成了美味佳肴，当年靠吃邻居领导下脚料的穷光蛋当上了饭店的老板。“人民的鱼”，是一个意味深长的题目，民以食为天，可过去人民吃不上鱼，只能吃鱼头，现在人民吃上了鱼，可人民却宁愿去吃鱼头，而鱼头的味道真的比鱼要鲜美。苏童在不动声色的叙述中，将庞大的历史浓缩到一只小小的鱼头、猪头之上，可谓深得现实主义的精髓。与南方的苏童相比，北方的津子围虽然和苏童同龄，名声要小得多，近年来津子围在《一顿温柔》等小说中，充分展现北方城市特有的人物风情，尤其对城市底层社会的描写与官场小人物的塑造在荒诞之中见出悲悯的情怀。

女性的命运被作家置放在城市的背景之中进行抒写已经是一种模式了，而女性文学本身也是和她所生存的城市一同成长。21 世纪甚至被有些人称之为“她世纪”，《北京文学》为此还举办过“她世纪与女性文学研讨会”。笔者无论是从会上看到的面孔，还是阅读到的图书和作品，都真切地感受到女性顶起了文学的半边天，乃至有遮蔽男性作家的趋势，有人开玩笑说文学和艺术在西文中词性本是阴性的，女性 + 文学 = 文学也是回归到事物本身的属性。2002 年上半年有四部小说极为畅销，被书界称为四大名旦（池莉的《水与火的缠绵》，张抗抗的《作女》，虹影的《阿难》，张者的《桃李》），除了张者是个男旦以外，全出自于女作家之手。值得关注的是，池莉和张抗抗已经注意到城市的发展与女性成长的关系，她们的小说的读者也趋向城市人群。池莉的《水与火的缠绵》被视为“成长史”，不仅是曾芒芒个人意义上的，也是池莉精神的成长史，同时还是武汉这座城市的成长史。我们能够比较清晰地看到曾芒芒从一位工农兵学员如何成长为一个成熟的城市女性的。而张抗抗的《作女》却跳出自己个人的经历经验之外，去描写她所生疏、隔膜的“新人类”，“作女”者，反常规女性也。作女或许是城市拒绝成长或拒绝长大的人群，作女有两大特点，一是热爱工作但拒绝上班，二是热爱爱情却拒绝婚姻，这说明她们的内心渴望保留一个长久不变的学生状态，因为学生不用上班，学生没有婚姻的困扰。城市疯狂生长的时候，作女们却不愿意与她一起成熟，她们在抵抗城市的规则。

2002 年，铁凝、王安忆、毕淑敏、赵玫、林白、黄蓓佳、迟子建、残雪等实力派女作家也时有新作问世，2002 年好像是王安忆的短篇年，王安忆集中写作了一批短篇，反映了她在短篇美学上的刻意追求。发在《收获》上的《闺中》等三篇小说有明显的系列味道，都是对女性婚姻问题的思考，王安忆下笔不是很重，一一娓娓道来，但原先的情趣减少了，苦涩油然而生。《闺中》与《作女》写的都是单身女，但价值取向却沿着不同的方向展开，《闺中》的单身女是“旧时代”的产物，而张抗抗笔下的“作女”则是新时代的先锋。毕淑敏的《梦坊》将小说带入到心理分析、精神分析的哲学之境，林白的《二皮杀猪》一反她个人化、女性化、城市化的叙述腔调，玩起了乡村、男性、白描，也是一景。被视作新生代女作家的赵波、朱文颖、魏微、戴来、陆离、张人捷、尹丽川、周谨、谭立、邵丽、丁丽英、崔曼莉等人的小说也丰富着 2002 年的女性文学。这里值得推荐的是崔曼莉的两个短篇，《卡卡的信仰》和《寻找托马斯》，在同代人普遍以时尚化、感性化作为写作的外衣时，崔曼莉表现的是一种温馨中的冷峻，一种冷峻中的温馨。她的这种冷峻正在成为个人化风格的标志。

2002 年的小说产量极为浩大，以个人的阅读进行某种选择和评判只能是抽样调查，我放弃了诸多的名家之作，而关注于一些新人的作品，就在于在新人身上我能够看到生长的势头，即使所选名家的作品，也是以“生长性”作为标准。一座城市停滞了，便没有生命力，一个作家失去了生长的能力，作品数量再多，也会迅速枯萎。伟大的文学，就在于它是不断生长的文学。

（选自《大家》2003 年第 1 期）

小说叙述的审美简化

随着现代社会现代生活多元发展的趋势，人们的审美要求自然不满足于那种单线条、单结构、单向进展的小说内容和小说形式，因此追求大容量简朴交叉的多项复成的叙述形态几乎成为新派小说家的共同纲领，汹涌成为一股澎湃的大潮（我在《小说叙述的套层结构》中有详细论述）。

当然，在这股气势浩荡的潮流中也潜藏着一股似乎逆向发展的暗流，而这股暗流日渐发展，已有奔出河床之势，虽不能与大潮完全抗衡，但已在悄悄销蚀那种雍容富丽堂皇的叙述文风，而以新的审美魅力赢得读者和作家的注意。这股暗流便是：小说叙述的审美简化。

追求审美简化与表现立体交叉的现代小说精神确乎是一种背反。但这种审美简化不是对传统小说的回归，不是对现代小说的反叛，在本质上依然是现代的、先锋的、超前的。因为就目前所见的具有审美简化趋势的小说而言，它们都是以有限的空间去表现人在现代社会中那种纷扰复杂难以言状的精神内态，由于形式的高度简化，而使那种复杂、纷纭、无可捉摸表现得更为凝练触目，这种简与繁的辩证统一确实是在“背反”之中实现的，广义地说，一切艺术都是通过对生活的“简化”实现的。正如英国美学家克莱夫·贝尔所说：“没有简化，艺术就不可能存在，因为艺术家创造的是‘有意味的形式’，只有简化，才能把有意味的东西从大量无意味的东西抽取出来。”（《艺术》第150页）

就人们审美感官而言，长期经受那种喧嚣多变的城市声浪、城市光色、城市氛围的多重骚扰，长期被那种变化莫测、复杂诡幻、沉重窒闷的生活形式、审美形式所包围，人们也有理由寻求一下较为自然、简朴、恬静的审美快感，以获取心灵的自由和慰藉。八十年代出现在美国小说界的“简约派”（mini—malists）便很快引起人们的注意，获得读者的青睐。“简约派”的代表人物雷蒙德·卡佛、弗雷特里·巴塞尔姆、安·比阿特不但获得了许多重要的文学奖，而且他们的一些短篇集子还进入了文学作品通常难以打入的畅销书行列，在文坛上也出现一批追随“简约派”小说的“卡弗后”作家。这种简化的审美潮流不仅表现在小说领域，在诗歌、美术、音乐、舞蹈等审美形式中有着更早的实践与实绩。一句话，审美简化乃是现代生活与现代艺术发展之必然。

小说叙述的审美简化忽略传统小说常见的景色描写、性格塑造和社会、文化背景交代，它不像“小说派”那样沉溺于情感性的海洋之中自省、反思、回忆、臆想，往往通过简约的叙述形态和极其有限的“视角”来表现丰富的情感天地。也许有人担心这种审美简化会导致小说内涵的淡化与弱化，从而失去现代小说所特有的情感深度、厚度和审美的扩张力。这种担心可能与时下文坛所流行的所谓小小说、微型小说有关，因为目前一些微型小说确实是“内外都简化”了，从而造成了一种文体上的倒退与审美力的沦丧。从本质上而言，那些作品并不是真正意义上的小说，而是幽默小品、寓言、笑话的浅薄翻版，它们与真正意义上的短篇小说有着巨大的距离，只是充当一种报“屁股”的角色。有种担心以为形式的简化势必造成内容的简单，其实篇幅并不具有质的判断性，机械地从篇幅出发划出“微型小说”乃是对短篇小说艺术的一种侵犯，对那些不具有小说性的所谓微型小说，人们有理由将它开除出小说的疆域。因此，这里所说的审美简化，只是叙述形态，不是那种简单的压缩篇幅，而小说内涵往往在简化中得到强化和深化，为了能说明这个问题，我不妨列举联邦德国女作家加布里尔 · 沃曼的短篇小说《坚固》加以阐述。

> “海几乎都绿了”，美国表妹苏珊说。“跟昨天一样”，洛蕾说。“没意思，没意思”，梅莉芮说。约莫两点光景，天气热得够呛。在浴场阳棚投下的平行四边阴影中，躺着三个人，阴影朝着北方。“从没见过这么热的夏天”，梅莉芮说。“不过对孩子好，他们玩得高兴”，苏珊说。一听到这些乏味的话，另外两位又觉得扫兴了。洛蕾闭上双眼。梅莉芮目光离开手中的书，凝视着大海。远处蓝绿色海边，孩子们身影微小。米凯、巴贝特、小弗蕾德——她数了一下，只有这三个小孩，可能她只数到三，就数不下去，像是在打盹了，不久她又继续看书，“只有三个”，苏珊大声说道。“我只能看到三个小孩”，洛蕾叹了一口气。自从来到这儿，她总是觉得昏昏沉沉。也许在港口与阿尔弗雷德吻别之后，或者说在这以前早就是这样了。依然是

这般炎热，她翻了个身，脊背朝天。梅莉芮搁下书，趁机毫无干扰地看着洛蕾的由静脉曲张形成的瘤状物，样子十分难看，梅莉芮很得意。“他们铲呀，铲呀”，苏珊说“我只看到他们中的三个”，“能下场雨就好了”，洛蕾说。说着她伸舌头舔了舔前臂，粘着细砂的舌头感觉到汗水的味道。

“喂，别光站在那儿，这地方还要再紧一些”，米凯又累又自豪，直在喘气。弗蕾德觉得米凯自高自大，人也突然感到很不舒服。患过猩红热以后，她有时一累就感不适，心中掠过一阵害怕，怕什么呢？米凯轻轻推他，他又扬铲挖砂了，但是眼前已经模糊。

“嘿，洛蕾”——苏珊喊道——“梅莉芮，我怎么也看不到小夏娃”。苏珊站了起来。她那惊慌，但又冷漠的脸惹怒了另外两个人。

“最后再弄弄平，这么弄！”米凯说。砂山拍得平平的，坚实稳固，基础牢靠，山顶上还放了些海草当帽子。小弗蕾德自我感觉好了一些，赶紧站到能干的米凯身边。此时巴贝特心情沮丧，就是这两个坏家伙加入了游戏，她宁可跟小夏娃一块儿玩耍。温柔的、可爱的小夏娃，全身蜷缩着，深深埋在砂山之下。还要等上多久才涨潮呀？

加布里尔·沃曼的这篇小说正像美国评论家苏珊·莫尼特所概括的“简约派”特点时指出的那样，它是通过省略式的对话、标记般的形象和极其有限的“视角”来表达一种抑制住了的情感。《坚固》在短短八百字的篇幅中涉及七个人物，三个度假的女人：苏珊、洛蕾、梅莉芮，以及她们的四个孩子，两个男孩：米凯、弗蕾德，两个女孩：夏娃、巴贝特。情节非常简单（其实谈不上情节），表现的是母亲和孩子在无聊的假日里的活动。小说展现的是同一个场景里的两个画面。如果用简化的符号来表示，便是：

$$\text{场面 I}\left\{\begin{matrix}A_1\\A_2\\A_3\end{matrix}\right\} A\text{（女性）}$$

$$\text{场面 II}\left\{\begin{matrix}\left.\begin{matrix}a_1\\a_2\end{matrix}\right\} a\text{（女孩）}\\ \left.\begin{matrix}b_3\\b_4\end{matrix}\right\} b\text{（男孩）}\end{matrix}\right\} a_1\text{被 } b \text{ 埋在沙中}$$

很显然，b 的身后隐藏一个大写的 B（男性），小说所展现的是西方社会被严肃正视的“性差”悲剧，妇女默认传统，甘任男人的基石，所以导致两性之间的秩序更加“坚固”。作者在貌似简便坚硬的叙述形式中蕴涵深厚而丰富有弹性的旨意。

这种审美简化的叙述倾向在中国新时期小说创作已经出现，并且产生了一些颇具特色的作品。1984 年贸然出现的阿城，便以《棋王》等极其简化极其朴素的叙述方式独领风骚，正如季红真描述的那样：阿城的小说“采用朴素得近乎古老的故事叙述方式，平铺直叙，时序自然，情节线索简洁单纯，却带给人无尽的韵味，像一支支旋律平缓而沉积着世代平凡人生内容的古老谣曲，平和中引发着普遍的审美共鸣。”（季红真《棋王》序）汪曾祺、何立伟以及晚近的李锐、矫健等人也先后以简洁明朗的小说叙述风格标异文坛，以及随之而出现的以林斤澜为首的新笔记体小说逐渐具有较鲜明的民族风味和美学异彩。

小说叙述的审美简化的宗旨是：冀求运用最简捷的叙述方式传达最丰富的叙述内容。虽然由于各个作家风格追求和艺术个性、禀赋、气质的不同，也由于作家参照的文化背景的不同，他们“简化”的重点和方法并不相同，下面我所列举的这些简化方式都可以看出。

小说叙述层面的收缩。在追求审美简化的小说中，作家已不可能采用那种时空交叉的复调结构形式来纵横捭阖地展现历史与现实的种种冲突过程，而必须选择一个有限的时间域和空间域来浓缩这种历史与现实、人与社会、人与人之间的种种复杂的关系，叙述层面不可能铺洒得很广阔、很辽远，而必须找准“穴位”进行强的刺激来达到同样深广、同样宽厚的效果。因此，一部分作家为凸出立体内涵采取省略背景过程甚至省略叙述的方式来求得叙述层面的凝聚与浓缩。何士光的《远行》无疑是近年来挖掘表现国民性的佳作之一，但小说叙述的时空域却是异常的狭小，所有的故事和人物都活动在一辆“遍体鳞伤”的长途客车上，而且时间只在一个凌晨。小说最后，那辆又破又旧的长途汽车几经波折终于沉重地启动，但沉重的心理负担却没有能够卸掉。小说所展现的场面并不广阔，但内涵异常丰富。如果说《远行》在简化的过程里还温馨地残留着作者那种缠绵婉转的叙述个性的话，那么李锐的《厚土》（九章）则较为圆满地实现了这种“点穴”式审美简化叙述。李锐选取的是非常简洁平实而又能表现某种心态的生活现象，以一种严谨的叙事结构使作家主体意识所浸润过的生活原生化、粗朴化，在叙述上基本不作心理分析与描述，而是采取一种节俭得近乎冷酷的素描方式，叙述的层面也限于一种表象混沌的知觉体验，这种知觉体验显然不如那种理性的分析与铺张那么清晰和明朗，但反因其“隔膜”增添了小说的厚度与内力。比如《眠石》里那两个男人因女人结为死敌最后又因女人化干戈为玉帛的故事，叙述层面可谓狭小、浅薄，但在不很宽阔的层面里却蕴藏着很丰富很深厚的寓意和涵藉。不仅可以窥见到赶车人诚朴中的粗鄙，还可以窥见农村女性的悲剧命运，还可以由此去窥见吕梁山那积淀已久的厚土——贫瘠的土地、落后的经济、愚昧的文化、封建的精神这样一种整体的群体氛围。可见叙述层面的简化并不会使内容简单化，而会促使小说文体和小说内涵走向深化。

小说叙述视角的纯粹。与追求多声部效果多视角叙述小说不同，为了求得小说审美简化和纯粹，一些作家有意舍弃其他叙述视角，让一种纯粹的叙述视角充居全篇，这不是对传统小说的回归，因为传统小说恰恰不能保持叙述视角的高度纯洁，叙述主体（作者）与叙述客体（人物）常常轮流交替地叙述故事、全知全觉的叙述方式更是霸道地包含一切叙述视角，亵渎其他叙述主体的自由。而这里所说的叙述视角的纯粹性，首先是指叙述主体（作者）与叙述客体（人物）融为一体，没有主客体之分，只有一个叙述点，而不会出现其他的叙述点。王蒙的短篇小说《铃的闪》《来劲》便是保持着叙述视角的单纯，小说里的一切，都出自“我”的视角，都出自“我”的心灵，其他的视角丝毫也插不进去，因为小说展现的只是“我”的一种特殊的心态。“我的写作常常被叮铃铃的电话声所打扰。一开头安装上电话我曾经欢欣若狂。我再不会为了给一个要紧的地方打一个要紧的电话在公用电话室急躁地等待着，搓手搓脚。”“生活号召我！电话铃不响了，然而信号灯绿灯闪闪仍然，仍然一闪一闪。它无言。它眨着眼。它期待得好苦。”王蒙这种强化叙述主体而简化其他一切叙述主体的复杂的心态，表现“没有实现的冲突”的内部心理矛盾（[苏]托罗普采夫对这种矛盾有详细的阐述，可参见《当代文化思潮》1987年第5期）。如果在《铃的闪》《来劲》中掺入其他的叙述视角，那么“我”的心态就不会如此突兀、如此充分。这种叙述视角的单一化处理，其用意亦在深化叙述主体的这一面，使之更加丰满、更加自在。此“简”则彼“繁”。

阿城的《遍地风流》诸章也是采用的这种叙述视角。所不同的是，王蒙在小说里直接以“我”来抒叙种种感受、见闻，而阿城却在小说里隐含着一个叙述的“我”，尽管有时也出现“我”，但大多场合里“我”是被阿城省略了的。《遍地风流》诸章里却保持着叙述视角的纯粹，小说的种种感觉、感受都源于那个实在的或潜在的“我”之眼，“我”之口，“我”之心，因而《遍地风流》便给人一种线条般的单纯美与画面美。说实在的，能在一篇小说中保持叙述视角的纯洁宁静本就不易，而诸多篇幅的《遍地风流》能恬然地始终流淌出那么良好的艺术感觉，着实需要深湛的艺术功力和艺术禀赋。“太阳一沉，下去了。众山都松了一口气。天依然亮，森林却暗了。路自然开始模糊，心于是提起来，直接接地寻视着，却不能定下来在哪里宿。急急忙忙，犹犹豫豫，又走了许久，路明明还可分辨，一抬头，天却黑了，再看路，灰不可辨，吃了一惊。”这种以“我”的存在为起点，深入自我以外的现象世界进行认知和感悟，使“我”有限的生命负载着无限的人生内容，这便达到了很高的境界。

小说叙述语言的拙朴。实现审美简化的途径多种多样，而语言则是最基本也是最显而易见的手段。当然，语言也是最见功夫的。洗尽铅华而见精神一直是中国文学推崇的文字之道，但如何使语言的“简”达到寓意的“丰”，牵涉作家的艺术功底、语言感觉和表达能力。作家汪曾祺的语言往往以一种拙朴的语态传递出饶有风味的情趣，在《桥边小说三篇》这种拙势几乎到了极点。他这样写人物：

> 詹大胖子是个大胖子。很胖，而且很白。是个大白胖子。尤其是夏天，他穿了白夏布的背心，露出胸脯和肚子，浑身的肉一走一哆嗦，就显得更白，更胖。他偶尔喝一点酒，生一点气，脸色就变成粉红的，成了一个粉红的大白胖子。

所有的形容词被剔除在外，比喻、通感一类感觉性的华彩性的词句一个找不到，全然是本色的叙述，本色到连词汇节俭得不肯多用几个，而是反复运用“大”“白”“胖”，然而小说给人造成的审美感受丝毫也不单调，也不枯燥，反而别有一番情趣，给人一种审美的愉悦。

前面列举的《坚固》，也是以一种冷峻的语言平淡陈述两幅交替出现的画面，而没有多少主观的附加成分。李锐的《厚土》里也多用一些确定性不甚明晰而又带有启悟性的本色语言，虽简约但有跳跃性，有一股内在的弹性和张力，从而强化小说的洗练老到的艺术风格。阿城、何立伟也常常为求巧而弄拙，以一种极平常的口语形态描摹事态和心态，尤其善用名词和形容词，常有一些令人叫绝之句。阿城《孩子王》出现的王福的作文《我的父亲》也许正体现了阿城所追求的那种拙朴的语言境界。

> 我的父亲是世界中力气最大的人。他在队里扛麻袋。

别人都比不过他。我的父亲又是世界中吃饭最多的人。家里的饭，都是母亲让他吃饱。这很对，因为父亲要做工，每月拿钱来养活一家人。但是父亲说"我没有王福力气大，因为王福在识字"。父亲是一个不能讲话的人，但我懂他的意思。队上有人欺负他，我明白。所以我要好好学文化，替他说话。父亲很辛苦，今天他病了，后来慢慢爬起来，还要去干活，不愿失去一天的钱。我要上学，现在还替不了他。早上出的太阳，父亲在山上走，走进白太阳里去。我想，父亲有力气啦。

清然纯然的白话口语，散发着一股恬淡的雅拙之趣，"早上出的白太阳，父亲在山上走，走进太阳里去"，这种天人合一的内感应方式只能是阿城的，无声之中而充满各种声响，没有色彩而胜过一切色彩，"白本无色，而色最丰"，这何尝又不是小说叙述审美简化的最终理想？

审美简化不全然是一个形式的问题，还有着复杂的哲学因素和机制，这里不想具述。只是提及一下，这种微言大义、追求象外之象、旨外之旨的审美叙述方式，与我们民族文化中所既有的那种喜欢含蓄、幽远的审美习惯有着内在的联系。但如果简单地回归甚至模仿传统形式，退回到那种已经僵死的文体形式与叙述形态中去，无疑是走向末路的选择。

在国外，这种小说叙述的简化和对话语言刻意把握，也遭到了一些人的反对。1986 年美国《新共和》杂志就有文章指责"卡佛后"（即"简约派"的追随者）小说实际"放弃了文学的职责"，并指出"如果小说想要超脱文字游戏而存在下去，它就不能仅仅是被动地反映支离破碎的生活和由此产生的不安，而必须部分具备如下特点：思想，严肃的道德，不妥协，整体观和足够的生活容量”。

这句话对以玩弄语言为乐的作家虽然过分了一些，但不失为一个富有刺激的提醒。如何使小说在有限的篇幅包含“足够的生活容量”和审美容量，确实需作更多的探求实验。

（载《山花》1988年第1期）

文化在为小说“输血”

小说写到今天，难，难在它的功能基本被其他的载体尤其是电视剥光了。看故事，电视剧比它精彩，加之戏说的成分，关公战秦琼不是什么笑话了，小说诸多的戒律无法和电视剧比。反映并干预现实生活，比不上《东方时空》之类，连伊拉克战争都被当直播且有军事专家解说了，作家再怎么快也不会产生当时刘心武《“五一九”长镜头》那样受人欢迎的文章了。另一个方面，当初造就 80 年代文学轰动效应的海外文化的“时间差”没有了，我们在 80 年代感受到的那一股又一股的新潮其实都是西方的旧潮，只不过我们的闭关自守让西方文学潮流形成了地质积淀，所谓先锋和新潮的作家们利用的是中国读者被海外文学隔绝造成的时间差在国内克隆出来的作品，才让读者看起来那么眼花缭乱。当初一些作家东施效颦地仿拉美爆炸文学，搞什么“寻根文化”，虽然热闹了一阵，但很快难以为继，模仿终究需要生命真正的体验。

90 年代后期，有了商业和媒体的介入，于是有了畅销书，也就有了美女的写作和身体的叙事，还有争论不一的“下半身”书写群体的出现。个性的解放和性的释放被放到了同一个平台上，以至连木子美的日记也成文学，也成了“小说”。在这样的情形下，小说看起来好写，其实更难了。

在体验型小说甚嚣尘上的时候，必然会有另外的东西来与之平衡。体验型小说宣泄到一定程度的时候，必然会产生某种虚空乃至虚脱，这个时候自然只能让文化来为其“输血”，来填充因宣泄过度而产生的苍白。在这样的意义上，读到范稳的《水乳大地》和姜戎的《狼图腾》以及亦村的《世界在爱情中成长》，就不会感到奇怪，也就不用担心年轻的一代在挥霍身体和才华了，有人在消耗，有人在贮存，文学界自然会得以平衡，会生生不息。

把《水乳大地》和《狼图腾》称为“文化小说”也许并不是什么新的命名，而且还会遭到质疑，早在1986年时我提过这一说法，被人批评过，说是小说本是感性的，文化小说那不是倒退了吗？在80年代那个急需解放的时候，把文化做成小说难免有作秀的嫌疑。但今天文化之于小说已不是什么表演了，而是文学“可持续发展”的需要了。

《水乳大地》描写的是藏族和纳西族杂居区域的百年历史的“文化战争”，古老的藏传佛教文化和西方的基督教文化以及神奇的纳西族文化在这里交汇，不同的价值观在近代中国百年风云变幻的过程中上演一出又一出惨烈悲壮的史诗剧，人性和人的意义在不同的教义文化中得到不同的演绎，而爱、仁爱、爱情则是永恒的主题。《狼图腾》则是出自一本学者之手的非小说化的小说，它是一本关于狼的史诗，将作者个人传奇的经历和渊博的学识综合在一起，个人的命运和历史的图腾以及大自然的神话形成了非常文化的叙述。多年之前，王安忆写过一本《纪实与虚构》的长篇小说，记述自己成长的部分非常精彩，而追述家族的历史渊源时由于采用了虚构的方式显得有些不够从容，而《狼图腾》则干脆引进了论文的方式来作为小说的一部分，因而做到了感性和理性的结合。亦村的《世界在爱情中成长》也大量融进美学文化的内容，把近百年的革命斗争的历史放在诗意和审美中进行透视。

这三部小说打的都是文化牌，尤其是《水乳大地》和《狼图腾》更是以实的文化形态来作为全书的框架，不惜篇幅来展现宗教文化和狼文化的细枝末节，可以说是反小说的，但并没有影响人们对它的阅读兴趣，《水乳大地》和《狼图腾》一直卖得不错，可见文化也成为卖点。顺便说一句，《水乳大地》容易让人想到盛可以的《水乳》，《狼图腾》让人想起慕容雪村的《成都，今夜请将我遗忘》。很显然，盛可以和慕容雪村写得更年轻，也更像小说，但小说其实是没有边界的。

“新写实”重现文坛

——2003 年小说之一瞥

要给 2003 年的小说创作一个总结性的概述在这么短的篇幅里比较难，我选择“新写实”这么一个角度来窥视一下该年度的小说的一个侧面。

“新写实”曾经是 20 世纪 90 年代颇为风行的小说思潮，它是由作家和评论家共同创造的一个文学潮流，近十多年来不少的优秀作家都带有不同程度的“新写实”倾向，像刘恒、刘震云、王安忆、朱苏进、叶兆言、周大新、阎连科等都写过富有影响力的“新写实”作品。虽然我用“零度”“还原”“对话”三个要素来作为衡量“新写实”的标准，但实际上每个作家的自由发挥丰富了“新写实”本身的内涵。当年的“新写实”高手们都不同程度地调整了写作方向，池莉趋向都市言情，刘震云越来越“后现代”，倒是刘恒始终保持那么一股劲，但《贫嘴张大民的幸福生活》距今也有六七年了，可以说“新写实”风格的小说是“大雅久不作”。

但 2003 年的两部小说让我们惊喜地看到“新写实”在新的文

化语境下焕发出新的审美活力，这就是邵丽的长篇小说《我的生活质量》和胡发云的中篇小说《老同学白汉生之死》。邵丽的长篇小说《我的生活质量》与刘恒的《贫嘴张大民的幸福生活》有异曲同工之妙，关注的都是生活和幸福的问题，所不同的是刘恒写的是贫嘴张大民的生活质量问题，而邵丽写的是由贫民升为官员的市长王祈隆的生活的幸福问题。近年来写官场的小说极容易将官员作两种简单化处理，一种是歌功颂德的美化，一种是以反腐败名义进行的“妖魔化”处理，容易概念化，像新阶级斗争小说似的。邵丽的长篇小说《我的生活质量》把这些官员还原到人的层面来进行描写，官员不是符号，也不是天生的腐败分子，也是由普通人成长（发迹）起来的，他们也有青春的惆怅，也有感情的问题，并不全是权色交易。小说生动地塑造了王祈隆、许彩霞等一系列人物形象，是近年来少见的优秀力作。读到胡发云的《老同学白汉生之死》是个意外，我没想到除了池莉、方方外，武汉还有如此浓烈的“汉味”小说家，白汉生在商海沉浮命运，不仅能够写出市场经济下人性的变迁，也冷冷地批判了小市民好面子的虚荣心，白汉生为保住发财的虚名弄得债务累累，最后不得不自杀来了结债务。胡发云的文笔冷峻不露声色，可称得零度写作的范例。

当下的城市生活也迫使作家放弃简单的价值判断去描写生活的原生态。荆永鸣的《北京候鸟》和《秋飒爽还想在北京打工》都以“北漂”人群作为小说的主人公，写出边缘人在都市的辛酸苦辣，小说的笔墨朴素如水，虽有波澜但不壮阔，在平淡的叙述中涌动着人文关怀的暖意。巴一的《淮北往事》写乡村孩子成长的回忆，正视困难而又充满悲悯的情怀。

原先比较热衷先锋叙事模式的吴玄、老猫等新锐作家也降低了小说的热度，在一种平静而淡然的叙述中展现都市年轻一代的生活原生态。老猫的《一个男人的三个瞬间》写了一个男性和三个不同女性的交往过程，时空的交错让价值的判断隐匿。吴玄的《同居》写的是都市的男女生疏而茫然的心理，写实中见出人的困惑，而且叙述者也是困惑的，叙述者的困惑也和盘托出。

“新写实”从当初的农村生活发展到今天的都市生活，故意的冷漠也变为自然的呈现，这可能与文坛的主义淡出有关，在一个主义纷繁的年代里，哪怕是不要主义的主张也难免会以主义的形式出现，当年的“新写实”也太在意自己的不动声色了，有故意冷漠的嫌疑，而今天冷漠也不会特别引人注目，“新写实”的创作者们反而更加自然和贴切了。

城市的履带开进小说

中国当代的名作家好像都特别会写农村，好像都是写农民出名的，贾平凹、莫言、陈忠实、刘恒、刘震云、张炜、李锐、韩少功、陈世旭、阎连科、周大新等都写过农民，都写得生动，都写得色香味俱全。中国作家不写农民的不多，连王安忆、余华、格非、北村这些被称为先锋派的小说家的作品也时不时地带着浓重的乡村韵味。当然，城市不是什么荣誉，更不代表先进，乡村也与土气无关，更不代表落后。但是，中国少好的城市文学，少好的写城市的作家。一写城市，往往便与现代派什么挂上钩了，如穆时英、施蛰存等人的新感觉派。

这十年，中国城市化进程高速发展，农民进城了，城市盖高楼了，耕地减少了。自然，城市文学也在发展，虽然我很不愿意用城市文学这个概念，但城市的作家群确实出现了。至少就文学图书市场而言，写城市的要比写乡村的要多，写城市也比写乡村的要好卖些。也有一些赶时髦的作家，力图从乡村向城市转型，但他们的小说像装起履带的拖拉机冒充坦克轰轰烈烈地开进了城市，但怎么看怎么别扭，因为他们的文学准备本是乡土的营养。

不知道为什么，中国的城市小说一开始就带着某种“痞”气，这种“痞”并不是从王朔开始的，在 20 世纪 80 年代被看作“现代派”文学的《无主题变奏》（徐星著）和《你别无选择》（刘索拉著）就被一些评论家称为缺少英雄主义的痞子小说，还引起一场争论，到了王朔那里，就更有了“痞子文学”的雅号了。也就是说中国的城市文学是伴随着现代主义文学的浪潮进入的，现代主义是借着城市的躯壳来到中国进行演示的，由于和传统的农耕社会的价值观念的差异，现代主义的叛逆和城市对乡村的消解自然就不谋而合了。王朔在同代作家中最缺少乡村背景，评论界有人曾把他的小说称之为“新京味小说”，以把他与老舍的京味区别开来，因为老舍的小说还带着农业社会的诸多价值取向和道德评判。王朔的小说一开始就描写城市生活中多余人的形象，这多余或许正是城市文学的某种本质，在传统价值里找不到位置的人才是多余人，而中国农业社会的理念让真正的城市人找不到主流的感觉。这也是我们传统的读者会认为王朔的小说是痞子文学甚至是流氓作家的原因。

性与金钱或许不是城市文学的全部主题，但城市文学肯定不回避欲望、性、金钱这些在市场经济背景下产生的主题。因而，城市文学不可能是赞美的文学，也不可能是道德的文学，它有可能是宣泄的、颓废的，但更多的是批判和呈现。中国当代城市文学写作的热潮是和中国的市场经济的广为推行密不可分的，市场拉动的不仅是经济，还有人的欲望和贪婪，而这种在当时还算隐秘的欲望由文学来表达也许最为合适。1994 年前后，我们读到了一些后来被称作“新生代”小说家的小说，像韩东、朱文、东西、邱华栋、丁当、述平、刁斗、张梅、唐颖、吴晨骏等都是在那样的气候下出现，以至还被人称为“欲望化写作”，这正好说明城市文学的欲望的主题特征。

还有一个有趣的形象，就是中国的城市文学好像最早是在女作家那里觉醒的，或许女作家身上的“小资产阶级”情调所致，张洁、张抗抗、王安忆的作品天生就缺少那个时代男作家特有的乡土小说气息，而后来的方方、池莉等人则更顽强地表现她们所在城市的生活和故事，王安忆的长篇小说《长恨歌》已成为当代描写城市的经典之作。而后出现的所谓“美女作家”热，其实是把城市文学向更世俗的方向发展，这些女作家把大量都市的符号放到小说中作为城市生活的展览，以至一位女作家的小说里反复出现各种品牌，让人怀疑是拿了广告宣传费。城市小说从欲望化走向了时尚化，而且跨国倾向也渐渐严重起来，畅销书的商业操作再也不遮遮掩掩了。

今天的网络写作或许是最富城市色彩的，虽然今天的网络也遍布乡村，但网络写作是难以和乡村联系一起的。网络的匿名、自由、无序正是现代城市生活本质极端化的体现。在网上的文学很少看到以乡村为背景的，农民身份的网上写手往往会写得更加城市。网上的好小说难得一见，慕容雪村的《成都，今夜请将我遗忘》不仅标志着网络文学进入了一个新的阶段，也标志城市小说开始新的进程，那些在王朔小说见不到的新一代城市人的反常成长，让文学和生活一下子难以定位。当然网络和城市也有一个通病，这就是泡沫化，这些年网络上成就了多少作家是可以计算的，但他们糟蹋多少文字却是难以统计的。

当然，城市小说在传统纸媒并没有失去优势，一些好的作品更多的时候是以纸媒的方式见诸文学的。2003 年我就在文学刊物上读到了这样三篇优秀的中篇小说，胡发云的《老同学白汉生之死》、须一瓜的《淡绿色的月亮》、老猫的《怀恋一个男人的三个瞬间》。三篇小说写了三类不同的城市生活，胡发云的《老同学白汉生之死》写的是 50 年代出生的一代在市场和金钱的背景下的人生悲剧，白汉生成为新的城市生活的牺牲品；老猫的《怀恋一个男人的三个瞬间》明显带着 60 年代出生的人的城市价值观和小说观，三个女性在同一场景对同一女性的追忆和怀恋，构成了新的城市爱情风景；而须一瓜的《淡绿色的月亮》则用女性的视角对人性深处的脆弱进行轻轻地质疑，揭开的不只是夫妻的裂隙，也是人性的裂隙，这样的质疑未免有些残忍，但我们无法不去正视。

社会在城市化的进程中失去了很多本该保存的事物，城市化的履带无情地碾碎了很多美好的记忆，希望小说能在城市化的进程中多多保留那些因为社会变迁而流失了的记忆。这不该是什么奢望吧？

媒体专政下的文体继续革命

与其说今天的文学面对的是一个媒体主流的时代，还不如说是文学在媒体专政下为何继续生存。在1997年以前，中国社会并不存在真正意义上的媒体，虽然也拥有大量的新闻媒体，有报纸、电台、电视、出版等机构，但它们的存在全以宣传的工具或宣传工具的延伸的方式而存在。在一个高度意识形态化的社会里，媒体不可能有独立存在的价值，媒体只能作为意识形态的附庸而失去真正的本性。文学在这样特定的时期，实际扮演了媒体的角色。因为相对于那个时期的媒体而言，文学带有一定的自由性和独立性，特别是粉碎“四人帮”以后的中国社会，由于媒体的僵硬不足以表达当时动荡复杂的历史情况，文学便在个性解放的旗号下“替天行道”，文学实际是在行使媒体的职能。无论是卢新华的《伤痕》还是刘心武的《班主任》，甚至稍后的《乔厂长上任记》，在当时引起的轰动都是媒体式的轰动，都是当时媒体无力表达或不能表达的社会声音，由“作家”这么一个特殊媒体的制作者传播开来的。

到了90年代，媒体已经发育成熟，文学开始退居到媒体的背后，文学从媒体的一部分蜕变为媒体的对立面。文学主流的时代到20世纪末宣告终结，而媒体专政的时代在世纪之交悄然来临。所谓“媒体专政”，实际是指市场经济的情况下媒体摆脱了原先计划经济的束缚开始占据了传播的主导地位，从而对原先占据主导地位的主媒体、次媒体进行某种制约甚至压迫。这种“专政”有时候并不是媒体主动去施加的，更多的时候是无形造成的。比如，各种各样非文学性报刊的繁荣，无形之中夺去了文学期刊的市场份额，比如《人民文学》在80年代初的最高发行量曾达到400万份，但今天已剩下了当初的一个零头。比如当初一个作家写出一篇小说，会收到成千上万封读者来信，而今天，成千上万封读者来信很可能会飞往电视台的一个主持人，这个主持人往往是作家们不屑一顾的一个小黄毛丫头，受众的锐减便是媒体对文学专政最直接的结果。

但是文学也并非没有生存空间，作家们在新的文化情势下所能采取的策略便是以文体的继续革命来赢取新的机遇，与媒体瓜分市场份额，扳回失去的受众。

文体革命是近20年来文学运动中一个最常规的武器，也是一个最有力的武器。70年代末期、80年代初期，王蒙等人以所谓的“东方意识流”小说拉开了新时期文学的序幕，1985年前后，徐星、刘索拉、莫言等人又以先锋文学的文体姿态撼动了传统小说文体，到1994年前后，韩东、朱文、陈染、林白等人又用“个人化”的写作方式对文体再度进行更新，让文学摆脱了媒体的特性，开掘文学的另一空间。这些被称作“另类”的作家，实际是在与以媒体为中心的文学体制作对抗，他们率先走到了文学革命的前列。

今天，文体被再次关注，《大家》1999年推出了“凸凹文体”，《青年文学》将文体的界限模糊，一些作家的“跨文体写作”，都在向文体的“极限”挑战。这个“极限”便是在近一百年来形成的文体板块，也就是五四新文化运动之后形成的“新文学”，也就是小说、散文、诗歌、戏剧这四大板块，五四新文学的传统到六七十年代发生过中断，但新时期文学却利用西方近百年文学的经验将新文学的文体发展臻至成熟。最为明显的就是中篇小说，在80年代以前，中国白话体的中篇小说少之又少，但80年代的中篇创作空前繁荣，出现了一大批优秀的中篇小说，像《蝴蝶》《红高粱》《妻妾成群》等都堪称经典。但新文学的文体发展也到了一种极致，90年代后期的作家在小说观念、小说内容上都取得新的突破，像韩东的《障碍》、朱文的《我爱美元》都为人们提供新的审美经验，但在小说文体上并非异常的规范和正宗。这是因为小说文体的发展到了难以逾越的地步。

向极限挑战，便是意味着打碎原有的文体格局，也就意味着要破除既有文体规定的樊篱，营造一个新的文体之地。这不仅是文学发展的需要，也是今日文化格局使然。面对媒体的全方位轰炸，文学只有在文体上拿出更新、更绝的活儿来，才能找到自己的立足之地，让文学的血脉流传下去。

当前的文体革命首先要破除“小说最大”的顽固观念，尝试各种新的文体。在过去的20年中，小说一直位居整个社会文化的中心，小说家似乎是文学中的白领，散文家则有点像文学中的蓝领，诗歌则是一副没落贵族相，但今天的风气已经变了，读小说的人没有看散文的多，写电视剧的小说家也尝到了大众传媒的甜头，小说家的地位开始动摇，小说在文坛的霸主地位也世风日下。一种新的四不像文体正呼之欲出，它或许脱胎于网络文学，渊源于笔记文体，在叙事之中夹杂着潜议论，在白描之中又溶进“后现代”的笔调，与流行的晚报文体相异，也不同于西方式的随笔，可能是新闻与文学的杂交，也可能是网络与文学的混血，它的受众越来越阔，越来越适合现代人的口味。它可能被视为肤浅，就像胡适的《尝试集》曾被人讥笑一样，但它是有生机的。它需要发展，不是一年、两年，而是要一代、两代人的努力才能完成。

有一个韩寒够了

少年写作的热潮席卷华夏大地，少年写作的英才也如雨后春笋般层出不穷，韩寒、郭敬明、蒋方舟、叶子等人的风头甚至盖过了那些老牌的名作家，韩寒、郭敬明图书的发行量超过余华、苏童，直追世界名著《哈里·波特》，以青春写作为特征的《萌芽》月刊也重放异彩，在很多文学刊物发行量急遽下降的90年代一枝独秀，发行量直线上升，成为期刊界一道靓丽的风景线。近日，某省作协又破格吸收两少年作家加入作家协会，一时成为各媒体的要闻。

《萌芽》和韩寒的成功引发了少年写作的热潮，模仿者甚众，以仿韩寒、拟韩寒、反韩寒面貌出现的“少年作家”登堂入室，而年龄则越来越小，写作神童比比皆是，当年写出《滕王阁序》的王勃也会自愧不如，因为最近五岁的小作家开始出书，不只是文学界的奇迹，更应该去申请吉尼斯新的纪录。不能说都是韩寒惹的祸，但榜样的力量是无穷的，孩子要出名，出版社要码洋，文学需要后备军，一举几得，何乐而不为？

而我要说，有一个韩寒够了！

这倒不是因为韩寒是写作的另类，对写作来说，对文学来说，另类是个性化的极端表现，每一种另类都有其独特的审美的可能，但韩寒就不只是文学的另类了，而是中学生的另类，是偏科的代表人物，是视高考为粪土的新一代向应试制度挑战的人，或许韩寒有能力学好其他功课，只是不屑或故意为之。但据我所知，如今现在模仿韩寒的后韩寒和小韩寒们十有八九是一条腿走路，都是文科的独角兽，这些孩子本来无路可走，韩寒的成功给了他们一条出路。这样的弊端，家长和老师比我清楚，不用我去多说。

更何况韩寒是以另外一种楚狂人姿态出现的，他的精神世界的独特性是不可模仿也不能模仿的，他蔑视一切权威的做法并不意味着所有的孩子都有这样的精神气质，在文学界他的气质可能是不可或缺的，但作为中小学生则是不必拥有的。文学是人生，但文学的人生价值大多是审美而不是实用。设想一下，如果一个中学里有十个韩寒会是什么样的景况？

即使是文学界，有一个韩寒也就够了，记得80年代中期，文学界出现过较为叛逆的年轻作家徐星和刘索拉，一时间效仿如云，那些仿者都如过眼云烟，人们能记住的还是徐刘二位。如果以韩寒作为时尚，那就更是误入歧途了。中学时代是人生积累知识和文化的时期，花费那么多的时间和精力去赶这样的热，以后会后悔不及的。

我不反对少年写作，热爱文学有助于提高青少年的作文兴趣，提高学生的文学修养，强化人的综合素质，培养人的审美能力，可谓功效多多，而且很多优秀的作家在中学时代就练就了过硬的童子功，长大以后才发扬壮大。我反对的是要把少年做成作家，作家的形成虽然没有一定之规，但拔苗助长肯定是会毁人一辈子的事。作家这个称号并不只是一个写作数量的问题，说他是人类灵魂的工程师当然是超负荷运转了，但文学还是离不开人的灵魂的，小小年纪会不会有不能承受之轻？

还有一个误区也容易被大家忽略，这就是文学不是举重比赛，它其实是不分年龄、不分男女、不分国界的，年少的王勃和年迈的歌德都可以写出传世之作，不能因为年龄小就“加分”，也不能因为年龄大就“减分”。但目前的少年写作热中，是不是存在两种标准呢？韩寒和王安忆比如何？郭敬明和方方、池莉比何如？他们长大了一定会超过王安忆、方方、池莉吗？王蒙50年前的《青春万岁》至今仍热销，《三重门》再过20年会再版吗？我这样说过于苛刻了，但在我们今天这个普遍“减去十岁”的装嫩年代，我们既不要把年轻人看得过大也不要看得过小，十七八岁写些好的文字，不必莫名惊讶！

模式之外的活力

高考作文对写作者来说，是有较大难度的。不仅在于它是命题的，还因为有时间和空间的限制，用闻一多的比喻来形容，是标准地带着镣铐跳舞。曾有报刊组织过知名的作家写高考作文，作家们好像都写得不如这些拿满分的学生好。

作家们为什么写不好高考作文？不奇怪。作家们没经历过训练，或者年轻时也曾受过训练，现在忘了。高考作文是被动性的写作，和主动性的创作是有区别的，也就是人们常说的应试。应试是限制性的，但限制并不意味没有创造性，更不意味着没有佳作，当年王勃的《滕王阁序》也是应试的产物，但因才华出众，构思奇妙，千古流芳。

参加应试，势必要经过训练，因为考试有大纲，阅读试卷的老师有相对固定的标准，违背了这种标准，就很难拿到高分。训练就成为必不可少的内容，而训练往往依据模式进行，没有模式是不容易进行训练的。毋庸置疑，收在本书的满分作文也是经过艰辛训练的结果，甚至在一些篇什中我们还能看出某种训练的痕迹来。高考作文在这种意义上有点像体操比赛，模式大家都知道，都了解，但临场发挥得如何还得个人的积累和才华。有积累，才会有才华，才可能拿满分。

收在本书中的作文为什么能够得到满分？照我看来，首先在于这些考生对优秀模式的熟练地掌握，“熟读唐诗三百首，不会吟诗也会吟”，是说模式对写作的潜在影响，任何人的写作都会受到前人和今人的影响，没有一篇文章会从石头缝里蹦出来。这些文章中有的借用了时下比较热的一些文体，像余秋雨模式，杨朔模式，贾平凹模式，王蒙模式，刘镛模式，科幻模式，古典新写模式，网络文学模式，等等，虽然只是小小的冰山一角，但作为一篇作文足以打动阅卷老师的“芳心”。写作不是创作，如果以文学创作的要求去衡量高考作文，强调它的创新和新颖，反而会误人子弟。

光是依样画葫芦，就模式而模式，并不能获满分。满分作文是千里挑一,万里选优，能够让阅卷老师不吝啬地给个满分，实在是太难了。我上中学的时候，老师有一次给我的文章打了 90 分，居然成为学校的一个事件，连外校的学生都来看我的作文。后来我的文章还是被人挑出了一些毛病，我记得清楚的有一句，“我的脸红了”，被人质疑“你面前又没有镜子怎么会知道你脸红了”，可见文无完文。好的作文在于能够在模式之外融入自己的新的见解和新的创造，焕发出新的活力。江苏卷里有一篇《孔雀东南飞》的作文，在结构上运用的是微型小说的模式，但又巧妙地融进了娱乐界流行“大话”戏说的模式，对古诗的焦刘的悲剧模式进行了颠覆性的改写，刘兰芝的“水的灵动”和焦仲卿的“山的沉稳”也具有了反讽的意味，而第三者秦罗敷的出现更是神来之笔。

能不能在模式之外写出新意，关键在于有没有想象力，丰富的想象力也正是一个人写作才华的根本体现。好的老师是教给学生模式的同时，又给学生插上想象的翅膀，让学生自由地翱翔。没有想象力的作文只能是模式的奴隶，充满想象力的作者才是模式的主人，才能自由地驾驭模式，改造模式。收入本书的文章都具有一定的想象力，不是枯燥的议论和叙事，才情直溢笔端。

当然，满分作文并不是无懈可击，更不是文章的最高境界，得了满分的学生将来也不一定是作家，他们与文学也不一定有什么必然的缘分和联系。他们成功的经验可能会给后来者一些启迪，但他们的文章不能作为模式效仿，你如果来年想得满分，就必须超越他们。

这两年来，我在从事图书编辑和文学研究的同时，还新编了一本《中华少年写作精选》的刊物，这本刊物也是面对广大中学生的，在编稿的过程中，我接触了很多的少年写作者和语文老师，看到了不少优秀的习作，给我印象最深的是，在中学语文老师中有人就是作家和批评家，他们对文学的鉴赏和领悟，水平之高，不在专业人士之下，所以能够产生这么好的满分的作文，也就不奇怪了。

（本文为《高考满分作文》序）

作家地理

旗子和镜子的错位变奏
——关于王蒙的八个问题

一 王蒙是一面镜子，也是一面旗子

“镜子”的比喻多少有些陈腐，也有些机械反映论的意味，但我们今天在讨论和认定王蒙创作的意义和价值时，却似乎找不到更好的比喻来表达王蒙的历史性作用。我固然可以用其他的文学话语来形容和概括王蒙的文学贡献，但作为大家容易理解的历史性的评介语，“镜子”无疑是最普通的，也是最恰切的。列宁说过“托尔斯泰是俄国革命的一面镜子”，而鲁迅的小说又公认为是“辛亥革命的一面镜子”，很明显，“镜子”的评价在中国文学评论的范畴内无疑属于顶级性的赞语，称王蒙作为新中国的一面镜子，也就顺理成章了。

说王蒙是新中国的一面镜子，是因为王蒙和新中国一起长大的，1948 年他 14 岁的时候就加入了中国共产党，新中国成立初期就在北京东城区担任团的领导工作。1953 年起开始从事文学创作，写作了长篇小说《青春万岁》，1956 年发表短篇小说《组织部来了个年轻人》，引起强烈反响，1958 年因这部小说被错划为“右派”，之后便在北京郊区从事体力劳动，1962 年在北京师范学院中文系任教，1963 年举家迁驻新疆，曾在伊犁农村从事劳动 6 年，他的小说集《在伊犁》记录了这一段生活。1979 年回到北京，继续从事文学创作，1983 年至 1986 年任《人民文学》主编，1986 年至 1989 年任中华人民共和国文化部长，现任中国作协副主席、国际笔会中国分会副会长、全国政协常委。

这么一个简历，可以窥见王蒙的文学生涯是与中国社会政治风云的起伏和动荡分不开的，几乎在中国社会重要的时刻，王蒙的命运都会发生重大的转折。建国前夕，北京城里山雨欲来风满楼，向往光明、追求进步的王蒙成为“少共”，1957 年反右风暴，王蒙落入社会底层，被“发配”到边疆，1979 年拨乱反正，改革开放，王蒙步步“高升”，直至文化部长、中央委员。1989 年夏天北京风波之后，他又从政坛回到文坛，专心于文学创作和研究，90 年代初又因短篇《坚硬的稀粥》引发巨大的文坛风波。新中国每一次风云兴起，似乎都会引起王蒙的沉浮。王蒙的作品几乎完整地记录他的沉浮和社会的变迁，《青春万岁》的“少共”情结，《组织部来了个年轻人》干预生活的倾向，《蝴蝶》里对“文革”多重的反思，《名医梁有志传奇》里的“部长心态”，《春堤六桥》对 90 年代中国社会文化的咏叹与感慨，这些小说几乎囊括了他自己一生的经历，同时也是新中国 50 年来风风雨雨多难历程的折射。如果说过去那些中短篇小说尚是阶段性、片段性的表现社会生活和心态的变化，仍是局部性的，缺乏内在连续性，那么他在 90 年代潜心写作的“季节”系列多卷本长篇小说《恋爱的季节》《失态的季节》《踌躇的季节》《狂欢的季节》以及新近的《青狐》里则采用编年史的方式，纵向地展现了从 1949 年到 1985 年各个历史时期的时代风貌和精神历程，钱文的命运与王蒙的命运有着某种互文性，王蒙通过钱文的人生经历折射着中国当代知识分子的心路历程。

王蒙如果仅停留在一个知识分子、一个作家对当代中国社会的观察和反映的层面上，他的文学价值还不足以区别于同时代的作家，王蒙作为新中国的一面镜子存在，还在于他是新中国机体的一个分子，并不是纯粹意义上的文人，评论家顾骧称王蒙的小说是“革命情结的升华”。早年“少共”的风雨，中年“中委”的政治色彩，这种政治色彩不是作家为了表达某种政治意图添加上去的，而是一种与之俱来的宿命。王蒙夫人方蕤在《我与王蒙》一书中，说王蒙在日常生活中喜欢“政治分析”，“经常是值得不值得的一点儿小事，他总爱分析，总从自己的观察讲自己拥有的道理，他自认为那是千真万确的”。这种“革命情结”也正是当代中国社会区别于其他社会的一个重要标志，而王蒙能够置身其中又出乎之外，他是新中国参与者，又是旁观者，他的小说也自然成了革命的见证，他自己也是新中国的见证人。以至有评论家说他的小说时刻都在“布礼”，虽颇多怀疑，但更有解不开的忠诚，《布礼》的主人公钟亦诚便是一例证。

见证，是镜子的属性之一。但王蒙这面镜子已非传统意义上的镜子，他的这面镜子是多功能的，有折射反映事物本来面貌的功能，还有放大显微的作用，有时候还是变形夸大的哈哈镜。不论怎么说，“镜子”的概念仍然源于现实主义美学，而王蒙并不满足于现实主义美学理想的实现，他在艺术上的创新精神有时候到了近乎疯狂的地步。新时期文学是一个思潮更迭迅速、旗帜变换如云的文学时代，文学的高速旋转犹如变幻无穷的龙卷云，不断提出新的花样，新的潮流、新的人物，也不断旋掉各种人物、各种花样、各种潮流。作家的淘汰也以前所未有的速度在进行，各领风骚三五天者有之，三五月者亦有之，三五年者亦有之，但能在这潮汐涌动的大浪淘沙的文学漩流中不被新潮卷掉、不被创新筛掉并始终处于风口浪尖上弄潮的，却只有王蒙。新时期文学创新的第一股大潮是与《夜的眼》《青之声》《蝴蝶》分不开的，王蒙的艺术触角率先触及到西方现代文学的范畴，他的小说能看到“意识流”“象征主义”“黑色幽默”“超现实主义”“荒诞派戏剧”的影响。80 年代中期，他推出了长篇力作《活动变人形》，这部小说实际为后来的“新写实”运动奠定了一个坚实的范例，《活动变人形》把当时文学的社会批判转向文化的批判、人性的批判，那种宽容、悲悯的人文情怀和客观冷静的零度叙述成为“新写实”的主要美学精神。80 年代末期 90 年代初，他那些夸张变形、荒诞不经的酷似漫画的寓言小说，像《球星奇遇记》《一嚏千娇》等实际是开了当代文学“后现代”的先河，他对主题、人物、结构及至对现代小说本身的消解，该是“后现代”文化在中国最早的登陆。90 年代之后，与王蒙同时代的作家大多已青春不再，已很少活力，而王蒙却进入了他创作的又一个高峰时期，十年间，他评红楼，论李商隐，谈大众文化，议人文精神，敏捷不逊当年，深刻渐越昔日。而 150 万字系列长篇“季节”的发表，更是了却了他一个伟大的心愿，在他倾注了十年心血跨世纪工程中，他写下了一部更有多重价值的史诗巨著。他是当代文学一面不倒的旗帜。

阅读王蒙要掌握一个关键词，这就是“青春”。青春的心态，让王蒙永葆文学的青春。很多作家在青春或后青春时期都写出过文华灿烂的篇章，而王蒙在伴过了他的同代人“五七族”作家之后，又伴过了知青族作家，当知青族作家呈衰退之势，王蒙丝毫并没有显出疲态来，他的近作《春堤六桥》犹然可见《蝴蝶》式的灵动和“生猛”，而他“王蒙老矣”的宣言，实是他内心不服老的表示。虽然他年近七旬，但他的内心仍是盎然生机的“春堤”，“六桥”是人生的六座里程碑，“是许多沧桑却也是依然未悔的鲁莽和天真”，(见《写完〈春堤六桥〉以后》)。正是这种沧桑、鲁莽和天真铸造了一个文学的王蒙。

与新中国的文学同步，与现实的亲密接触，是王蒙的人生态度，也是王蒙的文学触发点，因而王蒙从没有写过历史小说，他的“季节”和“后季节”系列虽然带有浓烈的历史回忆的性质，但他的姿态始终是现实化当下化的，他无意去还原当时的历史情景和生活场景，他在用今天的最新的文学方式去表现这一切。

二 历史与疼痛

新时期文学有一股思潮叫“反思文学”，“反思文学”源起于作家对十年动乱的反思，是“伤痕文学”之后的发展与深化。“反思文学”的出现，是新时期文学发展的必然。“反思文学”的一个特点便是站在今天认识的高度去梳理历史、思索历史，站在现实的界面去认识人生、理解人生。当时“知青族”作家限于个人的阅历，反思的触角往往只能触及到“文革”这段历史，“五七族”作家就能思索到更远的历史之中，李国文的《冬天里的春天》《月食》便率先将反思的触角进入到新中国建立以前的那段历史当中，从纵向的历史坐标中寻找造成历史灾难的原因。王蒙的小说进入新时期之后便始终充满了反思的价值取向，如果说他的第一部中篇小说《布礼》带着当时流行文学的诸多元素的话，那么他的《蝴蝶》便已跃然出当时的文学氛围，以庄周梦蝶的哲学来笼罩被同时代作家渲染得苦难不堪、惊心动魄的受迫害岁月，不仅是王蒙的达观的人生态度，也是他对历史嘲弄的开始。

这种反思夹着嘲弄的历史态度几乎贯穿了王蒙复出之后的整个创作（包括他研究《红楼梦》、李商隐的有些著述），“反思文学”虽然风行一时，但由于作家哲学的限制、审美的限制，反思便只能停留在苦难的揭示的层面上，最多也只在人性批判的层面上。这种局限是因为作家的先天不足，也源自与当代哲学的匮乏。但王蒙的哲学思维源自于他超人的悟性和实践的升华。应该说他的反思是痛苦的，是不堪回首的。他曾说过他写作《活动变人形》时异常痛苦，这种痛苦在于揭伤疤的疼痛，他这种疼痛表面上揭的是家族的痂，实际是对传统文化现代文化碰撞产生的撕裂之苦。始终以反思的姿态来面对历史，面对现实，面对文学，面对人生，是王蒙能够卓然于当代文坛的一个重要原因。

在“季节”系列的第二部《失态的季节》的开头，王蒙这样写道：

我们互为历史，互为博物馆的展览，互为寻找和追怀、欣赏和叹息的缘起。

我们互为长篇小说。

在这里我们看到的“历史”不再是一元价值观念控制下的单向尺度，而是一种“互为”的结果，这种“互为”的意义在于放逐了“历史这样的神话结构，而在不确定的状态之中才能呈现。这种双向同构的思维维度同样也导致了长篇小说这种亚神话的消解”互为长篇小说，这恐怕是所有对长篇小说定义中最新鲜，最大胆的一种判断，这与王蒙在一九八八年提出的“长篇小说非小说”的观点也是一种呼应。这种历史互为的方式在《失态的季节》主要表现为时间的对应——叙述者的时与事件的过去时的相互观照，在相互观照之中历史和人的状态被无遮无蔽地端现出来。

《失态的季节》里所反映的历史可以说是新时期文学曾反复出现的，这就是一九五七年那场政治运动的受害者，在他以前的小说作品从未完整出现过这段生活历史，往往是闪烁式的，片断式的，模糊的一两个场景，比如像《布礼》《蝴蝶》《相见时难》《春之声》那些被称之为“东方意识流”的作品都有这段生活的背景，但它们是不完整的、非逻辑的、写意的。他的另一部中篇小说力作《杂色》在展现作家心灵状态时是极为饱满的，但曹千里这个人物生存的环境和时代却被淡化、抽象了。可以这么说，在以前的小说里，王蒙对反右这样的历史事件采取寓象化的处理方式，并未直接正面地去描述具体的过程和情状，它只是影响人物心理的行为的一个契机和动因。现在我们读到的《失态的季节》不仅在王蒙以前的作品里从未有过，它毛发毕现地细腻地不厌其烦地呈现了“右派”们的生存状态和心理状态，而且在整个当代文学的领域里也带有填补空白的性质。虽然王蒙的同辈人的作品比如《天云山传奇》《绿化树》《男人的一半是女人》《大墙下的红玉兰》等也直接正面去描写这一历史阶段的生活，有些作品甚至产生过巨大影响，被视为“伤痕文学”“反思文学”的代表作品，但这些作品基本上仍是一种历史寓言的模式。这种历史寓言，用美国当代文艺理论家杰姆逊的话说，就是“个人独特的命运的故事总是第三世界公众文化与社会严峻形势的一个寓言”。在这些寓言化的故事中，人物往往被简单地分为善/恶、美/丑两极，往往是善良者的悲剧、正义者的挽歌，在这些小说中，那些右派们虽不是高大完美的普罗米修斯，但总是作为邪恶力量的迫害对象存在的。这些“大写的人”虽然也有种种不检点和欠妥之处（比如张贤亮笔下的章永），但很快被女性温善的怀抱融化而升华为一个通体光明的人。

可在《恋爱的季节》里，这些通体光明的人一个也不见了，连贯穿整个“季节”小说的主人公钱文也不再单纯和纯粹，他甚至也会身不由己地去揭发年轻的儿童文学女作家廖琼琼，更不用说萧连甲、郑仿、费可犁、章婉婉、洪嘉、高来喜、杜冲这些凡人了，他互相告密又相互保护，他们为了生存不择手段，为了填饱肚子又无视廉耻，他们能够看到人性的卑劣的一面但在改造中又无法控制这一面的膨胀，并视作一种正常的状态。可王蒙对这些右派群体中的每一员都表现了极为宽容的悲悯和化愤怒为调侃的反讽，甚至对小说中品质恶劣、专事整人的曲风明，作家也没有把他简单处理为恶贯满盈的邪恶典型，而是写出他人性卑劣的原因与时代文化的联系，同时对曲风明生理上的缺陷还给予了同情。小说意味深长地写到曲风明也成为钱文他们之中的一员，原先负责对钱文这些右派进行改造的曲风明也进入到右派的行列（因反右办公室撤销，曲风明只好定性为右倾机会主义分子）。在这样荒唐的整人游戏中，整人者被人整，被整者亦整人，原先当代文学中关于反右斗争描写的二元对立的模式便显得有些戏剧化处理的人为痕迹了。长期以来被奉为历史寓象的神话结构在这些悲苦而卑劣的人物命运中轰然倒塌。在没有英雄的年代里，做一个人是何等的艰难，又要付出怎样的代价啊。

三 爱情与碎片

“我—爱—你”！

“我—爱—你”！！

“我—爱—你”！！！

这是王蒙长篇近作《恋爱的季节》的结尾，很有些出人意料。王蒙在当代文学领域是幽默大师，很少去写缠缠绵绵悱悱恻恻的爱情小说，言情算不上他的“强项”。可他竟如此热烈地呼唤“我爱你”这般古老的话语，显然不只是一种对言情小说的技术模拟（王蒙喜欢在小说文体作技术性模拟），而是一种耐人寻味的姿态。“这是与众不同的敲击。这是罕见的命定。这是神奇。这是旋风。这是突然而起的旋风。这是酝酿已久的旋风。他曾经梦想过各种各样的开头，战火的青春，舞会上的邂逅，与反革命的肉搏……但从没有想过这样的旋风。这样的旋风直吹得他天旋地旋。”这是《恋爱的季节》里对“我爱你”这句古老的话所做的议论，是人物钱文的议论，也是小说叙事者的议论，当然也完全可以看作是小说作者王蒙的议论。《恋爱的季节》所描写的题材和所用的叙述方式并没有特别的奇异，它在某种意义上是对《青春万岁》的一次“重写”，小说在文体上的创新也并没有像《春之声》《夜的眼》那么卓尔不群，在某种意义甚至有点远离我们已经相当熟悉的那个王蒙。它所有的用力之处就在于全息摄影地展示50年代青年恋爱的情状。它有时宁可琐碎也避免剪裁地看取生活本相，中心事件被瓦解，中心人物也被分不清主次的七八个人物代替，甚至贯串在这30万字始终的“恋爱”主题也形同虚设，因为小说并不是要去歌颂爱情的纯洁与美好，也不是去论证爱情的伟大的人性的意义，小说的兴趣在于这一连串冰糖葫芦式爱情故事的过程，在于恋爱者的精神状态。王蒙站在20世纪90年代这样的时间高度去描写50年代青年的恋爱故事，自然形成了一个“反思”的契机与可能，但王蒙作为反思文学之父在《恋爱的季节》里似乎放弃了这一信手拈来的武器，用小说中的原话就是“所有的感想都可能不想”，与《活动变人形》中所拥有的那种寓言式的犀利与丰富相比，这种新的写作姿态在90年代“季节”系列长篇小说里已经形成了一套完整的话语之流。

这便是通过各种综合小说手法不加意念阉割以完整表现人物的真实状态和作家的内心状态的“状态流”。“状态流”是寓言化的消解。《恋爱的季节》里那种能指与所指的分裂状态被犁平，“恋爱”不再是一种象征，或是一种语符代码，“恋爱”只是一个事实，一个过程。虽然《恋爱的季节》里涉及“恋爱”的各个层面的冲突，政治的、经济的、文化的、民族的、道德的、年龄的，但恋爱本身并不具有深刻的象征性和思想寓意，王蒙站在90年代的时间跨度去观照50年代的生活自然可能反思，自然可以进行重新虚构，但王蒙却以一种准纪实的笔墨充分显现那个时代生存状态和心理状态，甚至对当时的政治热情也不再简单视为幼稚与可笑。就像他在题记中写的那样：这是一个恋爱的季节，每个人都觉得自己能够爱了，觉得爱正在向自己走来，觉得幸福的花朵已经在每个角落含苞待放，幸福的鸟儿已经栖息在每间房屋的窗口……

而在小说的最后一章里，王蒙则干脆以第一人称与小说中的钱文同步进行议论，这已经不是王蒙“塞”给钱文，也不是钱文“塞”给王蒙，王蒙与钱文在同一个频率上发出共同的心声：

> 但是我还是特别怀念1948、1949、1950、1951年的日子，一遇到孤独和自由的时刻，钱文就会想。在1953年初春的一个傍晚，他漫步在街巷里。每一条街，每一条胡同，都能唤醒一些记忆，唤醒一些过往的激情……他知道这些记忆被时光所冲刷磨平，他通过偶有的孤独和自由的闲暇，来回味它们，巩固他们，延长它们的鲜度，维持它们的热度。

“状态流”的特点用《恋爱的季节》里的话说，就是“延长它们的鲜度，维持它们的热度”，这种“鲜度”和“热度”不仅是一种“记忆”，而且包括生活的鲜度和热度，人物感受的鲜度和热度。只有达到这一状态，作家才能进入真正自由写作的王国，而不被“寓言”的藩篱所累。爱情在王蒙的笔下还是所有生活的一部分，而且被他用政治和文化的双刃剑分割得支离破碎，是那个时代秋风劲扫下的一片片落叶。王蒙关心的是上面的年轮，它们只是历史碎片中的碎片。准确地说，王蒙的小说中只有青春和政治，爱情只是它们二者之间的混合物，当政治不能充分燃烧时，青春才会转化为爱的小夜曲。

㊃ 政治与性

文学与政治挂上了钩，很容易被人指责为庸俗社会学，但王蒙的小说却很难摆脱与政治的瓜葛，虽然在 20 世纪 80 年代初，王蒙曾婉转地拒绝评论家李子云对他小说“少共情结”的评价，但他并不排斥政治在文学创作的地位，他认为政治不一定是文学之赘，虽然一段时间他曾经有意回避文学中的政治色彩，但到了 90 年代以后，他发现他的文学资源却与政治、政治风云息息有关。因而他晚近创作的“季节”系列长篇便直接以当代中国的政治作为人物活动的舞台，因为王蒙特定的经历、特定的身份让他对当代中国的政治郁积了太多的情感和太多的故事，他怀着极其复杂的情感来面对政治这个缠绕他一辈子的托邦之结。作为早期的“少共”，他年轻的时候整个身心被整个意识形态所浸透，他会不由自主地为此奉献过的青春、理想和爱情的美好岁月而抒情，就像张承志至今顽固地对红卫兵怀有一种深深的怀念一样，王蒙对青年时代的政治生涯也难以释怀，但另一方面他又为他自己曾经付出的然而又被历史证明无谓的代价而恼怒不已，因而他的笔下常常以嘲弄和颠覆它的神圣性为情不自禁的快事。无论是忧伤的感怀还是谐谑的反讽，王蒙的小说始终编织着当代中国政治种种色彩，到了 1990 年以后，王蒙更坦然地承认自己小说的政治性功能，1999 年 10 月他与笔者交谈时，表示对“季节”系列长篇他并不企望有广泛的读者，因为今天的读者对政治已没有兴趣，对过去的政治生涯更是隔膜，“季节”的价值不仅仅在文学上，而且还具有当代政治文化史的史学价值。对王蒙小说的这种政治素质及其构成，已有诸多论者进行过详尽的论述，但“季节”系列长篇里，王蒙的触角伸入到他以往回避的一个领域，就是人物的性生活、性心理、性行为。或许王蒙个人的阅历和审美习惯，注定他不会大规模地描写性事，但作为一个杰出的小说家如果一点都不涉及这一领域，多少也是一种缺憾。90 年代的王蒙委实少了很多羁绊，他大胆触及了性，虽然和那些新人类作家相比，他对性的描写实在仍停留在“50 年代”的层次，但值得注意的是他将性 / 政治结合到一起，便扩大了他小说的内涵。在《失态的季节》里，他写钱文夫妻的隐秘生活，“他们度过结婚以来最为温柔缱绻的一夜。由于生疏，由于羞怯，由于对肉体的亲近与燃烧的莫名其妙的罪恶感与恐惧感，也由于住在那可怕的大杂院里入夜以后他们的每一个动作和呼吸都似乎暴露在全院面前，他们每次只是偷偷地悄悄地静静地在一起那么一小会儿，昙花一现，电光石火，欲放还收，雨过地皮湿又干；然后静静地歇下大气也不敢出……有过还是没有过？曾经还是未尝曾经？是已经结束还是等待开始？他们不问，他们也无法回答……而今天，今夜只有他们”，“没有旁人。没有任务。没有请示汇报。没有组织。没有思想的分析。只有赤裸裸的本来的两个人。两个人交织在一起，成为真正的人了。”这种性与政治的对立在王蒙以往的小说中从未出现过。小说还写到“真正的人”的脆弱之处，反映政治与性不可逆转的压抑与隐喻。同样是钱文与叶东菊夫归，在厄运降临之后，他们的夫妻生活也变得尴尬起来：“他们似乎在犹犹豫豫。他们的亲热变得轻轻飘飘。他们的身体变得怔怔忡忡。他们双方终于都失去了主动、自信、热烈和渴望。但是他们必须开始。他们不能取消停止。明天就分手了，再分手就不会那么快团聚，今夜应该是珍贵的。‘今宵离别后，何日君再来’？据说这是一首反动的歌。没有轻松和调笑也就没有了开端的刺激。随后没有了过程没有了幸福和快乐的陶醉没有淋漓尽致的享受。他们甚至感觉不到结束，结束就压根还没有开始。这是最最糟糕的，这事竟成了走过场。”这与前面所引的那段美妙的文字形成了鲜明的反差，“今夜”已不属于他们。可见巨大的政治阴影对人性的扼杀可以细微到每一根神经，每一个毛孔，人的生命意识和生命存在历史的时光隧道中实在极易被忽略极易被毁灭。这种描写对人物是一种隐痛和触发，它伸入到人最脆弱最纤细的神经末梢。

应该说，王蒙这方面的才华显然要逊于张贤亮，即使现在被媒体惊呼王蒙写性的《青狐》也只是蜻蜓点水，杨巨艇因政治热情而陷入无性的境地，和王蒙在“季节”写到的一个品质败坏的人物叫曲凤明，将他的生理缺陷和政治的整人结合，以展示他变态的人格是一回事。性的无能是否就意味性格的变态和政治的关联，这之间的联系恐怕难有一个定论。王蒙这次弗洛伊德一把之后，仍将性的归宿点结穴到政治品质上来，可见他“中毒”之深。

㊄ 集结与消解

王蒙小说创作始终继续保持他那股“乱劲儿”——信息的高容量浓缩与不规则的组合。“7 月 8 月，是改革月。松绑。承包。岗位责任制。分成。聘任与解聘。计件工资与分成工资。奖金。基分。第三次浪潮带给华夏的机会。电脑考勤。需要大胆实验，需要开拓型人才。需要新的面貌，新的局面，需要向前迈一大步……”这是《夏之波》里的一段话。这样的句法方式和类似的语汇在他的小说中比比皆是，确确实实折射出当代生活的许多“热点”“热层”“热面”，传递着正在流动的社会信息。但他的笔触也不时地踅向昨天，“锣鼓声敲得喧天。火光照红了你的脸。你扭着秧歌，扭着人人都扭的秧歌。”这是新中国成立初的情景。“他先检讨自己太软弱、太温情，觉悟太低。他说，他对周围的某些人、某些事、某些言语、某些说法是早就有意见的，他不能和这些人和平相处”。这是“文革”或类“文革”时期才会有的言语。“文革”的情景和语汇在王蒙近期小说反复出现，虽然他并没有写一篇完整的以“文革”为背景的小说，但“文革”作为一个时间意义的信息单位始终散布小说的各个角落和层次。错综的时间态使得王蒙的小说甚至出现了“公元四八四八年才能创造出的超前式电脑”。应该说这些基本上是以一种纪实性的笔墨写来，有着充分的世俗性。但王蒙显然不满足这些现实生活所给予的信息量，他要充分发挥他的想象力，他的小说常常出现超现实主义的情景。纪实与超实构成了王蒙小说的又一重悖反。《十字架上》在纪实与超实两种水火不相容的文学质之间巧妙开拓了一个中间区域，连接两种异质的桥梁是主人公“我”。“我”一会儿是新闻真实的“我”，一会儿又是幻象存在中的“我”，两个“我”交相出现，既互相隔离，又互相呼应，造成了一种既熟悉又陌生的阅读效果。“去年冬天，我到地处东北欧的一个友好国家访问，这一天，我在这个国家旅行，上午坐了很久的车，又参观了一些教堂和博物馆，而这些教堂和博物馆里是没有取暖设备的。”

这完全是一种纪实，在作者的生活中完全可以找到佐证。“我就是耶稣。”“当钉子钉入我的手掌，一阵锐利的痛楚使我大叫，我的手掌在撕裂，我的全身心在撕裂。叫声还没有冲出喉咙就被压了下去！我已经浑身冷汗，两眼发黑，却深知这不是叫苦的时候，我没有叫苦的权利！我不是想感动众人吗？不是要为众人牺牲吗？不是要看到和解与仁慈的光辉照遍寰宇吗？我怎能像俗人一样地哭喊呼叫呢？就在这一瞬，我听到铁钉劈钻骨骼与脆骨的碎裂声，我昏晕了。”这里的“我”显然是一种超现实的形象，是作家心灵中的幻象，是梦中的“我”，是作家那个外在的客观的“真我”的延续和发展，或者说是“真我”的内在灵魂。这样既真实而又荒诞的复合的“我”既观照出生活中的种种乖谬现象，又自然地袒露出自我心灵的真声。

在上述行文中，我之所以不厌其烦地引述王蒙小说中的一些文字，目的在于强化说明他的小说中那种高浓度多层面的信息量，这些信息量既有外宇宙的、客观的，也有内宇宙的、情感的、心灵的，像刚才所说的超现实便是一种情感的信息波。这些信息之间往往并不依据某种特定的思想输送带进行排列组合，它们相互对立，相互矛盾，相互抵消，实在形成不了什么样的意义结构。因而，在王蒙的小说中已经找不到一个完整的主题构架，信息大量膨胀的结果反而使意义丧失了。这是一个令人啼笑皆非而饶有兴味的悖论。小说层面上浮现着大量的信息，而隐藏在小说深层的却是对意义的反动。

这正是我国文学几十年来所奉行的“现实主义”原则。无可非议，这样理性的观念的小说作法与文学思想也不妨会写出一些震撼人心的小说，但如果把它奉为“经典”“神圣”就会窒息文学的丰富多彩的生命现象，因为这一主题思想为最高原则和尺度的创作方式，往往会为了思想的新鲜和深刻而不惜去歪曲生活的面貌。更何况生活本身就没有一种本质的多种可能性，所以这个时候对意义怀疑一下。以反意义的方式来组合小说还原生活，倒比那种主题鲜明的小说更具真实性。王蒙这种消解主题的方式表明对生活有自己的哲学见解和人生态度。

这种对意义的否定，实际是一种消解主义的哲学，取消世界上事物的确定性的永恒不变的意义，它的一个重要特征，就在于不再那么上穷碧落下黄泉地去寻找终极真理，而是坦然地面对真实的世界、客观的生活和复杂的人生，从它们之间的关系去把握它们理解它们。总的说来，在文学里面，作家不可能找得出纯粹的善和恶，也不大可能找出纯粹的美和丑，这些带有美学伦理的概念失去它以往的效用。因为作家再也不提供什么样的判断给予读者，而在于将现象本身（那些人们不愿提及的或故意掩饰的现象包括其中）和盘托出，不作黑白分明的划分与判定。善者身上的善有时会成为恶者身上的恶，恶也会成为一种美，被同情的也许会被另一类人所厌恶，被批判的有时也值得同情。这样一种取消确定性的意义消解作法，是王蒙小说的整体观照方式。比如《一嚏千娇》里的“老喷”，其外在特征以及生存结构，与当年的刘世吾基本相近，但《一嚏千娇》里显然已经没有了《组织部新来的年轻人》的批判锋芒，反而对“老喷”有了一丝的同情乃至容忍，而对“老坎”这样一个经受生活蹂躏的知识分子，作家投注了真诚的嘲讽，小说结尾的“一菜勺”事件是王蒙很残忍的一笔，这一笔虽然淡淡带过，但使得小说意义的确定性丧失了。

王蒙在那些眼花缭乱的信息爆炸的热浪中依然保持他清醒的哲

学态度，只是这种消解来得太冷酷又太温情。他也许太爱生活太想离开生活。这重重困惑让他敏感，也让他成熟。

但消解有时是一种智慧，有时也会是一种逃避，甚至是一种冷漠。

六 间离与丧失

福斯特认为故事是小说的“最高要素”和“基本面”，这是很有见地的。可以说，没有故事就没有小说。只是我们过去狭隘地把故事仅仅理解为表现主题的情节，与中国传统那种“教诲的寓言”和“纪实的历史”（闻一多语）话本等同起来。其实，在今天的文学里，用苏珊·桑塔格的话说：“反映、描写、珠玉般的诗句，甚至人物都是故事。”也就是说，情节固然属于故事的范畴，但人物的情感、心理和动作都应是一种故事。现代小说的多种多样的叙述技术、结构技术表面上看来是在处处排挤故事、拒斥故事，实际上仍然是在寻求新的故事方式，使故事讲述得更圆满，更充分，更真实（当然这必须建立在他们各自的哲学和美学的基础上）。因此，现代小说作家对故事的消解实际是故事的一种新生。问题就在于他们各自把故事放在怎样的结构中来进行消解，来显示故事的意义。故事可以说是永恒的，这种永恒不单在于人类生活每时每刻都在发生的故事，而且在于人们对过去的故事总会读出新的意味新的内涵新的情绪乃至新的结构来。当然，这种“故事”必然是经典，文学家的任务也许正是要提供这样可供人们多种读解的经典故事的框架。

王蒙曾经因被误戴上“鼓吹三无（无主题、无人物、无情节）小说”的桂冠而受到种种指责和种种褒赞。应该说，王蒙并不反对故事情节在小说中的运用，他发表在《文艺报》上的《故事的价值》一文便表明他的这一态度。事实上谁也不可能在小说中真正取消故事性的因素，情节性的因素，只是把它们进行淡化或转化而已。王蒙所不满的是这样一种传统小说（这里的传统可远指到唐宋传奇）的故事模式，就是先有一个规定的说教内容（政治的、道德的、伦理的）然后编造一个故事来图解这种观念性的主题。在这样的小说里，故事只是一具毫无生气的僵硬的躯壳，没有丝毫的生命气息，不能传达出言外之意，象外之象。故事只是用来证明作家观念的一堆硬巴巴的材料和数据而已。

王蒙对故事表示过兴趣，他的《球星奇遇记》甚至直接借鉴的故事性见长的通俗小说的写法，叙述一个被误作“球星”而又去制造“球星”的恩特的故事，整个小说充满了精彩的足球比赛场景和跌宕起伏的情节悬念，悬念中套着悬念，埋伏中又藏着埋伏，可谓扣人心弦。这样富于情节性戏剧化的小说在以往的王蒙小说创作中是极为少见的，但王蒙并不是满足于故事的曲折多变，富有传奇色彩，他是利用这样传奇式的故事来提供一种人生经验的框架。因而王蒙是把故事作为一种抽象的形式来看待。这在《球星奇遇记》人物的描写上也能体现出来。无论是阴阳差错当上球星的恩特，还是他的夫人歌星蜜斯酒糖蜜以及市长、勃尔德，性格都基本呈现出稳定的一元态，像一个在故事中滚动的符号，具有高度的抽象性，可见王蒙的本意不在故事的完美与精致，也甚至不在人物性格的典型性与丰富性上，他的宗旨在于超越故事本体之外所呈现出的那样一种言外之意，象外之象。

但王蒙似乎更擅长于把故事进行一种隔离化的处理，通过一种复调结构来创造审美阅读的陌生化效果。他的长篇小说《活动变人形》就努力用作者的自述来消解对故事的叙述，他那些情文并茂的议论文字不仅调节了整个小说的叙述节奏和阅读结构，而且对小说的事实造成了一种隔离效应。王蒙已经熟练掌握了这种隔离的方式，并开始创造出新的隔离方式，使之更加陌生化、复调化。令人诧异的是王蒙几乎每篇小说的隔离方式都不重复，都能自成一格。《十字架上》则是用现在的客观的真实的“我”的活动和情绪来隔离那个被钉上十字架的抽象的精神的受苦受难的“我”，既造成一种陌生化，又有一种真切感。《夏之波》是用故事隔离故事，这个短篇里糅合了两个故事。一个是“爱情的故事”，一个是“改革的故事”；一个是精神的冲突，一个是现实的矛盾；一个发生在国外，一个发生在国内；一个充满了青春诗意苦恼和忧郁，一个则渗透了世俗的喧嚣与嘈杂。王蒙把发生在两个不同空间情绪的事实交替呈现在同一个小说框架中，既互相隔离又互相补充，既互相充实又互相包含，滋生出许许多多富有情趣也富有深意的阅读空间。当然《夏之波》的隔离只是两个故事的平行发展，故事与故事之间并没有发生直接的联系与交叉，各自的逻辑顺序和发展过程还是比较清楚的。《组接》则彻底抹掉了故事内部与外部的必然性，它把五个人生故事同时泼洒在同一空间中，只是各自的片段按照时间的流程分为“头部”“腰部”“足部”，每部里分写五个人生片段，各个片段与片段组合便可以构成无数人生图景。如果再进行各种不规则的“组接”的话就可以产生无数 R（人生）。是一种真正的“活动变人形”。这种“扑克牌小说”是受到法国“新小说派”的启发。这种故事的无限可组合性取消小说的结构，以往被人们所惨淡经营的结构在王蒙小说里粉碎了，结构被隔离消解了，结构的实现必须存在于读者的阅读过程。

如果《组接》尚是一种不自觉地对结构实行消解的话，那么《一嚏千娇》则是有意为之。小说以“老喷”和“老坎”的种种情感纠葛作为故事的框架，在小说的中间却穿插了一大堆评论文字对这种故事进行消解。比如在第八节叙述“老坎”冀望找“老喷”谈一谈，但因“老喷”的回避而不能实现，第九节作者则这样写道：按照加工后的构思，这个老坎不应该游离主线之外的招之即来的人。小说写作过程中随随便便地上人，又随随便便地改换与确立他们的称谓，在实在是一种“花式子”。再如十九节写“老喷”在“文革”一次催人泪下、让人心凉的检讨之后，在二十节的开头则公然宣称自己的小说作法：“本篇小说作者本来是努力于制造间离效果的。笔者无意集中写几个活生生的人物。宁可去写以后一些群体的片段，搞一些拼贴，连缀一些鳞鳞爪爪，唤起内心的自由驰骋。笔者试验的是伞式结构现实主义。写着写着，起码两个人物和他们的思想直至政治的瓜葛特别是他们各自的性格似乎正依照自己的不依作者意志为转移的规律而形成起来。”这样的一种隔离手段显然与上述的隔离有了本质上的区别，上述诸种隔离基本上仍是叙述隔离叙述，故事隔离故事，隔离结构与被隔离结构并没有直接的联系。而在《一嚏千娇》里，隔离的内容与被隔离的内容直接发生了联系，作家新作的种种议论和说明，正是对“老喷”“老坎”、老田的故事产生发展的阐释和假想，是对小说叙述过程的一种呈现，它无疑彻底揭开了故事的虚构的本性，又把作家的此时的心理活动和想法完整地端了出来。这种既当讲述人又当评论家的富有解构色彩的小说作法使小说丧失了那种圆满精美的严谨的故事结构。结构不再成为人们阅读小说最可靠的扶梯，人们必须在阅读过程中产生结构来组合故事。

七 叙述与死亡

王蒙对语言天生有一种敏感，他喜欢把语言捏在手里任意搓磨，然后组合成一幅幅耀眼的七彩缤纷的语言图景。在这样一种搓磨与组合的过程中，他的幽默，他的潇洒，他的兴奋，他的苦恼，他的沉思，他的悲哀便随之流出。这样一种语言多向度的浓缩的强信息量的轰炸，表明他语言革命的成熟。

如果从语言文体变换的角度来概括这些年来小说艺术形式上的发展的话，那小说语言从单纯的描写走向叙述的多元是一个重要的特征。由于一切人们对现实主义理解的偏狭与歪曲，把恩格斯的“倾向从作品中自然而然的流露出来”这句话既奉做经典，又机械地规定小说的具体方式——描写，更进一步地便是“白描”。且不论作家的倾向是不是一定要在作品中流露出来，也不论作家的主观色彩是不是一定不能直接表现，姑且承认它的前提，也不能简单地把白描作为小说的唯一的表达方式。自然，描写无疑是小说创作的也是文学创作的重要手段，但显然不是唯一手段。尤其是对现代小说，描写已渐渐让位于叙述。可以这样说，描写尤其是白描是中国古典小说艺术的灵魂和精华。在《世说新语》《三国演义》《金瓶梅》《红楼梦》里，人们确实可以品味到这种白描的精妙和隽永，特别是《红楼梦》出现以后，中国的白描简直到了登峰造极不可逾越的地步，事实上，就像今日画坛的一些国画名手始终未能有人超越古人设立的屏障一样，《红楼梦》之后的小说家们的“白描”技术始终不逮曹雪芹。这是一个很严峻的事实。

有人在谈论鲁迅小说艺术时曾把“白描”当作其特征。这显然是一种偏颇之见。一、鲁迅运用“白描”固然精湛，但只是偶尔为之，那种带着浓郁的主观色彩的心理描写和场景描写远远超过“白描”的笔墨。二、鲁迅在小说叙述上所展开的艺术层面比“白描”要更有价值，《阿Q正传》以一种独特的幽默风格宣告了新的小说叙述语言的诞生，而《伤逝》则把描写彻底改变为一种内心独白——纯粹的抒情。鲁迅其实是描写与反描写的综合体。

尽管“白描”之类只是一个语言形式的问题，但语言形式从来就是人们精神观念、文化思维的投影。这些年来人们崇拜“白描”实是表现这样的思维惯性：单一化、固定化、封闭化。因为“白描”要求作家筛去“一切可有可无的词”，而选择最精炼最准确最简单的思维来面对丰富多样有着多种可能性的生活。这样，作家主体发挥的可能性便被扼制到最小的限度，事物也丧失了世界原有的丰富性和可能性。而这一切，正是那个时代文化的根本的也是最基本的特质。

谈了一通与王蒙小说似无关系的话之后，笔者便可以在这样的背景下考察王蒙小说语言的策略与意义了。和其他作家一样，王蒙也经历过由描写而叙述的过程，他复出之后的《最宝贵的》《表姐》《悠悠寸草心》等基本上是依照描写的原则来建造小说的框架，《春之声》等小说的变奏主要是对原有语言规范的变奏，在《夜的眼》《春之声》这些小说中王蒙以一种反描写反客观的方式来追求那种放射型的阅读效果，开创冲决了那种单一的逻辑的语义描写的网络，而融进了更多属于作家主体性范畴的语言句型，这时期的小说呈现为内省性的叙述状。到《风息浪止》《六月的话题》《名医梁有志传奇》，王蒙已经熟练地掌握了叙述这一小说文体，并兑进许多五颜六色的调料，使之成为一种难以言状的“杂色”。

在当代作家中，王蒙的叙述语言绝对是独一无二，不可再得的。他的小说充分暴露了他的肆无忌惮的语言扩张欲，他恨不能在一句话将事物的所有可能性和所有不可能性全部都穷尽，这便构成了他叙述语言的非语法、非逻辑、非修辞及至反语法、反逻辑、反修辞的思维特征。矛盾性的毫无节制的修饰使它们定语状语变得旋转的魔方一样呈现出多种情调、多种结构和多种色彩。略略一看，这样矛盾的类型到处可见。

> 惶惶然。人们在争辩小张上任究竟会是祸还是福。现在是站在“反张”还是站在“拥张”的立场上更正确而且更有把握。××× 与 ××× 是否明反暗拥或者明拥暗反或者又拥又反，简直说在这样的事情与一切事情上搞八面玲珑脚踏两只船留一条退路究竟是明智还是缺乏人格。
>
> ——《夏之波》

> 愤慨是理所当然的。但如果从书页跳入现实的同时也能跳出把催眠当作一种伎俩、一种手段的贬义的框框，即不要习惯地将催眠与真诚、与热情、与对生活的最美好的感觉和最美好的追求截然对立起来，而只是客观地把催眠

当作某种精神现象的代表符号，那么会不会得到一点什么新的启发呢？会不会获得某种哪怕是极片面极有限却又是极深刻极清醒的穿透性眼光呢？

——《一嚏千娇》

“惶惶然”这一节其实是一句特别冗长的单句。如果按照我们通行的语言句式即规范的语体文，该这样说：人们惶惶然地在争辩，状语以前置的形式出现。但王蒙却不在乎这种逻辑脉络清楚的语言程式，他来了一个颠覆：一、将“惶惶然”提前为一个独词句，以强化人们那惶惑不安的感觉；二、“争辩”这一谓语后面拖着一个极其复杂极其琐碎极其冗长的宾语，但这个特长的宾语又被切为三个句子；三、第三个宾语（即“×××”一句）显然是一个病句，在“简直说”之后遗漏了“不清”二字，应该为“简直说不清……究竟是明智还是缺乏人格”。这样一种对宾语的多层次多角度多色彩的修饰，其意图在渲染人们争辩的气氛和人们复杂的难以言清的而不是简单明了的心态，在语法的违背常规和矛盾性却增加了事物的可能性与丰富性。《一嚏千娇》所引的这一节不是叙述性，而是议论性的文字，虽然比“惶惶然”的文字来得更长，但仍然只是一句，一个复句。它同样充满某种对语法和修辞的蔑视，最明显的是把“极片面极有限却又是极深刻极清醒”这样矛盾水火不容的对立词性并列在一起，违反了逻辑上的同一律矛盾原则。这样的句式在王蒙的小说中随手可拾，这样多线头的辐射性的扇状的语言结构实际是对机械理性逻辑的一种嘲讽，也是对世界多种可能性的一种宽容和寻求。语言作为一种载体总是以表述者的哲学思想形态作为背景的，王蒙体的小说语言自然也是王蒙式的哲学的表现。

还是回到语言文体叙述学的角度来观察王蒙这样一种膨胀的变异的小说语言方式。西方现代批评家瑞恰慈曾提出过“伪陈述”的概念，认为小说话语区别于科学和日常指一性语言，是一种“伪陈述”。瑞恰慈的这种提法遭到了很多人的反对，因为他截然割断文学语言和现实语言的联系。不过瑞恰慈的提法倒不妨移用到对王蒙小说的分析上（注意：下面所用的概念已非瑞恰慈的原初意义）。如果我们把近十年来或可追溯到五四以来已经形成的小说叙述当作一种正宗的“陈述”的话，那么王蒙的语言操作则是一种“伪陈述”。这种“伪陈述”的特点不在于陈述了什么，而在于它什么也没有陈述，它只是提供一种世界事物和人物心理发生的可能性。从这种意义上，王蒙近期小说所体现出的便是一种反叙述倾向，就是通过多种的修饰、连缀、并列、扩展来消解语言的叙述性质，以一种解构的方式来面对世界、面对人生。

王蒙的这一系列语言实验，将新时期以来的从描写到叙述的小说文体发展过程又推向前一步，这便是反叙述小说的出现。这在西方也许算不上新鲜，但在中国，宣布叙述死亡之后，要求小说家的将是更高的智慧、更深的经验和体验以及更为超拔出众的语言能力。

八 寓言与状态

美国当代著名的文艺批评家和理论家弗雷德克·杰逊在研究第三世界文学时曾指出，第三世界的文本都是必然式的、寓言式的，并呈现为非常特殊的方式，它们将作为民族寓言（nationl allegories）解读，“个人独特命运的故事总是第三世界公众文化与社会严峻形势的一个寓言”。杰姆逊并以鲁迅的《狂人日记》《阿Q正传》进行文本阐释，阿Q在寓言的意义上就是中国本身，然而还有另一个中国，那就是阿Q的迫害者——那些懒汉与恶霸。阿Q是被外国人羞辱的中国，一个熟识自我辩护的精神技巧的中国；在另一个意义上，迫害者也是中国，是《狂人日记》中可怕的人吃人的中国。鲁迅小说走出了语言表象所提供的形象化内容，进入深层的象征，成为中国的民族寓言。这也从另一个角度说明新时期文学在继承鲁迅等文化先驱开辟的传统。

王蒙在1978年12期的《人民文学》上面载有一篇报告文学，题为《火之歌》。由于作品描写的主人公李西宁是1976年南京事件的策划者，也由于李西宁插队的地方（里下河兴化地区）是我的出生地，当然还由于王蒙在作品中那些充满激情与哲理的警句与拟箴言，我和同学几乎将全文摘抄到笔记本上。在这样的一部纪实性的作品里，王蒙以一种散文诗的优美与精悍将李西宁的人生片段充分地符号化与哲理化，火是一种寓言，也是一种预言。这种象征手法在很大程度上强化了王蒙小说的弹性，拓展了王蒙小说的空间。在《蝴蝶》《悠悠寸草心》《夜的眼》《春之声》等小说中，王蒙通过象征本体以及本体的变化将深刻的思考之果隐喻在形象和故事的形象的树叶之上。“蝴蝶”作为庄周的一个典故，在王蒙的小说中被灌输了现代生活的时代气息，政治风云的变幻，张思远不知身处何在，海云的飘忽不定，都没有能够动摇小说坚定的隐喻基础。《春之声》在同类小说中虽然打碎情节、人物、结构这些传统小说必备的藩篱，以人物心理情绪的流动来支配小说中出现的一切事物，带有极大的随意性和偶然性，比之那些物象 / 意识、故事观念的单向性隐喻性的小说有了很大的飞跃，以致在当时引起“看不懂”的呼声，但《春之声》并未真正逃离寓言化的结构方式，王蒙自然而巧妙地以施特劳斯的圆舞曲曲名来对小说进行命名，这一命名使“春之声”像一把巨大的闸门让小说的状态之流牢牢围绕着一道无形的堤岸进行流动，不会有丝毫的泄露与溢漫，所指与能指之间有了必然的联络——隐喻从具象升华为一种代表时代的情绪。《杂色》作为王蒙个人的话语可谓发挥到极致，王蒙选择了曹千里这样一个符号化的人物，他的内心独白很大程度上掺杂了王蒙自身的经历和经验，个人 / 民族，历史 / 现实，马 / 人，才华 / 厄境，这些表象背后隐藏的巨大的社会性的含义和个人性的内容被富有弹性的结构发挥到一个极致。作为新时期文学长篇扛鼎之作的《活动变人形》以其充沛的气势和深刻的思想和优美的文体完成了我们这个民族的巨大寓言。正像金克木先生指出的那样，《活动变人形》在某种程度上是 80 年代的《围城》，它们都在中西文化冲突的缝隙中来表现人物的尴尬处境，倪吾诚与方鸿渐的命运本质上是相似的，但《活动变人形》的民族寓言倾向要比《围城》强烈得多，钱锺书对方鸿渐们的讽刺与批判并没有以此来面对整个民族的文化处境，而《活动变人形》里倪吾诚、静珍、静宜之间的家庭焦虑虽然被暗暗转换为民族的焦虑，穿行在叙述之间的那个倪藻在某种意义上实际充当着时代的代言人。

王蒙虽然擅长这种寓言化的写作方式，并和陆文夫、刘心武、张贤亮、李国文、冯骥才、蒋子龙等人将这种寓言化的小说做到精致绝伦的地步，但王蒙在很多的时候又感到这种写作方式对自己的羁绊，并竭力争取摆脱这种羁绊，他认为这是自己主观性太强烈的结果。他说："你要把它用一种生活的样式串起来，使你的感情有所寄托，不然你这种感情像股气一样，太虚之气，无影无形，无音无踪。这种主观的燃烧，有时很可以影响你去选择一个具体的生活故事。有时还可以成为你的敌人，往往会把你自己的、自我的东西强加于人，这毛病至今也没有完全克服，在我许多作品的人物身上，正面人物身上有我的某种影子，反面人物身上也有我的某种情感的寄托，有时候它的语言大致上是这个人物的，但到某种环节我实在憋不住了，就把我的话塞到里面去了。我明明知道这不符合人物的职业、性格、心理，但非塞进去不可。这样客观上往往形成一章作品不协调的败笔，这种状况是有的。"王蒙这段关于创作的甘苦之谈是写于80年代中期，寓言化一时成为某种典范成为某种价值判断的标准，被王蒙视为"敌人""毛病""不协调"和"败笔"的内容其实是与寓言化隐喻结构相抵触的，因为新时期文学的寓言写作的前提是仿真，其特点，就是要求人物的语言都符合人物的职业、性格、心理，很多作家在仿真性与寓言性之间能够找到一座巧妙的过渡之桥，这就使作家主观尽最大可能地在作品中隐藏起来，只是充任貌似客观无倾向的叙述者。但王蒙为什么要把那些明明知道不符合人物的职业、性格、心理的话塞到小说里面，而"非塞进去不可"呢？在这样矛盾的写作处境里，我们发现王蒙的主观情绪状态实际是受到某种压抑和束缚，所以他感到"憋"，为了让自己的这种状态完整不受分割地表现出来，有时候他宁可冒着"败笔"的风险，也要"塞"到里面去。但更多的时候，他是控制住自己，不要让自己的情绪流得更远，不要让个体的话语之流破坏寓言的精美通道。

早在80年代初期，王蒙写过一篇题为《风筝飘带》的短篇小说，当时《北京文学》曾为此展开讨论，讨论“风筝飘带”的具体象征意义，虽然很多评论家介入这场讨论，但“风筝飘带”的能指就像那飘忽不定的风筝飘带一样最终也没有为人们捕获，之后王蒙又写作了题为《相见时难》的中篇小说，这是一次反寓言写作的有力尝试，“相见时难”再也不像“蝴蝶”“杂色”“夜的眼”那样成为某种可以进行意象化处理的具象，“相见时难”摆脱所指与能指那样隐喻性的二重对应结构，而是作为一种情绪、一种状态独立地存在。《相见时难》由于选取的是美籍华人蓝佩玉的视野，在当时很容易被爱国主义和民族主义的时代主题所包容，在小说技术所做的革命和实验被忽视，只是大家感到我们的小说又好读了，那个意识流王蒙那个象征主义的王蒙又不见了。但当王蒙写出《致爱丽丝》《铃的闪》《来劲》等纯粹状态的小说以后，人们又大惑不解，以致围绕《来劲》这么二三千字的短篇小说的争鸣文字居然达到 20 多万，这实在是一个奇迹。王蒙也在将信将疑地探索自己的小说之路，1988 年他又写作了中篇小说《一嚏千娇》，在这部小说里老坎与老喷的命运以及交往这类客观性的故事已经让位于作家的主观状态，在《一嚏千娇》中王蒙恣意地评说老坎和老喷的同时又恣意地评论文坛知名作家和知名的作品，以致于引起了小小范围内的小小的骚动。这样一部融建构与解构于一体的实验小说到五年以后才在王安忆的长篇小说《纪实与虚构》里得到了回应，王安忆的复调与反小说的很多做法让我想起《一嚏千娇》，但王安忆的《纪实与虚构》只有出现在 1993 年这样一个文学绝对平静的年头才会引起人们的注意，也只有在 1993 年这么平静的文学环境里王安忆也才可以将《纪实与虚构》写得如此纯粹而平静。现在看来，王蒙的《一嚏千娇》是绝对的超前，超前得有些急躁，超前得让人手足无措。

王蒙对“寓言”的扬弃，并不意味着“寓言”式的隐喻思维在中国文学界已经失去了生命力，恰恰相反，像中国这样的第三世界的文化国度，“民族寓言”的写作和被解读，将是一个不可改变的与世界对话的格局。事实上，隐喻式的写作在中国自屈原时代起就发展成为源远流长的文学传统，“美人芳草”的夫子自喻，其实是中国知识分子表达心声的曲折方式，意象之所以成为中国文化的重要思维表征，不但是由于汉文化的语言结构方式影响的结果，也是中国古代文人传统（而且被当作一种优良传统）延续的结果。“状态流”的出现，表明知识分子正心甘情愿地逃出主流话语的格局之外，重新回到边缘状态寻找语言本身的乐趣。摆脱“寓言”其实亦即卸下民众代言人的“装甲”，作家只对自己的话语感到有趣味，不再祈求自己的话语在切中时弊时又肩负着意识形态与民众愿望的双重承诺。2003 年长篇小说《青狐》让王蒙进入了否定之否定的创作境地，他似乎又开始回归到寓言的模式之中，青狐、杨巨艇、雪山等鲜明生动的人物让人仿佛感到 80 年代的《活动变人形》光华再现，但又不像倪吾诚那么棱角分明，更多一点毛边的状态。最是后中和还是整合？恐怕连王蒙自己也难以说清楚。

不老的王蒙永远在探索，他不会停在一个点上逍遥的。

重写的可能与意义

——关于王蒙的《恋爱的季节》

一

一个人的一生不能重新开始，但一个人的人生经历、人生经验、人生岁月却有被重写乃至反复重写的可能。历史之所以不会消亡，就在于它被一代人又一代人反复地重写，它在永恒的人类抒写中获得了永生。一个作家不管他描写古代的故事还是现代的故事，他实际都在抒写自己的人生阅历和生存感慨，酒杯也许是他人的，块垒却必须是他自己心灵里吐泻出来的。一个作家的写作，本质上讲是在反复表现自己的人生过程和人生情怀。

像王蒙这样对自己的“作品”进行重写的作家并不多见。一般来说，一个作家对自己写出的作品有遗憾有评议有留恋是很正常的，但以巨大的篇幅来进行重写却是不可能的。这里所说的“重写”，不是一般意义上的修改，不是对原作的瑕斑进行擦洗或对原作的遗漏进行补充，而是对原有的生活经历展开新的观照、新的叙述。《恋爱的季节》作为多卷本长篇小说的一卷，它完全可以看作王蒙第一部长篇《青春万岁》在90年代的重写，时间都是50年代初期那个火红的年代，地点依然是那个区的共青团机关，只不过人物的名字由郑波、田林、杨蔷云、黄丽程、呼玛丽变成了赵林、洪嘉、周碧云、满沙、祝正鸿、李意、钱文、袁素华、萧连甲。这种时空的重复与人物的吻合，正是一种“重写”的前提，但这种“重复”与“吻合”是有意为之，作者要站在90年代这样一个时间坡度上去重新审阅一段美好的青春时光。

法国文学大师普鲁斯特的巨著《追忆逝水年华》，直译应为“寻找失去的时间”，可谓在某种程度上道出了文学的真谛。寻找昨日失去的青春韶华，几乎是所有作家都必须触及的主题，而“青春”对王蒙来说则是一种永不会被解开的“情结”。1986年，王蒙在一首题为《不老》的诗中写道：

三十岁的人觉得四十岁的人太老了
四十岁的人觉得五十岁的人很老呵
五十岁的人觉得六十岁的人在老着
……
谁又不能不老呢，
我的女儿明天过十七岁的生日
她说：我都老啦
已经失去了十六、十五、十四

留下了一串串跳皮筋、戴领巾的日子

……

《恋爱的季节》里，王蒙以钱文的口吻写道：他知道他挽留不住时间，挽留不住鸟儿、花朵、树叶，挽留不住1948、1949、1950、1951，挽留不住钱文的16岁、17岁、18岁、19岁，如今他马上就要20岁了。

这两段文字前后相隔六年的时间，都是对衰老和青春的感慨。如果不是编辑作过手脚的话，我们发现出现在两段文字中的数字写作方式不太一致，一是汉字，一是阿拉伯数字，汉字在视觉上有一种从容不迫的自信，而1948、1949、1950、1951这一连串阿拉伯符号造成的匆匆而过的急促感更带有50年代的气息，王蒙对时间流逝的特殊敏感并不是远到边塞之后才产生的，而是一种天生的异常性情。他的处女作虽高呼“青春万岁”，但在欢乐的青春礼赞中亦流露着他对逝去时光的留恋与伤感。到后来的《布礼》《蝴蝶》《如歌的行板》《杂色》《惶惑》等都是对自己美好岁月百感交集式的寻找追忆，历史的命运与个人的际遇成为永远不可挽回的生命流程。苦苦寻找青春的价值与生命的意义，不仅仅是王蒙一人的创作倾向，也不单是50年代作家才拥有的文学情绪，在“知青族”“寻根族”乃至后来的“新潮族”那里也不例外。余华的《十八岁出门远行》与王蒙的《组织部来了个年轻人》可谓是“青春的惆怅与迷惘”这一乐章在80年代和50年代两种不同的版本而已。为什么有那么多的中国作家都会觉得自己的青春被耽误了或都对原有的价值发生怀疑哩？张辛欣有篇小说叫《我在哪里失落了你》，可以说道出新时期文学的一个重要母题：我在哪里失落了青春。迷惘与怀疑的情绪一度充盈在反思小说的人物身上，但怀疑历史就意味着否定了自我、否定了青春，而历史是可以否定的，青春则是无可否定的，因为青春总是美好的。因而出现了张承志《金牧场》这样的长篇，对青春的肯定和对世俗的否定。王蒙肯定的也是“青春的欢乐”，虽然那种在欢乐的背后包含着过多的幼稚、单纯、偏执和盲目，但这种欢乐是一种脱离了意识形态之后的青春情结的人的自由舞蹈。人们总是习惯于把某种情感价值与某种意识形态价值联系在一起，当某种意识形态价值被否定时情感价值自然就失落于一地，其实这有点像把恋爱的价值与婚姻的价值等同起来一样，事实上如果一对夫妇在家庭里价值体系崩溃了，不意味着他们原先的恋爱也因此失去了光彩，而青春的美好与惆怅往往都不在于明确地定位于某个世俗价值支柱之上，它是抽象的，跨越时空限制的。可青春流逝的过程又是现实的而具体的，在《恋爱的季节》里，内容便显得那样的庞杂。它是一部回忆录，但没有陈述任何“经验”或“教训”，它是美好的爱情组诗，但又不乏“黑色幽默”，它是一幅社会风情画，又处处充满了人生哲理。肯定／否定，抒情／调侃，叙述／议论，批判／宽容，揭露／掩饰，被一种当代文学前所未有的青春热情和历史苍凉搅拌在一起，令人感伤，令人振奋，令人捧腹，也让人怜悯，让人沉迷悱恻。这不仅是对“青春万岁”一次话语性的消解，也是作家欢乐而痛苦的精神涅槃。

二

“重写”的意义不在于站在今天的认识高度（这种认识高度其实也是意识形态化的结果）对过去的生活重新判断一番，得出了新结论，这种“重写”只是一种史的方式，严格意义上说是一种思想史的方式，但文学尤其是一部长篇小说不能够仅仅停留在思想史的层次，文学不一定要达到思想史的最高点，文学还应包含比思想史更广阔更深厚的内容。对一个作家来说，“重写”除了是对生活产生了新的意向之外，还包含着对自己艺术形态的某种调整与变动，因此“重写”不像有些人所说的那么简单化，它不必都是颠覆性的，在更多的时候，是作家对自己价值坐标和艺术坐标一次有限的移动而已。

曾经有人批评王蒙的小说忽视甚至贬低对典型环境中典型人物的塑造，王蒙自己也著文表述过他认为塑造典型环境中的典型人物的方式是小说创作中的重要方式，但不是唯一的方式。这是不是意味着王蒙缺乏这一现实主义小说的看家本领而言“葡萄酸”呢？其实不然。事实上，王蒙虽然喜爱擅长《春之声》《杂色》这种非典型化的现代小说方式，可他的典型化能力在当代作家中也是超一流的。在他复出文坛的第一部长篇小说《活动变人形》中，王蒙以一种驾重若轻的姿态成功地塑造了倪吾诚这样一个中西文化夹缝中尴尬困窘的知识分子形象，是新中国成立以来文学人物画廊中极富深度和层次感的艺术典型之一。《活动变人形》围绕倪吾诚这样一个“中心”来铺衍笔墨，时空跨越，场景转换，人物冲突，叙述笔调都不偏离这样的“焦点”，虽然王蒙才情的自由流动几次要溢出倪吾诚这样一个预先设定的叙述圈，但又被一种潜在的力量暗暗地不由自主地收拢到倪吾诚的身边，他不忍心去瓦解自己惨淡营造的艺术世界。

可在《恋爱的季节》里，不再有这样一个逻辑中轴，作家从“中心”中抽出身来，以一种边缘状态进行故事的讲述和小说的操作。支撑一部长篇小说的结构支架，往往是辐射力充分凝聚力很强的一个中心人物、一个中心情节、一个中心思想，或者是某个历史事件及事件影响之下的人物行为与社会生态，至少也是一个家族的荣辱兴衰（这是近几年长篇小说颇为流行的一种结构方式），像《尤利西斯》《追忆逝水年华》那样天马行空、不拘一格的巨著固然难以理出一个明确的中心逻辑程序来，可写实性的长篇是很忌讳这样做的，《恋爱的季节》基本上是一部写实性的长篇，如果要说有中心的话，可牵强地理解为“50年代中国青年的恋爱观”这样浅泛的主题，但显然大悖了作者的意图、作品的内涵，它最多只能作为作家和读者进入小说时的一种契机而已。

《恋爱的季节》描写的不是一个家族的故事，而是一个机关、一个中国共产主义青年团区级机关的恋爱故事。当代中国社会家族、宗族的力量在乡村里依然没有消失，而在城市里家族、宗族的力量则逐渐被机关、单位这种新社会联合体取代。赵林、周碧云、洪嘉、祝正鸿、李意、萧连甲、满莎、钱文、万德发这些“职业革命家”之间有一种新的“血缘”联系，这种“血缘”就是对革命的无限向往与献身精神。在这样一个特殊的社会联合体中，在一帮充分热情与向往的青年男女中发生恋爱的故事，是很正常的。王蒙写的这些恋爱的故事涉及爱的多方面，爱情几乎与所有社会存在都发生联系，产生冲突，《青春万岁》中爱的透明与纯洁被回民饮食习惯的问题、被朝三暮四的问题、被宗教问题、被战斗英雄问题、被出身问题、被外貌美与心灵美问题等等，弄得面目全非，而最终导致了原先这样的年轻的革命联合体的解散，小家战胜大家，爱情的力量胜过“血缘”的力量。作家在热情肯定他们爱的权利，“这是一个恋爱的季节，每个人都觉得幸福的花朵已经在每个角落含苞待放，幸福的鸟儿已经栖息在每间房室的窗口……”，同时又冷冷地呈现爱情的世俗性、爱情的不神圣性甚至爱情的随意性，这种悖反的思维便导致了中心的瓦解，一方面是描写恋爱的故事，另一方面又是以反恋爱的思维进入小说的操作。恋爱是必然而不可抗拒的，可恋爱又是“季节”的产物，时代精神、社会风尚、民族文化又始终在支配甚至压迫着每个人择偶的价值标准和审美观念，比如周碧云之恋便是世俗与理想冲突的结果，她的第一个恋人舒亦冰身上残留着与50年代这样的革命时代不相协调的气质与方式，可舒亦冰的方式又是纯粹的恋爱式没有意识形态的色彩。而矮个子与满莎全身的每一个毛孔都散发着50年代的革命气息，他与周碧云的恋爱完全是革命化、军事化的，可视革命为生命的周碧云又会不由自主地回忆起那个文质彬彬的白面书生舒亦冰来。洪嘉与战斗英雄之恋基本上是一种壮举，是时代精神取代恋爱规则的结果。王蒙便是通过这样一连串的爱情故事描写了洪嘉、萧连甲、钱文、周碧云、满莎、祝正鸿、李意、吕琳琳、万德发、闵秀梅这样性格各异、命运不同的人物，让他们各自处于自己故事的中心来构成多元的文学世界，虽然谁也不是中心人物，谁都处于一种边缘状态，可这些扁平型的人物的复合体便形成了圆型性格，而这种圆型性格恰恰具有了“典型”的意义。这种复合体“典型”的效应远远大于一般文学作品的个别人物的审美力量，他代表了“50 年代”这样一个曾令人陶醉和念叨的时代，也代表了 50 年代对“50 年代”的一种反思与重写。它的放射性功能将会在王蒙以后以“季节”为总题的多卷本长篇小说里体现得更加充分。

三

小说中我阅读兴趣最大的人物是钱文。不知为什么钱文老使我想起《活动变人形》中的倪藻——倪吾诚的儿子。《活动变人形》在某种意义上是一个审父的文本，作家所有的目光都是从倪藻的视野出发，作为一个隐形的叙述者倪藻又时常出现，倪藻的视角遮蔽作者的身影。而在《恋爱的季节》里钱文不像倪藻那样带有他审的色彩，也不能说是自审或自省，而是一种情感体验的倒流。

按照一般的小说叙述学理论，故事叙述者的选择是一个关键问题。如果读者接受的是作者对事件的看法，对事件描述就是来自小说人物行动以外的某个人。如果读者接受的是小说人物对同一事件的看法，对事件的描述就是来自小说中某一个人，这个人是行动中的一个角色，也可能是一个主要角色。钱文属于这样一个角色，他实际在小说充当一个叙述人的角色，但他这个叙述人又时隐时现，这种“隐”是由于整个小说是以第三人称的方式出现，这种第三人称便有全知全觉的全能的扫描穿透功能，钱文也只不过是全知全觉视野的一个活动目标而已。但我们很快又发现在《恋爱的季节》里第三人称并不称职，也不得体，他往往来自小说中某个人物的视角，因为作为全知全觉的视角往往包含作家现在时的一些价值判断和情感意味，是来自一种权威的“上帝”的姿势。可随着我们的阅读深入，我们发现《恋爱的季节》里的叙述光圈出自于那个最年轻的钱文，他是所有恋爱故事的目睹者，同时他又是唯一没有进入恋爱程序的人物。整个一部《恋爱的季节》与其说描写了50年代形形色色的恋爱状态，还不如说是一个情窦未开的青年如何走向恋爱认识恋爱的心理轨迹。

在《恋爱的季节》里有五章（第四、五、九、十三、二十章）的大部内容几乎是以钱文的内心独白的方式出现的，是一种拟第一人称的叙述方式。从钱文第一次出现在小说中（第四章“五月初的这个周末的夜晚，钱文体验了一次失眠的滋味”）开始，对钱文的笔墨则很少用一种再现性的方式，而是表现性的差不多是内心独白式，到这部小说的结尾，内心独白则成了一种直抒胸臆的诗情了：“是的旋风，你好旋风。旋风正在把过往连根拔起。所有的过去将不再眷恋。所有的感想都可以不想。”“当她成为旋风的时候，她感觉得到这旋风吗？”“哦，不。让我再想一想吧。让我珍重这句话吧。让我吝惜一点，再吝惜一点吧。我已经糊涂了。”这样一种抒情的方式作者把它赋予钱文，可以说是情有独钟。钱文简直就是倪吾诚的儿子，钱文的父亲与倪吾诚太相似了，虽然也到国外喝过两年洋墨水，但到底学过什么得过什么学位他老是“美术、美学、哲学”支吾不清，但老是牢骚满腹痛斥中国人的“劣根性”。可倪吾诚的后代又怎样呢，王蒙用钱文的笔记本上的诗概括了他们的命运：“我们没有童年。”

记得张承志在《北方的河》中曾愤怒于表弟“我们没有昨天”的宣告，那王蒙对钱文的“没有童年”则包含着某种酸痛：“我们没有童年，把童年的特权留给后人。我们没有天真，把天真的欢乐留给明天。我们没有蹦蹦跳跳的嬉戏呀！孩子，你为什么这样严肃？因为，我学会的人生第一课，便是向着黑暗做殊死的斗争！”这是“少共”钱文的特殊的感情体验，虽然充满了可爱的稚气，今日读来不免多了些许因时间流逝而造成的带辛辣的幽默味。钱文在整部小说中经常处于一个局外人的位置，旁观他周围发生一连串悲喜剧，但整个作品又是他初恋的心态图景，对吕琳琳那种单相思式少年对异性的微妙心理，一波一澜都写得那样张弛有度，而小说的结尾钱文与叶东菊的正式恋爱在敲响他个人情感的洪钟大吕时，却同时宣布“他们这个朝夕相聚、亲过手足的少男少女的集体，已经开始解体了”。《恋爱的季节》与其说是写十来对男女青年的结合，还不如是一个青春性团体的解体，在这一“聚”一“散”一“兴”一“衰”间，留下了许多值得人玩味的内容。

钱文作为隐形的叙述者自由地活动在所有人物恋爱故事的每个缝隙，洞察着一切，也描述着一切，同时又议论着一切。但钱文又不是真正的叙述者，因为有些内容又远远大于他的视角，大于这位十九岁青年的当时见识，有很多话语仿佛是来自几十年以后钱文的感受。比如我前面所述的第四章的开头，在“五月初的这个周末的夜晚，钱文体验了一次失眠的滋味”之后，紧接着的是：“而这样的年代，这样的年龄，失眠与其说是苦涩的，不如说是甜蜜的”，这样的感受显然是十九岁的钱文当时所不能拥有的，而是一种事后追寻的情态，因而整个小说的叙述角色始终又是不完全的状态之中，作家给予钱文的有时是超负荷的，超过他这个人物所能拥有的表述力，而钱文对其他人物的叙述又是越俎代庖式，可等到钱文真正展开内心世界时，作家又往往以议论的方式分析的方式抒情的方式来代替他的意识流动，这样一种复杂的叙述套层结构是小说中复杂的人物色彩决定的，也是由于作家在忆述往事时复杂的情感决定的。钱文与叙述者吻合而分裂的关系加大了小说内在的张力，也造成了叙述话语式的种种不平衡、不和谐。这种反差与距离在小说的一开端就被作家定下了基调："1951 年 4 月中旬的一个周末夜晚，小雨飒飒，空气里流着诱人的潮气与土香。周碧云坐在自己的办公桌前，正在准备'五四'青年节纪念会上对新民主主义青年团团员们的讲话。""她的疤疤痕痕的桌面上放满了书，《中共中央关于建立新民主主义青年团的决议》《列宁・青年团的任务》《加里宁・论共产主义教育》《联共（布）党史》《整风文献》《社会发展史纲》《思想方法和工作方法》……她沉浸在'全面发展的人'这样一个命题里，喜悦振奋，心潮激荡。办公桌是靠窗户摆放的，夹着雨丝的风吹起了褪了色的不洁的窗帘，这窗帘十分容易让人联想起婴儿襁褓中使用的尿垫子。窗帘一次又一次飘动着，弄乱她的头发，弄痒她的脸庞。但是她沉浸在对于'全面发展的人'的想象里，全不顾及窗帘的拂拭与窗帘上的尘土微粒的呛人。"

在整个小说里这面"不洁的窗帘"以不同的方式不同物象时时飘拂在恋爱的季节里，成为一股极不和谐的旋律。早在《组织部新来的年轻人》里曾出现过这种有限的不和谐，当林震与赵慧文的情感朦胧而伤感时，他俩一出门，一个老头子推着车叫道"炸丸子开锅"，让他们一下感到世俗是如此地实在而令人猝不及防。如果说这只是追求一种艺术上的反差效果，那么在《恋爱的季节》里就成为一种思维状态结构状态了。也正因为有了这种状态，重写的可能性、必要性才存在。

四

还有小说的注释。

很少有人注意到小说的注释，在当代小说特别是新时期文学小说里很少谈到注释，如果有注释十有八九也是关于方言俚语与普通话的转译。在小说读到的注释多数是翻译作品，那是译者为了帮助对异域作家小说的理解而添加的。新时期小说里如果有什么要解释基本都在小说内进行的，事实上今天读者也很不情愿在小说里看到注释，小说又不是学术论文，要注释不是一种累赘吗？但《恋爱的季节》里却有六条注解，由于它是一个“重写性的文本”，这些注释本身就意味着也是重写的一部分。我不妨悉数抄下，或许这些毫不关联的事实片断在告诉读者什么。以下序码是笔者按出现的前后序顺编成，非原书所有。

①本书所提到的钱数，均为旧币，旧币每 10，000 元 = 新币 1 元。

②事实正是这样。山西洪洞县有一大槐树，大槐树也有关于一次逃荒的记载。

③出自普希金诗《致十二月党人》。

④拉伊克一案已于 1956 年平反。

⑤阔日杜布，苏联飞行员，二次世界大战中曾击落敌机62架。

斯塔哈诺夫，苏联劳动模范，曾开展“斯塔哈诺夫运动”。古比雪夫，曾在此修建大水电站。

⑥维辛斯基，时任苏联外交部副部长、常驻联合国安理会代表。当时中国的报纸常常发表他的长篇讲话全文。

⑦王实味的问题已彻底平反。

⑧艾思奇，哲学家，著有《大众哲学》，曾很受欢迎。

⑨《绞索套着脖子时候的报告》为捷克作家伏契克的纪实作品，曾在我国拥有大量读者。

这些片断性的文字放到一起有点美国小说家巴塞尔姆拼贴画风格的作品，这些有限的文字已经为读者勾勒了 50 年代的历史文化风貌，仿佛是当时意识形态的一种抽样检查。事实上作家在写上列注释时是无意识的，他主要是为了 90 年代的青年人理解作品的一些名词继而理解小说的内涵，但这样注释让我们读到了作家真正的话语。在上述注释中，第一条是关于新旧货币的比值，这正预示着新、旧两个时代交替之际，旧币尚未被新的取代，而小说出现的那些天文数字要不加注释会让今天的读者目瞪口呆的，富有意味的是，今日的大款们动辄便以万元为单位，俨然旧币似的，让人恍若隔世，第三条、第八条第九条基本上属于一种类型，普的《十二月党人》、伏契克的《绞索套着脖子时候的报告》（现译名为《绞刑下的报告》）在 60 年代还拥有很多的读者，伏契克的文章仍被我国的中学教材选用，而艾思奇的《大众哲学》则似乎被人遗忘了。还有两条注释都是平反性，不过，拉伊克已于 1956 年平反，而王实味的冤案在拉伊克平反之后三十多年才彻底昭雪。这种平反对小说中的人物命运起着啼笑皆非的黑色幽默效果，洪嘉的母亲苏红那封致儿子无穷的信是那般残酷、那般虔诚地相信自己是托派是罪人，这不仅严重损伤了母亲与儿子那种亲情，也让苏红那近乎变态的受虐心理暴露无遗。后来洪嘉在恋爱婚姻问题上一连串的反常行为正是苏红那种变态心理的另一种表现方式罢了。很显然，苏红的入狱亦属冤案，倘若她活着，她的案子也会平反昭雪，可如果她再读读她的那封信，在感到荒唐可笑之余一定会毛骨悚然。阔日杜布、斯塔哈诺夫、维辛斯基这些都是一种符号而已，他们这些人不但被中国人遗忘了，在俄罗斯土地上也早已烟云般消逝掉了。所以作者在注释时用了“曾”字，一个字囊括了多少历史风云、社会沧桑。

应该说《恋爱的季节》并不是一个纯粹客观写实的文本，这种回忆性的重写时时可以感受作家的体温，作家也时不时站在钱文的角度或在钱文以外的角度甚至以上帝的口吻对人物的情感、遭际、命运作跨越时空（即非事件叙述规定时空）的议论，也就是说作家并非要保持（至少叙述者）1953 年这样一种封闭性时空的“真实”，在人物的情感描写上他毫不犹豫地放到 90 年代这样时间域里来显示，“在此以后，在他年事渐长成为成年、中年并且一点一点步入老年之后，他也有梦，他或者也有不是很少的梦，但他再也记不住自己的梦了，他再也不沉浸在自己的梦了。他再也不怀念自己的梦了。他再也找不到那奇异美妙均匀地贴切与梦同在的感觉了。那感觉、那生命清醒的欢欣的自愉自察自顾，已经跟随年龄而去了。”这样的情感判断在小说里经常可以见到，但对人物言行的社会价值作家则始终置于 50 年代的封闭性的时域进行，从不肯跳到事后来进行判断评估，在人物从事那些有社会意义的行为时人物是属于自己，作家始终保持中立冷静的绝对的巴尔扎克式的现实主义叙述态度，涉及人物情感内容那些脱离具体社会性的青春性的举动，作家便毫不犹豫地介入其中，以一个当事人、长者和智者的多重身份进行评说，也许小说、文学的意义并不在于对人物社会行为判断的正确与否，而在于人物情感的超时空性和抽象性，但由于这是一次重写性的文本，作家已不是《青春万岁》时的小伙子，他又不可能蔑视 90 年代的“真实”，他只能用加注的形式来展现这种与昔日的价值判断诚然相反或相去甚远的“真实”。我不知道作家是否受到现象学哲学开山大师胡塞尔“加括号”“终止判断”的启发，但这种套层性的结构是一次真正的“重写”，在小说的技法这种“注释”无疑加大了小说的张力，它是突破小说之外的表现力。它是冷静的客观的，又是一种提醒，一种距离。

虽然如此，《恋爱的季节》还是摆脱不了 50 年代叙述者这样一个历史痕迹，作家在整体框架上的复调套层结构强化了“重写”的可能性与意义，显得疏旷畅达紧密有致，可进入人物的现实性社会性行为作家就会不厌其烦地陈述详尽，对“50 年代的细节”的显出一种超常的熟悉以至于迷恋，也许作家是故意这么做的，在 50 年代恋爱成长的读者对此会倍感亲切。但对我这样 80 年代开始恋爱的阅读者而言，我能理解明白甚至能与其中的细节大有同感（历史常有惊人相似之处），我更喜欢的文字还是那些有钱文出现的章节，钱文的惆怅、忧伤、喜悦与苦恼，钱文散文诗式的感慨，钱文内心独白式的沉思。或许这是与年代无关的问题，而是我个人阅读的兴趣爱好所致。

不知道我到了王蒙这个年龄再读《恋爱的季节》会是怎样的感受，有一点是可以肯定的，我将会更珍惜这句话：我爱你。

意义丧失之后

——范小青近作拆析

一

每个作家都希望自己的声音不被他人淹没，男作家如此，女作家也是如此，范小青当然也是如此。十年来，范小青写过插队知青的惆怅、悲凉，写过小巷人物心理的波澜，也写过青年知识分子的生态与心态，但在清新之余，总觉得还缺少些什么。长篇小说《裤裆巷风流记》和《个体部落纪事》的写作，似乎改变了范小青原先的思维方向和思维结构，在经历了二三百万字的文字之役以后，范小青好像一下子悟出了小说之道，她突然长大了，成熟得让人有些吃惊。短篇小说《瑞云》的出现，昭示范小青的小说创作倏然进入了一种新的境界，她的声音开始变得明朗、清晰起来。在《瑞云》

之后，范小青在1989年一年时间内就推出了《光圈》《顾氏传人》，《沧浪之水》，《真娘亭》，《栀子花开六瓣头》，《人与蛇》，《伏针》等中短篇小说，形成了一个虽不具五彩六色但色彩感很明显的小小的艺术天地。这个“天地”的价值到底如何，范小青到底能称得上怎样的“段位”，并不是笔者所感兴趣的，还留待“史笔”们去做。我觉得在范小青近作中所表现出的一种小说作法倒值得花费些笔墨去梳理、沟通一下，因此本文只冀望对范小青小说近作的拆解，能够发现有异于现行小说作法的一种小说方式或小说技术。

新时期文学的发展始终以意义的深刻、新颖作为主旨，每一次文学的浪潮的出现总伴随着新的政治思潮、社会思潮、文化思潮的冲击。这是五四文学的优秀传统。我们有许多优秀的诗人和小说家同时是非常优秀的思想家和战士，他们的作品既可以是生活的教科书，又可以是投枪、匕首，也能成为审美的小夜曲。思想深刻、主题深广已成为人们阅读文学作品不可缺少的前提。这也是整个世界文学近百年来非常流行也非常合适的一种创作方式——寻找意义，表现价值。在今天被人们称为经典作家的作品，无不以“思想深刻”著称于世。这些人类的智慧超群者，总是在自己的文本中设立意义渊深的底盘来启发读者、教谕读者，不用说革命性鲜明的作家像高尔基、鲁迅等人，即令那些在现代文学中强调“读者”参与价值的布莱希特、萨特，亦是以“意义”而奠定他们在文学史上的地位的。布莱希特强调戏剧的“隔离效果”，强调“作家和观众共同创作”，但他在帷幕之后仍惨淡经营着意义的堡垒。萨特更不用说，他所有的文学作品几乎都是存在主义哲学思想的图解。

这是很正常的。文学是人类认知社会和自然的一种方式，文学有必要也有可能对生活做出某种价值的判断和描述。而且，人类的意义自然不会被哲学家，文学家所穷尽，就像科学永远有新的发现和新的课题一样，人类对自身和自身之外的关注永远不会停止。没有意义的世界是不存在的。为了表述这个世界，人们企图用各种各样的方式去囊括它，远古的神话，中世纪的宗教，近世纪的哲学，还有贯串人类思想情绪发展的文学，都是为了期望达到终极意义。虽然终极不可到达，但毕竟丰富了这个世界的意义，提供了更多的价值参照，人类也得以认清自己的历史坐标进行价值选择。

然而，文学是不是还可以有别的方式呢？小说是不是非要和哲学联姻不可呢？作家能不能在哲学潮流之外进行自己的语言操作呢？

范小青的小说之所以能够唤起我的阅读兴趣，就在于她洗褪了那种哲学的思辨的推理的色彩，在返璞归真中呈现生活的实相。在她的近作中，意义的堤岸被现象之流淹没，此岸就是彼岸，彼岸就是此岸，没有终极，没有起点，终极就是起点，起点就是终极，意义就是现象，现象就是意义。一个最显著的标志就是范小青已经没有兴趣去寻究历史的是非、社会的意义了，她近作的选材几乎全是非历史性的，是一些近乎琐碎的日常生活。中篇小说《顾氏传人》本是充满历史沧桑社会风云的，顾家的兴衰史串穿着中国社会近百年来的巨大历史事件，辛亥革命的风云，解放战争的硝烟，三反五反的波澜，“文革”的动乱，改革开放的潮流。这些富于政治性、社会性的历史故事，本可以写成一篇很富反思性质的沉甸甸的力作，比如陆文夫的《美食家》便是通过朱自冶在时代历史风云的际遇来展现四十年来中国社会的生活画卷的。可是，范小青的《顾氏传人》却竭力逃避历史的概括，而着力记述一个大家族日常生活的原初发生形态。另一部中篇小说《光圈》同样没有鲜明的现实感，而几乎是流水帐似地记载着苏州古城一隅几个普通人的日常生活过程。如果将《光圈》与田中禾的《明天的太阳》略作比较就会发现，同样面对文化失范的社会现实，同样面对平冗而没有理想光圈的芸芸众生，田中禾浸淫在小说中的那种危机感、焦灼感、忧患感，在《光圈》中被范小青化解为平淡的近乎冷漠的语言操作方式。

至此，我们似乎可以运用文学批评的技术性术语归纳出范小青近作的两个特点，一是确定性主题的消解，一是情感的零度介入。所谓消解主题，不可理解为无主题（真正的无主题亦是一种主题），而是对那种确定性的、观念性的主题的一种对抗方式。这并不是说那种主题鲜明、思想深刻的小说不好，而是说主题/非主题都是互补的小说思维方式。范小青的小说被人称为“新写实”未必就很恰切，但范小青的创作无疑属于写实型的现实主义。现实主义的灵魂在于真实，但真实并不等同于真理，思想观念、哲学原理辐照之下的真实是一种理性的真实，在理性真实之外肯定还有另外的真实性，比如直觉有时也是一种真实，有时比那种讲究逻辑、讲究推理的理性真实还要真实。范小青的《光圈》是很有意味的。一个摄影师在摄取自然风光、社会生态时，一般情况下是要将光圈调整到最规范的程度，但有时在光圈没有调准的情况之下依然能够拍摄出很好的照片。前者无疑是一种理性的，后者则是出于一种直觉。规范的光圈就像确定性的主题一样，它为了表达那种理性的真实，总是要舍弃一些与主题无关的生活现象，总是要给生活带上因果联系、前后呼应的逻辑链罩，而人物自然也必须遵循这样的链罩在小说中进行活动。而调不准的光圈往往缺少某种逻辑力量，甚至没有完整的结构，但它往往能将生活现象特别是在理性概括之外的现象童贞般摄入镜头，因而丰富的生活信息量替代了思想的深邃和沉重。范小青现在手中用的“相机”无疑是调不准的光圈，因而难以对生活进行定点的透视，她的近作便向人们展示了无序而又自然，琐碎且又富有质地的生活原生态貌。《光圈》写的是“日脚一天一天地过，总归平平淡淡，没有什么大事”，虽然没有什么大事，但琐事并不少见，吴彩兰与丈夫陆建东的冷漠相处，母亲张老师在精神卫生工疗站的忙碌，妹妹幼兰考模特儿受骗的趣闻，魏汉成的滑头行骗，中医蒋伯行与女演员杨玲娣的黄昏恋，精神病人周桦林被老婆的谋害，……这些互不关联的生活现象确实并不能让人看出什么深刻而新颖的思想内涵，甚至会感到作家只是在生活的表层面上滑行，但却获得了生活的原生实貌和原生实感。为了强化这种自然原生之感，作家组合这些生活片段时也完全按照生活的自然的联系脉络，而没有用一种思想的红线或情绪的旋律进行剪辑，这些人物、事件的联系完全是一种自然地发生，他（她）们或是血缘关系，或是工作关系，或是邻里关系，并不出自表达某种思想和情绪的需要。但我们从中却可以阅读到一种复杂浑然一体的社会现象，可以品出多种情绪的滋味，并感到生活信息量之丰富而难以纳入一种意义之框中。而另一部中篇小说《栀子花开六瓣头》写金老豪到三山岛上采风的空手而归，顾虹参办艺术中心并在全国性的舞蹈大赛中的获奖，文宝娘娘的真假，小丁的爱情和婚姻，陈纪德黄金首饰的失而复得，……这些事件各自呈散发状态，没有一条明确的主题之索可以将它们进行规范，它们都是各自的自足体，是生活原生貌状的客观化的“移植”。这种散点透视的方式，虽然未经梳理地融入了生活的平冗、琐碎、沉闷和单调，却较为真切地传达出改革年代形形色色人物的生态与心态，因而比那种以思想逻辑的主题方式取胜的作品更多一些生活的原生汁液和毛茸茸的质感。

由于放弃了主题建构的逻辑的理性的方式，范小青在消解主题时势必要消解感情色彩，因为如果带着强烈的情绪去进行小说的操作，那势必要以一个明确稳定的价值观念作为参照，而参照的结果必然要演绎推断出某种哲理或思想。以零度的情感状态进入小说操作是组织小说的重要前提，这在刘恒、叶兆言、刘震云等男性作家那里也许算不上最难的，但对于善于捕捉情感波澜，擅长人物心理描写的青年女作家来说并不容易。方方的《风景》、池莉的《烦恼人生》、谌容的《懒得离婚》虽然正视生活的负面，但仍抑制不住那种出自天性的情感的流露，方方的感伤，池莉的烦恼，谌容的无可奈何，都在小说中成为一种旋律和基调。从某种程度上讲，这正是女性作家的一种特性。可范小青居然以一种超然物外的“局外人”的口吻不动声色地对待她笔下的男人和女人，不悲不伤，不喜不忧，不冷不热，似乎忘记了善恶的存在，也似乎没有美丑的标准，甚至性别意识也淡化到极限。中篇小说《顾氏传人》面对富贵之家从荣到衰的悲剧，范小青既无“荒唐言”，更无“辛酸泪”，而是以一种近乎刻板的叙述态度对故事作了冷处理，顾芸香在平静中死去，顾氏家族在时代的更替中丧失了传人，不是悲剧亦不是喜剧，生活本来就是如此。《真娘亭》展现的是一个谋杀案前后的三个生活侧面，可作者似乎对谋杀者、被谋杀者以及死者的家属、知情者都采取了一种揶揄、调侃的口吻，对杀人犯没有批判的锋芒，对被害者没有歌颂的言辞，对死者家属也没有过多的同情。范小青之所以能够采取这样一种超客观的冷面叙述方式，是源于小说自身的价值系统丧失了规范，比如顾氏家族的衰落抑或是时代的进步抑或是时代的退步实在难以言清，而《真娘亭》里的惨案更是扑朔迷离，马辉因公被杀害不能追认烈士，凶手被抓到却是一个精神病人。作家饱蘸激情进行讴歌或批判都是一种价值选择的结果，而范小青没有这种稳定的价值指向，她怎能轻易地将情感投向哪一方呢？因而以毫不介入的态度从情感的冰点进行小说操作便是一种最佳选择。

主题/非主题是两种不同类型的小说思维方式，前者以理性逻辑为其价值的结构基础，而后者则以一种变化的不稳定的直觉思维来组织小说。范小青的近作是对机械的理性主义的反动，她所渗透出的神秘主义色彩带有某种“东方”意味，不应该认为这是一种反理性的产物。因为注重直觉把握、忽略事物的逻辑因素、以悟性认知世界的方式比之西方的逻各斯中心主义更具民族性，更富有文化传统的连续性。

二

如果说上述的描述和分析仍然是从“形而上”的角度入手的话，那么下面笔者则希望从“形而下”的层面去进一步描析范小青近作的特点以及隐藏在特点之下的某种结构的变动与整合。

尼采在世纪初骇世惊俗地宣布“上帝死了”，意义是很深广的，他当时最直接的锋芒可能是直指笼罩人类的精神、禁锢人类精神的基督教，也泛指对所有权力和权威的反抗。“上帝死了”可谓是后工业文化的一面旗帜，有着丰富的人本内涵可供阐释和误读。罗兰·巴特接过尼采的旗帜，在文本的领域庄严宣告：“作者死了”，从而将解构理论推到文本操作的过程。依我看来，无论是“上帝死了”还是“作者死了”，都意味着一种固定不变秩序的瓦解，意味着居统治地位的中心消失。前面谈到的主题／非主题就与中心／边缘是同一范畴内的同构对立。范小青并不信奉尼采，也与罗兰·巴特无缘，但她近作所显示出的泛中心组织方式与他们的“死了”理论却有着某种呼应和联系，她小说的中心思想、中心人物、中心情节被她漫不经心的语调一一瓦解，成为可以自由阅读的拟后现代文本。

中心思想（在文学作品中变奏的“主题”）在传统的文章学里被称作“灵魂”（中心的譬喻），没有灵魂就会六神无主，没有中心就会成为一盘散沙。这些至理名言在范小青的近作中被涮得没有一丝光彩，虽然非主题仍然是主题的一种方式，但它终竟在构造上粉碎中心思想不可逾越的神话。如果说消解主题、冻结意义仍可作为泛文本的方式，那么消解中心人物、淡化中心性格则非在小说的名目下进行不可。范小青的近做出现了一连串性格模糊的人物，《光圈》中的吴影兰、吴幼兰、张老师、陆建东、魏阿姨、魏汉成、小闵、蒋伯行、蒋骏声、刘爱珠、小高、小李、周桦林、杨玲琋、姚先生，《顾氏传人》中的顾尧臣、顾允吉、钱宝珠、顾芝兰、顾芸香、顾芬菲、顾蔓菁、山东姐夫、老汪、包阿姨，《沧浪之水》的苏好婆、苏阿爹、环秀、刘陵、张文星、流窜犯，《人与蛇》里的陆顺官、顾其芬、捕蛇人、老张、刘玫、郭伟、郭小晨、杨红、老太太……他们都有自己职业和性格的特点，但他们的性格都是平面的，并不具有某种立体性和多棱面，因而他们的性格是浮动的是没有棱角的，他们在语言之流中并不能充分自由地去发展性格、表现性格、完美性格，他们只能为语言之流所载扮演着分裂所指和能指的角色，在隐喻和转喻之间架设桥梁模糊它们的界限。人物被还原为语言自身的过程也就还原到生活的本相，这正是人物丧失中心性格之后获取了另一种比性格更真实的生活原生性。因此我们可以指责范小青小说中的人物类型化、平面化乃至雷同化，但我们却不能不承认她的充分生活化、现象化。不以人物情绪当作小说的中心支撑结构，不以人物性格作为小说的结穴点，就意味着小说丧失了聚焦，从人化走向物化——人生活在关系当中，现象当中，人只是生活和自然的一部分，也就是人失落了主宰一切浸淫一切的主体性，人不再是衡量所有事物的参照和标准，因此在范小青的小说中已经找不出位居小说中心的主要人物，主／次之间的界限消失了，吴影兰是主，她丈夫陆建东也是主，三小姐顾芸香是主，老汪也是主，人物之间的关系不是烘云托月，而是相互对应，都是生活之树的枝叶，都是同一脉络派生出的独立个体，并没有那么多的逻辑因果联系。《真娘亭》里先后出现了三种不同的叙述主体，第一节是罪犯苏纪明，第二节是医生吴秀，第三节是死者家属傅玲玲，他（她）们分别叙述了三个不同时间内同一事件的三个过程，在他（她）叙述的时空中他（她）是位于主体的全知全能地位，但在整个时空中无论是苏纪明还是吴秀还是傅玲玲都只是一隅之见，对事件的发展对整个世界的把握显得无能为力，并不能改变什么或影响生活的进程。他（她）们叙述的非同一性以及叙述所带来的隐蔽空间暗示生活的无序、不可知和多变性，他和她自然也不是生活的中心。从英雄到普通人曾是中外小说发展的一种规律，从性格到非性格则是对生活真实认识的返璞归真的一种过程。如果说反映生活有一种典型性格的真实的话，那么也同样可以有一种非典型性格的真实，因为生活并不是某类真实可以囊括得了的，在中心地带之外的广大生活领域也是生活，也是真实。

缺少个性鲜明的性格人物也会是其他故事性强的文学作品的一

个特点，比如那情节生动、跌宕起伏、变化莫测的侦破小说、推理小说、传奇小说就是以外在事件的精彩来掩盖人物性格的黯淡的。然而，范小青并非如此。范小青的近作实在缺少这种情节的阅读悬念，她似乎唯恐这种情节性会破坏她对生活的完整还原，所以近乎残酷地瓦解产生这种悬念的可能，而竭力让小说变得索然无味。这实在是不可想象的。《真娘亭》《沧浪之水》写的是充满戏剧性的谋杀案，应该有引人入胜的悬念，也会有峰回路转的情节，可小说却将这些情节置在一边，轻而易举地就将谜底揭开，这是由于范小青无心精细地营造某个中心情节，而是化整为零，注重生活细节的真实、准确、生动，而不想将这些原生的生活细节纳入某项逻辑严密的中心事件当中，因为这些“珍珠”如果被某个中心情节所利用，就会丧失原有的光泽的形态，变为某项情节链条的附庸而丧失其自身原有的价值。范小青近作弥散中心情节的做法并不只有一套组织措施，大约可分三类。一类便是直接式，像《沧浪之水》《真娘亭》便是用同一事件的诸种不同答案来瓦解这一事件的真实性，而在瓦解的过程中“瓦解的过程”则取代了中心的垄断性。一类是连缀式，这以中篇《光圈》为代表，就是通篇没有贯串始终的中心事件，全篇都是生活片断的连缀，像生活流那样无始无终无首无端地呈现出来，自然也不会有枝/干的区分。第三类是拼贴式，这是范小青最近新作普遍采用的一种组合生活片断的手段，像《栀子花开六瓣状》《人与蛇》《伏针》都是采用的拼贴法，比之上述两类不讲章法的混成方式，这种方法有了结构感，它们往往有几大块面组合而成，但每个块面之间的联系则完全是一种非情节因果的逻辑关联，恰恰相反，后一个块面则往往在消弭前一个块面遗留下来的悬念。《栀子花开六瓣头》中金志豪去三山岛采风，关于文宝娘娘的传说本来已经形成一个伏笔，而很快就被理平，文宝娘娘是一个不会唱民歌的保姆。《人与蛇》的上篇所制造的陆顺官“蛇仙”的氛围，按照人们的阅读期待习惯，陆顺官在下篇中理应大显一通神技，可下篇当中陆顺官除了出面谈了一通“家蛇”亦会有毒的话之外没有任何激动人心的“表演”，以至下篇可以脱离上篇而单独存在。《伏针》的第三节则远远脱离“伏针”而径直叙述亚平和小玲的恋爱和婚事，完全游离中心之外。这是一种边缘与边缘的相交结合，它们被拼贴在一起并不是因为有共同的中心连接点，而是边缘与边缘之间有着一种表象的自然的瓜葛。总之，范小青的小说是以一种中断的不连贯的散发的结构来保存生活的汁液、生活的质感的，她小说中的那些生活片断并不面对一个共同的方向，它们都保存着自己的原生的生存形态。

否认绝对理念，消解中心结构，构成了范小青小说操作的技术性能。然而，范小青作为一个女性作家，她隐在的颠覆目标是对男性中心社会的消解。男性／女性被理解为中心／边缘的关系由来已久，根深蒂固，男性是与权力画等号，龙／凤从来就是支配／从属的关系，难怪慈禧要颠倒龙凤的关系，让石工将凤雕于龙之上（故宫里的石雕依然存在），无论这是一种性意识的觉醒还是女权思想的萌芽，都表明女性对男性中心统治地位的一种反抗与颠覆。范小青不像张洁、张抗抗，张辛欣她们通过小说来张扬自我的独立宣言，也不像王安忆、铁凝那样狂热地崇拜力比多的能量，她对男人中心的颠覆尚是一种潜在的、不自觉的叙述行为。范小青近作中多次写到精神病人，而这些精神病患者几乎全是身强力壮的男人，《顾氏传人》里的顾允吉，《光圈》中的周桦林，《真娘亭》里的苏纪明，《沧浪之水》里的杀人犯，他们以各种各样的方式蹂躏着女性，压迫着女性。苏纪明虽然没有直接的行为，但他杀害了傅玲玲的丈夫马长军，而傅玲玲的腹中却留下了马长军的后代，这是更为深重的一种精神压迫。作为吴影兰的“对立面”，她的丈夫陆建东则几乎是“感性的动物”，打麻将，上床；她的副手李永平则是“盲目的少年”，少不更事，一下子使小店陷入困境；她的邻居魏汉成则是骗子，骗走了吴影兰小店的二十万元……“顾氏传人”四姐妹“内秀外慧，天生丽质”，“老大清秀老二艳，老三活泼老四媚”，唯独儿子顾允吉痴愚之极，一个白痴……范小青的价值砝码倾斜在哪一边自然不言而喻，这就构成了消解中心的内驱力，因为男性与权力、中心是同一个语码的不同变本而已。这种性别的反抗意识在她小说的题目上也大约可以看出，她选取一些阴性特征鲜明的事物来肯定女性的中心地位（文章的题目无疑是文本的中心），像“瑞云”“光圈”“真娘亭”“栀子花开六瓣头”“沧浪之水”“灰堆园”这些环状或水状的事物在潜意识之中都是女性的象征物，它们在小说中都起着挈领全篇脉络的内结构的作用。而像“蛇”，“伏针”这些阳具的象征在小说中部都笼上某种厄运。《顾氏传人》则把繁殖后代延续种族的母性使命直书出来，同时也传达出对男性退化的一种焦灼感。

三

范小青也许没有意识到语言游戏与建构话语系统有着某种必然的联系，但是范小青在有意逃避一种语言方式却是无疑的。范小青逃避的是在新时期被人们称颂已久、非常流行的“象征”模式，这种“象征”的话语模式是与“深度”模式相协调的操作方式，“深度”是以层次感作为意义的保证的，且“象征”又是建筑在语言语义的多结构功能的基础上，它是通过表象与意象的暗合、第一项与第二项的联动来寓以深意的。因而象征的语言表象可能是情感性的、跳跃性的，但它有明确的语言秩序，有井然的意义指向，所有的语言运动都是围绕着一个哲理的内核进行的。范小青的同乡、老师陆文夫先生便是运用象征话语的高手，象征在他手里被锤炼得出神入化，炉火纯青，无论是《井》《窗》《门铃》《围墙》这些实体性的事物，还是《清高》《特别法庭》《小贩世界》这些非物象的语词，都能从中浸透出浓郁的象征意味，让人悟出深刻的哲理来。如果我们把象征比作意义的堡垒的话，那么它的语言之砖则必须沿着逻辑的链条进行建造，否则堡垒就会崩塌，意义就会涣散。

范小青对象征的消解主要是出自对父辈力量的一种反抗，陆文夫在范小青的意识中已经不只是一个老师、前辈，同时还是一种，挑战，一种制约。范小青深知如果依旧运用父辈的武器将只能生存在“父亲”的阴影之中，“父亲”营造多年已经竣工的堡垒将会是她的囚笼，因此走出“父亲”的语言之堡，亦即是逃离象征的樊篱，便成为范小青的叙述动力。短篇小说《瑞云》是范小青走向“平面化”的发轫之作，小说一开头就显示出语言的瓦解之势，不妨摘抄一段：

瑞云是瑞云好婆在厕所里捡回来的。

从前瑞云好婆大家叫她吃素好婆，因为她年纪很轻的时候就开始吃素敬佛。

后来吃素好婆把瑞云抱回来，又后来大家都接受了瑞云，大家慢慢地就把吃素好婆叫作瑞云好婆。

所以应该说是先有了瑞云才有瑞云好婆的。

其实瑞云从前肯定不是叫瑞云的。瑞云不是那种裹在蜡烛包里被丢掉的小孩，她被抛弃的时候已经有三岁了。

她一个人很乖很安静地坐在那个很肮脏很臭的地方，她的一条腿生下来就和另一条不一样，所以她到三岁还不会走路。

那时候大家看吃素好婆执意要收养她，就说好婆你给它取个名字吧。

吃素好婆想了一想，说："就叫瑞云吧。"

大家都说这个名字好。

大家都知道瑞云是一块石头的名字。

这段话很类似孩提时代碰到的一个问题：鸡生蛋，蛋孵出鸡，是先有蛋，还是先有鸡？范小青用一种类似绕口令的语体也是提出是先有瑞云还有瑞云好婆，这实质颠覆了语言与事实的关系。因为如果用非游戏的方式来表达，应该是陈述吃素好婆从厕所里抱回了一个腿上有疾的小女孩，给她起了个名字叫瑞云，时间长了，大家也把吃素好婆叫作瑞云好婆。而范小青无心去陈述这样一个事实，她首先模糊了先／后的界限，"从前……，后来……又后来……把吃素好婆叫作瑞云好婆"，"所以应该说先有了瑞云才有瑞云好婆"，接着又否定了这种先后的秩序，"其实瑞云从前肯定不是叫瑞云的"，"瑞云是一块石头的名字"。很显然，范小青在不断改变叙述的方向，在不断偷换叙述的终极指向，从而使语言丧失了终极之向，它通过语言的反复、回环、错位来消解富有逻辑性质的严密、简洁、明了，散发性的语言之波击毁了营造象征堡垒的可能。在这里，先／后的界限模糊，主／从的关系瓦解，人／石的区别不明，真／假的标准丧失，浮动在小说之上的是语言与语言撞击的波纹，在这游戏的波纹之下，是能指与所指的混合和丧失，隐喻和转喻的坠落与下沉。

中年评论家黄毓璜先生在谈到范小青的近作时曾敏锐地指出“的”和“了”出现频率之高，认为是她强化“原生”“原色”感的一种伎俩：“喏，他就是如此这般‘的’；喏，事情就是如此这般‘了’。无需她掘发深究，无需她好恶褒贬，无需乎腾挪调度，一切均在其中，君自品味就是了。”（《文艺报》1989 年第 4 期，《读范小青近作漫笔》）这是很有见地的。罗兰·巴特曾经有一句名言，认为一部作品可以用一个句子来进行概括。这话的科学性程度如何，现在还很难简单予以结论。但一个作家、一部作品选择某类语言方式总会选择与之适应的句式结构，而一个个性鲜明的作家、一部风格特异的作品自然也会有其敏感句式。诚如黄毓璜先生所指出的那样，“的”和“了”正是范小青近期的语言敏感区域所在。在《真娘亭》的结尾，有这样二段话：“虽然是一座民风笃雅的小城，杀人的事也是发生过的，所以事情过去以后，也就过去了。”这段叙述缀在小说之后并没有产生叙述值，它没有陈述、补充故事和人物的内容，并没有增加小说的信息量，因而实际是一种负叙述，负叙述并不能强化叙述的力量，有时反而会瓦解叙述的气势。关于负叙述的问题另外专题探讨，这里仍想拆析范小青“的”和“了”的用法。在上述语句里，“的”和“了”不约而同地与“也”相配，“也是发生过的”，“也就过去了”，“也……的”“也……了”，都是表示一种语气，一种时间语气。“的”和“了”都用来表示一种过去时态，表示对过去的历史的一种不带情感的认可，“过去以后，也就过去了”，这样一种绕口令似的语词重复再次表现语言的游戏性质，并不企望在表象之外再生成出另外的寓意来。“的”在范小青的小说中还有另外用法，就是使行为名词化或宾语化，比如“瑞云是瑞云好婆在厕所里捡回来的”“幼兰是突然间长大的”“现在开放了，很多人往开放的地方去，也有很多人反过来往不开放的地方去，总是有道理的。”“是……的”这种最平朴的句式构成了范小青平面叙述的一部分，很难用这种口语性极强而逻辑不那么规则的话语去建构象征之垒。

范小青逃避象征之网的另一招便是在叙述中穿插方言土语，这些吴侬软语不单强化了小说的生活气息、地方文化韵味，更重要的是，它的非规范性、非官方化又为作家建立自己的话语系统添注了新的原料。新时期文学的十年，可以说是作家寻觅本土话语的十年，为了能够与世界文学对话，作家们模仿过马尔克斯句式，也用过福克纳语汇，还搬弄过卡夫卡语调，1985 年以后，有人尝试从本土文化中寻找建立本土话语的营养基，于是一些人把视野投入中国古典文学领域，绝句式小说和笔记体小说在一度时间内大量涌现，出现过一个小小的高潮。这种纵向的尝试期望借助传统的力量来丰富本土话语的历史含量，来建构汉语小说的话语系统，但汉语小说是现代文学的产物，倚仗传统是会误入歧途的。而丰富多彩而又鲜活生动的方言土语所拥有的本土性比之死去的传统更富有现代的意味，也更有重构的可能。遗憾的是我们过去的文学观念在对待方言土语时没有看到方言土语在建构新的话语体系方面的特殊功能，而认为选用方言是点缀地方风俗、强化生活气息的一种手段而已。因此，在我们今天的书面语言越来越趋向公文化的时候，有必要把方言重新纳入笔端进行优化处理，以适应建立汉语小说的本土话语的需要。只是，如何将方言土语转化到小说之中与现有的现代汉语进行有机融和尚无法可依。也就难怪范小青在使用吴语时格外谨慎，多用句式少用词汇，多用名词少用动词，她恐怕实在没有振兴吴语小说的壮志，而是因为吴语在她手里用来会显得更自然，轻松，没有“象征”的纠缠。

四

本文在写作过程中，对范小青的小说进行了必要的和不必要的拆解和误读，谢谢小说的作者和读者（含本文的读者）的合作。

苦涩的“陈奂生质”

——高晓声新论之一

高晓声的小说主体形象是农民，即令那些以知识分子面貌出现的人物形象也是按照农民的思维习性和心理方式完成性格历程的，这可能与小说叙述人（作者）那种农民式的生活经历和心理定式有关。在“干预生活”这一面上，高晓声的锋芒比王蒙、陆文夫却要犀利，他那些以社会问题为内容的中短篇小说对官僚主义、封建主义的愤怒和仇恨甚至以议论的形式直接表露出来。但当高晓声冷峻地抒写历史的种种苦难的承受者时，都温情地剖开隐匿在“历史”外壳之内农民痛苦的灵魂心像，挖掘沉淀在中国农村社会农民的那种无意识的深层的文化心理和文化性格，深刻暗喻着中国社会苦难的必然与改革的艰难。

综观高晓声新创造的人物画廊，几乎没有大善大恶的两极人物，而那种难以用善恶这种道德伦理界定的中性人物则占满了他小说的整个空间。阴暗邪恶力量出现在他的小说里往往只是一个模糊的背影或者非常干枯的抽象形象。他的“坏”人物往往掺和着愚钝、无赖一类可以宽谅的品格。“好人”的性格里也掺杂着一些卑琐、庸俗的习性，像《极其麻烦的故事》中的“能人”江开良虽然算得上当代农民英雄，但仔细掂量一下就会发现他的聪明能干与阿Q式的狡黠联系在一起。很显然，高晓声不擅长大善大恶、大奸大雄的古典小说模式，他缺少创造恶魔与英雄的力度与笔触，虽然这使得他的人物缺少悲剧的力感和强度，可他意在舍弃其悲剧性的程式，以获得别人所没有的审美意蕴和文学价值。

高晓声为新时期所提供的不是某一个人物形象，而是他发现并呈现了蕴积在整个农民群体意识深层的“陈奂生质”的心理情结。“陈奂生质”像汁液一样渗透到高晓声笔下的每一个人物身上，缠绕纠缠他们的心理动作，制约他们的思维动向。无论以“正面”出现的江开良、陈文良、魏建纲、崔全成，还是被“反面”处理的陈宝宝、金六苟、陈荣金，他们的身上都共时性地活跃着“陈奂生质”的因子，有着共同的心里汁液。这也就是造成高晓声人物“善而不良、恶而不毒”的内在机制。高晓声笔下最生动最有价值的形象也便是这类最鲜明地体现为“陈奂生质”的人物：陈奂生、李顺大、江坤大、黄顺泉、刘才宝、朱坤荣、周华英、周汉生，陈继根等，尽管他们年龄、职业、性别甚至生活的时代都不一致，由于有了同一血型——陈奂生质，便组成了一个独特的精神小世界——陈奂生家族。

维系陈奂生家族的“陈奂生质”自然不是生理意义的某种汁液或血型一类的东西，而是一种潜在的隐性的共通的心理现象和人格精神。“陈奂生质”是中国封建社会小农经济意识进入到社会主义初级阶段的一种表现形式，是封闭的农业社会特定的文化基因传给今日农民的一种不健全的人格品性，也是中国农民复杂心理素质的混合体。它是苦涩的，也是辛辣的，它是冷酷的，也是温馨的，它构成了高晓声小说的整体精神动脉，剖析“陈奂生质”所生存、发育的文化土壤、社会环境可以更充分地理解高晓声和他的小说。

陈奂生们一个共同的心理表象便是忠厚本分，不作非分之想，不求非分之财，隐藏在这种表象之后的往往是一种卑微的奴性品格。这两类品格表面上相异相悖，实质同源于同一精神母体，在不同的情境以不同的形态出现而已。李顺大便是集忠厚本分与奴性自卑于一体。为了能够造三间屋，“以最简单的工具进行拼命的劳动去挣得每一颗粮，用最原始的经营方式去积攒每一分钱……有时候，李顺大全家一天的收入甚至不敷当天正常生活的开支，他们就决心再饿一点。每人每餐少吃半碗粥，把省下来的六碗看成盈余。甚至还有这样的时候，例如连天大雨或大雪，无法劳动，完全‘失业’了，他们就躺在床上不起来，一天三顿合并成两顿吃，把节约下来的一顿纳入当天的收入。烧菜粥放进几颗黄豆，就不再放油了，因为油本来是从黄豆里榨出来的，烧螺蛳放一勺饭汤，就不用酒了，因为酒也无非是米做的……”，这种艰苦创业近乎窒息自我生存本能的方式只能是中国农民安分守己的产物，他们从未想过到自己劳动以外的地方去榨取什么油水和利益。他们淳朴本分，以至李顺大为了买砖给人家送了两条“桁条”（香烟）而“灵魂不得安宁，有时候半夜醒过来，想起这件事，都要骂自己说：‘唉，呃，我总该变得好些呀’”，这种发自内心的自责与忏悔是贿赂的事违背了他们传统的生活信条和道德信条。这种“信条”并不是他们主体意识到的，而是约定俗成的必须遵循的某种预定的行为模式，“李顺大觉得自己做一个跟跟派，也还胜任，真心实意，感情上毫不勉强”，“跟跟派”既是陈奂生们的政治态度也是他们的人生哲学。

“跟跟派”的人生哲学无视人自身的主体能动意义，以泯灭自我意识和个性为快事，把自己置于不冷不热、不生不死的人生格局中，个人的生活、劳作、精神活动都屈从于他人（父母、族长、干部）的规范，完全是一种机械运动的精神木乃伊。陈奂生们的苦难来源于时代的政治运动，而陈奂生们的无思想、无个性的“跟跟”哲学也无形促使政治运动操作的顺利进行，陈奂生实在忍不住肚皮的饥饿企图向报社反映情况，可几次都以“还是再看看吧”的心理惰性退却。这种对苦难足够的忍耐力怎能激起他们对不公平命运的反抗?

“大好人”江坤大的奴性意识更叫人悲哀。他的人生标准便是，“不同干部吵，也不同社员吵，吃亏就吃亏点，也有限，倒图个安稳”，他忠厚善良，聪明能干，却麻木得没有一丝一毫的自主思想和独立意志，心甘情愿地让一个小官僚刘国光骑在身上摆布自己，心安理得没有丝毫的痛苦，更没有抵制和反抗的愿望。《老友相会》的故事并不新鲜，周汉生原是恽成的救命恩人，尽管身居高官的恽成把周汉生当作“老友”看待，并专门抽空去看他，可周汉生却把恽成当作“贵人”，把“老友相会”当作抬高地位和身价的机会，特地请了一桌干部来陪恽成，自己却在厨房里外忙这忙那，心甘情愿地做“奴仆”。周汉生自作自贱的精神状态与封建主义的等级观念一脉相承，周汉生对恽成讲的一句话道出了真情：“你是个大干部，总要让干部来陪你呀！”这使周汉生两次营救恽成的壮举也不免因这种奴性品格变得黯淡起来。高晓声这两篇小说的锋芒原本刺向那些像刘国光一类小官僚的，可这些小官僚所“压迫”的对象的“被压迫欲”居然如此虔诚、如此强烈、如此深刻，令人心里苦丝丝地说不出滋味来。

“陈奂生质”的另一表现便是目光短浅、愚憨保守，始终以小农经济的生活方式和心理逻辑来面对日益变化的世界。

《泥脚》里的朱坤荣为了能够早日发家致富，率领全家起早摸黑地做非人的劳作，他自己不消说，老婆、女儿、小儿子也被他强行塞在超负荷的劳动中，女儿恋爱的权利遭他蛮横干涉，只上三年级的小儿子一个暑假也没有休息过一天，开学后还带晚为他做帮手，上了课堂就睡觉。朱坤荣这种致富的态度和方式显然是本分的、正经的，但严重摧残了家人的身心，完全剥夺了儿女们的前途和幸福，实际上是非常愚蠢的小生产者的拙劣方式。特别是他对读书、对文化的一通议论，更显现了小生产者可恶的劣根性，“文化值几钱一斤？就算学到同你老师一样，也当老师了，又有什么了不起。”这种狭隘的思想观念在李顺大、陈奂生、刘兴大等人身上有同样的表现形态。

自尊自慰自乐是“陈奂生质”最内在的精神支柱。这可能是他们身上的那种阿Q的遗传基因在起作用，鲁迅所说的“农民式的质朴、愚蠢”，“游手之徒的狡猾”（《答＜戏＞周刊编者信》），也便是阿Q的性格本质特点。陈奂生为了弥补住招待所花费的五元“冤枉钱”，便变着法子糟蹋损害房间里一切可能利用的东西，虽如此，他内心仍不满足，仍感到亏了，忽然想到吴书记的汽车、五元钱一夜的房间这些“大家都不曾经过的事情”，“精神陡增，顿时好像高大了许多。老婆已不在他眼里了；他有办法对付，只要一提到吴书记，说这五块钱还是吴书记看得起他，才让他用掉的，老婆保证服帖。哈，人总有得意的时候，他仅仅花了五块钱就买到了精神的满足，真是拾到了非常的便宜货，他愉快地划着快步，像一阵清风荡到了家门”。陈奂生凭着这种蠢的狡猾和笨的聪明，果然征服了陈家村的人们，“从此，陈奂生一直很神气，做起事来，更比以前有劲得多了。”高晓声把这种自尊自慰的变态心理品格以定格的形式放大之后，就更富有幽默讽刺意味。

《鱼钓》的刘才宝具有自慰癖精神病态，因为他是“捉鱼精”“状元”“贼王”，捉鱼不仅给他“带来财富”，还给他“带来出人头地的名声，带来精神上的愉快”。为了获取这种“愉快”和保持这种声誉，刘才宝嗜鱼如命，不论采取什么样的方式，即使去“偷”别人捕到的鱼，只要能有鱼到他手里，他心里就痒滋滋地满足。他明明没有捕到鱼，却“把水踢蹬得更响些，似乎又捉着了一条更大的鱼”。后来他情愿水急浪涌去偷鱼，也纯粹不是为了财富，而是如果他这一晚捕不到鱼的话，“他这条大船要翻到阴沟里，落得个笑柄遗留在众人嘴里了”。刘才宝与鱼而战，是为了自尊的实现，他需要鱼的失败来满足他作为胜利者的内心自慰，但命运捉弄了他，“人们最后终于要把他连同赃物一起捉住”。刘才宝的死并没有引起人的怜悯和同情，他的荒诞结局向人们展示的倒是可笑的一面，是把无价值的东西撕给人看，他整个动作缺少崇高和伟大的色彩，刘才宝以生命为代价去换取的，实际上即是陈奂生上城之后回到陈家村的那么一种自我满足和自我麻木，只是大自然无情地奚落了他，嘲弄了他，也毁灭了他。刘才宝的死亡根源就在于这种可怕的“陈奂生质”。

高晓声在沉痛地以反讽的方式展现“陈奂生质”的同时，还着重历时性地去寻找历史文化的积淀岩层。《飞磨》里“肉头户”姚祖荣之所以吹牛说家里有八斤石碎米，也是自尊自贵的“陈奂生质”在起作用，最后直至飞来之祸。《钱包》里黄顺泉的狡黠与愚拙（拾到钱包后藏到田里又反复地去探望），也是典型的“陈奂生质”。高晓声揭示了滋生“陈奂生质”的历史背景、文化背景，并冷静地认识到这种精神负担的严重性：“他们的弱点确实是很可怕的，他们的弱点不改变，中国还会出皇帝的。”(《谈谈文学创作》)。

高晓声的小说在新时期文学所显示出的沉稳、坚定、厚重的现实主义力量，与他秉承冷峻、清醒、幽默的“鲁迅风”有很大的关系。这不单是叙述风格的相似，最根本的是对国民性的犀利剥现和辛辣批判也是一脉相通的。在烙上高晓声特别印记的“陈奂生质”里也更多投入了阿Q、闰土、华老栓等形象的血质素，陈奂生们的一举一动一笑一颦总可以窥出阿Q的原型来，这是毫不奇怪的，历史既然已经塑造出一代代阿Q子孙来，高晓声自可以毫不愧疚地把陈奂生们端出来作为一面镜子来观照国民性的劣质。而人物原型在文学上的回复出现，并不意味着价值的贬落和沉沦，更能唤起我们的警惕和清醒，陈奂生在今天再度成为中国文学舞台的重要人物就说明有他的独特价值和意义，表明国民性的问题依旧是我们民族振兴的巨大惰力。

高晓声由干预生活转去干预灵魂，显然是深感于国民心理素质与精神文化的改变远比作家直接去参与改造生活指责生活更有意义。虽然高晓声远不及鲁迅深刻。但能如此深透“鲁迅风”的精气与神韵对推动现实主义的回归与发展是很有意义的。历史的前进与文学的发展也不可能让高晓声完全等同于鲁迅，他们毕竟有了不同的取向，对阿Q们，鲁迅是“哀其不幸，怒其不争”，而高晓声对陈奂生们的态度则是：“怒其不幸，哀其不争”，他对陈奂生们所遭受的苦难和不幸表示了极大的愤慨，这种愤慨直喷射向损害陈奂生们人的尊严、人的自由、人的价值的极“左”路线、封建意识和官僚主义，这种愤怒里包含着对人道主义和健全人格的呼唤。在这种愤怒里、高晓声俨然是一个斗士的形象，而对陈奂生们的麻木、愚昧、奴性的病态的人格精神则表示出极大的悲哀，这时的高晓声倒表现为一种温和的医生品格，他能指出陈奂生们灵魂的症结所在，但开不出迅速拯救的药方，知道这种心理病态并非一朝一夕就可以消除，因而高晓声不像鲁迅那样以强烈的批判精神去谴责、鞭笞这种不健全的人格精神和心理病态。他给予陈奂生们以更多的温情和宽宥，他似乎能够理解他们内心的麻木与冷漠。因而在苦涩的“陈奂生质”里便缺少祥林嫂那种痛苦和悲怆，更多的却是阿Q的自在与乐观。这里是否有高晓声自身人格理想的折射和深层心态的作用呢？

（载《小说评论》1988年第6期）

在意象的河流里沉浮

——苏童小说初论

我们从哪里来？不知道。

我们到哪里去？不知道。

我是谁？不知道。

面对苏童的小说，我们不禁想起这古老而又新鲜的、人类永远不能摆脱的命运之圈。

苏童的小说也是圈，他使用灵性用感觉用色彩组成的神秘之圈，是用生命汁液浸泡出的意象之流，它自由地流动在心灵与大自然契合的那一瞬间，没有开始，没有结局，也没有高潮。它是流动的画面与流动的旋律熔合起来的诗潮，在这股诗潮里飘溢出桂花的芬芳、夜晚的宁静、历史的幽远和孩提的忧愁，我们必须调动自童年时代所保存下来的种种新奇的视觉、听觉、嗅觉、感觉去感受这种诗潮对我们感官的美丽的冲激，去体味种种意象里所潜藏着少年时代许多美丽的梦幻和看似轻淡实似沉郁的悲剧。也许，童年时光的种种诗意和感伤便由此涌上了你的心头，甚而至于笼罩着你，久久不离，像一个奇异的神秘的光圈。

苏童很自然地选择了童年视角。

可是，自莫言《红高粱》之后，童年视角似成了莫言的发明专利，不少人因莫言的存在而被误戴上模仿的桂冠。苏童便是一个。其实，在《红高粱》“骚动于母腹”之前，苏童的童年视角便诞生了。发表在1985年6月号的《雨花》上的《石码头》里，苏童便开始这么写道：“那地方叫石码头。我很小的时候——在苏北平原的干草堆上滚来滚去的时候就知道这名字了。我知道长江那边有个小城。小城里有许多码头，我祖父一直在那里，石码头是他的。”《石码头》这篇小说并不像他后来的那些小说那么出色，自然也无人重视，无人记起，但《石码头》确立了一个新的叙述视点——以童年的感觉和经验去叙说并非全是童年发生的人和事，这使苏童开始打破小说叙述的一维程式和平面展现，在时空错位中获得审美的距离感和超越感。苏童山此出发，廓开了一个新的艺术天地。人们当然不会记得这么一个良好的开端，苏童则忘记不了这“第一胎”的痛苦与欣慰。

我们也没有忘记，因为那时起，我们便结识了苏童。

谁先使用是次要的，在更远更早的时候，那些有名与无名的作家早就使用“童年视角”了，“童年视角”被人们反复用来窥视历史，窥视人生，代代相沿，而寓意永远给人陌生而亲切的感觉，绝不会产生审美的疲倦和重复。也许文学本身正是人类观察社会体味人生的“童年视角”？

历史和人生的苦难太多了，它几乎吮吸净人们儿时的种种幻想和憧憬，生存的艰难与无聊又逼迫人们去寻找精神的归宿地，而童年的美好追忆也许会驱逐你的烦扰、忧愁，将你度入一片宁馨、亲切、自然的圣境，有点类似宗教中的天国。

所以海德格尔说，一切进入诗境的诗都是还乡的，它使我们返回精神上的家园。一个童心泯灭的人，什么都可以做，唯独不能做作家和诗人。

那么苏童小说的童年视角又有什么意义呢？

在莫言那里，童年视角只是一种艺术手段，莫言采用童年视角是故意拉开时空距离和心理距离，以庇护他用一个现代成人的目光去审视挖掘掩映在红高粱丛中的灵魂的心史，在于占鳌身上所骚动着的男性的力感和雄气，在“我”身上所浸透的对人、自然的灵性和对历史的明悟，都必须是接受现代心理学和现代历史学的影响之后才可能拥具的。莫言只有选择这样一个童年视角才能运载他的灵性和悟性，而不至于暴露出理念的犄角。苏童为了求得叙述文体的独异，常常不惜以套层的结构方式来叠印这种童年视角，比如《故事：外乡人父子》让“我”（童年）听祖父讲祖父的祖父时代（祖父的童年）的人和事，形成一个复杂的叙述框架。然而，在苏童那里，童年视角既是叙述的手段，也是目的，更是一种境界。在苏童的小说里，所有的历史都是孩童视野中的历史，所有的人物和自然都是童心所感受到的人和物，昨日的顽童便是苏童小说中最突出的主体形象。苏童在小说中讲述了祖父、祖母、父亲、母亲、八爷、幺叔、哥哥等童姓家族的逸闻轶事，这些人物会像枫杨树故乡淡淡隐入背景，而将“我”推现出来。

严格地讲，“我”并不是一个完整的具有棱角的人物，“我”

是一个独立的世界，一种童心的诗意的境界。有点类似顾城那透明无瑕的童话世界，但苏童似乎又要多几分色彩多几分沉郁。因此，“我”实际是一个超现实的形象，他身上那种超人的敏锐的灵性和孩童的顽皮的尖刻的感觉以及天真而过早地染上忧郁的稚气，乃是人们失落在昨天而久久不能排除的情感精灵。

阅读苏童的小说，乃是情感的一次还乡，在枫杨树、桂花树、青石、河流、青粽叶、罂粟花、白鸽、金鱼等编织的精神家园里，失落了归宿的灵魂得到一次短暂的栖息和永恒的回归。因此，苏童小说里的“我”乃是一种梦幻，是童年留在海滩上的浸满了海水的透明的脚印，是夏日夜空中繁星映现在瞳孔之中的星光，是仰卧在牛背上吹出的牧笛的余音，我们可以感受它的存在，却不能用文字简单地传达。文字的许多奥秘就在于此。

死亡的恐怖，灾难的冷酷，人生的艰难，历史的沉重，在苏童的笔下都变得那么坦然，那么神秘，甚至浸染上浓厚的童话色彩。“在世界屏息凝视了他两秒钟之后，我哥哥黑脸家林轻捷地从阳台上跳出栏杆，化为一只白鸟飞入空中的月亮。”死亡的痛苦消失了，跳楼自杀如羽化升仙，飘飘然然，仿佛是返还久别的故里似的，也好像等待了许久的希望来临似的。在《飞越我的枫杨树故乡》里，疯女人穗子露宿荒野的情景，犹如十六世纪文艺复兴时期那些大画师笔下的一幅质感很强的油画，消退了所有的人生的屈辱、痛苦、凄凉、冷漠，只有生命的美丽、生命的可爱、生命的幸福。作家的灵魂无疑是痛苦而孤独的，他用生命的幻象来满足那颗童心的渴求与冀望。苏童选择童年视角，不仅在于慰藉读者内心的焦渴与孤独，还在于对自身精神漫游之后的空虚心境的一种填充，这种真挚深重的“还乡感”浸透苏童小说的里外，“还乡”的产生，乃是现代社会生活中的人对异化力量的不满和反抗，是寻求精神自由的一种情感方式。

在《丧失桂花树之歌》中桂花神奇地在大风中丧失了。《飞越我的枫杨树故乡》中丢失了灵牌的幺叔，不但生前疯疯癫癫，死了以后“灵魂没有找到归宿而继续满村晃荡，把宁静的村子闹腾得鸡犬不宁”。小说里出现的“幺叔幺叔快回家”“把幺叔带回家”这种无调性的反复回旋，表现了幺叔的灵魂和“我”的灵魂失去归宿而急切寻找“家乡”的双重呼唤，也构成了这篇小说的主旋律。与《飞越我的枫杨树故乡》丧失归宿感的悲剧不同的是，《故事：外乡人父子》叙述的是“外乡人”还乡的悲剧。冬子父亲似乎是幺叔的复活，年轻时背叛了童姓宗族，少小离家漂流到远离家乡的东北，可是几十年以后，他重又归来，童姓少有，“在哪里都孤单，只有回老家，回老家就全是姓童的……”，可是当他和儿子千里迢迢赶回家乡时，家乡的人们却把他们当作“外乡人”，当乡亲们不理解地问：“你来到底想干什么呢？”（着重号为笔者所加）“他又嗫嚅着说不出什么名堂，偶尔强笑着，骆驼似苍老的脸显得猥琐起来。他不甘心，还是像游魂一样从这家走到那家”，这种失根的痛苦反复地缠绕着他，像他父子俩居住的桥洞的篝火，“孤独地闪烁着”，因此当他让儿子担任送竹童子的角色的愿望实现时（只有族祖里的孩子才能享有权利），他为找到自己的归宿而感到充实——用那支伴随他走南闯北的猎枪结束自己漂泊不定的生涯，于是“那杆枪射出了美丽的火光，有许多竹子被点燃；竹叶上便腾起红色的花来”，他和他儿子的梦想实现了。然而，这只是一个可怜的幻象，他死了，冬子依然被当作“外乡人”，他的坟头如今孤孤单单立在河的左岸，与童姓家族的祖坟隔河相望。水在长长的河床上流过，流得很苍凉。幺叔、冬子父亲以及“我”整整两代人都未能寻找到真正的归宿。这种没有归宿的失落感、孤独感、危机感使得“还乡”更充满了悲剧性的氛围。

因此，苏童时时提醒自己和别人：“我什么都记得，我是从一个充满悲伤和迷惘的村庄里来的。如果你和我一样，从小便会做古怪的梦，你会梦见你的故土、你的家族和亲属。有一条河与生俱来，你仿佛坐在一只竹筏上顺流而下，回首遥望远远的故乡。”这样说，好像可以把苏童归入寻根派似的，其实不然。“还乡”与“寻根”几乎是在同一个背篓下进行的，它们都是源于在现代社会的失落感与孤独感。但最终的停泊地显然是相异的，“寻根”无论是表现国民性的良劣还是文化的优次，都是理性意义上的寻找，而“还乡”则是寻找情感的归宿，是一种感性的满足与超越。“还乡”，在苏童的小说里是一种非理性的运动，故乡绝非是一个理想的天国，它不成为映照现实的参照系统，而只是作家情感自足的实体，作家在这里而生，也在这里而死，很难去表现什么具体的像浪漫主义小说那样的理想天国以反对现实的黑暗和残酷，它只服务于情感，只是实现于情感，只满足作家的心灵，不能满足现实，也不能服务于社会。“还乡”还是一种不能超越的超越，作家虽然千方百计寻求这情系魂牵的故乡，但进入故乡之后情感又企图“飞越”，而“飞越”的结果又是再度回归到故乡的怀抱，“飞越”亦是“还乡”。这种情感的神奇环绕在苏童的小说里得到充分自由的呈现。

“多少次我在梦中飞越遥远的枫杨树故乡。我看见自己每天在迫近一条横贯东西的浊黄色的河流。我涉过河流到左岸去。左岸红波浩荡的罂粟花卷起龙首大风，挟起我闯入模糊的枫杨树故乡。”

这是苏童的全部情感历程。

这是苏童全部小说的浓缩。

这种概括的方式对一个作家来说也许太残酷了，而对一个评论家来说也许太简奥了。也因为人们不满足于这种残酷和简奥，才会有了数以万计的文学作品在不断重复一个主题以及表现这种主题的过程，才会有那么多的评论家在反复阐释某类主题及其表达过程。很多人都未能脱俗，包括本文的作者在内也如此。

但我们到苏童的小说中去寻找这种过程时，都失望了，我们面临的不是井井有条的冲突的轨迹和情感的流程，而仿佛是一条不知来向和去势的河流，河水在汩汩地流逝，根本分不出它的先后次序，时空的界限消失了，现在即是未来，未来即是过去，过去便是河流，只有几块意象的礁石触目地浮在情感的河面上。

很显然，苏童所表现的不是过程，不是某种社会矛盾冲突的开始、发展、转化以及结局，甚至也不是被人们所称赞备至的心理过程，他孜孜以求着力营造的美学理想是：意象。也就难怪苏童总是无情地舍弃着过程，有意省略着人物与事物的某种联系，在一片无序的情感流动中展现生命神秘的律动和世界难言的神秘。虽然苏童所选择的是孩童天地，但没有故作小儿态的琐碎语段，他那种凝练果断的笔触呈现出一种男子汉的粗犷与潇洒。《青石与河流》里的人性内部的种种冲突以及古老历史的幽味与诡深足以构成一部颇为成形的中篇，而苏童却冷酷地把它压缩成为只有一万二千字的短篇，我们在阅读时不禁为作者笔墨的节俭而可惜，但正因为苏童抛却了那些可有可无的交代、铺垫、过渡一系列过程性的文字和细节，才使他的那些“开局”与“结局”那么凸现，仿佛突出小说之外似的。其实，小说中真正有价值的东西总是突出小说之外，而不会淹没在琐碎的、细腻的、机械的过程之中。

“老冬爷的一生对我们来说是个谜”，苏童的小说便不断设立着这样一个个耐人寻味的谜，故而他的小说里充溢着一股神秘的气氛，这种神秘不像福克纳的阴森，也不像马尔克斯的魔幻，也不像韩少功的鸡头寨那么诡秘，也不像郑万隆的异乡那么幽远。苏童的神秘是一种美丽的神秘，一种带潮红的美丽，一种尚未体味到青春期的热烈而竭力憧憬的神秘。在《飞越我的枫杨树故乡》里，幺叔、穗子、野狗构成了一个神秘的怪圈，而那只悄然消失而又悄然出现的黑胶鞋成为这怪圈的中心，辐射出一股令人迷惑的情感之波，像难以解开的谜在“我”的少年心湖里铺开一层层美丽的诱人的幻象。《桑园留念》丹玉和毛头莫名其妙抱在一起，在一片幽深的竹林里死了，他们的名字出人意料地被刻在那座神奇的石拱桥上“留念”。《故事：外乡人父子》里冬子父亲突然而来，又突然逝去自称是“童姓行”而永不被人承认，成为难以解开的谜。《祖母的季节》里那把二胡、那挂金锁，《丧失的桂花树之歌》里的桂花，《黑脸家林》里家林在结婚前夕突然死亡，都是一些不可理喻的事情，由于过程的省略，而使得那些感觉性的意象性的特征在童年的视野里放出诱人的光泽。正是这一串的空白，具现了苏童那种寻找归宿的急切与跳动的意绪，也使读者阅读时产生了更宽阔辽远的意象空间。人生有那么多难以解释的困惑与迷茫，苏童也有理由把这种困惑与迷茫在童年的花园里呈现出来。

“祖父住在城里，老态龙钟了，记忆却很鲜亮。”

“鲜亮”一词，可称得上苏童的绝活了。

苏童的小说里充满了这种鲜亮的感觉。

没有写过诗的人不会有这种鲜亮的感觉。虽然还难以断定他现在是否还在写诗，但他无疑具备诗的神经、诗的思维、诗的敏锐和诗的笔触。苏童的小说也许正是我们过去竭力鼓吹过的诗化小说（详见《钟山》1986 年第 3 期），但它不是一般的抒情小说，而是具有鲜明个性的意象小说。在一般的情绪小说里虽然也接受抒情诗那种抒发情绪的审美方式，但仍然属于一种古典的诗化方式，而意象小说则是一种现代的诗化小说，他并不只是抒发情绪，而是以对客观世界的感觉营造自己的意象天地。意象无疑是现代审美的最基本方式，意象具有直觉与视觉复合的特征，是感性与理性的有机组合体。庞德说“意象有着可变的意象，像代数中的符号 a、b、x……著者必须用他的意象，因为他看到或感到它，而不是因为他认为他能用意象来支撑某种信条或理论体系或经济。”（裘小龙译著《意象派诗选》17 页）。当苏童按照意象的审美方式来进行小说实验时便形成了他独特的叙述文体，他不再是复述故事和情节，不再是宣泄情绪和欲念，而是让所有的人物（包括叙述主体在内）和事物全部沉浸在意象的河流里，不再是表述着什么，不再是抒发着什么，而是悄悄地暗示和隐喻着一个过程，一种机遇，一缕情愫，一股诗意。

> “家——林——回——家——来。”走到新街口，我母亲突然哽咽了一下，朝着深蓝色的夜空喊了一声。喊声带着母亲特有的悲伤和冲动传过街道。我觉得千年老街上那些高高低低的房屋猛然颤动了一下，许多槐花从枝上影

影绰绰地掉落下来。

凄凉的呼唤犹如招魂曲般的感人，深挚的还乡感与空寂的失落感油然而生。

苏童的小说里布满了这样的意象。“我”在这样一条布满意象的河流里自由的沉浮，忽而跃起，忽而深潜，以一种永生的姿态溶化在河流之中。

在苏童的小说中常常可以读到那种优美的韵味盎然的散文诗的乐章：“直到五十年代初，我的老家枫杨树一带还铺满了南方少见的罂粟花地。春天的时候，河两岸的原野被猩红色大肆入侵，层层叠叠，气韵非凡，如一片莽莽苍苍的红拨浪鼓荡着偏僻的乡村，鼓荡着我的乡亲们生生死死呼出的血腥气息。”

苏童的意象大多来自他的那个白羊湖畔的故乡，在他那奇异的灵性的感应下，故乡的动物、植物以至河流、山石这些自然界的物质都获得了生命的汁液。苏童极有童心地唤起它们的生命意识和时空观念，使之具有某种象征氛围和隐喻志向，激起读者的联想与创造，营造新的审美空间。“挂在门楣上的粽叶已经发出了灰褐色。风飒飒地吹着那捆粽叶，很像是雨声。真的下雨了，雨丝白茫茫的扫过村弄，在我家门前织起一张网，那捆粽叶又沙沙响起来，像是风声了。”这是《祖母的季节》的开头，这种独特的意象画面一下子奠定整篇小说的叙述语调，隐隐潜生出生命的沧桑之感。在《青石与河流》里则以“河流”象征历史的亘古与窒闷，以“青石”象征生命的永恒与悲哀。这种隐喻和象征并不像简单机械的语码符号，它有很大的弹性与张力，不同的情境不同的读者自可产生不同的阅读效果。

有点类似艾略特的《荒原》，“水”的意象在苏童小说里反复出现，极其耐人寻味。《青石与河流》里以水收束起全篇：“在水下我什么也看不清，泪如泉涌，而水库里的水在我头顶上一寸一寸一尺一尺地上涨。”《飞越我的枫杨树故乡》《故事：外乡人父子》同样是“水”的结局，他抒写的几乎全是有关水的故事，一出现水，作家的笔端便那么滋润，那么流畅，那么充满柔情，充满华彩，充满生气，真是神奇啊！

莫非我们便是从水中来？

莫非我们还要回到水中去？

我们便是水。

（载《上海文学》1988 年第 1 期）

冷面叙述的非战争故事

——评朱苏进小说《欲飞》

朱苏进是一位部队作家。在我们的印象中，部队作家总是与战争粘在一起的，正因为如此，才有了我们的军事文学或战争文学。而朱苏进则有点异端的模样，他好像不够部队作家的格，因为他老是越出我们军事文学或战争文学所既定的规范，到一个新的空间里去运行。《第三只眼》里非但没有出现敌方的坦克、战舰、炮弹和枪声，反而是在己方内部幽灵似的游荡着令人恐怖的“第三只眼”。《轻轻地说》则是纯粹的抒情的后方故事，对生命的哲学兴趣大大淹没了战争背景。而《欲飞》则把我们带进了一个颇为平常的火葬场，更是一个缺少敌我双方生死格斗的无战事的后方故事。

非战争化便构成了朱苏进一系列军人小说的总体倾向和主题框架。选择这样一种不太规范的价值取向来做军营小说，我想朱苏进至少出于这两个原田，一是正面的战争小说不好写，难以有明显的惊人的突破，写过程的固然热闹，但总易跌入原先的程式和圈套中去，写英雄固然感人，但避开神话和史诗的大善大恶的模式亦难。

反倒是在非前线的后方，无硝烟的战争背景中能够捕捉到一些有意义的片断；二是战争委实是残酷的，而具有“轻轻地说”这样一种母性感觉与女性笔触的朱苏进似乎畏惧正面的战争场景，也缺乏那种大开大阖惊天地泣鬼神的宏大气魄，心灵和素质的内在机制催迫他逃避战斗、远离战场。换一种说法便是，朱苏进的审美敏感区域不在正面战场敌我双方的冲突过程，他对战争实在缺少应有的激情和才性。

朱苏进的心是善的，是向往美的，是崇尚真的，人道的精神贯注了他的全部作品。但朱苏进的目光却不免犀利、不免冷酷甚至残忍。他用那“第三只眼”来观照军营时怎不令人凛冽？而《轻轻地说》那种对女性心理感觉的剥现又是何等沉着！近作《欲飞》则几乎抖落了《第三只眼》双种“重铸兵魂”的理想底色，也冻结了《轻轻地说》那种对生命的挚诚热情，居然以一种全然不动声色全然超脱的“局外人”姿态向我们叙述了一个关于死亡的故事，在另一种层次强化和丰富了他的非战争审美意识和小说世界。

战争就意味着死亡和毁灭。可陈汉、潘奎以及他们的战友面对死亡，军人的天职和本能早已消融了恐惧和畏缩，对参战显示出极大的热情和执着，应该说他们超越了死亡，能够理解军人生命死亡的价值和意义。但当他们面对另一种死亡现象却显得异常的慌乱和畏怯，失去了走上战场的勇敢和沉着，虽然火化房内这些死亡的实体并不能对他们构成死亡的威胁和可能。这些战士接连出现怪诞的梦境中，以至与所敬仰的烈士们厮杀起来。这种“不怕战死，却怕死人”的心理显然不是畏战，而是一种未能超越死亡本体的生命意识。事实上，殡葬这一非战争性非军人性的“任务”，那些冷冰冰的烈士尸体，那种呛人翻胃的气味，亦无疑会抑制青春热情和生命能量的显示，淡化军人威武勇猛的血性本质。然而，它虽不是战斗，可也是战争，这儿不仅可以感受到战争的气息，还可以看到战争的直接结果，它们构成了战争的一部分，而且是不可缺少不为人们注意的一部分。更深刻的战争在于人性内容与死亡意识的冲突，在这种内在战争中，蕴藏着更丰富的情感力量和生命启悟。

朱苏进冷冷静静不皱眉头也不带微笑地叙述了这一切。这种冷面叙述的特点就在于逃逸出那种主观的情感性的带倾向的叙述模式，让叙述主体与叙述对象极大限度地拉开距离，在小说里尽最大可能地隐匿叙述者的情感。作者只负责端出这种生活现象本态，而不对这一现象的情感意义表什么态、负什么责任。也许以真实的尺度来衡量这一叙述态度，会发现它是一种极其真诚、极其严肃、极其规范的现实主义创作精神，因为它所有的与主题有关的意义内涵，都是从“情节和场面中自然而然流露出来的”。《欲飞》便充分地凸现出现实主义这种客观冷静的叙述态度，全篇几乎都是直陈其事的主谓叙述句，洗净了所有的矫情和虚饰，不见意识流动的迹象，也不见心理分析的笔触，除了“事实”还是“事实”，连最富幻象和错觉的梦也被用作公文的形式表达出来。这自然不是生活现象和琐事的简单罗列和纯粹堆砌。朱苏进选择冷面叙述这一方式，势必要择取适宜它陈述的事实，也即是小说的事实，只有以这样的状态叙述出来才有意义，才客观而且真实。事实与叙述是双向运动的主客体，它们互相制约、互相映照、互相关联而不可皮毛似地割离，就像只有大作家与小作家的差异而没有创作方法高下优劣一样，叙述方式也从来没有好坏之分，好的叙述方式就在于它融化到与它相应的叙述事实之中，所以它好。抽象的叙述是不存在的，离开了事实就没有叙述，同样，任何事实都包含着一种叙述，因为没有叙述就生成不了事实。所有小说的叙述事实都凝聚着作家的人生态度、审美理想和人格精神。

《欲飞》里所呈现出来的种种事实有着一种共同的品格：荒诞感。全连申请参战的一个也没去成，未申请的饲养员潘奎却一人被批准上了“前线”，部队明明开往“前线”，却来到了火化场，活人潘奎被当成“烈士”模型进行火化演习，最先进入战区的却最后一个撤出……这一系列乖异相悖的事实现象显示出一种非战争的审美态度和非悲剧的叙述倾向。这些富有喜剧意味的情节和场面所透露出的反常性和倒错感，正好应和着朱苏进隐藏在冷面叙述背后的反讽情绪。

《欲飞》里有一叙述的焦点，这个焦点便是饲养员、代理班长潘奎。在潘奎身上体现了小说全部的叙述精神和事实内涵。他似乎便是一种荒诞倒错的生活具象，他始终以一种难以理解的方式对抗着常人的逻辑，别人请战，他不，到火葬场以后，全排人都愿战死而不愿留下，唯独潘奎一人愿做殡葬工作；看到胞兄潘庆的遗体，居然当作别人一样毫不动情地为亲哥遗体洗消整容，不流一滴眼泪；众人都拥去看敌方的女尸，他却蹲在三十米外一动不动；没在前线受伤，却中了自己战友的子弹；爬上高烟囱张望却不辨方向，误把内地当战场。潘奎一连串倒错的行为，都与军人所应有的种种素质相悖异，他完全是依照一种非军人化的思维逻辑而生活，但他却在一种战争背景下生存得非常自在，以至于一年以后由“代理班长”升为“代理排长”。潘奎这一叙述形象所激发出来幽默性的审美效果，传达出生命意识与死亡内容相冲突的反讽意向，从而把这个非战争的故事推向一个更富“战争”意味的层次，火葬场何尝不亦是另一种炙烤人性与展示生命的战场？

这样似乎仍可把朱苏进归纳进战争文学的范畴，其实不然，不论朱苏进正面或侧面写战争与否，都是非战争化的。战争在他小说里被虚化为背景甚至道具，把战争或非战争的故事作为一种情感意绪的载体，从这些事实的叙述过程中去展现生命的启悟与发现这样深厚的哲学主题和人的主题。正如此，朱苏进才可以在“审美第一项”与“审美第二项”之间从容进行叙述的运动，以一种非崇高的语调来面对战争和军人，因为“幽默不是一种心情，而是一种观察世界的方式”（维特根斯坦语）。在这样的叙述情形之下，小说便自然拥有了浓重的隐喻性和象征性。老东西生命感觉的钝化与明彻，宋连长的命运乖逆，胡靖的认真与“糊涂”，小鸡雏的生动，烟囱的沉重……都被赋予了超出本体之外的符号意义、象征内涵。烟囱在小说中的反复渲染、迭现，显然是生命欲飞状态的一种外化物象：

> 巨大的烟囱早已隐没在夜空中，身躯纹丝不露。可是，大约在烟囱口的位置，飘动一圈似绿似蓝半透明的萤火。雨越下越急，它竟不灭；风越来越大，也吹不走它。它像夜空一只诱惑的眼，波浪般蠕动着。它欲飞欲奔，但又被拴似的，无声地沉重地飘摇着，它，冰冷炽热沉重欲飞。

烟囱形象内构的两难背反，寓示着生命内部矛盾冲突怪异反常的窘境。烟囱不仅可以看作是潘奎形象的抽象形式，也可以作为整个小说情态的结穴点。

《欲飞》的叙述自有它不如人意的地方，就是它未能保持冷面叙述的纯粹性和一致性，它的笔触描叙潘奎、宋连长、老东西等人物时是充分的冷面反讽式的、非战争化的和寓言象征化的，可一触接到另一个人物陈汉，作者的笔墨不由地变得热烈起来、“战争化”起来、写实起来，虽然单独地孤立地看陈汉这一形象很有情感深度和思想力度，但如果把他置入小说整个幽默的、冷态的、荒诞的、背反的大背景中，就会觉得他太实在、太具体，与整个叙述格局不和谐，冲淡了小说整体的幽默情绪，也影响了全篇的象征力量。

（载《小说选刊》1988 年 10 期）

朱苏进审美三情结

《祭奠星座》(见《时代文学》1992 年第 2 期)一如既往地展示着朱苏进的审美理想，但有了一种飞扬峭拔之势，激情与想象有重回楚辞与唐诗之梦境感。1991 年春我与他在高光武侠小说讨论会上，曾谈及军事文学与武侠小说之气之势，他充满自信地表示将要生产出新招来。

《祭奠星座》果然出手不凡！去论证它属于某类小说纯属徒劳。从《绝望中诞生》开始，朱苏进彻底消解了小说作法，进入到一个相对没有束缚的自由之境。小说作法虽可废，但作为一个作家的人文气质却不是可以轻易改变的。朱苏进的近作非但没有改变其人文主义者的气质，反而因小说作法的废弃得到更为充分的张扬而近乎淋漓尽致。

缠绕朱苏进小说创作大约有这样三种情结：战争美情结、智慧美情结、女性美情结。

一 战争美学情结

《祭奠星座》是朱苏进系列中篇小说《战争自尊者》的第二部，在这一系列中，朱苏进以一种新的思维维度去重新勾勒战争、军人这样人类的特殊的历史文化现象。朱苏进所要设置的不仅是战争的宏阔的场面，也不仅仅是战争中的“英雄”，赋予战争在政治、历史和文化的色泽之外的新值——美学效应。这在他的《炮群》之中借苏子昂的言行已初步开始展现，而在《祭奠星座》里更是得到了充分的发挥。视战争为艺术，与其说是对审美的执着追求，还不如说朱苏进人文主义理想的一次成功的探险。在卓蛮和南屈子这两位军人身上，特别是卓蛮身上，对战争艺术性的热爱超越了胜负，超越了地域之限，也超越了民族，“渴望敌手”可以说是卓蛮的灵魂所在，“假如我击败了伟大敌手／胜利后不免忧愁／从此我满载荣誉却无敌手／哦，敌手敌手，没有你我分文不值／你我应该同存同亡／像大海拥抱太阳”。如果说《巴顿将军》中巴顿最终的悲哀是由于没有战争的悲哀（朱苏进在《射天狼》《凝眸》中也有类似的表现），而《祭奠星座》中朱苏进倒表现出（不仅是军人）另一重难以捉摸难以避免的困境——没有敌人的悲哀。卓蛮最终隐匿荒岛，与其说是寻找亲王，对友情和理解的寻找，还不如说是对敌手的寻找，对敌手的肯定。没有同一等量级的敌手相对垒抗衡，卓蛮的星光一下子就黯淡了许多。

这种对战争美学的追求与表现，如果用功利的价值观来衡量的话，难免有视战争为游戏的嫌疑。但倘若我们把小说只当作小说来读，而不要视为战争的教科书和军事政治学回头来看，就会获得新的理解。也许不久的未来，我们的军事院校，不，全球的军事院校，应该开设一门战争美学，这未免残酷，但美学的研究也许会因此获得更广阔的进展。

东方罗盘，隐喻着东方战争美学，也许正是作者最大的理想。

这是可怕而可爱的念头。

二 智慧美情结

在朱苏进的小说中有着一种奇异的美。这种奇异的美不仅在部队作家当中绝无仅有，在当代作家中也是独树一帜，这就是他在敏锐的对生活的观察力和感受力之外，还时时闪烁着智慧的火光来。《绝望中诞生》中的孟中天对大地的想象使得一些地质学家略显迂腐和笨拙，而苏子昴对时局与人际关系的洞察令同仁和上峰生惧。朱苏进的智慧美不仅表现在一种悟性和灵性以及练达，而且还直接诉诸科学的实际描绘与勾勒。在《绝望中诞生》中，孟中天对地球和宇宙起源作了诗的又是科学的想象和论述，而在《祭奠星座》中，朱苏进再一次熟稔地运用了他的天文学方面的造诣，让苍天、日月、星辰、海潮构成了气势雄浑的史诗景象。对人类智慧的赞美，亦即是对人的赞美。在《星座》中，霍光中博士对人脑的大胆探索发现人脑脱离四肢之后反而异常聪敏和超常运转，这“金色念头”委实是对人这一灵长动物特有的标志——思想的崇高的礼赞。然而，朱苏进在展示智慧、表现智慧、礼赞智慧时又写出了智慧的悲剧——霍光中博士的悲剧。霍博士的形象可以作为卓蛮形象的补充，或者是反衬。霍博士可以称作为智慧的化身，但他不是自由的，也不是幸福的，甚至不能充分实现自我的价值。智慧反而会是一场痛苦、一场灾难，“我想伟大，但是伟大不起来。”人类智慧的花朵有时会生在畸形的枝条上。但没有智慧，人类就会失去星辰和光照。而人的潜能，则是人性深层的内容之一，朱苏进对智慧的顽强表现可以看作是对人的肯定和歌唱。不过，他总是把目光投注给强者。

㊂ 女性美情结

在《祭奠星座》中，游荡着一位美的天使，她便是卓蛮征服过的、南屈子终身追求的桑青，桑青最初出现在由数万军人组成的方阵中央，宛如一位富贵的女神统治着男性的世界。不过，女权主义者也许要对朱苏进提出抗议，因为在桑青身上完全寄托着传统男性所冀望的女性美理想，她妩媚，她美艳，她贤惠，她纯若婴子，她动若皓月，她静似荷莲，中国古典文学中描写女性美的意境差不多都被朱苏进调度来形容桑青的外形和气质了。但正如卓蛮对桑青的征服只是一种征服而不是一种热爱一样，朱苏进的女性美只是一种美而已，桑青的美与战争的美和智慧的美一样，是人生必须拥有的。在小说中，桑青在离别卓蛮三十年后终于爱上了南屈子，她当时的表白非常能代表朱苏进的这一倾向，“我对星座的爱，是一种崇敬，又爱又怕，越怕越需要爱。它不是爱！只仿佛是爱。爱与被爱相当。不是跛足之爱。我大梦初醒，明白这点。他爱我，我就把我给他。”（着重号为笔者所加）。女性依旧是男性的附庸，女性依旧只有“给”（“给”星座或者“给”南屈子，或者给其他人）的义务，而没有征服、占有的权利和欲望。这种大男子主义的理想始终牵引着朱苏进的美学趣味，他对女性美的描写和歌颂依旧停滞在传统的观赏、把玩和视感强烈感发的层次上，而不能把女性美置于智慧美和精神美的理性疆域之中。不过，我们似乎也没有更多的理由强求朱苏进一定要以某种女权观念去进行小说操作，只是半神半婴的桑青美奇绝伦而不免古老。

朱苏进在《祭奠星座》中提供了可供我们详细探讨的话题，除了上述“三情结”外，还有他在结构上使用的“二十四小时”也是颇有研究价值的题目，在叙述的角度上，“天音”与“叙事者”的重合而又错位也枝生出可资分析的根本性内涵，在人际关系上，卓蛮与南屈子，与桑青，与屈沉星，与李下士诸多人物构成的权威崇拜的关系也可引出许多有趣的哲学的或非哲理的话题来。限于篇幅，这里只能蜻蜓点水式的掠影而已，《祭奠星座》中间蕴藏的风采也许会让我们惊叹之后还会赞叹。

（载《时代文学》1992 年第 4 期）

逃离与返回的纸上漂泊
——读斯妤的随笔

和斯妤的相识最初缘于“联网四重奏”。“联网四重奏”当时由四家刊物共同发起，《大家》《钟山》《作家》《山花》都在同一期以重要的位置发表同一个作家的作品。徐坤、朱文、鲁羊、李冯、张梅、刁斗等一大批新生代作家都在这个“网”上奏过，虽然不是因此而声名大振，但四家刊物对他们的发展壮大还是起到了推波助澜的作用。这个创意源自于我，并没有特别高明之处，只是巧妙地将刊物的内部组合推展到刊物之外，在刊物和刊物之间形成了一种张力。斯妤是被“联网四重奏”首选的作家，她当时好像刚刚重新写小说（一九八三年她就开始写小说，但后来完全转向散文），锐气和才情十足，但笔法和格局因深厚的文学功底并不显怯生生的新手模样，因她开了个好头，“联网四重奏”初战告捷。

斯妤是个喜欢思想的作家，她写得一手好散文，又在小说创作领域独树一帜。这两种文体仍然包裹不住她的思想和才情，她又创做出为数不少的随笔。随笔是一种见学识、见经验、见思想的文体，虽然人们习惯把随笔放在散文的门户内，却不知随笔是思想撑破散文之框的产物，随笔更容易见出作家的“作”性，用斯妤的话说，是“思想的呼吸”，是“无法藏匿的自我”。斯妤把小说比作“羊毛”，散文比作“丝绸”，随笔比作“亚麻”，认为在小说里，作者的心灵“完全可以隐匿，可以逃遁，因为小说表现的是对社会的审视，对他人的视察，对人性的剖析”。而在散文随笔里，作者“即使三缄其口，绝对不谈自我，但作者的心灵、思想、气质也必然会在谈书论画、说张三说李四时流露出来”。很显然，斯妤的小说观本质上还是现实主义的客观态度（虽然她的小说形式归属于幻想写实），而散文规则明显地呈现为主观的“内心的声音”，随笔在她，则是疏朗有致的思想的呼吸。

这种主观化的、个性化的写作观念让她直面生活，臧否人生。《无法藏匿的自我》是斯妤阅读冰心、萧红、张爱玲三位女作家散文作品时的不同感受。斯妤在九十年代的“张爱玲热”中，坦率地指出张爱玲的散文是“二流文章”，并对张爱玲散文中的世俗主义倾向提出了严肃的颇有见地的批评，“张爱玲的文章，谈姑母，谈女友，谈音乐，谈跳舞，谈书论画，谈自己的文章，涉猎不可谓不广，见解不可谓不新，但读来总感觉像置身上海的菜市场，热闹是热闹，喧哗是喧哗，五光十色是五光十色，但不过是锅碗瓢盆的交响曲，既不是教堂里委婉动人的圣诗，也不是音乐厅里荡气回肠的交响乐，究竟缺一份神圣，一份丰厚与深沉。”“她的价值取向，基本上没有超出四十年代一个上海市民的价值观。”

痛快！淋漓的痛快！我读到这里，拍案称好。

或许张爱玲是故作庸俗平常状，但小说里的日常生活的描写如果移植到散文之中，文学的品位就会降一个格。我读张爱玲的散文总觉得缺些什么，现在斯妤道破，我引为同道，这可能是斯妤的偏执，也可能是我的偏执。一个作家在小说中可以不厌其烦地描绘日常生活甚至可以认同这种日常生活，但散文这种表达性灵、心情，勾画灵魂色泽的文字，是不可轻易将其沉浸于小市民的愉悦之间。虽然小市民的欢愉也是欢愉，小市民的痛感也是痛感，但我们已有电视剧、晚报诸多的大众媒体去装载这种欢愉和痛感，还是让散文留有这份清静吧。

斯妤对散文的这种偏爱充分体现了她文学上的理想主义精神和浪漫情怀，这种理想和浪漫首先表现在她对语言、文字的那种近乎宗教的狂热喜爱和推崇。她说，“语言是我钟爱所在。”“语言是我们向内心开发的凿子、榔头、电动钻，语言也是我们从内心返回的铲子、吊车、集装箱。离开了语言，我们不能给内心以温度，以方位，以形态。”（《语言：背弃与钟爱》）将内心的表达和语言功能结合起来，斯妤的说法极富想象力，凿子、榔头、电钻、铲子、吊车、集装箱这些混合着传统匠人、现代工业以及现代物流名词术语的比喻，说明语言的巨大功能。但“以温度、以方位、以形态”的表达，让我想起了《旧约全书》里的开头第一句，“上帝说要有光、就有光”。光给万物以温度，以方位，以形态，没有光，万物就永远沉匿于黑暗之中。语言也是光，没有语言，万物也就没有形状，没有语言，万物也就没有方位。

在认识到语言表达内心的本质之后，斯妤还清晰地把握住语言的魔方效应。十五年前，我和王蒙先生曾用魔方来比喻文学的多样性、多变性和丰富性，而斯妤在《语言魔方》一文中用“一种米养百样人”来说明文学语言的丰富多彩。“汉语也是只有一种，汉语也像大米一样，不是一粒一粒就是一串一串，不是一串一串就是一堆一堆，可是只有一种的汉语能够衍生、派生、催生、诞生出多少不同的语意、寓意、情境、情景、风格、风采、思路、思维、内涵、外延啊。”米的比喻与光的联想可谓是上天入地，光照万物是九天之上，米生长于大地，与我们的日常生活休戚相关，斯妤对语言创造性的理解堪称是自创一格的语言哲学，尤其是将汉语比作米可谓深得汉语的精髓，也把语言在文学之中独特的表现功能形象表达出来。

斯妤还能清醒地意识语言的局限，这就是语言中声音和文字的区别，在声音和文字之间，她发现文字可能比声音更忠实于自己的心灵，因此她选择沉默，选择沉默的文字。“只要你开口，它必然是和你内心的安静相悖的”，这近乎禅宗式的判断，又从另一个方面道出了语言的另一大特性。她把自己的作品用文字表达称为“内心的声音”，并认为写作“可以拓宽生命，延长时间”。文字在斯妤的心目中是那样的美好，“那颗粒一样既熙熙攘攘又井然有序地浮在纸上的文字”，“足以抵御浮华喧嚣的物质世界的侵扰和诱惑”，斯妤把这种状态理解为“臣服”，臣服者，乃是对至高无上大帝的皈依也。斯妤对文学的虔诚和挚爱显然已成为她生命的支柱，因此她将自己的生命定位为“纸上生活”，一种对自己灵魂负责任的精神漂泊生涯。她在逃离世俗生活时，是为了返回精神家园，她在逃离孤独沉默时，又是返回人生的真实状态。语言、文字、光、米、家园、灵魂这些美好的思想和美好的想象构成了她写作的空间框架，她行走着并不知疲倦，她言说着并渴望沉默，正像她自己说的那样：

“我现在的渴望是离开，但同时我知道，下一个渴望一定是返回。”

写于2003年11月22日核桃园

小说以人为本

今年我们曾经选过邵丽的《王跃进的生活质量问题》，现在又选了她的长篇小说《我的生活质量》，间隔比较短，如此急切是因为邵丽的这部长篇小说太需要我们早点告诉读者，让读者和我们一起分享这部好小说。

《我的生活质量》是怎样一本长篇小说？有人说是《人生》的续篇，有人说是《沧浪之水》的情爱版，也有人说是池莉小说的北方版，这说明小说本身有多种阅读的可能，也说明小说的信息量之丰富。《红楼梦》为什么能够流芳百世，一个重要的原因就在于小说有多种阐释的可能性，而今仍被人们津津乐道。现在小说创作有两个误区未能引起人们的警惕，一种是观念的简单化，小说没有表达丰富的人生内容和社会含量，只是抽象概念的图解，另一种小说在貌似形式探索的外表下，装载的是一些没有生命力和想象力的语词垃圾。出现这两种误区的原因在于这些作家忽视了小说以人为本的宗旨，把人物的丰富性和复杂性简化处理了，因而缺少足够的艺术的感染力。在一般作者那里，《我的生活质量》的题材很容易处理成“官场小说”，王祈隆的故事也确实有足够的“官场小说”所需要的佐料，但邵丽没有简单地把王祈隆处理成一个“官人”，而是一个活生生的人。前一阶段的“官场小说”的最大弊端就是把人物简单化，人物只是一个“符号”，缺少足够的人性化内容。清官和贪官都是清一色的好人和坏人，小说沿袭的仍是“革命派”斗“走资派”的陈旧模式。《我的生活质量》以人为本，小说的成功处就在于塑造了王祈隆、许彩霞等一系列生动的人物形象，特别是把官人还原为普通人来描写，写人物的命运，写人物的成长和波折，写他们的七情六欲，写他们的奋斗和苦恼，写他们的痛苦和欢乐，写他们的日常生活和官场角逐，因而他们是活生生的血肉丰满的人。

《我的生活质量》以人为本来结构小说，它没有采取那种观念先行的结构方法，而是以一种情绪的流动来组织人物和情节，小说某种程度上是王祈隆的成长史，王祈隆从一个苦孩子成长为政府的市长，不是一般人理解为的爆发史，也不是踩着别人的“尸骨”的血腥史，他的命运往往是身不由己的，他最初的从政和后来的发迹，都是别人牵着他的鼻子走，连婚姻这样的人生大事，也是被许彩霞刻意安排和精心设计的，他无力抵抗，甚至来不及抵抗就糊里糊涂的就范了。因而王祈隆的青春实际是在一种不可捉摸的状态中度过的，小说既是王祈隆的成长史，也是王祈隆的伤感录。小说虽然是用第三人称写的，但书名却用“我的生活质量”，强调“我”也是对青春的凭吊和惆怅，小说结尾的《我的独白》更是直抒胸臆，表达了这种青春追怀、人生感慨的过来之感。小说有一章专门写了王祈隆和同学的聚会，聚会本身就是一种追溯和怀念，它是对青春的尾巴的抚摸。小说写了王祈隆与黄小风、李青萍、安妮的婚外情，但这些感情的纠葛更像王祈隆对青春时代的感情的追索和补偿，他和许彩霞的婚姻是在不平等的条件下结成的，许彩霞历经沧桑而王祈隆不知情为何物，或许应了情场失意官场得意这句话，他的仕途出奇顺坦，因而他有时间有困难来重新重温他失去的青春时光，特别是他和李青萍的暧昧交往，仿佛带着某种初涉爱河的感觉，显然是想补回被许彩霞造成的“损失”。全书在这样的情景下，抒写的是青春的惆怅，追问的实是“我的生活质量”问题。

我这样介绍可能会产生某种误导，读者还是看小说吧。当然，其他的作品也同样不可错过。

人文的呼喊与悲鸣

——评张者的长篇小说《桃李》

张者的长篇小说《桃李》，不知道为什么老想起被茅盾赞誉为“扛鼎之作”的《倪焕之》，虽然叶绍钧的后人叶兆言消解了“扛鼎”的“宏大叙事”色彩，说让他爷爷叶绍钧老“扛着鼎”累不累呀。“扛鼎”当然只是个比喻，是形容作品的分量。茅盾不因为与叶绍钧文学研究会同仁的关系才作如此评价的，而是因为《倪焕之》作为现代文学史上的第一部长篇小说，成功地写出了知识分子从辛亥革命到大革命失败的一段历史时期的真实际遇，富有开创性，分量沉甸甸的。读完《桃李》之后，我只有用“扛鼎之作”来形容，因为它厚实、沉重。《桃李》的风格乍一看，是轻戏剧般的轻松、活泼、生动，令人笑出声来，但读完以后，你笑不出来，你会被小说之中内含的那种人文精神的呼喊和悲鸣所震撼而陷入深深的沉思。

一

《桃李》表现的是某名牌大学法学院里的一群师生的故事，所以取名为“桃李”。“桃李满天下”是形容一个教育工作者的成果，也是一种人生境界。大学是什么？蔡元培先生说：“大学者，研究高深学问者也，大学者囊括大殿，网罗众家之学府也。”这是从研究学问和教书育人的角度来说的。梅贻琦先生说：“大学者，非谓大楼之谓也，有大师之谓也。”在大学中，大楼和大师都很重要，都是不能缺少的。在900多年前，意大利波罗尼亚建立第一所大学的格言是：“大学，大家来学。”大家来学不假，但必须由大人们来学。大人们聚在一起就能够形成一个相对外界来说的小社会。这个小社会集中了教育、学习、研究、生活；有课堂、图书馆、食堂、集体宿舍；有美丽的校园和校园内无数优秀的漂亮女生和同样优秀的英俊男生。现代大学，就是把最优秀的青年男女集中到一起，所谓“天之骄子”便是这个比喻。虽然现在高中生读大学的机会比过去多多了，但名牌大学、热门专业仍然是一帮“人尖子”才能够进入的世界。因而，在人们的印象中，大学往往是一方净土，是学术、科技、人文的重地。

然而，张者的《桃李》一开篇让大学这块曾经纯净的校园蒙上了一层不和谐的金钱的色彩。“老板”这个俗不可耐的称呼，居然在高校里广为流行。“知识经济时代，把导师称为老板是高校研究生的独创，很普遍。老板这称呼在同学们嘴里既经济了一回，也增加了知识的成分，很具有时代感。这个称呼不知从何时开始的，无非有以下几个理由。第一，把导师称作老板喊着踏实，叫着通俗，显得导师有钱有势；第二，老板这称呼在同学们心中已赋予了新的含意，老板已不是生意人，也不是一般人理解的大款了。大款算什么，大款只有几个臭钱，而老板不仅是大款也可能是大师、大家；第三，老板这称呼从根本上和一般公司经理区分开了，同学们称自己勤工助学打工所在的公司经理为老总。”导师这个神圣而又光环闪烁的圣词变成了庸俗的市场化的俗语，很能代表我们这个鱼龙混杂大转变时代的表征。因而，校园里出现了书斋与氛围不协调的现象：做学问与办公司并行，教学与揽生意打官司同步，法律的代言人却喜欢钻法律的空子……金钱、宝马、美色织成校园里新的繁荣，欲望、计谋、背叛、骗局这些在商场上出现的事情错位地移植到大学净土，令人惊讶，也令人眼花缭乱。博士生导师、法学家邵景文和他的弟子们在校园这座现代大观园里上演着一出令人啼笑皆非而又令人哀叹的悲喜剧。

这样的悲喜剧是时代折射的结果。有学者指出：“从计划经济到市场经济的转折过程，也会出现岔道和弯路”。“计划经济国家进行市场改革，弄得不好，也会掉进坏的市场经济的陷阱。发生这种情况概率很高的原因是：改革是在保持原有行政权力体系的条件下从上到下推进的，某些拥有行政权力的人往往又有方便的条件利用手中的权力为自己谋取私利。”（吴敬琏《正本清源，分清是非》，《读书》2001 年第 7 期）。小说中的邵景文并不具有明确的行政权力，但他几次经手的官司也是如此让他的学生们尝到了市场的甜头。《桃李》并不是揭露法律界的黑洞，也不是揭示高校里的学术腐败，《桃李》重点反映的是人文知识分子在市场经济的影响下人性的扭曲和变异，呼唤健康的理性的人文精神和知识分子品格。

叶圣陶的《倪焕之》是把倪焕之置于20世纪20年代大革命前后的历史风暴中来展现知识分子的敏锐和软弱，钱锺书的《围城》则把一群海外归来的知识分子放在抗日战争那么一个大的背景之下来进行描述。二者都是在阶级矛盾、民族冲突这样巨大的主题下来塑造知识分子形象；而《桃李》则以中国社会转型——从计划经济向市场经济过渡这样宏大的社会背景作为小说的舞台，让一群新的知识分子的灵魂进行自我曝光。作者的笔墨是辛辣的，讽刺是刻薄的，但在辛辣、刻薄的背后，却隐藏着一种撕心裂肺的悲怆和哀鸣。《桃李》别有意味地写出了校园里那样一种血脉相连的师承关系，这就是园丁和桃李的精神血缘的承传，一个邵景文在市场经济时代里被欲望腐蚀了并不可怕，让人揪心的是，这样一个导师对他弟子的影响是真正的误人子弟。小说中导师邵景文年轻时为了和女友寻找一间可以同居的“玫瑰房间”费尽心机，差点引发一场官司。而他的研究生弟子李雨与蓝娜的同居却是那么轻而易举，两代人的“同居”生活，虽然前辈难后辈易，但巧合本身很能说明“榜样的力量是无穷的”。

对校园的忧思，使《桃李》的篇名本身也构成了反讽，在塑造人的灵魂、传授知识学术的殿堂里，研究生和他的导师却犹如家族一般水乳交融，师兄老孟、师弟李雨、师姐柳条、师妹甄珠，这样带有家族血缘的称呼仿佛让人想起了《红楼梦》中的宝姐姐、林妹妹似的。小说中的桃园、李园也仿佛怡红院、潇湘馆似的，小说中唱歌、跳舞、晚会、聚餐也五光十色，光彩炫目，应了鲁迅那句“红肿之处，艳若桃花”。可人生仿佛一出戏，美若天仙的梦欣被车祸毁了容，刘唱疯了，老博士老孟跳楼了，导师邵景文也被人谋杀了，真是“落得白茫茫大地好干净”。

二

邵景文的形象最有价值。

邵景文是整个小说的灵魂，他是小说的轴心，校园的桃李们因他而与整个社会发生了联系，小说的悲剧也以他的死亡终结。邵景文作为新一代知识分子的典型形象，他身上具有丰富的信息含量和审美内涵。尼采百年之前，宣告“上帝死了”，而邵景文的形象则告诉人们，理性死了。

邵景文是研究生们心中的偶像，这位“老板”不仅是名校的著名教授、学者、法学家，更重要的他还是精通诉讼程序的大律师。法律学最讲究理性，当初邵景文的导师蓝其文曾这样教训邵景文，“这些东西（指世俗关怀、人文精神）是法学的大敌，法学就是铁面无私的学问，一就是一,二就是二，讲的是以法律为准绳，以事实为根据，法律面前人人平等。法律不相信眼泪。”邵景文在打官司的时候，是高度理性的。可是在金钱、美色面前，却失去了理性。他和天元公司的宋总成为铁哥们，是因为“同过窗、扛过枪、分过赃、嫖过娼”，他与梦欣的暧昧关系也是宋总精心安排的，他很快成了金钱和女色的俘虏。随着欲望的膨胀，他的非理性也到了疯狂的地步，他与董小令的约会是全书中令人捧腹的内容，也说明他的理性到了弱智的程度。

邵景文极度放纵自己，颇有公子哥儿的做派，而他却是一个地道的苦孩子出身。邵景文的父亲吹箫讨饭为儿子挣得学杂费。家境贫寒的他在上大学之后，仍然交不起学杂费，他父亲冒险去偷割高压线，结果被电死了。“当时我接到电报赶回家后，我爹已经死三天了。死了三天也没有人把他从电线杆上弄下来。我娘带着弟弟、妹妹只会跪在电线杆下哭。我望着电线杆子上的爹，他老人家已经烧焦了，像一张剪纸随风飘扬。我问，为什么不把爹弄下来？我娘说，支书不让收尸，要在电线杆上挂三天，示众。看今后谁还敢割电线卖钱。”“我当时气急了，找了个竹竿把爹挑了下来。我用手去接却没接住，我爹一飘就飘到稻田里了。我连忙把爹抱起来，爹像一捆干柴，连一点分量都没有。我娘哭着喊，景文呀。你爹冤枉呀，你要替你爹申冤呀！”邵景文在向他学生讲述这段苦难的家史时，已经是腰缠万贯的大款，但他似乎要把以前的苦难加倍赎回，甚至连父辈的灾难也要通过他的极度淫乐来消解。这是怎样的一种变态心理，人性的邪恶难道全是因为苦难的造成？父辈的苦难在全书快乐的叙述里是一个变调，但与快乐的、淫荡的、享乐的生活相比，无疑加重了小说和生活的分量。

小说还意味深长地写到邵景文由文到法的转变，老板邵景文是20世纪80年代的文学青年，标准的中文系才子，甚至有过诗人的梦想。小说中又一次写到了那支作为讨饭工具的箫，但邵景文不是用他去讨饭，而是为自己的诗伴奏，甚而引起女同学曲霞的怜爱。80年代几乎是文学的年代，文学也是联结青年男女的纽带，邵景文临近大学毕业时，和女友曲霞准备各出一本诗集，诗集的名字叫《电》。诗集寄到出版社后，只能自费出版。在大学毕业的最后日子里，他们一直为诗集的出版奔走，最后只能打印、复印、装订了几十本，留作纪念。邵景文的转变也是自然而然的，他考研选择实用性强、经济效益高的法学，告别了他美丽的文学梦，当然也告别了初恋的爱人曲霞。邵景文从文学转向法学的过程是复杂而又充满戏剧性的，也是一种社会变革的需要，虽然不能由此就断言人文精神的失落，因为法学本身可以实现最有人文理想、最有人道精神的现实关怀，但邵景文的成功之路却意味着走向非理性的感官享乐主义。这不禁让我们想起那在高压线上他父亲轻若剪纸的身影，人文精神在世俗物欲的“电击”之下就这么的脆弱，这么不能承受之轻？

小说最终写到了邵景文的死，他的死也是一种非理性，“老板的死极其奇特。他全身被小刀捅了一百〇八刀。……最为奇怪的是，在死者身上的一百〇八个刀口中，都种下了一枚珍珠。经过鉴定，这些珍珠的品质极高，属贵重品。”这一百〇八枚珍珠，是邵景文送给情人梦欣的，然而邵景文却不愿和她结婚，梦欣（疑犯）的非理性导致如此疯狂的举动，令人触目惊心。这是对非理性的疯狂报复。

三

作为一本表现现代知识分子生存状态的小说，《桃李》有其“恶毒”的一面。但这种“恶毒”是用一种特别的叙述形态表达出来的。我在《回到当代生活》一文中曾提出“零距离”的叙述美学问题，《桃李》以其丰富的叙述内容更进一步地充实发展了他在中篇小说《唱歌》中所表达出来的美学指向。

不难发现，小说用的是非第三人称的叙述方式，因为经常出现“我”这个叙事人，这是与第三人称的规范完全不同的。但这个“我”又不是真正意义上的第一人称，因为第一人称是一个遮蔽的视角，“我”的视角是一个有限制的视角，“我”不大可能超越我的视角去展现他人的生活和心理。但《桃李》中的那个“我”却是一个奇怪的“我”，他虽是第一人称，但没有身份、没有性别、没有姓名、没有语言，他只是所有时间的一个亲历者和旁观者，他可以出现在所有场所里，他能够看到、听到、感受到小说中所有人物的言行，比如在宋总请蓝娜表演艳舞的隐秘空间里，其实是没有其他人窥视的，但“我”又仿佛就在现场似的，“我”好像空气一样无所不在。“我”是一个匿名者，又是一个抽象的匿名者。小说还出现“我们”这样的复数叙述者，其实也是“我”的变体而已。由于具有了这样大的自由空间，小说叙述总是“贴”着人物进行的，可以说是一种零距离。零距离当然也是一种距离，这种距离的妙处在于融入整个小说之中，与小说的人物保持最“亲密的接触”。

零距离的美学与《桃李》整体的风格是吻合的，因为《桃李》很容易写成一部批判现实主义的讥世之作，甚至和反腐的官场小说相近。《桃李》的美学意义在于贴近生活、还原生活时，始终采取一种零距离的态度，零距离与零度写作的区别在于他对叙述对象的包容而非冷面审视。张者不可能像钱锺书那样调动古今中外的知识来消解笔下的知识分子，也没有必要去重复《围城》的套路。《桃李》以介入其中、享受快乐的知情者的身份极大限度地表现了生活的可能性、人物情感的可能性，消除了叙述与人物之间的那种人为的屏障，因而小说最圆满地还原了生活的丰富性。

这种零距离叙述早在辛格的《傻瓜吉姆》，甚至福楼拜的《包法利夫人》之中就开始运用了。莫言的《红高粱》系列运用的“我爷爷”“我奶奶”也是这种零距离的叙述法，强化了历史的亲历性和现场感。《桃李》采用了师兄、师姐、师弟、师妹这样的称谓也是为了压缩与人物的距离，对人物的描写既能入乎其内，又能出乎其外。因而，《桃李》的阅读障碍几乎是零，因为阅读者超过叙述者这样一个层面，进入到直接阅读的境界。

这是对传统审美距离说的挑战。传统的审美距离说，认为作者要与笔下的人物保持一定的时间距离和空间距离。时间距离就是李泽厚先生的“积淀说”，也就是只有进入回忆的才是审美的；空间距离就是作者要与人物“划清界限”，不能等同于人物，也就是要端起叙述者的架子。这种美学经验在今天无疑适用，但张者在《桃李》里的尝试无疑更具有试验性和实践性，因为电视、网络等新兴媒体的出现，让现代生活中的距离变得越来越短，电视直播节目广受欢迎，是另外一种审美趣味在起作用，而当代生活的丰富性也无法让作家去慢慢过滤，零距离叙述至少在保持当代生活的鲜活性和丰富性方面有它足够的优势。当然，这对作家的要求也相应提高了，他的眼睛、心灵和手都必须是审美的，他的思想必须穿透现实而又不露痕迹。

《桃李》带给我们的启迪很多，在描写知识分子的小说中，它既有《围城》的反讽和幽默，也有《小世界》的那种后现代意味，在零距离叙述美学上又丰富着现实主义的手段。有时间我还会作进一步的研究和阐述。

北方图腾与命运的倾吐欲

用这样的题目来形容高光小说似乎过于诗意和狭窄，因为高光的有些小说“北方性”并不是那么强，把背景放在南方、东方、西方都可以，而有些小说则是“反图腾”的面貌出现的，比如《墙》便是对封闭性地域文化思维一种否定。可我觉得高光小说中写得精彩的部分仍是那些关于长白山、关于参王、关于满族文化的篇章，一个作家对民族的感情总是从血管里从灵魂里流出来的。记得高光在他以“熊沐”的笔名创作的长篇小说《神木令》里对天池神奇而圣洁的描写，其叙述过程不亚于宗教徒一次朝圣的心路历程，天池实在是太美妙绝伦，读读高光的文字，我来到长白山下不敢去一睹真实容貌，唯恐破坏了那种神圣无比的意境。

不过，高光的小说并无炫耀地域民族文化的趣向（恕我借用围棋术语，我觉得此词用在这里极为妥帖），这就使他的小说没有落入文化之圈而沾沾自喜。文学的文化意识是消解文学政治性的一种有力姿势，但文学不是文化，就像文学不是政治一样，文学是一个旋转的多面体，它不是文化所能概括得了的，1985 年出现的“寻根文学”思潮由于片面强调文化对文学的制约，导致一些作品变成民俗的展览，而忽略“人”在文学中的价值。法国“新小说派”虽然反对人道主义对小说中客观世界的浸淫，但无论是罗伯·格利耶还是米歇尔，他们的“物化”小说始终投有摒弃“人”的感觉、“人”的情绪、“人”的精神，他们反对的是以个人的观念和个人的偏见去歪曲世界的真实。

高光小说的背景并没有设立在“新小说派”的理论屏幕之下，对“人”的价值思考和对现实状态的剖析仍是高光小说的重要策略。像他所有同龄人一样，在高光的小说话语中，记忆/现实像梦魔般纠缠着他们这一代人。他们面对历史时，不能平静如水让历史平面地演变成一个纯故事，他们的笔触总是暗暗涉及现实，而当他们面对现实时，同样会情不自禁地勾起诸多往事的回忆，历史与现实永远勾连着他们自身的命运，这也许是命运对他们太不公平了（比如知青作家群视下乡为人生之炼狱），也许他们过去一直不能申诉自己命运的苦衷与伤感（十年“文革”限制了他们对世界倾吐的可能），他们的小说里便显然是潜伏着对个体命运倾吐的冲动，虽然在一些小说中他们有效地控制住这种冲动，但冲动本身就是一种隐含叙述，它像光一样构成了小说中看不见的阴影与明亮的层次感。

中篇小说《北方图腾》便是这种冲动与控制的标本。小说题名“北方图腾”其内涵便不是叙写北方的地域文化和北方的历史故事，它虽在每个段落前缀一些颇多民俗意味的地域性掌故或风物的描写，但只是为了造成了一种叙述的基层结构，旨在强化南方人数学教师傅钟在北方命运的反差。数学教师傅钟的命运有点像古代和氏抱玉无人识知的故事，他终生致力研究的课题，刚刚有可能得到社会的承认，自己却一命呜呼走上黄泉之路，应该说傅钟的故事和傅钟的性格并没有什么超常出奇之处，只是陈景润式的故事和陈景润的性格从北京中关村移到北方偏僻小镇而已，他的迂腐和固执甚至有些让人想到孔乙己。高光显然不是为了复述一个七十年代末被反复传诵的故事，他所采用的叙述人“我”（以高光的姓名直接介入小说）的口吻完全一反当年徐迟在《哥德巴赫猜想》里的古典史诗方式，也不是曾获全国短篇小说奖《抱玉岩》的悲剧抒情方式，而是非英雄化的调侃方式，基本上是鲁迅《孔乙己》里小伙计的腔调，小伙计仍是对孔乙己命运的关怀，很少涉及自己的情态，《北方图腾》里则充满对自身命运的倾吐欲望，这一点很像塞林格的《麦田的守望者》，可塞林格直接面对的是现在时态，而“高光”则是以“记忆”性话语去叙述别人的身世来宣述自己的“成长史”和“发展史”。这在另一篇小说《双心树》里表现得更为明显，《双心树》叙述的是一个工宣队长草菅人命的悲剧故事，对知识分子的命运有一种“哀其不幸怒其不争”的同感。这篇小说也同样是青年教师“高光”第一人称进行叙述的，直接描写“我”在当时环境里的苦闷和压抑，虽然这种苦闷和压抑基本停留在性需要和性刺激这样的生理层次或青春性忧郁症上，但个体命运的倾吐已基本失控处于直抒状态。在《北方图腾》里，“我”的命运基本上是与傅钟的命运平行发展的，故事结束时“我”调回省城后，傅钟感到生活无望便上吊自尽了，小说让读者留了一个小小的遗憾，就是傅钟不知道他的论文（研究成果）被教授肯定了。而这正是“我”的心态的折射，是“我”的一种良好的愿望，是成功者对失败者的无价垂怜，即使在其他的一些不以第一人称“我”进行叙述的小说里，高光仍然会时时涌现这种命运倾吐的冲动来，像《墙》这篇带有抽象形式的小说，虽然主旨是对一种封闭性文化心理的批判，基本摒除对人物性格的烦琐刻画而以符号为特征，但对封闭生存状态的反复描写中，“我”对自幼生存环境的怨艾之情溢于言表。

这正是他们这一代人思维的特点。虽然文学总是个人心灵和个人精神的记录，但像高光这样关注社会关注别人命运而又注意掩饰自己倾吐的欲望，是与混合的文学影响分不开的，商光这一代人最初接收的是革命英雄主义文学和批判现实主义的文学，而后涌来的种种国外新浪潮改变了他们的文学观念和审美规范，一般说来，高光这一代人的思想里即使有意识去回避社会、现实、民族、群体这些字眼和这些概念，仍然无法割断与它们的潜在关联。也许过分的整体观念扼杀过他们个性的棱角，他们对自身价值的器重就显得有些敝帚自珍式的卑微和好笑，而不像第三代小说家任意蔑视，甚至践踏人道、人格、人这些在上代人看来极为神圣的字眼。对纯洁人性美的称颂和向往，对庸俗社会病态的厌恶，有时虽然以一种局外人的冷嘲热讽的口气道出，但仍是参照了理想主义的价值观念。近期在《钟山》发表的《人猿》里，一再出现“北京人”的猿人塑像，便是作为一种自然古朴而又蛮荒的浪漫主义的古典精神来映照现实的，是对远古人类精神的怀想，同时也是人与猿界限的一种警醒。小说里人物几乎蝇营狗苟或委琐不堪，或空虚无聊，“他”与“女教师”私通，“妹妹”与“妹夫”离而又合，汽车承包商钱多得心慌意乱，用烧钞票来发泄灵魂的苦闷，他们既是现代文明的参与者，又是叛逆人和多余人，他们时而是人时而是猿，人性猿性混合在一起，作家对人性和猿性的区别是模糊的，对人性和猿性的褒贬也难置可否，有人认为这充满了“后现代”文化的消解意义，此说亦可成立，但《人猿》的结尾，仍露出了高光的“底色”：

> 海是漫漫的蓝，把天把宇宙都淹在澄净里了，海水啪啪地拍击着世界，拍击着苏醒的鼾睡的生命，黄沙驯服地躺在海的脚下，等着海粗暴的爱抚。太阳像一只滚动的球，在弟弟身前身后跳动。弟弟抱着儿子，脸上带着笑，在沙滩上印足迹。他把救生圈放好，把儿子放在原来总放海参海虹的兜网里。他看着儿子笑，以为儿子和海参海虹一样是生命。儿子呀呀稚语，声息像海的低语。海用伸出的脚狠蹬儿子，儿子的脸上明净净的，酒窝涡里盛着红的蓝的太阳，还咯咯笑。

这是小说里作家所想象的画面，在这幅充满浪漫主义气息的画面里，回归大自然，恢复人的本性摆脱异化的内涵自然涌现出来。“海”作为人文主义最常用的意象符号，在这里闪烁着的仍是传统的光辉，它是对现代文明的一种巧妙否定，也是对“北京人”形象的间接补充，它是人的灵性与自然的灵性的完美结合。

《引出绝境》里的“海”是莫须有的“参王”，这个“寻找”主题，典型地概括了高光这一代人的生存心态。因为他们觉得在他们的人生中总是失落了什么，失落了什么他们自己也不知道，但是他们要寻寻觅觅，上下求索。张抗抗的《北极光》是他这种寻找母题的直露表现，也可以说是导了先河。与《北极光》不同的是，《引出绝境》的写意不只是此，它有一种复杂的多项指向，这可能是出于小说的背景置换了，而中日两国人群的出现也使小说染上了另一重氛围和色调。不过，这篇小说巧妙借鉴了武侠小说里常用“觅宝”模式，可以说是一种创新。高光曾写过《挣扎》这样拷问人性的深刻之作，他对“满州国”时期国人心态的把握有一种骇人的细腻和犀利。

虽然高光在小说创作上已经取得了很大的成就，他的个性风格也渐趋明显，但我始终有一种感觉，高光尚未进入竞技的最佳状态，或者说他创作时心态没有完全彻底放松，好像还在顾忌什么创作戒律，好像还在试图以小说去实现什么价值或观念。以他现有的创作功力和艺术感觉，大可以跻入“超一流”（又是一个围棋用语）选手之列，可他总被某种心理障碍所羁绊，影响了他水平的临场发挥。

为什么会出现这种反差？我觉得这有点像运动员的比赛成绩总达不到训练时的最高水平，还是特有的心态在作祟。高光（熊沐）写作武侠小说时，心态极为自然和放松，心无杂念，小说只是小说，可以说是采取的一种做戏态度，写作所谓“纯文学”时就不一样了，你可以发现，他在注意形式感，他在考虑生存这些深奥的哲学命题，他在挖掘人性生成的多种内涵，他在变换叙述人称和叙述语态，他在有意无意地淡化冲突，他甚至还关心到人物性格的独特与否……这些显然都是文学的重要组成部分，其实，在高光的武侠小说里这些也同样存在，问题在于不能带着镣铐跳舞，使之成为创作时需要卸去的心理负荷。高光当然比我更明白这些，就像一个优秀运动员知道如何才能创造出优异成绩一样，实际操作远非像设想的那么简单。这是由于高光一代人早年对文学的感情太神圣，太使命化了。

不过，高光在彻底倾吐之后，可能会变得更加轻松，因而更加富有创造力和想象力。我想，他应该和我一样充满信心。

面对灵魂，我们黯然神伤

——吴玄中篇小说集序

吴玄的中篇小说集要出版了，他打电话嘱我写序，说随便写几句就行了。我也随便答应了他，但几次动手，都落不了笔，实在是不敢随便。吴玄喜欢把很重的事情说得很轻，他不像有些作家让你写评论的时候关照你写“好”，写“好”不仅是让你自己文章写好，而且要把他写“好”。应该说吴玄还是很在乎他的这本小说集的，这毕竟是他的第一本书。他说随便，我得认真对待。

说实在的，我是从内心里喜欢吴玄小说的，喜欢不喜欢一个作家，从文章上看不出来，文章尤其是评论文章出于各种各样的原因往往在表面上都做出一副喜欢状，而内心里到底如何只有他自己知道。一个评论家，一个编辑喜欢的作家、作品不会很多，都喜欢了只说明他是一个不挑食的人。我喜欢吴玄小说的原因，大概因为他是南派的写法，所谓南派的写法其实是相对北派而言的，北派的作家重社会、重力度、重内容，而南派的作家重感觉、重灵性、重语言。当然这种说法只是相对而言，不能误解成南派作家无社会、无力度、无内容，更不能误解成北派作家无感觉、无灵性、无语言。重只是一种偏重、倚重、器重，或许说所重之物作家比较敏感、容易把握。吴玄所承传的小说做法是汪曾祺、林斤澜、高晓声那一脉的南派性灵的路数，这一脉作家在当代文学创作中能够自觉地不以政治的、道德的视角去关照生活，而以人性的、审美的目光去关注人物的命运，他们选取的人物往往都是社会底层的弱小人物，用今天流行的概念来说都是生活在边缘的人物，常常被宏大叙事所忽略的一些人物，宏大叙事之中即使出现了，也都是一些点缀或过渡性的人物，大致如《沙家浜》中的沙四龙、刁小三一类，写其美好，也是小善小德，纵使奸坏，也只是小奸小坏一类。他们要表现的这类人身上自然的人性。所谓自然的人性，便是他们在日常生活中所表现出的人性状态，那些忠善完美的英雄和违背人性的奸佞往往被历史置于某种特别的场景挤压的非常态的人性美和人性恶，可能都是被迫进行表达和完成的，在更多的时候是意识形态的产物。日常化的生活、边缘化的人物所流露出的人性虽然它并不标志人性的高度，也不揭穿人性的底线，可最大可能接近人性的本质。吴玄的《发廊》结尾写妹夫李培林在车祸中丧生，被丈夫李培林折磨蹂躏多日的方圆该是解脱了，可谁也没想到，方圆反而失去了目标，方圆转让了发廊，一个人回到家乡西地。我们满以为方圆终于离开了那个遭人唾弃的发廊，然而，“方圆在家待了一个月。一个月后，她去了广州，还是开发廊”。

这是颇让人吃惊的一笔，我看到这里可以说是一种震惊。我想起了雨果那句著名的话来：“人在面对自己的灵魂时，会黯然神伤”。我们面对方圆的选择时，黯然神伤。方圆，是在城市生活最常见到的打工妹，她们糊里糊涂从乡村来到城市，又糊里糊涂地选择了发廊的职业，从打工妹做成了小老板，方圆的故事让人们很容易联想起曾经遍布各地城市的“温州发廊”。在世俗的眼光中，方圆开发廊显然是不道德，至少不光彩，人们总以为在发廊做活的大都因为找不到工作，如果能跳出发廊这个“火坑”，她们肯定也会欢欣鼓舞。因而方圆的嫂子托人帮方圆找了一位工厂的工作，她以为拯救了一个失足女青年，可没有一个星期，方圆就辞职不干了，她又回到发廊里重操旧业，回到发廊的方圆就像鱼儿回到水里一样自如、欢乐。当然发廊本是是非之地，李培林后来因为“保护”发廊被打成了残疾，方圆忍辱负重收养了残疾的丈夫，但丈夫却不堪妻子方圆的卖身生涯，以自杀的方式结束了自己的生命。方圆也舍弃了给她命运带来灾难的发廊。小说到这里结束，可能会带有道德谴责和道德劝谕的意味，发廊改变了人的命运，毁灭了美好的家庭。可是作者奇峰崛起，让方圆重新回到广州去开发廊，至于原因，吴玄写道：

> 但是，故乡西地也没给她什么安慰，西地，在她的心里已经很陌生，她还延续着城市的生活，白天睡觉，夜里劳作，可是在西地，夜里根本就没事可做，更可怕的是，每到夜里二点，她的乳房就有一种感觉，好像李培林的灵魂也跟到了西地，照常在这个时候吸奶。

回到故乡之后的方圆并没有找到灵魂的栖息地，她已经成了故乡的陌生人，她的心已经城市化、发廊化了，更可怕的是她的生理也已经城市化、发廊化了，她已经回不去了。这种回不去的痛苦，按照我们习惯的批评用语是：现代生活对乡村生活的异化，是城市文明对人的灵魂的扭曲。问题是异化了的方圆仍然必须到异化的环境中生活。扭曲的灵魂必须到扭曲的空间才能安宁。我不知道这是怎样一种悲剧，我不解的是一大批的城市大名人千方百计地表达对乡村生活的渴望，渴望回归到西地那样的“家园”，而生活在西地的方圆却死心塌地要到城市，哪怕是到那个暧昧乃至龌龊的发廊。这莫非就是人性的悖反？西地和发廊，哪一个更符合人性的需要？

吴玄没有去回答这个问题，但是他描写了城市文明对人的吸引、对人性的改变。“乡村其实不过是城市的影子，城市走到哪里它也跟到哪里”。《西地》里的父亲便是一个城市生活的狂热追求者，当然，父亲的城市是公社干部这样一个具体形象，他像公社干部一样刮胡子，一样穿皮鞋，戴手表，插钢笔，当然还偷偷地跑江湖，做买卖。后来，城市的象征又转化为女知青林红，父亲的身体终于进入了城市，在林红身上父亲完成了对城市的想象。《西地》描写的是父亲的性史，也是乡村生活不断被城市文明侵蚀的过程。父亲强烈的性欲望和性能力与城市文明的内涵暗合，因为在农耕生活转向商业生活的过程，父亲当上董事长，到达了人生的顶峰，但欲望之流最后毁灭了他，“父亲最终死在对性的渴求上”，他喝毒酒壮阳，丧失了生命。“一年后，美国人制造出一种名叫‘伟哥’的蓝色药片，效果奇佳”。这意味深长的一笔，让父亲的死亡变得不那么贪婪了，美国是中国人心中的城市，美国的欲望与中国乡村欲望在人性的平台上是那么的一致。父亲的终生追求似乎也就不那么奇耻了。

《发廊》和《西地》两篇小说并不是姐妹篇，唯一的相同之处就是都出生在西地，但《发廊》里的方圆仿佛是《西地》里父亲血脉的延伸，这就是他和她对城市的向往和无条件的认同。父亲以西地为基地，不断向城市出击，而方圆则割断故乡之根，在城市飘浮，回到家乡反而如处异域。两人理解城市，征服城市的方式也是那么的一致，都是通过性的表达来实现的。父亲通过性的满足来实现对城市的梦想，方圆则是通过性的服务来成为城市的一部分。发廊不论是斑点，还是肿瘤，都成为城市肌体里的不可缺少的组成。乡村和城市被这样奇异的欲望方式连接着，人性的软弱和灵魂的幽暗成为小说的底色，让我们黯然神伤。

吴玄以人性的褶皱作为小说的起点，并不影响或削弱小说的社会性内容。像《西地》通过父亲的一生折射了中国农村半个世纪的种种变迁，而《发廊》里处处透现出当下生活的种种世俗风情。汪曾祺生前评点另一位温州籍小说家林斤澜时用了八个字：详处略写，略处详写。套用一下也可用八字评点吴玄：实处虚写，虚处实写。他写的都是人性的悲剧，却以非悲剧甚至反悲剧的方式来叙述。自树一帜，并不随风招展。

倾听是一种姿态，也是一种美学

——关于胡廷武《九听》的三点思考

一 倾听者的姿态是美丽的

我认识胡廷武先生的时候是在南京，他为人做事的风格都有点江南才子的味道，喝酒更是有李白斗酒诗百篇的豪气，连平常不贪杯的苏童受他感染，有一次在昆明也带着醉意尽兴而归。待我读到他的文字，我才明白胡廷武的内心里涌动着怎样的浓厚的古典情怀。之后常收到他的短信，但他的短信不是常见的段子和笑话，而是诗歌，诸如《新春赠王干》《昆明大雪读淮南子》之类的古诗，他的五言写得有孟浩然的气象，每次读到我都有一种感动，并交织着惭愧。手机这么一个电子时代的“玩具”，我们用它作为通信工具之余，更多的是娱乐，而廷武兄则将俗物写出了雅诗。理论界有一句名言叫重要的不是讲述什么年代的历史，重要的在于讲述历史的年代。看来物件也如此，重要不是使用什么样的物件，而在于谁在使用。廷武兄化俗为雅乃一高手。

读过他的一本散文集，集中有一短文引起我的注意，这就是《听鼾》，我把它选到《中华文学选刊》。这篇短文特别有趣，人睡觉打呼噜，是一件比较讨厌的事情，而廷武先生则从中听到音乐般的趣味，热爱生活如此，境界就不同于一般的凡俗之人。现在读到了他的《九听》(《听书》《听鸟》《听吆喝》《听戏》《听蝉》《听歌》《听风》《听雨》《听鼾》)，更发现胡廷武的内心是那样的从容和智慧，他在用心生活着，思考着，写作着。在这样一个喧哗与骚动的年代里，我们已经习惯于话语的爆炸和声音的重叠，MP3之类的电子产品更是把电子和网络的话语爆炸和声音爆炸，到处是声音，人人都是声音和噪音的制造者，听音乐会也忙着参与，甚至古典音乐会为了吸引观众也变着法让人参与，参与是这个时代的时尚，开口也是这个时代的主流。电视里整天都是喋喋不休的主持人的“一腔废话”，人们好像已经丧失了倾听的能力，倾听一下好像会吃什么大亏似的。海德格尔说过大地是人栖息的家园，倾听者的姿态是美丽的。“九听”作为一个信息和话语爆炸时代的异类姿态，暗合了海德格尔的哲学思想和美学精神。

《九听》是带有忆旧性质的“朝花夕拾”，是对“当年语声”的捕捉、把握和模拟，仿佛是一种被清水浸泡过很久的声音，从白马镇上的砖墙上纷纷渗出。当我们毫无准备地受到那种声音的感动时，我们难以分辨其中的内容，甚至像面临危险的迷路人一样感到畏惧。我知道我们在这个喧嚣的世界待得太久了，我们快要迷失我们的灵性和听觉了。《九听》把我们从那样迷惘的噪音世界里拉了回来。我们在《九听》里读到童年和青少年的美好记忆，听白马镇上的烟云四起，物是人非。九是中国文化中最大的一个数，《九听》其实就是听一切声音，听一切动静，听可以听和不可以听之物什。很显然，听在全书里是一种叙述的触发点，并不是全部，更多的时候作家是在看，在讲述，在夜晚讲述，他的讲述“是一种迸发着奇异光辉的语言晶体，它不能转述，不能概括，任何精深到深沉的转述都难以成立，它不能转化为任何方式的扼要、选粹、钩沉、类聚、通诂、释义。作为奇异的语言晶体，它不能不是自己。它又像时间边缘冒出的异草，有无穷数的柔根嫩须，牵扯联络着我童年想象的每一块沙粒，每一棵梦幻树上流出的汁液，每一片终归散落的疼痛和欢喜。”一位诗人对古琴的描述，用在《九听》是最合适不过了。

㊁ 我们的好心情到哪里去了?

《九听》的审美精神是寓古于今的现代美学的体现，这还体现在他对往昔生活的理解和执着的追溯上。在自序《平民的盛餐》一文，廷武先生感叹“幸福的感觉似乎正在离我们而去”，他感叹我们没有好的胃口，已经没有耐心把一个新鲜的茄子放到灶洞里去烤熟，现在的房子越住越大，可能够利用的空间却越来越小。在这里廷武先生涉及一个哲学的命题，什么是幸福？幸福是人人都应该也是能够享受的权利，可现代人的生活却把欲望无限的扩大化，错误地认为欲望等同于幸福。人们在追逐各种欲望的实现，有了房子要大房子，有了一套还要两套三套，汽车也是要豪华要几辆，甚至妻室也变着法儿能多有，这种贪婪事实上并没有增加人的幸福，反而增加人的烦恼和痛苦。

面对现代人的困扰，廷武先生认为幸福首先存在于简单的生活之中，幸福是一种好心情。“简单生活”是白马镇人的生活哲学，也是廷武先生的人生态度，更是他的幸福观。作为一般的回忆性的写家乡的文字，基本上是赞美民风的淳朴和童年的单纯，廷武先生却把幸福这么难以言说的问题放进去思考，用白马小镇的安宁来反衬现代人的不幸福。纵观全书，发现廷武先生的简单生活幸福观，表现在这样几个方面：1、日常生活充满美感，也充满幸福的享受。《九听》实际写了九类人的人生态度，三教九流都有，但都是普通生活中的普通人，他们在日常生活中能够感受到幸福。对他们来说，幸福并不奢侈，也不复杂，一碗豆腐脑，一场戏，一杯酒，都会是快乐源泉。在书中，他不厌其烦地写到了食物和吃喝，但都洋溢着生活的情趣。2、劳动的美感，这是廷武先生一贯的审美思想，他在赞美自然的时候，时常很自然地讴歌劳动者的美。有一首歌唱道：幸福不是毛毛雨，不会从天上掉下来。而《听吆喝》里的许富的幸福则好像是从天上掉下来的一样，赌徒许富原先沉迷于赌博，因为一次巨大数额（六百吊在白马镇人那里已经是一个了不得的数字了）的赌博，被父亲砍了手，但并没有能悔改，但是在娶了媳妇姚莲花之后，居然放弃了赌博，而专心致志地和媳妇姚莲花一起磨豆腐做豆腐脑，沉浸在劳动的快乐享受中。当白马镇人听到许富接替父亲许民生在街上吆喝卖豆腐脑的时候，一个浪荡子被生活拯救了。3、被女人关爱着的快乐。廷武先生先生的笔下出现的女性很少不善良贤惠，很少不温柔可爱，像前面说的许富，原先的赌的快乐高于一切，乃至于置生命（身体）而不顾，但姚莲花的爱居然让他找到了真正的幸福。这是很有意味的故事。

白马镇的生活是农耕时代的产物，它保存着农业文明时代人与自然的关系。我们看到，或许由于物质的匮乏，或许由于科技的落后，白马镇上的人的生存要求更多地体现在顺其自然的层面上，因而呈现出浓烈的古风。像许富赢了六百吊不义之财，父亲许生民反倒如临大敌，退了钱，还砍了儿子的手。在今天看来，许富赢钱也就类似炒股票赚了一样，该是一件值得庆贺的事。白马镇上的人更相信劳动所得，磨豆腐和赌博形成的对比，也是好心情和坏心情的差别。廷武先生不动声色地批判了唯利是图的金钱至上的铜臭人生，对亲情、乡情、爱情给予无条件的冷抒情（不赞美的赞美）的描绘。

“蔬果新雅好，酒肉旧狂风”，胡廷武的两句诗是他文章精神的最好写照。喜好新鲜的蔬菜水果，旧朋老友在一起畅饮，更是人生的莫大的快乐。好心情的丧失在于幸福观的变异，没有正确的幸福观，哪里会有好心情呢？

㊁ 文体与人

《九听》最初在《十月》上连载时，就引起读者和评论界的议论，因为《十月》的专栏基本是散文，但《九听》又被很多的读者和评论家看作是小说。在成书出版时，编者又有意思地当作系列组合长篇小说做。有意思！我们现在的文学观念对体裁而言基本流行的是小说、散文、诗歌、戏剧四分法，作家在写作时也是照谱而做。而胡廷武自己也说不清楚写的什么东西，他说，我只是自由地表达我对生活的感受和观念，在行文上常常自以为是，觉得怎样表达清楚一些，美一些，就怎么写。

这与苏东坡的美学思想一脉相承，苏轼认为优秀的文章，“常行于不可不行，止于不可不止”，也就是说作家的创作不可局限于某种框框条条的制约，更不能概念先行，削足适履。当代著名的文体家汪曾祺也认为文章当如行云流水，要像树那样自然生长。从《九听》的创作实践来看，作家在创作过程中，自觉不自觉地完成了对文体的超越。他在写作之初，是有意识地按照散文的格局进行写作，但白马镇的丰富生活和白马人的丰富情感，已经撑破了原先的格局和框架，光“听”其实是包含不了作家记忆中的人生体验，心中的美好情愫。胡廷武没有被文体的框架所束缚，他按照生活和情感自然流动的轨迹去营造他的艺术世界，他笔下的那些人物他太熟悉了，白马镇的生活太让他难以割舍了，他在写作时，已经不是他在写白马镇，而是白马镇在写他，他在按照生活的逻辑形态在创作，而不是依照僵硬的文体去描红。因而，《九听》在文风上一气呵成，血脉相连，没有人工斧凿的痕迹，是自然生长的植物。

文体与作品的关系有点像衣服和人的关系，人穿衣服，犹如生活需要好的外在形态来表现一样，合适的衣服为人增加光彩，不合适的衣服只能扭曲人的形体和形象。不能让生活去迁就文体，但为生活定制一件合适的衣服并不是人人可为的，功力深厚的作家在于能够找到合适的表现形态。《九听》又是怎样的形态呢？《九听》能够在散文和小说之间如鱼得水，在于它抓住了白马镇这么一个独特的形象用力去塑造，《九听》的人物众多，作家并没有去按照小说的方式去提炼，而是依照生活自身的形态信笔写来，但这些人物整合起来就构成了一个完整而独特的形象——白马镇。“白马镇坐落在一个山窝里，一两千户人家，街道主要是两条，一条在山脊上，另一条在山沟里，我想若从天上看下来，这两条街道一定像两条大鱼，浮游在宇宙之间，沿山脊和山沟伸沿的房屋，就是它们长长的背鳍。”白马镇上的男男女女，单个看或许不足以与文学史上那些著名的典型人物相提并论，但白马镇的形象的独特和丰富与那些小说相比，却毫不逊色，这个滇南小镇有可能和沈从文笔下的湘西、汪曾祺笔下的高邮渐渐为人所知。比如我吧，在看完前面“几听”之后，就想到那个叫白马的小镇住上几天，听听那些美丽而又快要消失了的“当年的语声”。

广　告

韩少功近年来很少写小说了，偶或读到他的一两篇小说，也大有美人迟暮之感。可韩少功的知名度并不因此而褪色，他现在的声名显然与他的那些高质量的随笔和杂感有关。进入 90 年代以来，散文随着报刊的急剧膨胀，其原先丑小鸭的位置也一跃为俏公主，一篇散文，一篇随笔，一篇宣言，可让作者芳名远扬。韩少功当然不是靠这些文字在文坛立住脚的，然而，如今的迷恋他短文的读者大多不知他在寻根文学时期的《爸爸爸》《归去来兮》那些惨淡之作，对中国文坛来说，多了一个随笔家，少了一个好的小说家，总是一种遗憾和失落。

韩少功近期的随笔有一个明显的“靶子”，就是对当下生活日趋“现代化”和“国际化”现象的抨击，他的《夜行者的梦语》《世界》《心想》都是以一个灵魂绿党的身份来呼吁中国人抵抗工业文明的流水线，反对复制和统一，并要捍卫汉语言的纯洁，声称语言是民族的最后指纹（虽然在韩文中间或也会出 Pastiche 这类洋文，似影响其语言的纯洁性）。

少功之辈对“现代化”的蔑视和狙击本是意料之中的事，也是可以理解的。从城市到农村，又从农村到城市的这一代人，他们对乡村的感情是复杂的，又是难以割舍的，对中国社会都市化进程出现的诸多文化现象的不满将是他们终生不渝的使命。当然，韩少功没有像张炜那样理直气壮地拒绝“现代化”，不会说出“现代化来也白来了”这种赌气的话，他毕竟身处海口这样的经济大特区，对现代化的气息感受得更真切一些，而张炜离泥土、乡村更近一些，“愤怒”得勇直可爱难免浅直。韩氏的杂感则更具理性色彩，他巧妙地把笔锋对准了伴随现代化进程和国际化交流而涌入的“后现代”文化思潮。

“后现代”可算是西方诸种主义爆炸之后的碎片的混称，它自身的漏洞往往不点自明，正像韩少功描述的那样，“它挑剔和逃避了任何主义的缺陷，也就有了最大的缺陷——自己成不了什么主义，不能激发人们对真理的热情和坚定”，稍有一点古典人文主义和批判现实主义的常识的人就可以轻而易举地理直气壮将后现代批得“体无完肤”，没有信仰还是人吗？人没有终极关怀还能活下去吗？这就让所有持解构立场者难以答辩，因而韩少功这等好手从灵魂绿党精神生态保护者的角色入手更令“后主们”一剑封喉了。

有趣的少功这等心想主义者居然也用起了后现代这类“没心没肺”的文体来，近读《扬子晚报》，这类堪为后现代文化提供温床的大众传媒（心想主义者是排斥大众传媒讨厌大众传媒的）上居然有韩少功的一篇大作，先是一惊，以为看错，再看文风果然韩式做派。读完全文以后，觉得有必要将该文录入，供大家欣赏，因为这是韩少功做的一则完美的隐形广告。影星、歌星做广告本身寻常事，作家做广告就有趣有智多了。

第一本书之后——致友人书简

XX：

稿件读过了。因为事情大多，不可能都一一细读，只能挑其中你自认有代表性的两篇来读。恕我直言，你这两篇，除了某些局部还生动有趣，除了民间口语素材丰富一贯的长处，从整体上看，比你以前的作品没有太多长进。编造的痕迹重，没有把自己投进去和贴上去（汪曾祺语），没有从个人经验中分泌出心血。也少了些对生活的独特的看法，主题重复着流行的感慨和格言，落入一些公共思维的旧套。

你不是新作者了，已经出版过一本书了，人们对你的作品会更多一些挑剔。我以前说过，作者写第一本书不太难，每个人活了几十年总有些感受和经验的积累，只要过得了基本的文字关，总不难写出些新鲜活泼的东西。这就是说，第一本书是写材料。材料写完了，或者说最好最好的材料写完了，第二本书就主要是写技巧了。当下有些作者就处于这样一个阶段，生活不足技巧补，无论什么路数，大多是从书本或臆想出来的，操作感很强，近乎一种纯智力活动。再往后，写到第三本书，技巧也玩得差不多了，就要靠文化功底来支撑，有的通国学，有的懂外语，有的工于历史，有的长于美术或音乐，这些文学以外的学养，均可成为作者继续前行的助力。当然这还不是最后的较量，学术的资源也用完了的时候，怎么办呢？

到第四本书以及往后，可能就要写人格了，要靠整个人格的燃烧了。血管里流出来的是血，水管里流出来的是水。到那个时候，材料，技巧，学养都帮不了忙，再多也白搭，下笔就见性情的真假，见境界的高下。把《阿Q正传》的故事无偿转让给一百个人来写，肯定有很多人会写出通俗滑稽小说，写不出鲁迅的深度和力度，写不出鲁迅的大悲哀，就是这个道理。

我们很多朋友，有相当的生活阅历，有相当的才华至少比我出道时的水准高得多，写到一定的阶段就感到后力不够，在一个点上长时间徘徊。在我看来，还是创作准备不足的缘故。我建议你现在不要硬写，倒不如从长计议，多做一些打基础的实事，多做一些滋养心智的汲取。外国当代作家中，可读昆德拉、福克纳（艰涩一些）、博尔霍斯（十分奇丽）。你说到刚获诺贝尔文学奖的大江健三郎，我刚读到他的一部《性的人》，倒觉得比较幼稚（可能是早期的东西），还没有时间看他其他的作品。中国当代作家中我比较注意张承志、史铁生、王安忆、张炜、莫言、格非、李锐、北村、韩东、叶兆言、苏童、鲁羊等，他们思想成熟，对艺术也确有感悟。刚好我们省的《天涯》杂志近来改版，明年准备励精图治，推出文化精品，上述优秀作家纷纷表示将把他们近期重要的作品交给《天涯》发表。因此你有兴趣的话，可以到邮局订一份（因在湖南长沙邮局发行，邮订代号是 42——137)。

我相信你可以从中感受到 90 年代思想艺术的重要潮向和最新标高。

不多写了。读了明年一二期《天涯》以后，我们可以再谈。有具体的作品作依托，谈话才会更为深入。

韩少功

这虽是一封致友人的书简，却更像对业余作者的一次孜孜不倦的教诲。韩少功当然不是要这位出了一本书的友人按照他的方案去实施，他十年前就著文说过文学创作最没有规律而最富二律背反，他只是在这封信种顺便谈及而已。让人奇怪的是这封书信为什么要当作公开信发表，因为他在信中，对这位友人近作的一些比较委婉并不客气的批评，是没有必要公之于众的，这位作者自己明白也就行了。即使作为对业余作者的辅导，似乎也宜在《文学自由谈》《作家报》这类专业性比较强的报刊上发表，发在《扬子晚报》这种市民风味浓极基本是“媚俗”的报纸上，这种雅俗拼贴的效果，很有些后现代的意味。

少功的这封信一是不该发，二是发错了地方，固然智者千虑，必有一失，这好像与少功的聪明才智还是有些不相适应，我原以为是那个出了一本书的作者忽发奇想地将名作家的书信给报社的，后到报社一打听，并非如此，是少功自己寄来的，且是电脑打印的。我恍然大悟，少功其实是为他的《天涯》做广告，做征订启事。然而，在文体上就出现了明显的断裂和错位，前面都是平静而有分寸的，甚或带有一点学术探讨的气息，用词也很节俭，可谈到《天涯》时，他的用词一下子变得惊人的豪华而奢侈，“最新标高”这种超前支付的超豪华的语言消费，用在一本人们尚在“励精图治”的刊物上，不难看出这是一种非文学性的话语，而是图书推销或产品促销的手段或策略。平常他很少对作家们评头论足，可轻易地称答应在《天涯》上发表作品的十多位作家“思想成熟”，这不禁让我们想起他前不久在一些文中和一些发言对当代作家没有“心想”的慨叹，另外在语言上也一下子失去少功式的风趣和智敏，除了用了流行格言“推出文化精品”这样的公共思维的旧套外，还在短短的几句话连续出现了两个“重要”这样不该重复的词，因为少功作为一个作家拥有的语词量在当代作家中算是重量级的，我们在他的《爸爸爸》《女女女》等力作中已经领教过，可在这儿这般捉襟见肘有点稍失风度。

《第一本书之后》虽然文本内两股话语呈分裂之态，但它出现在《扬子晚报》上这样发行一百万份以上的媒体上反而显得和谐，因为时下一纸风行的各地晚报，并不是作为“阅读”的文本出现的，因为“阅读”用少功的话讲是要“心想”的，而晚报的效用是消费性的，即使一个学问再大的学者读晚报也是以消闲的心情来对待的。晚报最忠实的读者是一个城市的基本市民，他们要从报纸上知道很多对生活有即时性实用的信息，晚报为市民提供实惠和便利（商家也同样获利），晚报在充当市民的生活指南，同时也是市民文化消费的向导，晚报在悄悄引导着制约着市民的文化消费，红歌星、红影星离不开晚报的捧场，一本畅销书如有记者说其有假，第二天书市就会见效。晚报的这种消费性与《第一本书之后》中的商业性话语是一致的，因而出现在文中的那些谈论作家创作后力的文学性的话语很快就被晚报这一商业化的媒体淹没了，文学话语的信息渗漏了，广告的信息量就凸现出来了：晚报的读者知道有一个叫

《天涯》的杂志是个"名牌"，他们假如正在为 96 年订阅哪一种杂志而拿不准时（韩文发在 10 月 29 日这个征订报的当口），或许会照韩文提供的刊号订上一份《天涯》，当然韩文作为广告有一个小小的疏忽，这就是价格问题，至少该说上一两句你少抽包烟就可一览"最新标高"之类的巧言。

作为广告，如果只是到晚报上登消息发文章，算不上好的广告，广告讲究"定位"（Positioning），选择最恰切的定位是商家制胜盈利的法宝。定位的定义虽有多种，但说到底就是一点，谁买你的产品，你的产品卖给谁。如何定位呢？美国著名广告学者艾·里斯和杰·特劳特说过，"定位是你对未来潜在顾客心智所下的功夫"。虽然像《扬子晚报》这样的媒体有足够的广告效应，但要看文学杂志要看重要文学作品的人才是刊物的订户（也就是广告学上说的"潜在顾客"），因而韩少功这则隐形广告的定位用行话来说就非常的"到位"，他希望的"订户"是文中的"xx"，是出了"第一本书"的"友人"。这里的"第一本书"的"友人"虽然可能是实有所指，但结合文章的内容看其实是一种泛指，是指代那些有志文学创作或写出了一些作品的业余作者，他们正是《天涯》要寻找的订户。"友人"在这里是一个关键词，是精心选择的结果，因为在这封书简中丝毫见不出他们的友情痕迹来，少功的口气和行文基本上是用老师的或编辑的口吻来"开导""启发"他的"学生"或"投稿者"的，与"友人"的语境是有极大差距的，但有了"友人"这样的隔离网以后，它使韩信中那些居高临下教诲性的语词有了明确的对象，并不是面向所有的读者，读者一般是讨厌别人对自己进行开导的，不喜爱文学、不懂文学的晚报读者看作家在指导他的友人兼学生进行创作，本身就有点小"热闹"，那些文学性较强的话语也因为有了

“友人”这样的对象变得贴切起来，这样分裂在文中的两股话语就并行不悖了，学术性带有专业性的话语和广告性的商业性的话语都有隐藏的读者。外行可看热闹，内行可看门道。

从理论上讲，韩少功做免费的广告是成功的而合理的，他借助自己的有效身份，利用报纸的有效版面，把握读者的有效成分到底如何呢？还有待验证。不论明年的《天涯》订数怎样，少功都是赢家，那么多报纸（事后我发现此文在其他地方报纸亦可见到）为他惨淡经营的《天涯》做广告，他非但没有花一两银子，还“赚”了一笔稿费，更不用说那些渗透到潜在顾客（订户）身上的未来效应了。尽管如此，还是愿少功的广告效应一步到位，愿《天涯》兴旺。因为好的文学刊物太少了，也太难办了。

此文完稿后，又读到蒋子丹女士发在《小说界》上的《韩少功印象》一文，文中有这样的文字：“韩少功怀疑（总是恶毒攻击拜金论与拜金者，同时拒受嗟来之）钱，但又领着一伙人赚过大钱，并且鼓励他人赚钱；怀疑文学（称之为花言巧语），但仍一篇篇写着文章并且为之绞尽脑汁一改再改；怀疑科学（认为科学可以使人的心灵变得狭隘），但又特别爱读通俗自然科学读物，谈起概率论或者量子力学的皮毛就掩不住得意之态：怀疑宗教（认为任何宗教一旦制度化或者组织化，就一定蜕变为新的专制或者使用经济手段），但又坚持说，真正的人是需要保持宗教感的，尤其是文化人艺术人丧失了宗教感就丧失了根本；怀疑善德（称之为贵族自我拯救的心理减肥操），但又向来苛求亲人与朋友须有善心善德，并且对公益活动不乏热心；怀疑自由（认为今天大街上的自由都有太多的口香糖味儿，只代表‘免费’‘闲暇’‘不负责’……这些词的熠熠利诱），但又把他自己独立思索与逆潮流而动的自由高于一切。”蒋女士的文字从某种程度上验证了少功做广告逻辑上的合理性，套用子丹的句式：怀疑广告（称之为古代江湖骗术和现代推销术的嫁接），但他为《天涯》的发行量和知名度又“奋不顾身”地变着法儿做广告。

王干补记。

（载《为您服务》1996 年 12 月 5 日第 10 版）

新作快评

《厕所》与"下半身写作"或"下半身文化"

在天桥剧场看《厕所》，我老是想到《茶馆》，有这种"阅读"心理的肯定不是我一个人，虽然不是北京人艺演的，但你还是能"读出"人艺的影子，或许是导演林兆华和编剧过士行的缘故吧，总觉得是《茶馆》的"模仿秀"。

茶馆是进口的地方，厕所是出口的地方，有进有出，人这部机器才能运转，都说色食人性，排泄呢？也是人的功能和必需。人的自然属性包含了诸多的人性内涵，但人性不是固定不变的符号，人性的体现总是在特定的历史关系和社会环境中得以表达的。

《茶馆》以茶馆为横断面来展现半个多世纪的旧中国社会的历史动荡和文化嬗变，当然最主要的是人物的命运。《茶馆》开创了一代话剧新风，让话剧在强烈的戏剧冲突之外也能在日常生活之中充分地表达人生和历史。《茶馆》的成功在50年代是个太大的意外，一是题材上的小人小事，与社会主义现实主义的英雄主义和理想主义模式相悖，二是缺少中心戏剧事件，展现的是场景而不是故事，"文革"结束以后我第一次看《茶馆》就没看懂，因为它与我理解的戏剧太远了，它更像小说。《茶馆》的成功提高了人艺的含金量，人艺因《茶馆》而更具个性。《茶馆》显然成了经典，但经典也易被模式化和程式化，之后类似茶馆格局的话剧也时有所见，人艺的名剧《天下第一楼》也不难看出《茶馆》的痕迹来。奇怪的是我看德国的话剧《屠夫》也仿佛是《茶馆》的德国版，不知道谁在前谁在后。《厕所》的编剧过士行是老舍文学风格的继承者，《厕所》也是借厕所这个特定的场所来展示70年代初到90年代末这三十年的政治风云、社会变迁和人物命运，史爷和王利发一个掌管的是厕所，一个经营的是《茶馆》，一个生活在新中国，一个生活在旧中国，但不难看出二者的承继关系，史爷大约也是王利发孙子辈的人，两个剧带有很强的互文性。

《厕所》也不全是《茶馆》的填空或翻版，它仍带有作家的个性色彩，这也是过士行与老舍的巨大差异，在《茶馆》中，老舍是无声的，他没有赋予自己的“声音”，他是真正意义的“零度”写作。而《厕所》里，过士行是一个思考者还是一个怀旧者和伤感者，他要思考排泄文化的东西方文明的差异，是有声的，对厕所文化的思考带有哲学的意味，而贯穿期间的北大荒情结，虽被史爷反复提起，其实还是编剧的个人精神世界里的某种文化积淀在起作用。史爷北大荒兵团三人的出现，是怀旧，也是对昨天的控诉，这些时代的弃儿，又作为今日新人类靓靓的比照物，电影《无间道》里有句话很有意味，“这是一个最好的时代，这是一个最坏的时代”，而《厕所》则告诉我们昨天不是一个最坏的时代，今天也不是一个最好的时代，陶红扮演的丹丹母女俩就是这两个时代的象征，颇具意味。

虽然师承老舍、效仿《茶馆》，但《厕所》还是烙上了这个时代的印记，就是文学艺术的对生活的表现的分寸问题，也是该剧容易引起争议的。当年鲁迅先生曾经谆谆告诫青年不要画毛毛虫，不要画大便，可如今就有人画毛毛虫，甚至画大便，《厕所》也无疑突破鲁迅先生规划的禁区，虽然表现的是大便的人，但“史爷”与“屎爷”的巧合，对排泄之所记录式的铺排，让人还是有些诧异。这或许在过去看来，有自然主义之弊，可也不是一个自然主义就能打发得了的，它是一股不可忽略的思潮。近年来，从欲望化写作，到身体写作，一直到更年轻的作家以“下半身”为旗，对人性的展现到人欲的表现，直到人的生物功能的描写，视点下沉再下沉，接近极限。《厕所》的内容在下半身之下，但主旨不是表现“下半身”的思想和观念，它的关键词仍然是“风俗”“社会”“历史”，但厕所本身的选择，就是视点下沉的结果。狮身人面之谜，困扰人类多时，可如果人拖着一个狮的下半身，又会是怎样的感觉？

城市目击者：像卫慧那样　像宁岛那样

1998年的《钟山》第1期、第2期先后发表了宁岛的短篇小说《钻石和痣》、卫慧的中篇小说《像卫慧那样疯狂》，为低郁而沉闷的98小说背景增添了一道绚丽而明亮的城市文学风景线。

现在小说界的朋友普遍认为，城市文学将是今后文学的一个新的生长点。这不仅是由于近十年来的中国社会从计划经济走向市场经济之后，城市化的进程以人们意想不到的速度迅速展开，更重要的是在城市文化的熏陶下，城市的新一代也开始以他们的独特姿态向我们款款走来。他们的身影也逐渐投射到文学中来。王刚在长篇《月亮背面》就通过牟尼的视角展现了李苗这样一个都市女的新形象；而邱华栋《城市战车》里更是以一个外省人的目光对城市作了夸大的欲望化叙述。由于个人经历的缘故，他们对城市都是以局外的目光来进行描述的，而宁岛、卫慧的小说与他们相比，有一种根本的差异，就是不再以局外人的冷漠来旁观城市的一切，而是以当事人的身份进入城市的舞台，置身城市的风景之中。卫慧的《像卫慧那样疯狂》可以说是她个人的精神自述，也可以说是70年代人的“成长的烦恼”。她所采用的那样一种独白式的语流，堪称城市目击者的宣言。在卫慧、宁岛的小说中，我们依旧读到伤痛、隐忧甚至仇恨，但这种伤痛已不是某种意识形态的产物，这种伤痛来自城市的撞击，来自个人内心的焦虑。

焦虑的主题在这一代城市目击者中得到了新的阐释。近 20 年的当代文学不乏表现焦虑主题的作品，但这种焦虑往往不是从内心之中涌现出来，而是来自于观念的冲击和图解。在 1985 年，曾经出现过两篇表现城市状态的青春小说，一篇是刘索拉的《你别无选择》，一篇是徐星的《无主题变奏》，他们所表现的主题也该是焦虑一类。但当时的文坛热衷于他们的“现代派”是真是伪，关注的是他们小说模仿与否，以至在文坛引发所谓“伪现代派”之争。这两篇小说中城市青年的精神的深度焦虑被忽略了，“吃饱了撑的”，这类评价虽然出于戏谑，但也道出了当时社会文化一种价值关怀倾向，对于还沉浸在刚刚获得的温饱的喜悦中的人们来说，刘索拉和徐星的城市情绪理所当然受到怀疑。因为前不久，人们还在为高晓声的《陈奂生上城》叫好，在那篇小说里面，连县城都是那样的堂皇，都是那样的令人惶恐和不安甚至感动，这种惶恐不安和感动不仅是陈奂生，连叙事者也在内。可几年后，城市在一群青年的眼中就是这么的不堪，显然是“吃饱了撑的”。但毋庸置疑，刘索拉和徐星对城市的理解观念还是大于情绪，他们之所以让人去论争他们的真伪，与他们小说文体的横向移植不无联系，人们觉得他们吃饱了，但还没有被撑着。存在决定意识，不论刘、徐是否同意这一哲学认知方式，人们对他们作品的评价还是要从这一基本的理论出发。

如今，在我们的城市生活中，昔日被视为“吃饱了撑的”的人已经形成了一个人群，不论称之为“新人类”也好，“新新人类”也好，他们作为城市的一代骄子正标示着一个新的文化时代的来临。尤其是那些70年代出生的人们，“文革”的记忆更像一部动画片里的闹剧，再晚一些出生的如宁岛等76年以后出生的作者对“文革”的了解，只剩下经历者的历史讲述，他们面临的生存困境，不是来自书本哲学，而是生活本身。或许这样一代的“空心人”，才是90年代城市文学的支柱。在宁岛的《钻石和痣》中，城市这样巨大的意象，被浓缩到“钻石”和“痣”这样的微型语码之中，《钻石和痣》开头那段关于化妆的浓墨重彩的放大了的描写，对面部的无微不至的“语言关怀”，让人想起这是一个战争场景的刻画。这或许是一个象征，这些琐碎平庸我们以往文学陌生的场景被用一种虚拟的“大叙事”方式展现在我们面前时，我们看到将不再是一张新的面孔，而是一种视野，一种思维，一种新的价值正像鸡雏啄破坚硬的外壳那样毛茸茸地面对这个世界。

荒诞之旅

对这篇小说的阅读兴趣，源于我现在身处的城市。《广州文艺》98年第二期以“独家小说”头条的位置发表了这篇题为《南京》的短篇小说，足见其重视。但现在刊物的头条越来越让人不放心，越来越让人读后产生沮丧。我现在读作品有时是跳过头条看的，但这篇《南京》我不能跳过看，作为这个城市的居住者很自然地想看到《南京》里描写了南京的什么。

《南京》是一篇具有荒诞品格的小说。

《南京》的情节或许可概括为“寻找与游走”两个关键词，在寻找中游走，在游走中寻找。故事的背景发生在业已过去的战争年代，七个人组成的暗杀小分队，从外地来到“敌占区”南京来消灭一个叫李在之的特务，据说他手中掌握了“我方”特工的名单。于是，分队长“我”和六个特务便贸然踏上南京的土地，“小分队分为三路，我们的终点是我们在南京开始工作的起点。”但他们并不知道谋杀对象的详细情况，为了寻找到被谋杀的对象，他们茫然地在这个城市里游走，见到了这个城市的许多街道、街道的名字和街道上的高大浓郁的法国梧桐树，但就是找不到他们要谋杀的对象。而他们的小分队的“战友”开始遭到暗杀，小分队内部出现了种种危机，但是糟糕的是他们寻找的结果发现他们的这次行动竟然是一次“伪令”，上级为了迷惑（同时也是为了验证）敌人潜入我方特务所做的“伪令”，也就是说小分队自以为秘密行动的暗杀计划已成了秃子头上的虱子——明摆，南京当局已经对小分队的行动有所准备，而通过这次伪令上级已派人将潜入我方的特务处理了。这已经够荒诞的，当时小分队的任务不是暗杀而是迅速逃出南京，或许是寻找的惯性使之，小分队反而以一种莫名的激情去寻找那个虚假的敌方的“要人”——李在之，可等找到李在之时，发现他只是一个极其普通的特务，而且已身患重症，杀他已毫无价值，而李又愿意带他们逃出南京这个险境，暗杀者和被暗杀者成了朋友，迷种荒诞的转换又是那样的必然。但最后李在之还是死在小分队之手，连分队长也难幸免，因为小分队出现了内奸，小分队一开始就被打入我方的特务安插了三个人，也就是说这样一次以暗杀为目的的南京之行从一开始就决定了荒诞的本质。

这样较为复杂的情节或许可拉成一个中篇，编出一部电视连续剧来也会挺抓人的，但作者却以一个短篇的篇幅浓缩处理，并不在乎材料的浪费。事实上故事本身也都是一些旧材料，如真的拉开来写，将是非常糟糕的。这篇小说在处理上的妙处是虚化了整个故事的政治色彩，不将这个故事作为一个政治性的资源进行开发，而是从纯粹的敌我双方来写这次暗杀的荒诞性，敌方和我方的政治面貌并不重要，这次谋杀的性质是抽象的，正义还是非正义，是为民除害还是为虎作伥，都被作者有意忽略，因而这次活动有模拟性质，小说中的“我方”之“我”也纯粹是叙事人，更重要的是为了叙述的方便，而不是那种立场上和道义上的“我方”，更不是作家本人的政治态度和立场。小说里，一个最荒诞的现实就是“我”从寻找敌人在哪里到寻找谁是敌人的变化，敌人变成了朋友，战友变成了敌人，谋杀者被谋杀，队长“我”发现：“真正的敌人正是南京本身，这不仅仅因为南京是一个被敌人所控制的地方，更因为小分队与南京的联系被强加了一个硬性的联系。”

我看完《南京》之后，觉得它有些奇异，它叙述事实的同时也在消解事实，并消解叙述本身，但整篇小说并不给人虚无的印象，反而有一种寓言似的启悟。我不禁去看作者的简介，原来又是一个70年代出生的人，且在南京读过大学。略感遗憾的是，可能作者离开南京时间长了，他在小说中将几处地方的方位搞错了，对不熟悉南京的人可能无关紧要，但像我这样的读者就有些发愣了，我甚至想给这位叫陈家桥的小伙子寄一份新版的南京地图去。

写出诗的骨感

——关于马铃薯兄弟的诗集《声色与马》

马铃薯兄弟的诗集《声色与马》要出版了，让我写些话，我答应了，可读到他的诗之后，我有些后悔，因为这些作品是我以前的阅读经验里所没有的。80 年代，我读过杨炼的《诺日朗》，也读过永明、唐亚平的女性诗，他们的诗歌开始涉及情感、情欲、情色这些人性深层次的内容，但 80 年代的文化运动让这些诗歌罩上了启蒙的色彩，我对这些诗歌的阅读经验在马铃薯兄弟的《声色与马》面前对不上号，马氏的这些诗歌给我提供了新的阅读挑战，当然，成为新的阅读经验。

按照我们传统诗歌的标准，《声色与马》是写得有些露骨，它缺少古代艳情诗的含蓄和华丽，但马铃薯兄弟写的不是杜牧时代的诗歌，也不是郭沫若《炉中煤》美人芳草式的象征诗歌，他有意去破坏这些、去解构这些曾经流行的风格，而要创建属于自己的诗歌天地。马铃薯兄弟的诗歌更多的是关注自己的身体的感受，感官的联想取代了文化的联想，身体的写作取代抒情和象征。身体的问题是这几年文坛的一个敏锐的话题，注意到身体是文学发展的一个必然，玛格丽特·杜拉斯在《作家的身体》中写道：“作家的身体也参与他们的写作，作家在他们的所在之地也会激发他们的性欲。就像国王和有权势的人一样。”身体里涌动的激情是写作的最初的原动力，这种动力往往被另外一些理念的东西遮蔽了，久而久之，也就被淡忘了。马铃薯兄弟现在所做的工作就是把这种淡忘或遗忘的人的身体的语言挖掘出来，还原在你的面前。这并不是一种复杂的难事，但却意味着是一种冒险。一不小心，就会踩到地雷，会等同于“下半身写作”的哥儿们、姐儿们。

马铃薯兄弟并没有陷入那种常识性错误的陷阱之中，他虽然追求身体的热情和身体的温度甚至身体的思维，但他写得一点也不“肉”，反而写得很有骨感，很有些“魏晋风骨”。热爱身体写作的人容易突出“肉感”，写得满地水淋淋的，如果是女性作家尚可谅解，男作家就让人恶心了。我们在一些小说中，不时会见到这样的笔墨。马铃薯兄弟的诗歌让你感到是一种有力的身体在行走，不是猥亵和自渎，《路上的尘埃》这样写道：

我走在路上干燥的眼睛里
嵌入风中细碎的物质
因此泪水漫溢
我爱过的人
那么早逝去
化成了这些
风中
细碎的物质

这首《路上的尘埃》让我想起了庞德的那首著名的《地铁》，爱情在马氏的目光中变成了那些飘浮的“物质”，而不是“那些湿漉漉的花朵”，但又仿佛是庞德的续篇，地铁中“那些湿漉漉的花朵”最终也化成了风中“细碎的物质”。马铃薯兄弟伤感，但不矫情。

在《处女与鸽子》中，写到了声音和色彩：

把鸽子和处女
两个名词
放在一起
从齿缝间通过
是不是有一种
嫩嫩的
肉质的感觉
白白的身影
红色的嘴
以及
白色的骨头

在齿缝通过的声音是“嫩嫩的 / 肉质的感觉”，声音的感觉化为味觉，但这仍不是马铃薯兄弟，等我读到“白色的骨头”时，我知道这便是马铃薯兄弟了，诗的骨感峭然挺立。

马铃薯兄弟在做一项艰难的尝试，他希望诗歌能像线条一样勾勒出人的欲望和潜意识，他在语言的声色中洞现那些诗的盲区，他展现声色而不露声色，他用冷笔调表达热欲望。我虽然衷心祝贺他成功，但我知道此路坎坷，所以希望他能坚持住，坚持意味着探索者仍在。

城市的巫歌

把诗歌简单划分为城市诗派与乡土诗派两类，与把诗歌分为女性诗歌和男性诗歌一样不可信。不过，近年来诗中的城市意识与女性意识的强化倒是一种值得注意的文学走向。丁蔚文的诗集《红贡果》在众多的“群体”“流派”中自然不是最响亮、最惹人注目的，但她从一个女性的角度去体验城市的诸种风情，又从城市的视界去表达一个现代女性的心绪，便有了一种骚动而缠绵、喧嚣而幽暗的特殊气息。

城市／乡村的背后亦即是现代／传统的距离，徘徊在传统与现代之间便构成人们价值观念的悖反。丁蔚文自然也摆脱不了这种历史命运规定了的悖反之圈，一方面愿意在克拉克·盖“眼神的蹂躏下快乐地死去”，一方面又听到“李贺弹箜篌的乐声”；一方面“我独居这间卧室／是因为我喜欢独居”，一方面又婉叹“季节呀／我在你身外轻轻歌唱／我无家”，热爱现实与怀想历史，渴望归宿与仇视归宿，成为《红贡果》中两股平行流动的诗潮。这种矛盾而蔓杂的情绪悖反正是现代生活中人们难以解脱的生存窘境，在城市／

乡村之间，我们可以选择城市，但是我们又离不开乡村，这种离不开不仅是生活中有许多必然的联系，还是我们的血液里流动着乡村的因子，乡村对我们有一种天然的亲情，这与城市对我们有一种不可抗拒的吸引一样。乡村的亲情力与城市的吸引力让我们无所适从而又同时向它们认同，因为“我是忍受不了寂寞的一尾小红鱼”。在茫茫人流中，谁不是一尾小鱼？

在城市／乡村的悖反中，还包含着另一层男性／女性的悖反。男性离不开女性，女性同样也离不开男性。但在一些女权主义者的词典里，男性往往意味压迫、剥削、支配，而女性往往是处于受压迫、受剥削、受支配的地位；所以她们要颠覆这些关系。丁蔚文自然也明白这些因性别而存在的沟壑，但她似乎无意去颠倒这些历史形成的秩序，她只愿意以女性之心、女性之躯去填平这些裂谷。她的诗集取名为“红贡果”，用意显然不在颠覆而在和谐。为了掩饰这种非女权主义的姿势，她以一个现代都市的女巫进行歌唱，“我是吉尔吉斯之黑女人／跳着亘古如日的巫神之舞”。她在《骊歌》中对恋人许下“堕一百次胎／怀一百个私生子给你好吗”的宏愿之后，又在恍然觉得自己“口吐梵语如此而已如是而已步出迷宫／佛座莲花宝座”。借着“梦”的背景，诗人热情地写道“巫师／我来就你／酋长／我来就你”，这无疑是对传统观念的大逆不道，但这只是一种“梦之游”，她要化被动为主动，按照自我内心的要求去生活。

“红贡果”意象暗示着诗人对真诚而疯狂的爱情的渴望：“爱人／命里注定我要为爱而死／就让我为你死一回吧”，爱而至死，非但毫无悔意反存一种无限幸福的陶醉。即使如此，诗人犹嫌不够，她以超常态的心情对恋人唱道：“如果你爱我／就尽情地伤害我吧”，爱／伤害本是对立的范畴，但在“红贡果”的世界里，却惊人地和谐地统一在一体。我们可以指责这种情绪的反常乃至变异，却不能怀疑其真诚和坦率。

近来有不少女诗人在尽情抒发她们内心的苦闷、惆怅、欢乐、忧伤时，都自觉不自觉地披上女巫的黑面纱，翟永明、伊蕾、唐亚平、海男、陆忆敏等都散发着神秘而可爱的巫气。莫非女人至情便巫？还是以巫作为保护色？这倒是一个非常有趣有意义的现象。

非典是只鸟吗?

我们连续两期连载了张尔客的《非鸟》，受到了读者的欢迎，这有些出乎我们的意料，因为我们以前连载过的长篇小说都出自池莉、毕淑敏这些名家之手，张尔客虽然在网上是高手，但在纸媒体上还是一位新秀，他这次突击写作的反映非典时期官场小说的长篇小说，有与柳建伟打擂台的意思。两部小说孰优孰劣，不好评说，因为我们还没有读过柳的作品。但《飞鸟》在我们已经读过的小说中，它的意义不在于是一部应景之作，诗人出身的张尔客以其奇妙的想象和不具一格的网上作风，把非典时期的复杂的人性和复杂的社会事态敏锐地抒写出来，我们或许可以说，《非鸟》的出现，说明经典写作和应景写作并不是水火不容的，问题在于作家能否按照文学的规律办事，在于作家有没有足够的生活准备和艺术准备。

小说的名字叫非鸟，有些怪，非典是只鸟吗？它从哪里来，又到哪里去？我们不知道。现在的科学家也不能说出它的家谱和渊源，也没找到它的克星。但非典这只怪鸟所引起的旋风，大有鲲鹏展翅九万里之势，翻动了多少了潭水，也照出了我们生活的多少盲区。肖桦、张明、侯三石、黄浦一系列人物的灵魂在这只鸟的面前豁然洞现，人性的多色调让我们感受到小说家不凡的穿透力。张尔客是个诗人，他的笔端带着诗意，但又充满了后现代的解构精神，他对非典的理解已经不只是一场疫情，他关注的是人的命运，是人类的命运。小说开始有些喜剧的味道，但后来变成了悲剧，死的死，疯的疯，官场、情场一场空，非鸟激发出人性的能量，也激发出人的邪恶，当然也激发人的真善美。在这样的意义上，非鸟又是一种象征。

现在写作非典的小说不意味着是总结，而是对当下状态的一种描述。专家们说，非典还要来，再来，小说中的人物命运又会怎样，我们不知道。张尔客会不会写出续篇，我们也不知道，但《非鸟》值得一看，它其实是超越非典的一部小说，在小说里非典连鸟都不是。非典只是一个符号。

尴尬的《林海雪原》

这些日子，全国不少的电视台正在上映电视连续剧《林海雪原》，引起了不少人的关注。我从小是阅读《林海雪原》这些红色经典长大的，每到晚上的黄金时段便放弃手中的工作和应酬，来重温这部曾经伴随我少年时代成长的名著，然而，我丝毫没有得到那种重温的亲切，而是一种新的陌生。这种陌生不仅之于我这类观众，连曲波的家属也向媒体抗议改编的“歪曲”。

或许现代京剧《智取威虎山》给了我们太深的印象，或许小说变成电视剧总有那么多不如人意的遗憾，但《林海雪原》的改编引起诸多的争议，除了上述的原因外，还有一个重要的原因在于编导过于把小说原作视为经典，企图以经典的方式来营造新的影视经典，因而陷入两头不讨好的尴尬境地。长篇小说《林海雪原》本身走的是畅销书的路数，这不仅是因为剿匪题材决定，而是小说基本上依照的是传统的话本小说和传奇文学的路数，塑造的人物也基本是扁平型的，小说的格局是善恶分明、忠奸清晰的伦理道德小说模式，由于贯以革命英雄主义的色彩和浪漫主义的情怀，在那样的年代引起轰动是可以理解的。其实，《林海雪原》本身的一些情节就经不起推敲，比如护士白茹的设计据当事人讲是违背了历史真实，是属于“传奇”而非写实。到了样板戏《智取威虎山》里，杨子荣又被净化、纯化、美化、神化为一个智勇双全、赤胆忠心的卧底英雄，可以说开了《无间道》的先河。

现在我们看到的电视剧比原来的作品要更生活化更具人情味，是采用与小说和京剧不同的创作方法，力图弥补小说和京剧脱离生活的先天不足。这种努力首先强调生活的真实性，尤其是通过地域文化的特性来还原彼时彼地的历史情景和生活场景，浓郁的东北风味和真实的生活气息让电视剧《林海雪原》的文化含金量增加。第二，电视剧在人物的塑造上也企图改变原作的扁平模式，力求塑造出圆形人物来，这在杨子荣表现得极为明显，比如与槐花和老北风复杂情感的纠葛，都是想写出英雄人物性格的复杂性，把英雄和土匪都还原成人，而不是像《智取威虎山》里把英雄和反派变成不食人间烟火的神和鬼，电视剧在很多细节方面比过去更真实充实了。

那《林海雪原》为什么没有获得预期的成功呢？

这是因为红色经典本身的价值在特定的年代形成之后具有自足的状态，特别像《林海雪原》这种小说经过样板戏《智取威虎山》的高浓缩的“升华”之后，已经积淀成为人们的阅读记忆和审美预制范式，想轻易颠覆和改变是不容易的事。今天关注《林海雪原》的观众不可能是年轻人，而以中老年为主，对这些中老年文化记忆和审美经验的篡改，肯定会引起他们的不满。还有一点，《林海雪原》本身追求通俗、传奇、大众化，与现在流行的电视剧套路可谓不谋而合，而《林海雪原》电视剧的编导们却舍近求远，放弃原先的优势资源，不去张扬英雄传奇的浪漫，反而想在还原生活原生态和表现人物的复杂性上下功夫，结果丧失原作的风貌，也丢弃了电视剧通俗好看的特点，陷入名著不名著、好看不好看的两难境地。既不如京剧《智取威虎山》那么激动人心，也不如电影《林海雪原》那么真实可信。

现在重演、重拍、重现红色经典的风气颇盛，但成功者鲜，失败者众。不少的投资者和制作者认为红色经典有广泛的群众基础，容易火，容易获得收视率，但他们忽视了红色经典的形成有其特殊历史成因。红色经典之所以成为红色经典而不是经典，就在于这"红色"二字，如果离开了"红色"二字，这经典也就可疑了。记得"文革"期间曾重拍过《渡江侦察记》，被视为违背艺术规律的笑谈。"橘逾淮北而为枳"，红色经典并不具有四大名著那样丰富的文学内容和人性内容，它是在非常态下形成的，正是它的局限造就了它的成功。

有一则民间故事说，乾隆下江南时，肚子饥饿难忍，一农夫招待他喝了一碗豆腐菠菜汤，乾隆觉得是天下第一美味。进宫后，终日思念，可御用厨怎么也做不出乾隆思念的味道来，遍访江南，找到那农夫，聪明的农夫死活不承认，他知道此一时，彼一时也。

菜犹如此，何况戏乎！

网上的文学与纸上的文学

网络与文学的联系是天然的，大名鼎鼎的比尔·盖茨就将电脑软件定性为“文学作品”。正是由于比尔·盖茨的不懈努力，《伯尔尼公约》的附加议定书把计算机软件作为一般文学作品纳入公约的保护范围。关贸总协定乌拉圭回合谈判新达成的知识产权协议草案第十条也明文规定，计算机软件享受等同于文学作品的保护。这是就知识产权意义上讲的，但比尔·盖茨没有想到网络本身也会滋生出“文学”来。

今年文学的兴奋点是网络文学，很有一些人在为此鼓噪。我是读惯纸上文学的，对网上的文学总感到有一些隔，比如我在网上看过余华的《鲜血梅花》，但与十几年前在《人民文学》上读到的感觉差异极大。我现在还清晰地记得当初阅读《鲜血梅花》铅字在略带发黄的纸上被目光默默检阅的情形，而网上的《鲜血梅花》远没有那种文气和从容，当我按动鼠标向前推动时，文字急吼吼地移动，我知道纸上的文学就这样被涂抹了。

或许有人说，你这是矫情，《鲜血梅花》内容还是那些内容，一个字也没少，它的信息量并没有受减。但是载体发生了变化，不断移动的字符对人视觉造成的阅读影响对小说的信息量肯定有增减。当然，如果本身就在网上“打”就的文学，那就另当别论。

网络文学应该有自身的特点，它的自由度大于纸上文学，至少避免了编辑这一关，它的直接性和迅捷性很符合这个快餐文化时代的特点。

陈倩的《片断》我是网上看到的。那一天《大家》的主编李巍先生问我有没有时间为他们的一部中篇写个短评，我说可以看一看。因为前不久，李主编让我为《男人传》写评介性的文字，我当时实在抽不出空来，就推辞了。这一次再推就有点不好意思了。

后来，他告诉陈倩说我愿意看一看。后来陈倩便把稿子从网上“邮”给我。我本想下载后打印出来，后来发现《片断》长达五万多字，也就懒得再浪费时间和油墨了。于是，我便在网上读完《片断》。

或许是载体发生变化的缘故，我读《片断》时时感觉在读那些流行的网络文学一般。当我读到“我把自己挂在网络上”那一部分时，我就更坚信这位陈倩与网络文学的联系了。这位“挂”上网络上的作家，她的行文方式明显带有了“聊天室”语体的风味：

“长期以来，我一直盼望的是把一封辞职报告啪的一声甩在我们处长面前。”

“我会时不时地小女人一下。”

这种随意性的叙述方式是以“我”的口吻来进行的，没有传统文学所讲究的雕琢和精致，可以说水分泡着才情和机智，毫无节制的语流荡漾着生活的鲜亮和纷杂，作者在倾诉又在倾听，在《片断》之中这种倾诉又倾听的特点是通过不同的字体表现出来的，作者展现两种不同的“真相”，两种不同的“事实”，构成了一个相互补充而又相互消解的奇异效果。

“我”与老飘的分手，与阿源的交往都在一种暧昧的情状下进行的。而蔡珠的故事又与“我”的生活状态互为呼应又互为隔离，并没有完整的逻辑因果链。

片断化碎片化本是后现代主义用来表述文化的非完整状态，但后现代的宗师们在研究发明后现代时还没有网络互联网这种奇异的载体，他们所惨淡经营的理论要得到实践的验证往往颇费踌躇。记得罗兰·巴特为了证明“作者之死”“文本的互文性”这样的命题，曾动员他的学生写作了一本《恋人絮语》，形成了共同参与的“文本”。如今，在网络上要想获得这样众声喧哗的“文本”，哪里还用罗兰·巴特到课堂去布置作业、让学生找资料去写论文，那里帖子飞来飞去，正是作者和读者共同创造的文本。

陈倩的写作应该说是一种网络化的写作，这种网络化的写作与我们传统的纸上文学的区别肯定存在，至少有一点是明显的，就是语言的速度比过去要迅疾了，这不仅是因为键盘替代钢笔之后文字“出”的速度快了，而是因为网络本身追求速度、追求信息量，网上的文学就不像纸上的文学那么滤得简洁、清晰，它难免有些芜杂和枝蔓，很难做到“删繁就简二月花”。书写工具与载体的变化，对文学肯定会产生本质的影响，一是语言，二是文体。从甲骨文时代到翰墨时代再到钢笔时代，都产生过划时代的作品。网络时代也不会例外。

由陈倩的小说谈到了文学史的进程，有些远了。就此打住。有趣的是，由于《片断》是电子邮件，我看的时候居然没有作者的署名。也不知道谁写的。直到陈倩打电话问我收到电邮没有，我才知道《片断》的作者。莫非佚名也是网上文学的一个特点？

小说的不确定性

《收获》这两年的好作品好像都是长篇和散文，中短篇并不是特别起眼。2000 年第 4 期上的《解决》让人有点意外，虽然刁斗的名字和作品已经很熟悉，但这部中篇还是目前相对沉闷格局里的一个小说亮点。小说采用结构现实主义的方法，讲述了严松、衣丹、钟祥三个不同人物的不同故事，体现了现代小说的另一种美学价值：不确定性的魅力。

我们常见的小说往往都是以确定性取胜的，确定性的主题，确定性的故事，确定性的人物，都是一篇小说必不可少的“硬件”。虽然“意识流”、魔幻现实主义等外来思潮实际也是通过损坏小说的确定性来建立新的小说美学的，但不确定性容易与随意性混淆起来，到 90 年代以后，大多数作家放弃了这种貌似随意实则艰难的小说方式，采用一种更为具体、更易把握的因果清晰的小说思维。刁斗兄一直执着探索这种非常规的小说方式，这篇名为《解决》的中篇小说，以一个“刺臀”的故事背景为依托，上演三种人生、三种结局。百无聊赖的严松以“刺臀”为乐子，他那种非性犯罪的犯罪实是一种变态行为，而中年女性衣丹用明信片匿名方式对处长钟祥进行诽谤和攻击，也是另一种“精神刺臀”。无辜的钟祥被匿名的明信片诽谤弄得寝食不宁，精神失常，不堪其扰，居然模仿犯罪分子“刺臀”的行为，对被他认为是“凶手”（写匿名诽谤明信片）的倪波进行报复（“刺臀”），事败之后，自杀身亡。随着钟祥的案发，真正的凶手严松也因与离婚的女友去登记结婚停止了作案，“刺臀案”也就在张集市得到了“解决”。

刁斗的小说以描写当下城市生存者的心态见长，他在 90 年代的写作注重城市文化心理的剖析，特别注重隐匿在城市喧嚣生活中那些飘浮的动荡的诡秘心理的挖掘与表现，使他的小说在人性的深度上有一种自觉的追求。《解决》继承了他小说的一贯风格，在故事的悬念和戏剧性上又借用“结构现实主义”的一些手法，通过多点透视、多点叙述的方法，表现城市当下生活的某种荒谬。这种荒谬立场表达了小说的不确定性，故事的真正凶手逃出法网，而无辜的钟祥心理失常，“扮演”了凶手，走上了不归路。这种荒诞的故事又是沿袭这样古怪的逻辑进行运作的：男人攻击女人→女人攻击男人→男人攻击女人→男人自取灭亡。小说的不确定性来自各种差异性，视角的差异、性别的差异、时间的差异、诱惑的差异等等，都颠覆了原有的秩序，进入了生活的本真状态。

唤醒我们民族那些美好的记忆

——评《中国童话》

流传久远的神话和童话是我们民族最古老的文化精神财富，也是我们民族最深刻的文化记忆。打一个形象的比喻，流传久远的神话和童话就是我们民族的胎记。要了解我们民族的精神起源和文化想象的基点，神话和童话是最形象的资源。然而，这些年全球化经济的发展，带动了消费文化的趋同性，在孩子们的阅读世界里，传统文化的精华在慢慢淡出，而西方的电子文化以及日本为代表的动漫文化呈覆盖性的趋势，中国孩子的心灵面临母语文化资源的饥渴。在这个时候我们读到了黄蓓佳的《中国童话》，可以说是一场及时雨，尤其是著名作家重新涉足儿童文学的领域，一方面表现了作家对未成年人教育的关爱，另一方面也说明作家的童心未泯，这是比较难得的。因为很多作家都是从儿童文学创作起步，然后进入到更广阔的创作领域，能够回得来的作家很少。俗话说，一个人不能两次跨入同一条河流，是说时过境迁，而黄蓓佳从《我要做好孩子》起，成功地“返老还童”，并取得了创造性的突破。

对经典文本进行改写，是后现代文学的常用手段。黄蓓佳的《中国童话》也属于经典文本改写的范畴，成功之处主要体现在以下几个方面。

一、重新确立价值的底线，改写经典往往容易戏说和“大话”，对传统的价值观进行颠覆和戏弄，在目前流行的学生读物中，此类情绪的作品极为流行，似乎不调侃一下那些好的价值观就老土似的。而《中国童话》的意义在于重新确立那些美好理想的合理性和必然性，这不仅是童话天然的向真、向善、向美的内质所决定，也渗透了作家独特的思考和广博的人文情怀。在《中国童话》，总感受到有一种力量在感动着我们，这就是真诚、忠贞、友谊、爱情、善良、自由、忠厚、伦理这些曾经打动我们心灵而又被时尚文化冲淡的美好情愫。在《中国童话》中，经常读到作家有意识地改写某些传说的内容，来强调真善美的理想主义的精神，不论牛郎也好，七仙女也好，都闪耀着真善美的光辉。

二、抒情诗一样优雅的笔调。西方的童话之所以繁荣在于作家介入创作，而中国的童话是匿名的，没有知识产权，中国童话植根于口口相传的民间传说，往往故事性大于文学性，甚至因地域的差异口语使用使故事发生变异。《中国童话》是文人创作，有点像罗贯中写《三国》、施耐庵写《水浒》、吴承恩写《西游》，黄蓓佳用她特有的抒情诗一样的文笔来叙述流传广泛的童话，《中国童话》开掘童话资源的固有价值和精神矿藏，同时又提高了童话本身的文学含金量。童话是民间流传形成的，在流传的过程中，是不断加工不断创作的过程，优秀作家的介入往往会起到锦上添花的作用。《中国童话》是我目前见到的最优雅的读本，它具有诗的品质。

三、宽广的“拿来”胸怀。在《中国童话》中，我们发现有些童话并不是我们传统文化的嫡系,《美丽的壮锦》《泸沽湖的女儿》来自少数民族，特别是《小渔夫和公主》颇有一些蓝眼睛黄头发的味道。它属于中国吗？这是一个颇有意义的问题。我认为这正是《中国童话》的特色，由于中国的封建社会的教育观侧重于经世致用忽略想象力的塑造，也由于流传的遗失，中国真正意义上的童话并不是很多，准确地说，童话一词也是舶来的。虽然童话早就存在，但中国的孩子系统地接受童话的教育和熏陶也是近代以后的事，更主要的是西方优秀的童话已经深深地融进了我们的童年教育，就像我们今天早餐食用牛奶一般，已经成为我们的精神食粮，我们也不用担心我们吃了牛奶会长得像西方人一样。吸取全世界各国和各民族的优秀文化来补充自己，正是我们中华民族不断壮大发展的基础。二胡等乐器来源于西域，而今天已经成为江南丝竹甚至中国音乐的代名词。在这个意义上,《中国童话》的拿来主义精神与我们开放的文化态度是一致的。

儿童文学肩负着“塑造未来民族的文化性格”的重任,《中国童话》的写作和出版，说明作家和出版社在为中国的未来在做精神的投资，并成功地激活了我们拥有的文化资源和精神存贮，功在当代，辐射未来。

赵薇的大眼睛

赵薇的大眼睛

大眼睛与赫本的脸

生活在 20 世纪 90 年代的中国人，无论是大陆还是香港澳门台湾的华人，都忘不了这样一双大眼睛，它几乎成了黑头发黄皮肤中国人的另一种文化符号，以致连世界著名的百事可乐公司都用这双大眼睛来作为该公司产品的形象代表，在很多城市的繁华地段我们都能看到这样一双大眼睛手持百事可乐爽饮的巨大广告牌，与此相配的还有两句家喻户晓的广告词：百事可乐，超越无限。

读者已经知道我说的是谁，她就是妇孺皆知的饰演还珠格格的小燕子赵薇。赵薇的成名颇让一些人不服气，一个电影学院的毛学生，一个演技平平的三流演员，居然成了一个风云大明星，实在是令人大跌眼镜的事情。以至连赵薇的前校长著名导演谢晋也要出来讲话告诫赵薇要谦虚谨慎戒骄戒躁。赵薇原是谢晋恒通电影学校的学生，而谢晋又是以推举少女明星而饮誉影坛的，谢导本当见怪不怪才是，连谢导这样的少女明星摇篮的舵主都不顾年高体弱通过媒体向赵薇提出忠告，可见赵薇的蹿红是如何不合情理了。但赵薇的走红就是挡不住的感觉，她的人气在极短的时间内急遽上升，一直上到中国第一明星的位置为止，而且经久不衰，红遍大江南北。不仅赵薇的出场费飙升，片酬直追成龙、李连杰，连以前赵薇演的电视剧（她只是配角）重播后收视率也创了新高。赵薇在1999年快成了“新的经济增长点”了，只要有小燕子的形象产品就畅销，有一阵子快成了商家的摇钱树了。不仅百事可乐这样的跨国公司抢在他的对手可口可乐公司之前使其成为百事可乐的形象代表，其他的饮料公司也纷纷不惜高价请赵薇做广告，而且效果奇好，孩子们买饮料点名要“小燕子姐姐喝的那种”，连那些街头卖汗衫的老太太因为“文化衫”的胸前印有赵薇的大头像，也大赚了一笔。

赵薇的大眼睛，让我想起了赫本的脸，罗兰 · 巴特曾把赫本的脸称之为美国的文化符号。赫本作为好莱坞文化的成功形象，她的形象丰富了美国文化的内涵。赫本的优雅、端庄、美丽确实是30年代的青春偶像，她代表了自古希腊至文艺复兴时期的美学在工业时代演化出的一个大众文化审美类型。或许梦露更能代表美国现代文化的特质，她的性感至今还是现代女性美的标尺，但梦露的审美类型更是男权文化的产物，她的美丽更多的时候是和男人的性幻想联系在一起，或者这样说，梦露的美感更是一个成年男人的目标。虽然梦露也会是很多女性的偶像，但妇孺们还是觉得赫本更亲切一些，对孩子和妇女来说，赫本更安全一些，因为赫本身上更多的是古典美的精华。

赵薇在 90 年代后期成为中国文化的偶像，也不是一件偶然的事。这首先得力于电视机的普及，赵薇的暴红与电视剧《还珠格格》能够为千家万户所熟知是密不可分的。而我们知道，80 年代的青春偶像都是电影的宠儿，刘晓庆这样的 80 年代初期的大红星自然不用说，即使巩俐这样的超级明星也是电影造出来的，虽然《渴望》《编辑部的故事》《北京人在纽约》《过把瘾》等电视剧也让李雪健、葛优、姜文、王志文等人如日中天，但这些明星在进入电视剧之前都已经是影坛的大腕，而小小的赵薇在《还珠格格》之前毫无从影的经历，她算得上是中国电视造出来的第一红星。在这之前电视造星不是什么新闻，像赵忠祥、倪萍、杨澜便是电视活生生造出来的明星，但他们都是因主持人的真实身份而非虚构的身份成名的，也就是说不是电视剧“演”出来的，赵薇是真正电视“演”出来的明星。如果我们把赵薇和巩俐的成名方式比较一下就会发现，赵薇是“娱乐”出来的明星，是真正意义上的大众明星，而巩俐则是“文化”出来的艺术明星，她的成名得益 80 年代那种启蒙色彩极强的精英文化和西方的“东方主义”的背景，也就是说巩俐是出口转内销的大众明星。赵薇则是完全中国化的老百姓自己喜爱的明星，赵薇的走红，至今也没有引起好莱坞的关注，也不会为奥斯卡和戛纳、威尼斯这些国际大奖的评委所注意，她是真正为本土服务的中国特色的明星。西方人对赵薇演的电视剧不会感兴趣，他们的兴趣是张艺谋和巩俐联袂虚构的“人妖文化”（也有人称为“妖魔化中国”），他们对中国老百姓的喜怒哀乐是隔膜的，也是无动于衷的。中国老百姓在看巩俐时，是用一种看洋亲戚的眼光来审视的，而看赵薇就像看邻居家的二闺女一样随意和亲切。

赵薇的大眼睛还让我想起了 30 年代的那些明星们。30 年代的电影明星无一例外都有一双明亮而迷人的大眼睛，她们的身材不特别的苗条，与西方的美人标准有着较大的差异。但新中国成立以后，我们的明星审美标准在与30年代脱节或者说决裂，50年代、60年代是苏联的审美格式，80年代以后则彻底的西方化，对身材或者说得白一点就是对三围的要求完全西方化，巩俐的走红就是这种西化的产物。《还珠格格》是由台湾人打造的，或许台湾的影视对30年代的电影传统继承得更有延续性些，赵薇这样的演员能够脱颖而出，与台湾影人血脉中30年代中国电影的“基因”关系极大。

赵薇的大眼睛，用维纳斯的尺寸来衡量，难免不成比例，就像我第一次看到周璇的电影时，觉得30年代的中国人审美标准好“土”一样，原因在于我们心中的美人是用的维纳斯标准，而中国人的人种和文化与维纳斯的美学其实并不“兼容”，在“阅读”了太多的维纳斯和赫本之后，中国的观众看到了自己人种和文化生长出来的明星，当然要欣喜若狂了。赵薇的大眼睛，不只是一个生理性的构造特征，而是文化性的构造特征，由此可以透视到20世纪末中国大众文化的诸多侧面。

孙悟空和小燕子

1999年的夏季，是《还珠格格》的狂欢节。大江南北，长城内外，我们听到的都是小燕子赵薇天真无邪的爽朗的笑声，听到的都是《还珠格格》的主旋律。这已是《还珠格洛》的续集。比之第一部来第二部更加要“水”，但第二部的收视率反而要超过第一部，以至第二部重播时在很多台的收视率超过了第一部。制片人笑了，广告商笑了，电视台笑了，赵薇笑了，林心如笑了，张铁林笑了，当然笑得开心的还有老百姓，他们在埋怨《还珠格格》又长又水的同时，还恨透了那些时不时插进来的广告，但他们唯恐错过了一集，好多人看了一遍不过瘾，重播时继续看。

我在看电视的间隙，却看到了杨洁当年导演的《西游记》，发现小燕子和美猴王孙悟空有着一种特殊的血缘关系。孙悟空是《西游记》里的主人公、齐天大圣、美猴王、唐三藏的大徒弟、降魔镇妖的英雄，毛主席他老人家有诗赞曰："金猴奋起千钧棒，玉宇澄清万里埃"。毛主席对文学作品的要求一般都是很严格的，对文学作品中的人物更是鲜有称赞，竟夸张地誉称孙悟空为"金猴"，恐怕是这位伟人对文学作品人物的最高评价了。

孙悟空自问世以来，不仅受到伟人的称赞，凡人更是喜爱百倍。他不仅成为中国家喻户晓的人物，在世界文学史上也具有深刻的影响。在孙悟空身上，凝聚着中国人特有的理想和鲜明的气质。如果做一个调查，孙悟空可能是最受中国读者欢迎的文学人物。

小燕子是电视连续剧《还珠格格》里的主人公，她的扮演者因饰演了这个角色成为影视圈最为抢手的花旦。文学史上大概不会留下小燕子的芳名，但如今却妇孺皆知。妇孺皆知这个词本是形容一个人或一件事被普及的程度，该属于褒义类的好词。可到了 90 年代以后，随着大众传媒的迅速发展，"妇孺皆知"似乎渐渐有点变味了，比如妇孺皆知的刘晓庆却是一个争议纷纭的问题明星。而扮演小燕子的赵薇在妇孺皆知的同时也遭到种种的议论，棒打者有之，捧杀者亦有之。

这也许是传媒惯用的伎俩，先捧后杀，先杀后捧，捧捧杀杀，杀杀捧捧，成也萧何，败也萧何，爱也传媒，败也传媒。

不论赵薇的为人如何，也不论《还珠格格》如何地兑水如何地冗长，关键是小燕子的形象受到广泛的喜爱，为什么？

有人归结为小燕子的青春、清纯和泼辣。这是一条影视的通用定律，青春、清纯乃至泼辣，有一种少女的自然美，是构成电视好看的重要因素，很多电视剧都这么做了，而赵薇在同等级的演员中显然算不上最靓最青春的，前面我们说过她的形象用西方的美学要求来衡量甚至有点丑，可为什么小燕子能风靡整个影视界呢？能征服整个华人世界呢？

是孙悟空在支撑她。

这样的说法好像有点荒诞，尖嘴猴腮的猴王与清纯可爱的美少女之间怎么会发生联系呢？可如果你将小燕子的言行举止、性格特点和孙悟空作比较的话，就会发现他们有惊人的相似之处，比如，①都是野生野长的草民，不懂许多清规戒律和人伦常理。②都爱“闹”，孙悟空从龙宫闹到冥府，大闹天宫更是成了他的绝活，而小燕子也是一路闹将过去，搅得皇宫云水翻腾、乌烟瘴气，嬷嬷、皇后、太后乃至皇阿玛皇帝大人，都是被她揶揄、调侃、捉弄的对象，与孙悟空对“玉帝老儿”的方式如出一辙。③都爱“出走”，孙悟空讨厌天庭生活，常常不辞而别回到花果山、水帘洞自得其乐，而小燕子则屡屡出宫，视“格格”身份如粪土。④两人常讲粗话，像刘姥姥进大观园一般闹出很多的笑话。如此等等，不一而足。可以说，小燕子是皇宫的孙悟空，而孙悟空则是天上的小燕子。他们身上那种带有顽童般的泼皮性格，实际是中国人不畏强势、反抗霸权的叛逆性格的写照。中国文学中有很多的造反者，但下场都不甚圆满，最典型的便是《水浒》梁山一百单八将的悲剧。《红楼梦》

中的叛逆者也随着贾府的衰亡而流落街头、暴死他乡。孙悟空是诸多造反者中成了正果而不改本性的特例，在他身上寄托的是平民百姓的理想。小燕子在电视剧中是一个脱离了正常纲纪和秩序的叛逆者，她能够在等级森严的皇宫里放浪性情，是一种乌托邦式的精神虚构。和孙悟空一样，小燕子对抗的也是封建的秩序，他们都是胜利的小民。

文学批评里有一种研究方法，叫神话——原型批评，是对文学作品的人物进行寻根究底的追问，从而找到积淀其中的传统文化。《还珠格格》能够在华人世界产生巨大的反响，与小燕子身上的“文化基因”关系极大，限于篇幅，也限于文体，我不能在这里进行学术意义上的研讨，想说明的是，一部受人喜爱的大众文化作品，即使它是通俗的、快餐式的，也必定受到文化传统的熏陶，特别是民间文化的熏陶。

我们都是木头人

《我们都是木头人》是陈彤的一本书名，她的另一本畅销书名叫《没有人知道你是一条狗》，都很酷。《我们都是木头人》是她书中的一篇，是写婚后的生活的，“我又想起了‘我们都是木头人’的游戏，我们在阳光下拍着手唱，我们都是木头人，我们都是木头人……那是一个毫无意义的游戏，可是我们玩得那么起劲；而婚姻或者说生活，很多时候非常没劲，但是玩的人却觉得它很有意义，这大概是儿童和成年的区别。”

陈彤说的是婚姻中的女人命运——木头人，而我由此想起的却是电视观众的心理形象——我们都是木头人。现在有很多人在研究电视的受众心理，以至分出几种流派，受众文化心理、受众审美心理、受众知识心理等。但我觉得由赵薇的走红可以概括出“木头人心理”——我们在看电视时都是木头人，我们都是木头人。是呀,《还珠格格》当中赵薇饰演的小燕子，其智商，其知识，其能力也只是一个初中文化以下的水准，她的眼睛是硕大的，但难以掩饰空洞无知的内涵，当然《还珠格格》的主导思想便是把无知当有趣，小燕子的无知的天真和天真的无知构成了电视剧里诸多的喜剧情节和闹剧场景，而坐在电视机前的观众百分之八十以上的人要比小燕子“有知”得多，要比小燕子“文化”很多，但这些有知人和文化人却津津乐道地欣赏“无知者无畏”的言行举止，并乐此不疲，近乎痴迷。这种受众心理使我想起了儿时的游戏——我们都是木头人。赵薇空洞无物的大眼睛告诉我们这个真理：电视机前的观众特别是那些痴迷的观众，都是木头人。观众是如何成为木头人的？这先要从人的角色心理和身份表情说起。

1987 年，毕业五年的张艺谋第一次见到中央戏剧学院二年级学生巩俐，那时候巩俐会想到后来的成功吗？

先说人的角色心理。人在社会上要承担各种各样的角色，历时性光在家中要经历做人子（女）、做人父（母）这样一个角色变换的过程，而共时性又会同时兼担人子、人夫、人父这样多重的角色。人面临着这些身份的变化，也被迫在生活中扮演这些不同的角色。可能“表演”“扮演”这些词让人颇为反感，很多是源于一种本性或本能，这正是一种集体无意识的表现。习惯于“表演”，或者将“扮演”日常化生活化了，角色自身就不留下任何痕迹。比如我吧，初为人父的时候，其实是在按照生活中有形和无形的“台词”和“提示”去扮演父亲角色，久而久之，父亲也就与我融为一体了。做父亲如此，做一个单位的领导也是如此。父亲其实是生活自然规律分派你的角色，而领导则是上司或组织或董事会委派你的社会角色，一个人初当“领导”时肯定对新的角色极为陌生，他肯定细心揣摩“领导”这个角色的每一个细节，或者暗暗模仿“领导”的举止，久而久之，这种模仿和表演便充分生活化了，他就能充分地胜任某个岗位和职能（其实是表演到位）了。

人在生活中不可能是一种角色到底，他同时兼任着几种甚至几十种角色，有时甚至是非常对立的，他是上级又是下级，他是父亲又是儿子，他是老师又是学生，但这并不影响他的存在和价值，他能够掌握这些角色心理的转换。与角色心理转换相适应的便是身份表情，角色心理的外在特征是通过身份表情来表现的。一个严肃的法官回到家中该会是一个慈祥的父亲和体贴的丈夫，如果他在家中依然保持法庭上审判一切的表情，那么他的心理肯定出了障碍，我们会把这类人视为精神疾病患者，更难听的话叫心理变态。

木头人自然也是一种身份和角色，它是儿时游戏指派的，它的表情要求是：我们都是木头人，不许说话不许动，看谁的立场最坚定。电视这一媒体一出现，便迅速成为大众文化的集大成者，它的视觉阅读代替了深度的文化思考，平面化不只是削去高度的问题，也不是一个平均值的问题，而是向文化理解的最低可能性靠拢。文化阅读的最低值可能是低智商的，甚至是反文化的，但是它是游戏的、感官的和无意义的，而人的角色心理之中又必然会有这样的游戏的需求、感官的需求和无意义的需求，就像伟大的哲学家和思想家也要吃喝拉撒性交一样，有意义的思想和无意义的粪便排泄构成了完整的人生。

因而同一个人对电视，便出现了截然不同的两种表情，一方面会一个夜晚眼球完全奉献给电视，另一方面又愤然痛斥电视台的弱智和浅薄。这是两种角色心理在起作用，看电视时他只是一个低文化水准的“大众”，而骂电视时他很自然是以高学历的知识分子自居。而电视台老板、总裁不会因为那些知识分子的批判而改变“愚弄大众”的宗旨，因为他们最清楚，电视台从来就不是为知识分子而存在的，或许知识分子的愤怒程度越激烈，愈能证明电视台在更大程度上真正掌握了“大众”。当我们明白了坐在电视机前手握遥控器的受众都是严格遵守游戏规则的木头人时，我们也就不难明白《还珠格格》、小燕子为什么会走进千家万户集万千宠爱在一身了。

这也正是我所忧虑的问题，人们有理由在看电视时放低自己的文化身份和思想能力，可久而久之会不会就以此基准作为自己的文化高度和心智理想呢？小燕子长不大，可那些模仿、热爱小燕子的孩子终会长大，他们长大后还会记得小燕子吗？还会不会为小时候的狂热感到脸红呢？

《还珠格格》的第三部又将拍摄竣工，希望上映时收视率不要再那么火暴，更希望那些端坐在电视机前的观众有一天会抗议电视台：

我们不是木头人！

2001 年 4 月 1 日完稿于碧树园

盛满平庸的地方

——一台电视晚会的文化与欲望

中央电视台的春节联欢晚会如今已成为中国人春节的一部分，一些研究者将它称之为“新民俗”。虽然从民俗学的角度来讲，一种民俗的形成往往需要几十年几百年的历史，因而说春节联欢晚会是民俗不免有些“前瞻”的味道，但春节联欢晚会这一特殊现象却蕴含着诸多的文化内涵，它既是传统文化春节这一传统节日在今天的延续，又是电子时代向文化传统妥协的混合物，既是中国本土文化面对一个开放世界（电视直播）的自我选择，又是地球村文化－网络文化中一个奇异的区域文化的自我循环。

春节联欢晚会是一个时代文化精神的承接之器，这个巨大器皿里翻滚着浩大的泡沫，但我们拨开这些繁杂的泡沫，便会发现这个巨大器皿之中的沉淀物是如此平庸、如此单调，涮来涮去只是那么一点点可怜的文化和欲望。

短暂而漫长的历史

说起春节联欢晚会，人们习惯地、自然地提到 1983 年。准确地讲，中央电视台的春节联欢晚会是从 1983 年开始的。春节联欢晚会在延安时期就有，至于用电视来转播春节联欢晚会，早在 1960 年北京电视台就做过，当时还没有中央电视台，北京电视台是我国的第一家电视台。当时的电视机甭说普通群众看不到了，就连高层干部也很少见到，北京电视台的中国最早的电视春节联欢晚会没什么影响也就很自然的了。但我们今天在论及电视晚会“历史”时，却不能不提 1960 年北京电视台举办的春节联欢晚会。

“文革”开始后，春节被列为“四旧”之一，春节晚会自然也偃旗息鼓。待到它重新露面，已是 1978 年。据著名相声演员姜昆回忆，1983 年以前，中央电视台每年也搞春节晚会，但只是一般性的联欢，如 1982 年的晚会在北京新桥饭店举行，主持人是达式常和当时演电影《樱》的女主角而出名的程晓英。

1983 年春节，老导演黄一鹤提出要办一台现场直播的晚会。他请来侯宝林、袁世海、郭兰英、杜澎、谢添等老艺术家组成顾问班子，将晚会设计成茶座式，并将电话接进现场，吸引全国电视观众参与，节目时间长达五个小时。现在看来，当年的这台晚会可以用“稚嫩”和“朴素”来形容，比如晚会举办地点是中央电视台旧址的 600 平方米演播厅，与现在设施完备的 1000 平方米大演播厅不可同日而语；再比如当时不仅有马季、刘晓庆等“主持”，还有姜昆等“报幕员”，演员们的服饰也远不如十几年后同行们的行头豪华。但是这台晚会云集了当年第一流的演员和节目，一出手就吸引了全国观众的视线，获得了很大成功。

由于 1983 年春节晚会的成功，1984 年的春节联欢晚会在全国引起了轰动，一时间好评如潮。春节联欢晚会的模式也基本形成：茶座式、主持人串联、歌舞穿插等，之后的晚会基本没能挣脱最早的模式。有趣的是，随着 1983 年春节晚会的成功，1984 年的电视机的销售也异常火暴，很多人家在春节前购买电视机，就是为了能看到春节联欢晚会。电视机的普及，又使春节联欢晚会深入到千家万户。这与黄一鹤导演最初的设想是一致的。

黄一鹤导演在筹划 1983 年春节晚会时就说，要把春节联欢晚会办成一个“年年都叫得响的金牌节目”。黄一鹤导演的设想轻而易举地就实现了，甚至被超越了，CCTV 的春节联欢晚会在第一年就打破了所有节目的最高收视率，而且成了中国电视节目的“王中王”，几亿人民在除夕之夜同看一台晚会，这在中外电视史上也是空前的。更重要的是，春节联欢晚会出现之日起，就不只是 CCTV 一个电视台的一台晚会，而是一种文化，是融传统文化与娱乐文化于一体的新世俗文化。春节晚会年年看，年年看来年年烦。它已经成为中国传统节日——春节的一部分。设想，如果哪一年中央电视台不举行春节联欢晚会，肯定会有无数的中国人感到这个年过得不像“年”。这是春节联欢晚会编导们值得自豪和骄傲的，有人把它上升到“新民俗”角度来研究。虽然称之为“新民俗”有些为时尚早，是带有前瞻性和预付性的美誉，但春节联欢晚会现象的形成委实是件不易的事。几十年来，我们曾经试图将很多有价值、有思想的活动深入人心使之成为“民俗”，但很快都随着运动的结束而结束，成为匆匆的文化过客。而春节联欢晚会居然在近二十年内经久不衰，个中的意味是很值得探究的。

春节晚会与中国足球

春节联欢晚会虽然一炮打响，一举成名，但对春节联欢晚会的评价一开始就备受舆论的关注，众说纷纭，成为全国人民议论的焦点。

1985年，导演黄一鹤试图创新，第一次将晚会放在北京工人体育馆搞。两个篮球场大的舞台，高台楼阁、小桥流水、灯光闪烁。演员阵容也较前两年强大，香港的汪明荃、罗文、斑斑，台湾的朱宛宜等。音响也直接从香港运来，因运输不便，从20吨减为8吨，但晚会一开始就乱糟糟的，电视屏幕上黑压压的一片，很不明亮。留学美国的陈冲说了句“你们中国人”更是犯了众怒。晚会还没结束，就有人打电话批评这是一台糟糕的晚会。“场面乱糟糟，港台味太浓，新节目太少”，批评信从全国各地雪片似地飞来。领导层反响也很大，据当时的广电部副部长谢文清说：“别提了，初一在大会堂团拜，上至中央领导下至一般干部，每个人都劈头盖脸地质问‘你们搞的什么晚会？’我无地自容。团拜会上一个主要的话题就是昨天糟糕的晚会。”事后，中央电视台的新闻联播节目中专门播出一条“本台节目”，公开承认错误，接受观众批评，表示要认真检查，努力改进。1985年的春节晚会成了晚会史上的滑铁卢。

有了这样的教训之后，春节联欢晚会也就不敢轻举妄动。之后，导演虽然不断换，创新的呼声也越来越高，但晚会的大格局至今未变，变也只是个别节目和个别人物的调整，并没有大的变异。但对春节联欢晚会的议论却一浪高过一浪，人人都看几乎又人人口诛笔伐。有人说中国足球终于找到了患难兄弟，这就是中国中央电视台的春节晚会，仔细想想，也确实有很多共同之处。

首先是教练／导演。众所周知，“中国国家足球队教练”这个称号是一顶不折不扣的“荆棘王冠”，虽然戴上它立即就会“天下无人不识君”，然而出的这“名”是美名还是恶名呢？黯然离去的霍顿们心中最为清楚。同样，这几年春节联欢晚会的导演，虽然没有像曾雪麟、年维泗那样收到过上吊绳子、刀片，但在此起彼伏的不满、嘲讽声中，日子恐怕也不好过。今年孟欣、倪萍两位女将又竞岗应标，明显是对“大胡子”们的趣味不满意，让“女足”教头当主教练了，或许有一天，春节晚会也会请来洋导演的。

其次是花了大钱办不好事儿。中国男足队员的高薪金一直是舆论的讨伐对象，养个足球队得淌水似地花银子。春节联欢晚会的开销也一年比一年看高，是不是全由中央电视台出？不知道。反正开始有人指责春节联欢晚会“不负责任地花纳税人的钱”。

再次是比赛／演出前的神秘感。每逢国际比赛，无论大小，中国国家足球队十有八九会防贼似地防记者，“严禁与外界接触”。春节联欢晚会本来不存在这个问题，但这几年各路记者们渐渐感觉到：要在直播前采访有关演员、导演，甚至工作人员，非得使出浑身解数不可。有些关于春节联欢晚会彩排情况的报道中，赫然出现“探营”等词语，这本来好像只能在足球报道中看见吧？

还有是比赛／演出前的豪言壮语与赛后／演出后实际情况的令

人不可承受之重的反差。这就用不着多作解释了，明眼人都看得见。

最后，两者还有异曲同工的重要一点，那就是“年年失望年年望”。足球赛上，球迷们打出“成也爱你败也爱你”的旗帜，春节联欢晚会的观众们虽然没这么直白，但多年来保持的高收视率还是证明了同样的心态：“好也看你孬也看你”。当然，这两年情况有了较大的改变，“拒看”春节联欢晚会的人多了起来，此是后话。暂且不表。

春节联欢晚会已经办了十八年，十八的姑娘一枝花，谁知它不仅没出落得更招人喜爱，反而沾染上了中国足球的恶疾，实在令人扼腕。

视觉平等与文化拼盘

春节联欢晚会出现在 80 年代，与中国社会改革开放的进程密切相关。春节联欢晚会能够成为全民关注的热点，与中国人民主平等意识的苏醒有关。在中国没有电视台之前，各地的党政军机关照例都要搞一个与春节相关的联欢活动，有时是晚会的形式，有时是歌舞的形式，照例要请一些文艺界的名流到会演出，但出席晚会的对象都是本地的党政军界的领导、各界的名流和劳模、英模，平常百姓是无缘进入这种会场的。参加春节联欢是一种享受，也是一种礼遇，这有些类似 1949 年以前富贵人家的“唱堂会”，请戏班子到家里来表演，让家人享受这种文艺娱乐。“唱堂会”一直唱到正月十五。“唱堂会”对普通老百姓来说是难以企及的文化享受。而春节联欢晚会通过电视这一现代媒体将达官贵人、平民百姓的视觉鸿沟填平，虽然春节晚会的现场仍然有些官员、名流、商贾、劳模、英模在场，但大年除夕国家主席、国务院总理面对的都是同样的一台晚会，看到的是同样的面孔，听到的是同样的歌声，“与民同乐”和“普天同乐”成为美好的现实。视觉的平等，也导致了民主意识、参与意识的觉醒，当老百姓和达官贵人一起观赏名角的表演时，还可以品头论足，不满意还可以写信打电话到电视台斥责几句。这在过去是不可想象的，但由于电视时代信息传播带有天然的平等意识，春节联欢晚会在一个等级比较严格的社会里出现时，它首先获取的便是老百姓的主人意识和平等意识。

如果仅仅这样来看待春节联欢晚会还是不够全面的，因为春节晚会之初是靠电视的直播抓住观众的，但这种视觉平等的功能不仅春节晚会能体现出来，其他形式的直播节目也有这种功能。春节晚会火暴且像电视连续剧一样延续不断，与“春节”本身有很大的关系，人们将“春节晚会”称为“新民俗”是因为它与旧民俗有一脉相承的地方。春节的旧民俗中的贴对联、放爆竹、吃年夜饭、压岁钱等，都是不太注重内容而注重形式的，这形式象征什么？一是辞旧迎新的喜庆；二是团圆，即中国人最注重的“天伦之乐”，春节联欢晚会是这种精神在电视时代的体现。荧屏外，“一家人围坐在电视机前”（这是赵、倪二位主持人历年晚会最爱说的话之一），其乐融融；荧屏内，大场面、热闹的音乐在某种程度上也起到爆竹的作用，制造喜庆气氛。由中央电视台来办这一台晚会，除了有民俗的内涵以外，还有另外一种意想不到的黏合剂功能，这就是在普天同庆的时候，将全国人民、全世界的炎黄子孙黏合到一起同看一场“戏”，同听一席话，同过一把“瘾”，它比什么样的政治手段都具有政治功效，它的辐射性、覆盖力只有核威力才可以媲美。因为光用民俗的观念来研究，光是大年三十晚上那一餐，在南方和北方也有年夜饭和吃饺子之分，而春节联欢晚会巧妙地将全国上下、海内海外自然地而不是行政命令式地黏合到一起，它给注重“四海一家”“大一统”的中华民族找到极为合适的载体。

因而春节联欢晚会最初只是一台晚会，只是一个金牌栏目，等春节联欢晚会火了之后，就不只是一个普通的电视节目，也不只是一个普通的节庆晚会，它负载着很多电视节目所不能承载的内容，虽然早在 1987 年就有人呼吁立即停办春节联欢晚会，但是春节联欢晚会不但没有停办，反而越办越大，投资越来越多，阵容越来越庞大，场面越来越豪华，节目越来越模式化，时间越来越长（近两年有所收敛），就在于它不只是晚会，而是一项伟大的政治任务。为了搞好春节联欢晚会，层层级级推荐优秀节目，有点像选秀一般隆重而认真，而对节目的审查更是严格，像审查红头文件一样认真和仔细。这种严格的审查制度有点像当年“样板戏”的做法，以至狡猾的赵本山在彩排时“贪污”掉一些内容，免得节目被砍。

春节联欢晚会上既当演员又搞摄影的牛群

春节联欢晚会成为一项政治任务，不只是政府交办的，也是老百姓的强烈要求。“年年难办年年办”，“年年难看年年看”，这两句话很能看出二者的心态，举办者明知难办却不得不办，如不办对上对下都交代不过去，观看者知道晚会就那么回事，但又期望能通过晚会实现某种自己的权利（比如视觉平等的权利、对晚会发牢骚的权利等）和理想。著名的前卫美术批评家栗宪庭在与电视评论家李幸谈到春节联欢晚会时的话很有意思，他说这个东西（指春节联欢晚会）很没意思。当然，栗宪庭属于中国极少数不看电视的人。没有电视照样过日子，没有晚会也照样过年。然而，即使像栗宪庭这样前卫的艺术评论家和西化意识较强的人，在到了异国他乡过春节的时候，还会想到春节联欢晚会，1998 年他在法国南部过春节，那儿华人很少，春节的气氛很淡，打开电视也看不到春节联欢晚会，那个年他过得寂寞无比。栗宪庭尚且如此，一般人就可想而知。试想一下，假如明年的春节联欢晚会停办了，人们的愤怒和抗议会远远比面对一台平庸的节目要强过几十倍，他们会感到他们应有的权利被剥夺了。春节联欢晚会无疑成了“政治”，但这个“政治”不只是由上而下发布给老百姓的意识形态大饼，它只是在超越政治之后又回归政治的。或许春节晚会本身在中国最初的动因是政治化的，它是官方联络民众感情的一种手段，但这种手段被放大（全国性的电视直播）以后，它最初的动机就被遮蔽了，娱乐和宣泄的功能得到了发挥。而中央电视台作为意识形态的窗口和工具，在满足观众的趣味和要求时又必然会反作用于观众，又必然会带着强烈的政治的主导性，用行话说，就是不能让多样化冲淡淹没了主旋律。

因而春节联欢晚会便自然变成了政治和文化的混合物，在艺术形式上也就形成了极其复杂的文化拼盘，这种混合也是观众的内在要求。因为春节作为中华民族共同的节日，春节联欢晚会必然会照顾每一个“分子”的利益和兴趣，因为老百姓也不只是把它当作娱乐活动，也视作参与（当然包括政治参与）的机会。比如观众烦透了主持人念各行各业名单，但被提及的行业肯定心中还是会产生一些暖意的。而如果被忽略、被遗漏，肯定会产生有一种政治的冷落感。姑且把念名单比作“压岁钱”吧，要是父母少给了谁一份，他的心里肯定很难受。每年春节联欢晚会的编导都想将念名单省略掉，但每年都不能省。尤其是那些常年不见踪影的“弱势群体”更需要在春节联欢晚会上亮亮相，享受一下祖国大家庭的温暖。这种温暖的价值有时是无法用钱来计算的。

春节联欢晚会做成文化拼盘既属于无奈，也是其内在的特质所决定。如果只是满足某一阶层的某种趣味，就丧失了联欢的特性，如果只是关注某类社会人群，就会失去整个人群。春节联欢晚会依照文化拼盘的方式将各行各业的要求或含蓄地或直露地表达出来，以达到“联”的作用。

“联”是政治性的、群众性的要求，“欢”才是晚会的本质。如果春节晚会“联”而不“欢”，就会变成接受教育的第二课堂。近年来人们对春节晚会的不满，更多的是冲着“欢”来的，这种“欢”不只是在喜庆和吉祥方面，还在表达他们愿望和欲望方面。快乐不只是来自表面的搞笑，还在于内心的自由和人的解放，而这一点正是文化拼盘这一审美形式所匮乏的。文化拼盘采用的是后现代的拼贴方式，而拼贴本身是以牺牲强烈个性来求得平衡的，被拼贴的事物只能依照一种平面化的模式组合到一起。而它要盛放的只能是平和、平凡、平庸的内容，极端的、个性化的节目必然会削去或磨去棱角。这也就是每个人都要看每个人又要骂的原因。著名的电影评论家钟惦棐早就激烈地批评春节晚会，1987 年他在《大众电视》撰文说，这种晚会是“逼迫人们守在电视机前过年”，他指责中央电视台搞“包办”，用一台大一统的全国性晚会把大家许多宝贵的节日权利剥夺了。钟惦棐生前的话无疑是深刻的，尤其“节日权利”的提出是一个富有人权色彩的概念。但是，当很多人心甘情愿地接受剥夺，并心甘情愿地将自己的“节日权利”奉献出去时，我们该反思一下我们的文化生存背景了。而且，中央电视台自身的“节日权利”又是被谁剥夺了呢？

吉勒斯·德鲁兹和菲力克·居塔里在著名的《反俄狄浦斯》一书谈到商业社会的消费主体时有一段精彩的话可用来形容今天中国的某些电视观众：“主体正常状态的某些方面能够在记录的表面被识别：一个陌生的主体，没有确定的身份，通常只是一个空壳，却始终围绕着欲望机器运转，它被其产品的份额所定义，以获得这里、那里乃至每一处的酬劳，并以逐渐形式即具体化的形式，诞生于消费状态之中并再生于每一新的状态：‘因此这就是我，因此这对于我就是！……’与欲望机器相伴的主体仅作为一种剩余物被生产：一个令人吃惊的消费综合体。”

这个令人吃惊的消费综合体便是由春节联欢晚会和各种各样的综艺节目培养、塑造出来的。反过来这个消费综合体又开始影响甚至主宰春节晚会和综艺节目，“年年难办年年办”，“年年难看年年看”，二者实际是在不断妥协，继而共谋——排斥消解精英文化，让知识分子和艺术家还原为大众文化的一分子，钟惦棐的“权利说”在这里就稍稍显得有点超前或滞后甚至书生气。

政治快感与商业欲望

由于视觉平等带来的政治快感，同时也导致了春节联欢晚会的商业欲望。政治快感一词是美国当代理论家弗雷德里克·詹姆逊在《理论的意识形态》一书中提出来的，詹姆逊认为，快感，像幸福或兴趣一样，从来不可能被人的眼睛直接捕捉，而只能从旁去体验，即事后类似副产品的某些东西。“若将快感认作一种目标，快感就不再存在，它将悄然转换成完全不同的东西，一种激情，一种由萨特以他特有的方式赞赏过并体现在唐·胡安或赫安·雅克伯·施密特这些伟大原型中的非人的形而上的对存在的选择”。这就把快感的感官性和审美性上升到意识形态的层次来进行论述了，快感不只是愉悦的体验和事后的体味，而是一种与意识形态有关的政治价值。

但春节联欢晚会隐含的政治快感，又不是纯粹主义的存在选择，它正是詹姆逊所说的那种“政治无意识”的反应。因而这种政治的快感又是非常脆弱的，它很快又被混合到那种将空闲时间降为非常商品化的“休闲”范畴，从而取代以前最个人化的阅读快感，沦为一种商品消费形式。张明敏在春节晚会的一夜“暴红”，很能说明这种政治快感与商业欲望的关联。1984 年，当时大陆对港台流行歌曲的了解仅仅局限于邓丽君的“靡靡之音”，那一年的春节晚会香港的“业余歌手”张明敏，以一曲《我的中国心》给内地的观众上了一课：原来港台歌曲不全是“腐蚀”斗志的“情哥情妹”，流行歌曲也可以弘扬爱国主义的主旋律，人们对港台流行歌曲一下子改变了看法。那一年到处传唱着《我的中国心》，张明敏也成为内地知名度最高的香港歌星。虽然有很多港台歌星对此很不屑一顾，但张明敏改变人们对港台歌手的看法，为日后港台歌手和流行歌曲大举登陆内地作了一个优美而成功的铺垫。1985 年大批港台歌手在春节晚会登堂入室，1987 年费翔的《冬天里的一把火》又将港台流行歌曲推向了新的高潮。有意味的是，这些歌手都是以爱国歌曲或爱国者的身份得到春节联欢晚会这一巨大盛会的确认，让数以亿计的电视观众获取一种强烈的“政治快感”。可要知这些歌手们真正的企图却并不仅仅是爱国，更重要的是商业动机，是来宣传推广他们的歌带和唱片。这也是利用观众的政治快感来实现他们的商业欲望。

当然，港台流行歌曲对改变内地观众的审美趣味、文化思维也起了很重要的作用，尤其冲击了传统的音乐观念。但是港台流行歌曲最成功的地方还是它的商业操作，在没有春节晚会电视直播前，港台流行歌曲虽然在广州、深圳等沿海地区有所传播，但辐射面非常有限，而中央电视台的春节联欢晚会不仅为港台流行歌手提供一笔可观的入场费，更重要的是春节联欢晚会这个带有政治色彩的特殊形式的巨型晚会，还是一个极好的新闻发布场所，港台歌星在晚会的演出也成了一次极佳的广告宣传。这是由于春节联欢晚会在老百姓的心中有着绝对的美誉度，因为各个地方政府、各个文艺团体总是将最好的演员、最好的节目“进贡”到中央电视台，就像《人民日报》在百姓中有红头文件效应，中央电视台的春节联欢晚会更容易产生这种“效应”。春节联欢晚会所拥有的巨大的商业效益最初恰恰为港台歌手所挖掘、利用，也就是在春节联欢晚会火了之后港台的歌星们才纷纷通过种种方式前来内地淘金。

应该说，在 1985 年之前，中国人的市场意识、商品意识、经济意识也是比较淡薄的，虽不像 70 年代末期耻于言商，但为富不仁的教育还是根深蒂固的，人们对晚会的概念还是“文娱”的范畴。“文娱”虽是文化娱乐的简称，与我们今日流行的“娱乐”是不可同日而语的，那时“文娱”是非商业性的，是繁忙工作的一种调剂，是配给制的，观众是不可能选择，更不可以挑剔的，也是计划安排的。春节联欢晚会的产生，最初也是基于这样的思路来设计的，但电视这个产生于 20 世纪后半叶的与商业结盟的魔鬼，一旦将它从所罗门的瓶子里打开，便难以收回。春节联欢晚会由电视媒体来传输也就决定了它必然会以商业化的面目出现，也必然会走向市场化。当然，这也是由整个中国社会改革进程决定的，春节联欢晚会也生动地记录了中国社会由计划经济走向市场经济的轨迹。我们在春节联欢晚会看到越来越浓的商业气氛，看到越来越多的企业家形象。

但是，由于春节联欢晚会本身产生于计划经济时代，它的经济运作又带有更多的政府行为和官办商业的色彩。比如某省政府在晚会上向全国人民拜年是何意，答曰：提高该省的知名度，简直可笑之至。全国就那么几十个省，上过初中的人都能说出包括台湾在内的各省省名，各省的特点也都了解。这样的钱花得很不值得，与其说是提高省的知名度，还不如说是为了提高省政府和省领导的知名度，这不是糟蹋纳税人的钱吗？我的邻居著名诗人忆明珠曾说过春节晚会讨债的故事。这是一个有趣的真实的故事：他的一个亲戚是南京一家公司的总经理，他和东北一家企业合作，那家企业欠了南京公司近一百万元，起初南京公司与东北那家公司索款还有音讯，到后来电话、手机、公司地址全变了，忆明珠的那位亲戚急得团团转，因到岁末年底，账上那么大一个窟窿，除夕夜，便跑到诗人家换换情绪，喝喝酒，聊聊天，没想到一打开电视，春节联欢晚会的嘉宾席上，居然出现了那张面孔：他四处寻觅而不得的债主——东北那家公司的法人代表，南京公司的那位又惊又喜，喜的是债主找到了，惊的是这么一个“骗子”居然堂而皇之地驻进嘉宾席“向全国人民拜年了”。当即与中央电视台联系，通知东北那家公司，尽快还清南京的这笔债务。后来，那位在晚会上“向全国人民拜年”的嘉宾装作忽然想起这事似的，拍拍脑袋说“把这小事给忘了”，很快便把钱如数还给了南京的这家公司。这个让人哭笑不得的故事，说明其中间杂许多可疑的商业欲望，由此前的劳模、英模人物转为商界的骄子也无可非议，但是这些商界人士中又难免鱼龙混杂，有些是价有所值，而不小的比例是花钱买来的“嘉宾”，这些商人们深知春节联欢晚会的广告含量——政治的、经济的，他们自然愿意花这个钱买一张昂贵的门票。但其中难免会混进像我们刚才说的那位债主，这是被南京讨债方一不小心发现的，而若没有在春节联欢晚会现场的发现，讨债方又何时能找到他，讨到债呢?

这只是极其个别的例子，但它充分说明春节联欢晚会对商业欲望的刺激。明星们更是深明晚会对他们经济生命是何等的重要，她（他）们几乎不惜代价、不惜手段到晚会亮个相露个脸，因而每年春节晚会的“星”们是越来越多，有人戏称为“流星雨”，一些不能独唱的，就二重唱，再次就联唱，再其次就唱一句歌词露几秒钟的脸，因而有“一等独唱二等重，三等联唱四等龙（龙套）”的顺口溜。没有出名的由晚会一举成名，已经出名的还要将“出名”进行到底。春节晚会几乎每年都捧一首好歌一个新星，很快也就火遍大江南北，有的一下子成为“腕级”人物。张明敏、费翔、孙悦、潘长江、毛宁等差不多是一夜走红，而赵丽蓉、宋丹丹、赵本山、黄宏等虽然在圈子里颇有名气，但春节晚会让他们红得发紫。前不久去世的赵丽蓉原本是唱评戏的，后来因为演了电影《过年》得了奖，让她客串小品，没想得到了巨大成功，从此以后一发而不可收，风头与小燕子赵薇差可媲美。去世后，怀念如潮。有些节目会被人们反复议论，《虎口脱生》《超生游击队》《冬天里的一把火》《祝你平安》《常回家看看》等，都曾经是人们整整一年的话题或流行语。春节晚会的影响力还表现为它的“封杀”的冷凛和有效，有很多媒体想“封杀”某某歌手，但真正成功的经典还是春节晚会对青年歌手李春波的“封杀”。90 年代初期，李春波以《一封家书》打动了千千万万游子和父母的心，李春波的名字也为人们所热衷，他被当年的春节联欢晚会选中也是理所当然的。但李春波也有大腕的脾气，参加彩排时竟然不服从分配，并以退出晚会作要挟，没想到晚会组织者根本不吃这一套，中央电视台下令“封杀”。李春波原以为是件很可笑的事，“此处不留爷，自有留爷处”，本是在广州走红的李春波也就是准备放弃北方市场而已。可是谁也没想到，李春波竟真的蔫了，待 CCTV 对他开禁时，他已经人到中年，神情也颇为凄惶。或许李春波的成名只是偶然的，他并不是真正的实力派，他在歌坛过气也是迟早的事，但春节联欢晚会对他“封杀”更加速了他的“速枯”。新千年的春节晚会那英因不愿与人合唱而退出，可能发了几句牢骚，被媒体透出之后，那英又赶紧辟谣，说愿意与中央电视台、春节联欢晚会合作。大牌如那英之流也只能乖乖俯首称臣，其他小辈又怎敢逞能？这些成名歌手看重的还是那份商业利益，在春节晚会露脸就等于稳住了一大把钞票。当年晚会的导演曾劝赵忠祥、倪萍让贤，后来又让赵、倪以老态龙钟之势，出现于众人面前，这一设计虽有戏剧效果，但对赵、倪二人却有逼宫之嫌，因而赵、倪乘机将导演"孙子"谐谑了一把，也算出了口气。赵、倪二人刚刚出书，便匆匆退出"历史舞台"，光是图书市场的损失就有多少？

春节晚会某种程度已经变成了文化产业的新歌展示会，新人推销会，新品包装会，至于遍布每个角落的企业宣布更是无孔不入，而这些都是以"向全国人民拜年"方式"奉献"出来的，它的诚意让你不得不笑纳。春节晚会的商业行为一直延续到对节目的"XX杯"评选，可谓深入到骨髓。当然，它也会被人们反利用。比如近日在徐州地区风行"精神陪护"行业创始人就是受到今年春节晚会赵本山与宋丹丹演的小品启发，而当地工商部门也是因为春节晚会都演了而予以批准。这肯定是晚会的编导者们没想到的。

一种事物，当政治欲望与商业欲望构成同谋之后，就会产生奇异的吸引力和顽强的生命力，相互纠缠，难以分割。

2001年1月10日改定于朝阳门

（载《大家》2001年第2期）

悲剧·无厘头·综艺节目

——也说什么不是悲剧

1.18 年前，一个被遗忘的话题

20 世纪 80 年代的中国文坛是一个风云人物竞相涌现的时代，也是一个话语和思想极度活跃的年代。因为风云变幻，也因为极度活跃，难免泥沙混杂，难免相互覆盖，大浪淘沙。留下的不全是金子，冲走的也不全是泥沙。历史的冷酷之处在于遗忘，不仅昔日的受众和看客已经遗忘，连当事人也已经遗忘。曾经有人嘲笑 80 年代的一位青年评论家是狗熊掰玉米，掰一个扔一个，最后一个也没拿住。这仿佛是一个寓言，成为 80 年代文学思潮和文学人物的一个象征。都说新时期文学十年浓缩了西方文学近一百年的进程，可十年的文学中能够与西方文学对话、抗衡的作品却为数甚少。浪潮消失之后，理论家和评论家们的激情也逐渐冷却，思维的活跃也随之打了折扣，人们开始为 80 年代的暴饮暴食而懊悔，那么多有意义的话题和理论在表演的快餐中匆匆吞咽，消化不良的后遗症至今

仍困扰着理论界和文学批评界。

我现在或许是扮演80年代文学思潮大海岸边的拾贝者，或者这样说，作为80年代文学思潮的参与者、亲历者，怀旧的本能与反思的惯性常常让我对过去的事情念念不忘，有时想探寻个究竟，有时想评定个是非，或者，有时则迷恋其中精彩的场景和闪烁的警句。2003年的春节，也就是现在，我在书柜中收拾、清理书刊稿件时，忽然发现一个笔记本中夹杂着几页从刊物撕下的文章，我原以为是自己的作品，可拿起来一看，却是李洁非、张陵的《再论什么不是悲剧》。原来，当时曾准备就这个话题作一篇文章发表自己的想法，不知什么原因耽搁下来了。时过境迁，李、张的《再论什么不是悲剧》最早发表在1985年6月的《当代文艺思潮上》，18年过去了，我的心头还是"嗡"的一声，当初阅读这篇文章的震动和感慨仿佛重现出来，联想起近年来所思考的问题所表述的观念，更觉得有必要来言说这个被人们遗忘甚至被作者已经抛弃的话题。

2. "悲剧"的诞生

《悲剧的诞生》是德国哲学家尼采19世纪70年代初的一部名著，一百多年后在古老的中国所引起的巨大反响不仅会让哲学界吃惊，连出版者三联书店也始料未及，《悲剧的诞生》第二版的印数就达到10万册。这对今天的出版业来说无疑是天方夜谭，作为一本哲学译著，在今天正常的发行量不应该超过五千，而《悲剧的诞生》10万册的发行量却可与《蜡笔小新》《谁动了我的奶酪》这类畅销书等量齐观。我查了同是1986年出版的钟阿城的短篇小说集《棋王》，印数只有一万册，如果你知道当时钟阿城在文学界有多红火，就发现这个印数与《悲剧的诞生》是如何不成比例了。尼采著作热销的本身，说明西方哲学思想在中国拥有广阔的文化市场，是 80 年代文化启蒙的一个表征，只有这样你才能明白 80 年代为什么被称为“批评的时代”，也只有这样你才能明白“启蒙”具有怎样的大众效应。而面对 70 年代“文革”文化废墟遗留的诸多历史禁锢和文化障碍，80 年代的改革开放和解放思想，再一次把目光投向了西方。有趣的是当初很多的西方哲学、文学思想是以“美学”的名义进入中国的，比如周国平翻译的这本《悲剧的诞生》，就有一个副标题——“尼采美学文选”，今天我们发现以“美学”这么狭小而又似是而非的名目来概括尼采博大精深的思想和理论是何等的可笑而又可爱。“悲剧”热的背后不仅仅是一个哲学和美学的问题，还是一个文化取向的问题。对于习惯于大团圆格局的中国审美文化来说，“悲剧”虽然不是第一个光临，但就当时的文化语境而言，“悲剧”更具有强烈的刺激性和针对性。《再论什么不是悲剧》的作者这样概括西方的文学的悲剧历程：“从第一个戏剧诗人埃斯库罗斯到最后一个浪漫主义文学巨人罗曼 · 罗兰，所运用的思想都是悲剧思想；从第一个美学体系亚里思多德体系到最后一个思辨美学体系黑格尔体系，都是悲剧美学体系。”对于这种概括的武断和偏激我们可以看作是为了强化行文的气势，对于“第一个”和“最后一个”以及“都是”这种不尽准确的描述我们可以看作是一种个人观点，作者心里也明白“喜剧”与“悲剧”这两大审美范畴一直是西方古典美学的源头和支柱。作者之所以强调悲剧而忽视其他审美形态在西方文化中的存在，宗旨就是强调西方文化的理性精神与悲剧意识。很显然，无论是迷恋推崇“悲剧”的还是否定消解“悲剧”的，他们都一致认为西方的文化、西方的艺术是建立在悲剧精神的基础上，而悲剧则是中国文化和艺术所匮乏的。肯定“悲剧”者、否定“悲剧”者对西方文化的态度却是一致的，所参照的文化规则都来自西方，只不过前者肯定的是以理性为旗帜的文艺复兴时期的人本主义思想，而对应的都是中国传统伦理文化这样的假想敌，希望改良传统文化使之更具理性精神或反理性品格。就哲学范畴而言，反理性也是一种哲学理性，把感性上升到反理性的高度本身就意味着具有很强的精神，就像解构主义大师罗兰 · 巴特本身就是结构主义大师一样。

用非悲剧来概括西方现代文学和艺术作品对阐释“现代派”“现代主义”在当时可以说是独辟蹊径的，至少从理念上诠释了西方现代文学、艺术的不可解读性。因为多年以来我们始终按照悲剧的观念去理解西方的文学，在遇到现代派主义的作品之后就无所适从了。非悲剧的观念告诉人们逆向思维的阅读方式，尤其在阅读后现代主义的作品时，更容易心领神会。80 年代中期，后现代主义的概念还没有能够进入中国的文坛，而李洁非、张陵通过罗伯 · 格利耶和罗兰 · 巴特能敏锐地意识到一种文学思潮的涌动，虽然他们不能明确定义“什么不是悲剧”，但期待和呼吁本身也是一种价值，可以说是“春江水暖鸭先知”。

3. 无厘头

西方有一句谚语：“我播种的是龙种；收获的却是跳蚤。”当 80 年代的青年批评家呼唤“什么不是悲剧”的时候，怎么也没想到 90 年代出现的非悲剧却是一系列叫“无厘头”的影视以及与之相关的综艺节目。“无厘头”的源头并不是出自西方，而是地道的土特产。“无厘头”在粤语中是“没头没脑，没根没据，神神怪怪”的意思。

当然现在人们把这个词与香港明星周星驰联系在一起，在 90

年代大众文化氛围中成长起来的年轻人已经把周星驰等同于无厘头。周星驰的无厘头代表作是《大话西游》《百变金刚》等影视作品，在这些作品中，神话人物可以与现实对话，时间感消失了，空间感消失了，时间和空间可以转换，美女和妖精可以转换，死人和活人可以转换，总之一切可以转换，一切可以重新置放。像《大话西游》里的至尊宝便是一个随意转换时空、转换身份的人物，他的宝盒能让时光倒流，能够改变美丑。传统的作品虽然也在不断地转换时空、转换身份、转换各种关系，但转换的前提有某种必然性，有一个一以贯之的逻辑链条，这种逻辑链条便是《再论什么不是悲剧》的作者所鄙夷的理性。不论这种理性是人文理性，还是基督教理性，抑或道德伦理理性，它们都遵循一种程序，一种规则，而“无厘头”则是忽略、缺少这种转换的程序、转换的规则，也就是说人物性格、故事情节没有什么必然的逻辑链条。至尊宝和孙悟空之间的联系是什么？《大话西游》没有交代，那脚掌心的痣也只是随意性的一个符号而已。大闹天宫的美猴王和他的师傅唐僧、师弟猪八戒、沙僧的故事在《大话西游》被莫名其妙地篡改，妖精则成为人见人爱的仙女公子，如果按照《西游记》里的模式去阅读、观看《大话西游》简直是看不懂，只能得出两个字：太闹。太闹的原因是因为抽去了逻辑链条，人物的性格变成对话的精彩，故事的有机变成了情节的突兀，因而成为无厘头文化的经典之作。

周星驰另一部代表作《百变金刚》也是类似的无厘头，一个弱智儿变成了超人，因而上演人间诸多的喜剧。《再论什么不是悲剧》当时是站在后现代文化的立场上来消解启蒙主义的文学的，他们认为理性是整个“悲剧”的支柱。要完成“什么不是悲剧”的艺术使命，只有高扬反理性的大旗，他列举了加缪的《局外人》、乔伊斯的《尤利西斯》、尤奈斯库的《秃头歌女》等西方大师的作品来说明现代艺术反对悲剧。这些作品是否真的反理性尚可以讨论，这些作品是否就不是悲剧也可以讨论，更不能确认它们是因为反理性而成为不是悲剧的。奇怪的是反理性→非悲剧的推理公式在“无厘头”的代表作中却能得到充分的验证，《百变金刚》肯定与悲剧无关，《大话西游》虽然写了至尊宝与紫霞仙子的爱情悲剧，但如果认为《大话西游》是悲剧，那会让人笑掉牙。为什么缺少逻辑理性链条的作品一概与悲剧无关呢？难道理性的出现，是导致人类悲剧的根源吗？

这样的联想，这样的推论肯定是不确切的，看似闹剧的“无厘头”如果真隐含这么深的哲理的话，周星驰到北大做哲学家也是当之无愧的。问题是周星驰没想过做哲学家，他也不会思考“什么不是悲剧”的问题，对他来说只是如何随心所欲地进入艺术创作的自由状态，而自由有时恰恰是摆脱理性羁绊之后的状态。当然，无厘头也不是什么真正的自由，无厘头文化的产生恰恰是为了迎合观众的需要，而观众的需要又是商业社会的真正目的。从1997年开始，国内电视台竞相出现了“综艺节目”热，影响较大的是《快乐大本营》《欢乐总动员》以及《玫瑰之约》《非常男女》等节目，它们像一股旋风卷过各地的黄金时段，以较高的收视率赢得大量的广告。在电视界有“要想发，上综艺”“综艺早，效率好”的说法，“综艺”成了电视台的救命稻草。虽然中央电视台在十多年前就有《正大综艺》这样以综艺命名的栏目，也获得较高的声誉和收视率，一度还成为金牌栏目。可等综艺旋风刮起来的时候，《正大综艺》很快就被这些无厘头掠去风头，显得“朝去暮来颜色故，门前冷落车马稀”了。

这些综艺节目其实正是周星驰无厘头文化的翻版，只需明星的面孔，忽略明星的演技，只需观众的笑声，不需要整体的统一，只需要热闹，不需要思考。“男女”也是综艺永久不衰的话题，古典文学高度美化的“一见钟情”，被电视演绎成“速配”，虽然形式都是一样的，但被表演、被包装、被夸张了的“一见钟情”和人们期待的心有灵犀却境界迥异。“爱一个人需要理由吗？”“爱一个人不需要理由吗？”正成为“速配”的流行词，明星的丑态和百姓的明星态正是这类综艺节目的卖点。一些过去视为“无聊”的话语、视为私语的话题在大众场合广而告之地发布，被当作佐料娱乐人们的生活。

有趣的是我读到了2000年度最佳综艺节目主持人胡瓜的评语，是那样的具有文学性，甚至体例和格局也是模仿瑞典皇家学院的授奖词——游刃于爱与性的经典话题，在敏感与禁忌之间找到绝佳的平衡点；诙谐热烈的现场气氛全仗于主持人默契的调度，在游戏之间直指人性的深处。

胡瓜主持《连环枪》《钻石舞台》《非常男女》等栏目成为综艺节目的一面旗帜，胡瓜对综艺节目的贡献也是形成一套自有特点的“胡瓜文化”。胡瓜成为综艺主持人的偶像，讲话的语气、手势也常常被模仿、被克隆，他和周星驰一起推动了90年代无厘头文化的发展。但上述来自网上对胡瓜和高怡平《非常男女》的评语却一点也不搞笑，甚至有点经院色彩，是不是需要判断的时候，哪怕再无厘头再搞笑也要拿出端出理性的面孔呢？

4. 泪水不等于悲剧

2003年的春节晚会又出现了倪萍，倪萍这个在CCTV最能赚取观众泪水的主持人和她的黄金搭档赵忠祥息影春节晚会两年了，此番东山再起，理由便是春节晚会需要赚取观众的泪水。2003 年春节晚会上的倪萍究竟赚取了多少观众的泪水不得而知，但晚会的编导者能够意识到赚取泪水也是电视的效应，表明伪悲剧在今日的电视中也是不可放弃的秘密武器。

赚取泪水和赚取笑声都是眼球经济时代的两种策略，尽管前者以悲的方式出现后者以喜的方式出现，但作为电视的制片人获得的效应是一致的，都是上扬本台、本节目的收视率。当观众的眼球变成赢利的目标时，泪水和笑声与“直指人性的深处”就不一定有必然的联系。悲剧和无厘头也不是什么理性与反理性的区别，而是在什么时段能否抓住观众的眼球，能否赚取收视率的区别。黄金时段的收视率之争，让电视台之间的竞争激烈得像没有硝烟的战争，安排节目、插播节目往往会视对手的动作采取对策。周末是观众最多的时候，周末也成了兵家必争之时，只要能够获取最大的收视率，泪水也罢，笑声也罢，因而周末往往是各类综艺节目云集的时间。

电视的综艺化倾向现在已经向新闻节目腐蚀，原先一本正经的新闻主播如今已经不是正襟危坐的照着稿子播新闻了，“说新闻”其实是新闻综艺化的表现；新闻主播轻松诙谐地评说着各种国际新闻，像评说左邻右舍隔壁老张家发生的什么趣事似的，当年的那种宏大叙事的严肃不见了，新闻也变得亲切、自然起来，当然也有些无厘头了。加拿大一家电视台的《赤裸的新闻》和俄罗斯一电视台的“无上装播出”，可以说把新闻的综艺推向了极致。《赤裸的新闻》男女主播刚进演播室的时候，还衣冠楚楚，可一会儿像变戏法似的，两个人就一丝不挂。《赤裸的新闻》在加拿大收视率极高，不仅超过了新闻节目，也超过了综艺节目。这类极端的做法，其实是将新闻也无厘头了。主持人的赤裸与新闻的真实没有必然的联系，赤裸的男女同样可以播出虚假的新闻，而穿戴严实的播音员播出的新闻也可能是高度真实的。这样做的目的无非是将人的性及政治的需求二者合一而已。

综艺节目是对传统电视节目的更新；它打破了传统节目的审美单一性，它把观众的多项需要综合到一起，便出现了众多喧哗的后电视效果。电视最初的格局是“我说你听”，后来发展到观众介入，“你说我听”，综艺节目便是“大家说，大家听”。众口众词，理性的链条当然脱落，出现无厘头也就不奇怪了。综艺节目的悲剧倾向还与综艺节目的欲望化叙述有关，几乎所有的综艺节目都围绕着金钱、美女展开。美女满足视觉的需求，而金钱则被各种益智游戏包裹着，胜者为王，得到的是金钱，败者落寞，失去的是金钱。胜利者当然是喜剧，失败者也不是悲剧。莎士比亚说：“少女可以为失去的爱情而歌唱，守财奴却不能为失去金钱而歌唱。”综艺节目就天然地具备了非悲剧的本质。

5. 呼唤悲剧

什么不是悲剧？综艺节目不是悲剧。

什么不是悲剧？无厘头不是悲剧。

综艺节目和无厘头出现在商业社会走向繁荣的时期，它可能人性化，更可能商业化，它轻松、愉快，却往往是快餐；它自由、随意，但往往轻薄；它能够制造明星，却不能塑造英雄；它拥有较高的收视率，却得不到较高的认可。电视剧有金鹰奖、飞天奖，综艺节目却没有全国性的奖项，至少没有很大影响的奖项。

当人活得越来越轻松的时候，轻得要飘起来的时候，便有一种沉重的诉求，这便是悲剧的呼唤。呼唤悲剧的庄严、肃穆、残酷乃至粗暴，这是不是一种吃“忆苦饭”的心理呢?

2003 年 2 月 10 日于碧树园

“三高”与真声艺术

京郊的一个夜晚

2001 年 7 月 13 日，这是一个周末的夜晚，我在北京林业大学对面的一间二居室的客厅里和女儿一起看来自莫斯科的申奥直播。

这是一个激动人心的时刻，我的心在怦怦地跳，女儿紧紧攥着我的手，她的掌心在出汗。北京代表团的陈述结束之后，是张艺谋拍摄的宣传带，看到了那些熟悉的镜头，那些向西方展示古老东方和现代中国的生活场景，我对女儿说，下面该看到“三高”紫禁城音乐会了，女儿说，不会吧？话音刚落，“三高”紫禁城的宏大场面便在荧屏上出现，《今夜无人入梦》的雄浑歌声响起，仿佛预示着北京将度过一个“无人入睡”的夜晚。

果不其然，在帕瓦洛蒂、多明戈和卡雷拉斯三大金嗓子的形象出现不久，奥运老人萨马兰奇在他权力接力棒移交前夕，用他低沉的充满魅力的嗓音向全世界宣布：北京。

北京沸腾了。

我听到了窗外的欢呼声、鞭炮声和锣鼓声。

我耳畔老是回荡着帕瓦罗蒂那悠扬的《今夜无人入睡》，一直到梦中。

另一个美好的夜晚

与北京申奥成功那个激动人心的夜晚紧紧相连的是另一个美好的夜晚，这就是2001年6月23日北京紫禁城世界三大男高音音乐会。或许这个美好的抒情的夜晚，揭开了北京2008年奥运交响的序曲。

事情已经过去多日，我依然清晰地记得那个晴朗澄明的夏夜，在金碧辉煌的东方紫禁城里，西方歌剧艺术的精华大放异彩，古老与现代交相辉映，音乐与建筑彼此融汇，人面与歌声灿烂碰撞……京城的女士们在那样一个流光溢彩之夜，穿着也格外地靓丽和西化，各式各样的晚礼服和时尚性感的背带裙以及高耸入云的发髻成为这个夜晚不可或缺的部分。《北京青年报》6月24日评价这次音乐会用了三个“如果不是”，“如果不是中国的改革开放取得了举世瞩目的成就，如果不是中国人的生活水准大幅度提高，如果不是中国人的音乐文化素养有了惊人的进步，很难想象怎么会有那么多音乐爱好者自己掏腰包坐在午门广场倾听天籁。”这是对“三高音乐会”意义的肯定，从政治、经济、文化的角度来说。但显然有点简单化了，“三高音乐会”显然得力于改革开放，但与生活水准、音乐素质的提高则不免牵强。因为 1988 年的时候，帕瓦洛蒂就在人民大会堂举行过音乐会，那时候的生活水准与今天相比是不可同日而语的，但帕瓦洛蒂的演唱依然轰动了北京城，依然受到了北京人的热烈欢迎。如果把票价用生活水准来衡量就更不合适了，虽然有不少自费者，但“蹭”票的人为数不少。至于“音乐文化素养有了惊人的进步”就更不敢苟同了，仅我所在区域（480 美金一张门票）就发现有个别人在打手机，在谈笑，甚至有人打呼噜，虽然到场的“三高”的知音不少，但凑热闹、附庸风雅的人数也颇为可观。

这并不重要，演出散场我碰到了刘欢，起初没想到他会来，后来一想，全中国他最该来。刘欢和韦唯高唱《亚洲雄风》时，人们首先想到的就是帕瓦洛蒂。

走出故宫，我突然想到困扰歌坛的“假唱”问题。

“三高”显然没有假唱，因为他们的歌声离他们巅峰时期已经有较大的差距，事后有记者撰文嘲弄他们“过气”的嗓音。但“三高”真诚的演唱依然受到人们狂热的欢迎和由衷的尊敬。三高是西方的美声唱法，我对音乐是门外汉，上中学时音乐老师把美声称为“真声”，把流行歌曲叫作“假嗓子”，由真声想到假唱也便很自然了。

歌星假唱被媒体“曝”光引起观众的愤怒，甚至全场响起“退票”声，已不是一两起事件了。而歌星假唱往往不是出于偷懒，而是为了演出效果，因为录音棚里的声音经过千锤百炼、千过万滤的，肯定要比现场的效果好，如果歌手感冒或嗓子不适，那演唱的效果会更差，但观众宁可要听歌手现场演唱的声音，哪怕效果不好，也不要听完美的录音，因为这是真声！真人！要不还不如听碟看电视呢，何必花那个闲钱？因而人们对紫禁城三高音乐会三位不太完美的歌声并没有过分的挑剔，他们要的是真声，而不是完美的录音。因为前者是真，后者是仿真。

虽然假唱的名声不好，但假唱依然不能杜绝，不仅一些晚会和音乐会依然巧妙地任歌星假唱，连 CCTV 的春节联欢晚会也理直气壮地向新闻界宣布：假唱也是难免的。也就是说每年大年三十的除夕之夜，总有那么几位歌星用电子录制的声音来欺骗全国十亿双耳朵。这种善意的欺骗也是不得已而为之，假如哪位歌手在关键时候嗓音哑了或跑了调，全国人民的愤怒是谁也承担不了的，而且，假唱属于自己克隆自己，不像模仿秀是自己克隆别人。

在一个仿真的年代里，“三高”的真声受到欢迎，表明人们对真的追求和热爱，因为“真”在今天受到了越来越多的挑战和刺激。

模仿秀之秀

为给 2001 年中国队冲击世界杯创造更好的主场氛围，《足球》报在全国范围内征集一支“仿真中国队”，于 9 月 15 日亲临现场，为中国队助威。细则如下：

请立即行动

自荐或推荐“仿真中国队”队员及教练 30 名。如果认为自己很像国家队某位队员或教练，你可参加“仿真中国队”的评选活动，请将自己近期大一寸生活彩色标准照片和四寸生活照各一张、身份证清晰复印件，并填妥以下表格，按地址寄到本报。

设“星探奖”10名

如果你觉得身边认识的人中有谁像某位国家队员或教练，请将他近期大一寸彩色标准照片和四寸生活照各一张、身份证清晰复印件，并填妥以下表格，按地址寄到本报。

《足球》报的创意是相当巧妙的，球场上一支中国足球队，球场下一支中国足球队，一真一假，扮演同一种社会角色，完成同一种使命：将中国足球踢向世界杯。显然这支仿真中国足球队的建立带有更多的娱乐色彩，它更多的是受到电视综艺节目“模仿秀”的启发。但《足球》报的创意是够浪漫大胆的。第一，电视综艺节目里模仿秀最多模仿两三个人，而仿真中国足球队要模仿30个人，规模空前的庞大。第二，电视综艺节目模仿的多是明星和演员，多是在表演文娱节目，“仿真中国队”模仿的是足球这一世界第一运动，模仿秀的“秀”不仅是表演和作秀的“SHOW”，且有了代替和乱真的功用，他们和真的中国足球队出现在同一时空。第三，也是最大胆刺激的，就是《足球》报将模仿秀这样纯粹的娱乐、纯粹的搞笑用到“实战”之中。中国足球这一次冲击世界杯是硬任务，对队员来说已不是一项竞技运动，有了更多的文化色彩和政治色彩，中国足球进入世界杯决赛圈，与中国加入WTO一样引人注目。为了让足球能顺利冲进世界杯，中国体育界元老、乒乓球理论之父徐寅生也不顾廉颇老矣，披挂助阵，足见其重视的程度。可以说，2001 年除了申奥，中国体育最大的“政治”，便是中国足球冲击世界杯。在这样的亿万双眼睛瞩目的大事面前，仿造出这么一支似是而非的仿真中国队来，可见媒体对娱乐性新闻的钟爱。

另一方面，也可见在高度发达的科技时代，“仿真”（其实是造假）会不由自主地左右我们的思维逻辑，“仿真”已经不仅仅是一种娱乐，它已经成为一种文化资源和文化模式，真和真实因此被质疑和论证。试想一下，如果中国足球队在十强赛上过关斩将，冲击世界杯，这支仿真中国队肯定也会因此享受英雄的机遇，也会因此被电视镜头反复呈现，成为另一种明星。当然，如果中国足球队再度铩羽而归，这支仿真队会遭受比真队员更多的唾沫和臭鸡蛋，甚至球迷暴力的袭击，因为真的球员可能被警察保护免遭此罪，愤怒的球迷只好“打假”拿假球队出气了。

但愿十月的沈阳五里河体育场不要出现仿真中国队被球迷围攻甚至殴打的事，祝福他们像凯旋的英雄那样被球迷抛向空中，空中是胜利的礼花，身边是美丽的鲜花和醉人的香槟。

影视之死：反仿真的呼唤

我在紫禁城听“三高”音乐会时，有一种看社戏的感觉。鲁迅的短篇小说《社戏》以童年的视角展现了儿时看绍兴家乡戏的记忆，那种氛围因童年的视角变得真切感人。或许紫禁城“三高”音乐会是露天的缘故，或许我的座位偏后的缘故，三高音乐会的主人公形象我看得并不真切，我借助望远镜还是只能看到三位大师模糊的身影，更多的时候我和在家里看现场直播的电视观众一样看的是电视屏幕，只不过屏幕比家里大一些，但不如家里清晰。尽管如此，还是有一种文化感觉上的兴奋，知我在现场观看演出的朋友还是很羡慕我，他们甚至希望在电视上能看到我。散场之后，我回到住处就看电视录像，应该说电视的声像效果比我在现场要好。经过电子传输的声音和图像于耳朵和眼睛比现场要舒服，不像我在现场要伸着脖子去寻找最佳视角，也不受周围杂音的干扰（比如身边有人打手机）。但是，电视不能给你紫禁城的空气，不能给你实在的触摸感，虽然我和帕瓦洛蒂、多明戈、卡雷拉斯相隔甚远，不借助望远镜无法看清他们的面目，但是我依然能在空气里捕捉到他们的气息、他们的嗓音，而那种气息仿佛可以用手触摸到似的。因此，尽管影视媒体非常发达，“三高”的 CD、VCD 也广为畅销，但他们当中的任何一位举行音乐会都是一件盛事，都会有无数的发烧友去扑票。

虽然如此，传统的艺术还是受到了冷落。这几年最为明显的是文学的轰动效应的失去，影视媒体的崛起。在过去的年代，影视往往因改编文学名著受到人们的关注，收视率和上座率因名著而得到保证。但 90 年代以来二者之间发生了逆转，一个作家、一部作品往往因为影视改编的成功而名噪起来，似乎影视有点石成金的神奇功能，以至出现了出版社先运作电视剧，然后再出版根据电视剧改编小说的怪模式。

这种逆转说明电子时代文学印刷文本地位的下降，文学的仿真效果远不如电子仿真的具体、真切和随心所欲。高科技的发展为影视艺术带来了全新的活力，影视的仿真比文学的再现有着不可企及的优势。《泰坦尼克号》的成功，就在于高科技对影视创作的巨大冲击。这本是一部重拍戏，因先进的科技手段强化了再现的功能，电影轰动了全球，那首《我心依旧》也随之成为金曲。另一部由乔丹和卡通拼贴起来的新电影《灌篮高手》也获得了巨大的成功，真的乔丹和假的卡通混合在一起，煞是好看，但电影的本质却受到腐蚀，因为电影的美学特质在于用镜头去拍摄由真人表演的情节和故事，当真人和假人一起表演时，这是电脑高科技还是电影艺术呢?

电视的出现可以说宣布了电影的死亡，因为电影的存在是以电影院的播放为条件的，而电视却把电影院放到了家庭的客厅、床头和洗手间，电影院自然门前冷落车马稀了，虽然现在电影通过 VCD、DVD 的方式得到苟延残喘，但无论是 VCD、DVD 本质都是电视的灵魂、电影的外壳。正当人们欢呼电视的黄金时代到来时，电脑和互联网却悄然进入了我们的日常生活和文化空间。电脑是电视的延伸和发展，动手只是电脑的初级阶段，电视只是一个播放根据，它是电影院的家庭化处理，电视台放什么节目，观众只能收什么节目，虽然频道多了，但遥控器还是在有限中进行选择。VCD、DCD 的出现，让观众有了更多的选择余地，但观众是不可能参与到影片的创作过程的，他仍是一个被动的受众。但电脑游戏的出现，使观众不再是一个简单的受众，他可以介入到剧情中扮演角色，他可以通过键盘和鼠标来改变剧情、改变人物命运，他能成为故事的主宰。

而网络的出现又将这一游戏推到了另一个层次，从虚拟的人物走向了真实的世界。电脑游戏再精彩，总是虚拟的产物，它总是模拟某个人物和故事，游戏者也是用一个虚拟的角色去承担某种游戏规则。而国际互联网的出现，则打破了虚拟世界的虚幻性，将游戏者带入另一个看似虚幻实质真实的世界。当你进入到聊天室，与你聊天与你共同“表演”已不是一个冰冷的没有生命力的虚拟人物，而是一个和你一样的高级灵长动物，是一个有着呼吸、有着体温的血肉之躯。这时候你们通过互联网的平台碰到了一起，你们在虚拟中可以充分展示在真实世界的想象力。这时候，你们的命运便有了无限的可能性，而不像电子游戏软件规定的那么几种程序。

不难想象，随着高科技的发展及电子软件开发水平的提高，像《灌篮高手》那样的制作方式将会飞入寻常百姓家。要制作一部电视剧，根本不用像今天这么兴师动众、劳民伤财，它只要一块小小的芯片就能完成。因为无论是电视剧的剧情，还是演员的选择和人物的表演，都可以通过软件压缩处理，制作者只要点击菜单就可以完成一部电视剧的制作，然后再邮给自己的亲朋好友或者一家电视台。这种个人著作的电视剧也有高下优劣之分，但演员的神话和导演的神话随之破灭了，因为演员的表演软件化之后，制作者可以挑选任何一个大牌的明星来“担任”剧中角色，而不必像现在这样花费巨资去请大腕且有“档期”的冲突。到那时，人们就很难划分影视之中明星的真伪，就像我们今天很难判断歌星在舞台上到底是真唱还是假唱。仿真到了极致的时候，虚拟到了极致的时候，仿真就有了生命和市场。

新穴居时代：真声艺术

有人把正在到来的电子时代称为新穴居时代，因为电脑和网络的出现让原先在写字楼办公室上班的人回归到家庭之中，这些 E 时代的上班族将不再为交通和坐班烦恼，一台台电脑像一座座洞穴一样遮蔽了他们的形象。而网上购物、网上恋爱、网上娱乐让他们成为真正的穴居族，秀才不出门，不仅能知天下事，而且能做天下事。

这正像马克思所说的那样，历史总是螺旋式地上升。人类的生产方式也是按照合、分、合的规律进行的。在原始社会的游牧时代，人类是具体的合作的生活方式，因为个人不仅不能捕获猎物反而会成为猎物的猎物。进入农业社会之后，家庭出现了，小农经济的生产方式让人类由群分为独立的家，中国西周时期的“井田制”便是穴居时代的标志，那个时代的人的交流往往通过集会、社戏、庙会这样的公众聚会方式来进行。大工业生产方式出现之后，把穴居的人赶到车间、赶到流水线、赶到了写字楼，人们交往、娱乐生活又像游牧的方式。同住一个小区，同坐一辆班车上下班，同在一个食堂用餐，用马尔库塞的话说，人都成了“单向度的人”。未来的电子时代，人类可能会再一次返璞归真，人们会像农耕时代一样守住自己的“一亩三分地”（电脑或网站），向社会提供资源索取报酬。那时候，交通不是问题，写字楼会改成幼儿园，地铁或许会成为文物，人们的生产方式和工作方式更加个体化，更接近自然。

于是，“真声艺术”便成为新穴居时代的主流。所谓的“真声艺术”是与“仿真艺术”相对的概念，既不是复制的作品，是真人表演和演唱的作品，而不是用任何电子制作的任何产品，因为电子时代的仿真能力将使一切仿真艺术变成垃圾，而唯有真人的现场表演艺术才会吸引更多的观众和读者。因此，未来的艺术可能是歌剧、话剧、京剧的天下，这些农耕时代的优美艺术又会回到我们的生活之中，人们不再停留在家里看碟或网上冲浪，人们对那种虚拟世界已经厌烦，而要到歌剧院、话剧院、京剧院去欣赏真声艺术，去听作家、诗人的朗诵。

让电子之声见鬼去吧。

2001 年 8 月 10 日于北京东王庄

阿哲的歌与东方不败的绣花针

a. 不识张信哲

唐诗里送别的名句："莫愁前路无知己，天下谁人不识君"。

被识显然是一种幸运的事，被识是一剂无价的心理良药。一个人能认识多少人，按照人的记忆能力来说，一万个是没有问题。但这种"认识"有时候只是字面上的，也就是说通过媒体来认识的。比如通过报纸、电视、电台、网络等载体我们都认识了克林顿这位美国前总统，甚至能知道他的绯闻和私生活，但他究竟是怎样一个人，真实的面貌是什么样的，并不是第一手掌握的，能见到克林顿并和克林顿相识的人（相识的基本要求是至少克林顿也知道他的名字）的是很少的。当然这并不妨碍我们认识克林顿。所谓知名度，就是指人们对一个名字的熟悉程度，也就是多少人知道你的名字。

在商业社会里，知名度可能是一笔财富，也可能是一笔资源，但知名度是可以造出来的。所谓虚荣，大约与知名度是分不开的。中国人初次见面，常说的客套话是"久仰久仰"，意即说是早就知道你的名字。如果对方说不认识，你心里会有隐隐不快。人的浅薄的虚荣心往往因知名度而得到满足。记得我第一次到江苏作协去办事的时候，一位我不认识的人叫出我的名字，我非常高兴，对他充满了好感，这种好感一直保持到现在，这位朋友后来因经济问题莫名其妙地吃了官司，开庭时我到庭表示对他声援，他也很感动。我到现在为止，还没弄清他是怎么认识我的。当然，也有误解之后产生隔阂的。一位青年作家找到我，声称看过我的很多评论，并说如何如何有影响，但过了不久，发现他根本没看过我的文章，他阴差阳错地把"二王对话"当成"二王之争"，以至我觉得这位作家很虚，对他的小说至今也没好感。认识不认识还会成为一种武器。有一次在文友的聚会上，一位出道不久的女作家遇上一位知名的评论家，我在一旁很热心地介绍她和他，没想到评论家说了实话，第一次听说女作家的名字，要强的女作家随之"投桃报李"说，没听说过这位评论家的大名。由于他和她的"以前"不相识，这顿晚宴吃得有些尴尬。其实，当晚在座的几位作家事先也毫无印象，只不过装作认识而已。但硬说不认识则不是蔑视就是无知。

今秋，北京工体开张信哲的个人演唱会，有朋友邀我去听。我说，我不认识张信哲。朋友当即表示惊讶和不快，你怎么不认识张信哲呢？太有名了！大歌星！我说香港的歌星我知道得很少。朋友说，阿哲是台湾的，不是香港的。我说，怎么那么亲切，好像阿哲是你老弟似的。朋友说，阿哲就是阿哲，大家都这么叫。张信哲何许人也？我知道有张承志、张炜、张抗抗、张辛欣、张梅、张欣这样一些张姓作家，港台的流行歌手还知道有一个叫张惠妹的女孩子，她是"雪碧"的形象大使，因为在台湾唱了不该唱的歌在大陆被封杀了。后来我查了一些资料，张信哲果然是大歌星，有一家网站的页面上，用“全世界的哲迷”联合起来做广告词，是男性歌手人气最旺的。《北京晚报》报道这次演出，说是张信哲为北京的防沙绿化做公益演出，演出之前，中国绿化基金会还授予张信哲“绿色大使”称号，张信哲也专程到昌平县的太平庄村，亲手植下了一棵爱心树。

我问朋友张信哲为什么这么受人欢迎？

朋友说，他是情歌王子。他没有绯闻，在娱乐圈几乎是完人。这并不能动员我去看他的演唱会，情歌唱得好，华语里面有超过王洛宾的吗？不，阿哲的嗓音太另类了，太特别了。

想想人家为了北京的绿化大老远地来做公益演出，我本身对环境保护有天然的热爱，加之朋友用太另类、太特别来形容张信哲的歌声，我带着几分好奇便去工体看阿哲的“个演”了。

b. 谁的歌声在飞

北京的交通恐怕用李白的“蜀道难，难于上青天”来形容是不过分的，逢上高峰期间，坐车真不如步行快捷。东四十条到长虹桥这一段是的哥们最怵的路段，因为工人体育馆、工人体育场本来就在二环、三环两个瓶颈之间，而工体经常有多种多样的赛事和各种各样的演出，一不小心遇上了堵车那真是有困兽的感觉。那一天，我们提前一个小时出发，从我的单位到工体也就不到四公里，待等我们到工体时，演出已经开始，我听到了一个低沉的女声从工体向三里屯地域飘扬出来，同时还有观众潮水般的欢呼声。我对朋友说，还好，还没开始，是个女歌手垫场。因为报纸报道徐怀钰专程赶来为他捧场。没想到这位哲迷很不屑地对我说，什么女歌手？阿哲已经开唱了。

我纳闷了，被万千歌迷宠爱的男歌手怎么是个女声？等我走进气氛热烈的工体时，发现阿哲的歌声原来是一种近似女高音的声音，他的声音特别就特别在非男性化，另类就另类在高音部分能像女高音歌手那样高昂，低音区域也能下得来。

那天晚上，张信哲唱了哲迷们热爱的《爱就一个字》《我好想》等经典性曲目，工体沸腾了，和今年甲 A 球赛的冷静形成极大的反差。阿哲的歌声是有些特别，但我终觉得有些女性化。后来我在网上看到网名为“冰步莉香”的作者的文章，更确信我的判断。这位“冰步莉香”小姐（或先生）显然是一个超级哲迷，而且是个懂行的乐评家。

我不妨引用她（他）的话，比我的描述更能接近阿哲的歌唱特点：

“阿哲的声音之高是很多歌手都无法比拟的，作为一般专业的歌手，能够到 C2 就已经很不错了，而阿哲的声音则要比一般的嗓音高出三度，经常在 A2、B2 的高音左右徘徊。由于音域极高，因而阿哲的歌声有一种响彻云霄，直上九天之感。”

“大凡流行歌手，都有嘹亮的嗓音，阿哲也不例外。但与众不同的是，阿哲不仅仅能唱得很高，他也能唱得很低！唱低音比唱高音还难！但是阿哲唱出来的低音听起来一点都不像是低音。阿哲不仅唱得上去或者低下去，而且唱得很清晰。大家清楚，阿哲的音乐清纯干净，有一种透明的纯净美。阿哲的声带短而薄，振动起来灵活方便，因而适合高音、低音和轻音。也正是因为他独特的声带结构才使他的音色薄如纱，清如烟，淡如水，亮如镜。无论是唱爱情的喜悦或是失恋的悲伤，都令人感到一种纯净自然、心地坦荡的开阔感。”

应该说，“冰步莉香”的评论非常贴切，综合她（他）所言的三个特点，“超高的音域”，“轻声的运用”，“透明的音色”，无非是说阿哲具备了男性、女性歌手两种嗓音的特点，男歌手能低不能高，女歌手能高不能低，而阿哲则把水火兼容了，因而让人百听不厌。

我还是有些不习惯，我不爱听流行歌曲的原因，总觉得偏软、偏黏、偏甜，虽然不觉得是靡靡之音，这可能与我所受到的文化教育差距过大有关。比如，世界三大男高音的演唱，我就觉得那是一种很阳刚、很辉煌的声音。像崔健、刘欢的歌声，也是我非常喜爱的。像毛宁这样的青春歌手，基本上也能接受。而张信哲能被歌迷捧为天皇巨星的原因，就在于他的嗓音能高能低，准确地说是男生女音，颇出我的意外，说明流行乐坛的趣味与传统的审美观大相径庭。

其实也不奇怪，田震的歌声在继承老崔的一些精华之处，还在于她的嗓音是非女性化的，有着雄浑的穿透力，而这恰是一般女歌手所不能的。以至老崔的歌“凉”的时候，田震迎来了她艺术生命的第二春。从 80 年代以至今天，田震成了歌坛的常青树，她由摇滚而为大众喜爱的歌手，说明歌迷的趣味在发展，在变化。田震从“另类”变成流行，正说明前卫艺术往往是市场艺术的前奏，曾被攻击为不男不女的田震成为世纪之交歌坛一道独特的风景线。

c. 东方不败与《葵花宝典》

又是金庸。又是武侠。不知为什么我在听张信哲的个人演唱会时，想到了金庸小说《笑傲江湖》里的那位魔教教主东方不败和那部《葵花宝典》。不，几乎金庸所有的小说，或者所有的武侠小说，都有一个共同的模式，就是武功进入化境，进入独步江湖的时候，往往性别特征便丧失了。我第一次看《笑傲江湖》改编的电影《东方不败》时，没有看懂，因为看徐克的电影之前，没有读过《笑傲江湖》，因而看林青霞演的东方不败大有当初读意识流模糊的感觉。待看完小说再看电影，就觉得徐克把握了金庸小说的精华部分，或者说用今天现代意识来看，东方不败是《笑傲江湖》里的最有亮点的一个人物。因为令狐冲还是传统意义的正面人物，东方不败在小说里是以反派出现的。东方不败武功超强的原因，就在于他丢失了男儿身，他以纤细的绣花针做武器，令天下的英雄望而却步。东方不败与《葵花宝典》是《笑傲江湖》中最神秘的内容，冷兵器时代最厉害的武器不是关羽的青龙偃月刀，也不是李逵的两把板斧，《水浒传》中的“没羽箭”张清以石子做武器，让梁山好汉纷纷落马，《笑傲江湖》里的东方不败用绣花针称雄诸霸，令人谈针色变，都在于男人使阴毒之招以后武功就进入了飞跃。与魔教教主东方不败形成鲜明对照的是一直以正面人物出现的岳不群，他为了“千秋万载，一统江湖”，最后居然也和东方不败一样，变成了一个非男人，于是武艺果然提高到一览众山小的境界。小说里用“自宫”来说明进入武功至境的必修课，也是说变成中性人的时候，人的能量可能会达到最大值。

金庸对这种中性化显然是持批判态度的，他称东方不败为魔教教主，是非观念已经明朗，但唯恐批判不够，他又别出心裁地让伪君子岳不群也走上了阴阳人之路。在传统观念里，阉人是一个男人的耻辱，说一个男人像女人等于骂他不是人。中国古代最杰出的史学家、文学家司马迁便是受的比死刑还要难受的宫刑，中国古代“去势”的小太监和现代泰国做变性手术的人妖都是一些穷苦人家的孩子。可见让一个男人改变性别多属无奈，多是悲剧。但在我们生活中，中性化或者男人女性化、女人男性化都是一件很有趣的审美现象。在粉碎“四人帮”之前的岁月里，我们国家崇尚的是一种阳刚之美，或者战争之美，那时候女孩子最时髦的发型是短发，最时尚的打扮是一身戎装，“铁姑娘”“赛小伙”成为女孩子的赞美之词，这在今天看来简直不可思议。粉碎“四人帮”之后，“奶油小生”成为对男人轻蔑的称呼，有一个名为《寻找男子汉》的话剧曾经久演不衰。可现在，时常见到男人长发飘肩，女人短发板寸，女扮男装，这些被弗洛伊德称为“性错乱”的现象在我们生活之中随处可见。比如抽烟吧，以前好像只是男人的权利，可如今女人抽烟不仅堂而皇之，而且有专门的女性的名牌香烟和烟具。

当然，生活中的性别错位不像武侠小说中那么恐怖，也没有那么功利心，更不像弗洛伊德所说的性变态，更多的年轻人可能只是为了追求时尚，一个男孩戴耳环、佩首饰可能为了使自己在人群中“另类”一点，醒目一点，而不是什么变态。这一方面说明价值观念多元化之后才有可能去“扮男人”“扮女人”，否则会被人视为神经错乱或“病态”。在传统戏剧里，经常有男扮女角，女扮男角的转换，京剧里的著名花旦都是由男性来演的，越剧里的著名小生则是由女性来扮的，而观众对他们的喝彩往往超出寻常。我没有看过四大名旦的演出，但我看过梅派传人宋长荣演的《红娘》，应该说宋长荣模仿丫鬟红娘可谓惟妙惟肖。可我当时就疑惑不解，为什么不让一个年轻女子来演，而非要一个年过半百的男子来勉为其难呢？但宋长荣演的女性又完全不只是女性，他扮演的红娘有一种难以言传的艺术内涵。这有点像东方不败用绣花针作利器，比黑旋风的两把板斧更管用。

d. 挑战性别

一位老作家曾对我发牢骚说，现在的流行歌曲就是不男不女、不阴不阳、不上不下、不伦不类，是一种病态的审美。依照传统的“界限”，这位老作家说的是有些道理的，但我不明白为什么会有这么多人喜欢阿哲、喜欢田震，还有那位做了变性手术的舞蹈家金星呢？

有人说，一个追求中性美的时代已经到来。

中性，不就是那位老作家所说的不男不女吗？难道有那么多的人审美心理都变态了吗？这种变态又是从何而来的？

我觉得这种中性化的文化特征不用“变态”两个字能够解释得了，而与人的挑战意识和极限意识是分不开的。人类社会不断发展的动力之一，就在于人类不断突破自身的局限，挑战新的疆域而取得的。地域文化曾是限制人类交流的一大障碍，与之相联的是种族、皮肤和宗教，但这些原先由“上帝”派定的“身份”正在被人们慢慢改变。南非出现了第一位黑人总统，曼德拉的胜利便是种族平等观念的胜利，而美国当下出现的一大批“黄皮白心”被称为香蕉的华裔，也是突破了文化的限制。人们不满足某种既定的格局和事实，努力予以改变，其实是展示人的能力，释放人的能量，寻找多种发展的可能。

性别，只有两种，亚当和夏娃由上帝造出来之后，人类便不再有其他的性别存在。由于性别的差异，男女之间的生理结构和心理结构决定了各自的优势和各自的缺憾，因而每个人都只是世界的一半，男人和女人复合在一起才是完整的人、完整的世界。所谓“男人的一半是女人”，实际是一种缺憾美，如果一个人能拥有两种不能兼容的性别内容，这个人可能就真是人精了。大慈大悲的观世音菩萨，虽然到了中国东南地区被女性化了，但他本身是中性的，而且在我印象之中佛都是没有性别的，因而无色无性无我无空。因为每一种文化都是一种局限，每一种性别也同样是局限，突破局限，实际就是挑战权限，体育挑战人体的极限，是生理意义的。挑战性别的极限，也就是对人的彻底挑战。因为语言、文化、宗教乃至皮肤都可以转换，像杰克逊本是黑人歌星，他硬是将皮肤漂白了，改变了自己的肤色。当然，挑战性别最形而下的方式也是最彻底的方式，就是作变性手术，但变性手术之后只是 1–1=1，仍是单一的性别存在。而一个人如果两种性别的优势兼而有之，其能量往往胜过常人。西方电影中的那些超人往往是中性的，与佛的性别是惊人的一致。

传统星相学里所谓的“南人北相，北人南相”，“男人女相，女人男相”都是指俊杰之才，也是说兼有双性的特长。弗洛伊德的精神分析学说认为，普通人的潜意识里面都有双性恋的倾向，也就是有能男又能女的欲望。因而当男扮女装、女扮男装的演员表演时，观众的潜在的欲望得到了宣泄和满足。

人是有局限的生存，人也是为了突破局限而生存的。对性别的挑战，经常被单方面认为是女权主义运动，“时代不同了，男女都一样”，在西方被看作妇女解放的经典。其实，“时代不同了，男女都一样”，这句话还有新的解释，以前为这句话作注的是，男同志能做到的，女同志也能做到。现在则要加上一句，女同志能做到的，男同志也能做到。显然，“同志”这个词今天也带上了暧昧的成分。至少在审美的层次上，男人开始分享原先女性独自享受的美感了，中性化消费已成为一股潮流。

对男女性别最大的挑战是“克隆”技术，它在另一个层面上混淆性别的意义。生育本是阴阳交媾、男女合作的事情，可单性繁殖技术出现之后，父母的伦理意义丧失了，男人也可以生育了，女人骄傲的最后资本也被男人拥有了。男女性别的意义也随之贬值。人类在挑战极限的同时，也在异化自己。人类在追求自身的最大值时，往往会迷失了本性。就我的价值观而言，我希望这种挑战到阿哲美妙的歌声为止，到艺术为止，如果到了东方不败和克隆人的程度，那就离魔界不远了。

2001 年 12 月 3 日于朝阳门

那山、那水、那人

——胡廷武散文的意趣

美国著名的小说家福克纳因为专门描写家乡那块邮票大小的地方，被世人称为缔造了一个小说王国，中国当代小说家莫言因为倾心营造高密东北乡的艺术世界而独立于文坛。小说家关注于某个空间营造一个独特的迷人世界，已是一种行之有效的艺术方式。对于散文家来说，恐怕很难像小说家那样专营于一片土地，这不仅因了散文需要博、需要杂，也需要“散”，还在于散文很难像小说那样以人物的命运来演绎一个地区的历史、文化、政治的内容。散文是重视感受、重视性情的文字，像余秋雨的《文化苦旅》便是以“旅”字取胜，云游四方，尽览天下风物，营造个人文化之垒，是好读的文章。

散文家中绝少像胡廷武这样能专注于一座山的写作的。胡廷武的第一本散文集《秀山的魅力》便是专写一座山，从各个方面来写秀山，所谓“横看成岭侧成峰”，秀山的各个横断面，各个侧面都被胡廷武从不同的审美视角进行观照，进行描摹，进行抒写，挖掘出秀山不同凡响的魅力。“大凡游山，趣味总是两方面的，一面观山色，一面望远景。秀山上，从登瀛桥开始，几乎每一座亭台阁谢，都是望远的好地方。但最好的望远之处，恐怕还是涌金寺。倚栏放眼，远山像一带蓝纱，杞麓湖像一匹银绢，平整的田野如一副绿绸，那错综的田埂就是微风吹皱的鳞波。再近处，就是通海城了。城大体是方形的，街道都是直来直去，十分整齐，大有古城风味。看到这里，我回头记起捐秀亭上的一幅楹联：‘银汉无声城不夜，天风吹月海初湖’。作者沈咏，是清朝嘉庆年间通海的举人。他这里写的是夜景。但头一句显然出于这位先生的想象和夸饰。当时通海城不过是百十户人家的弹丸之地，几点烛光，怎能与银汉相比！但是，有一天我因为贪恋山色，天黑了还逗留在山上，的确看到了通海灯火万家的夜景。相形之下，天上的繁星黯然失色，倒像是城的倒影了。”写山的远景可谓观察细微，从白天的景致写到晚上的景致，而将天上的繁星比作城的倒影可谓是神来之笔。

而那篇获《十月》文学奖的《云南的山》，更是胡廷武写山的绝妙之品。他在文中写道：“云南的大山可以改变许多人对山的观念。”说实在的，云南的山我也是看过不止一处，但读了《云南的山》我才真正改变了对山的观念。在《云南的山》里作者不仅像《秀山的魅力》那样描摹大自然中山的秀美和壮美，也不仅注重这些山水文化之后的大典蕴含，还把笔墨投注到山的子民的精神状态和生存状态的描绘之中。白马镇是云南浩浩荡荡大山的皱褶中的一个小镇，是作者的出生地，也是作者用来象征山的精神的载体。作者不仅写出了山的皱褶，还写出了这些山民的精神皱褶。“虽然饥饿像影子一样，或远或近跟着他们，但藏在他们心中的希望，却像是山间的雾，起了又散，散了又起。”因为山里人一直被饥饿困扰着，所以，“在我的故乡那样的山间小镇上，吃饭的时候，男主人的面前必放着一杯酒，否则有贫穷之嫌，惧内之讥。”酒意味着不饥饿，意味温饱和富有，因而山里人便经常喝醉，“一位姓陶的苗族汉子，每一街子（云南的风习，一般以附近的六个市镇为一个单元轮流赶集，六天一个轮回，叫作‘一街子’）都要痛饮一回，喝醉以后就满街乱跑。”“老陶赶街时所卖的东西，有农产品、兽皮或药材，而卖的钱，都被他当天就喝光了。”贫困的山区，贫穷的山里人，饥饿和醉酒像两个不谐调的音符碰撞在一起，如果说因为饥饿所以醉酒，因为醉酒所以饥饿，热情、憨厚、质朴的山民的精神状态在作家不经意的描述中自然地显露出来。

白马镇上的赵神仙身上有点魔幻现实主义的色彩，据说这位草药医生，有“喊子儿”的本事，就是子弹打在人身体上，不用开刀而是凭嘴把它喊出来。赵神仙取子弹的方式，是用酒精刺激神经，让肌肉将子弹“挤”出来，但在山民的眼中是“喊”出来的。作者在写这个怪事时，始终抓住“转述”，非亲眼所见。有趣的是作者去找赵神仙核实时，赵神仙已经死了。“喊”子弹的传说将继续在山里流传下去，山民们的神秘依旧会神秘下去。

山里种植一种叫三七的中药，属名贵之药，种植起来也极为艰难。三七得了瘟病，全村人为此发愁。古老的山里人流传着一个治瘟病的办法，就是找一个成熟的少女，让她脱光了衣服，在有病害的三七园里跑一遍。原理是三七不好意思看少女的裸体，只好回避而逃，三七就没有病灾了。全村人推举一名少女去驱瘟，美丽漂亮的玉珠顶着毁婚约的压力，赤身裸体从一个三七园跑到另一个三七园，“山风吹起她的头发，她像飘飞着的仙女。”这本是一个非科学的乡风民俗，可由于三七关系到全村人的生计问题，玉珠的裸奔便带上一种舍生取义的精神。我在为玉珠献身感动时，又想到了西门豹治邺的故事，事隔两千多年之后，同样的寓言依旧在上演。玉珠裸奔故事带有多重的意味，她是山民精神褶皱最明显的一个符号。

写山，写山里人，写山的风貌，写山民的精神状态，在胡廷武的一系列以“山”为背景的散文中是有意为之的。作家在面对这些山的故事时，始终用一种温和的审美的目光注视着，并不进行太多的价值判断。《随想》一文可能是胡廷武的美学理想的具体阐释，他由云南石林的种种比拟说起，“我不主张把石头说成是万年灵芝、观音菩萨、小象之类或别的什么。石头就是石头。当我们把它们看成某种动物、植物或别种东西的时候，他们总是有缺憾的。而只有把它们看作石头本身的时候，我们才能把握了它们自在的本质，这时，它们在我们的感觉中就会变得完整，甚至完美无缺了。人不可能是完美无缺的，人不能达到这一点，而石头却可能达到这一点。”这里对石头“完美无缺”的肯定，实际是对审美客体的尊重，而不是在审美客体上人为强行贴上什么标签。因为无论是少女唐玉珠，还是神医赵神仙，作者对他们始终采取一种审美的注视，而不是价值的评判。

正像有些研究者所阐释的那样，胡廷武的散文意境和审美理想是受了老庄“知者不言，言者不知”，“得意妄言，得鱼忘筌”等哲学思想的影响。他注重散文的意趣，但在行文时又处处藏意，隐藏对一般散文作家喜欢“点睛”的简单升华。他是以趣寓意，将趣味写足，而境界自出，意味也就产生了。对事物本质的认识，他是有所保留，用他对石头的理解，就是把事物自身当事物看待时，事物自身便是本质。这个本质便是“意”，但事物自身很难表现，本质更是一种现象与状态的自然呈现。这也是他能够反复研读“秀山”，反复注视“云南的山”的最好注脚。李白说“相看两不厌，唯有敬亭山”，相看便是本质，也是意趣。

注重意趣，注重境界，是散文审美的不可忽略的要素。中国传统的诗学理论，便是以意境为基本框架的。中国诗歌的审美规则与散文是一致的。胡廷武的散文能够跳出一般的套路，别开生面而情趣盎然，在于他成功转化了小说创作的一些方式，充实到散文的创作中。

我们不难发现，胡廷武的《云南的山》《听鸟》等都有了很强的叙事性，个别地方可以当作小说来阅读，但整体上又不是以人物的命运作为框架的，这些人物虽然形象生动，但都是作家审美视野中的一块“石头”，他们自身的状态因作者以纪实的笔墨写来，并没有形成强烈的冲突和思想的交锋。胡廷武擅长写人，但并不是刻意经营塑造，而是几笔勾勒就栩栩如生，更重要的是这些人物都是片断化的，是作家情绪流淌中带出来的。

由于小说注重人物的精神状态，因而胡廷武的散文便时常写出人物精神状态，而这种精神状态又没有烙上太多意念的痕迹，往往丰富了散文的内容，又使散文有一种清明上河图式的清新和自在。《听鸟》或许可以写成一篇富有沧桑感的小说，只是那会有太多的戏剧性，而现在作者以童年视角和现在的视角交替出现，双重关照中写出养鸟人的性情和命运。有趣的是胡廷武笔下的人物往往带有较强的艺术气质，不知是作家自身气质投射的结果，还是有意选择的“同类项”。这些人物身上的艺术家气质，与作者所推崇的那种乐观的人生态度恰是一致的。

胡廷武的散文中还经常出现父亲的形象，这使得他的文学有点“恋父”的意味，甚至父亲的鼾声也会成为一种可以欣赏的乐曲。

父亲不只是一种长者的形象，也是故乡的形象，还是传统文化的形象。胡廷武在有意无意地塑造父亲的完整形象，有时候让我们想起朱自清的《背影》，有时候父亲也会像鲁迅《故乡》里的闰土，当然更多的时候是慈父的形象。作者对故乡的了解是由父亲讲述的，父亲成了故乡的代言人，这也让作者对故乡的叙述保持着一定的距离感。这种审美上的隔离效果，来自作家多方面的艺术造诣。

如果说胡廷武散文的内容是以山的质朴、山的丰富来取胜的话，那么他的语言则以水的灵动、水的清秀取胜。法国汉学家居安里说汪曾祺的小说充满了水意，是指语言的滋润和灵动。胡廷武虽然不像汪曾祺的语言那么典雅，但也是明净如泉。所谓“行所当行，长止于不可不止”，说的便是语言的行云流水之势。这与作家的修养有很大的关系，从胡廷武的散文集来看，他涉猎音乐、美术、书法、戏剧甚至烹饪诸多领域，这些艺术门类以丰富的营养滋润了他的生活，也滋润了他的语言。无论是那些关于山水的文字，还是往事追怀之章，无论是议论时事新闻，还是谈论文化艺术，胡廷武的语言总是能准确到位，不事雕琢，有时故意避重就轻，让更多的意趣蕴含在叙述之中。当然，胡廷武的散文有的随笔色彩重一些，意大于趣，有些记人记事的小品则趣大于意，并没有整齐划一地依照一种模式进行写作。文无定格，有意趣者便生动，无意无趣则难免枯燥。胡廷武是深谙文章三昧的。

2001 年 11 月改定

怀想激情的年代

一 似曾相识燕归来

2002 年夏天是“激情燃烧”的岁月，虽然这一年的夏天并不是特别的酷热，更谈不上“燃烧”，然而一部叫《激情燃烧的岁月》的电视剧，却让荧屏“燃烧”了，每个省的卫视台都在放，然后重播、再播，创下主旋律电视剧收视率的新高。这种收视的盛况，只有三年前的《还珠格格》才可比拟。《还珠格格》是标准的娱乐剧，含有很多的无厘头成分，《激情燃烧的岁月》是一部正剧，里面的历史几乎可以与档案参照阅读，与《还珠格格》的戏说形成鲜明的对比，更有趣的是，在注重“眼球经济”的今天，电视吸引观众的手段是让美女俊男当主角，像《还珠格格》中的小燕子、紫薇、阿哥都是赵薇、林心如、苏有朋这些靓女、帅哥来担纲，而《激情燃烧的岁月》里的主人公石光荣是一个胡子拉碴的老男人，与时下流行的 F4 等俊哥哥的形象相距甚远，女主人公褚琴也由非偶像型演员吕丽萍来出演，老头、老太的吵架构成了电视剧的最基本的内容。

这么一个与时尚很隔膜的电视剧却紧紧抓住了观众的眼球，颇让人不解，以至该剧的制片人张纪中在《射雕英雄传》的新闻发布会上挂羊头卖狗肉地推销《激情燃烧的岁月》还遭到媒体的质疑。还有，如此受欢迎的电视剧制作方并没有挣到很多钱，原因很简单，它缺少那些赚大钱影视的基本要素，在很多方面是专门逆着那些要素去做的，比如以老头老太取代少男少女，以革命生活取代爱情故事，以政治历史取代离奇情节……这当然让制片商和购片商们大跌眼镜。

有人说，这部电视剧的成功就是石光荣形象塑造的成功。石光荣的形象被孙海英演得活灵活现，又提升了这一形象的价值。可如果细细回顾一下，就发现石光荣的形象并不新颖，也不深刻，甚至有某种惊人的相似，就在《激情燃烧的岁月》热播的时候，有一天我一不小心在 CCTV 电影频道里看到了一个与年轻时的石光荣造型一模一样的形象，演员也是孙海英，等我耐心地看完了这部名为《走出西柏坡》的电影之后，才发现石光荣的形象在《走出西柏坡》这部电影里早以完成，只不过孙海英在《走出西柏坡》里扮演的是一个进城后被腐蚀的团长，在整个电影中是个配角，但人物的形象非常生动，孙海英的表演已炉火纯青。孙海英那个时候没有火，那部电影也没有火。

因为类似石光荣这样性格的人物形象在中国当代文学艺术人物画廊中已经拥有了一个庞大的库存，电影《老兵新传》（我是粉碎“四人帮”之后才看到这部电影的）中的那位老兵，《铁道游击队》中的刘洪，现代京剧《杜鹃山》中的雷刚，邓一光的小说《父亲是个兵》中的父亲，等等，都是属于这一类型的人物，他们大致有这么几个共同的特点：①出身贫寒，②文化不高，③打仗勇敢、枪法过人，④性格简单粗暴。中国传统小说里也有类似的形象，他们基本上已经家喻户晓，像张飞、李逵、鲁智深、程咬金等也大致属于这一类型。按照福斯特在《小说面面观》里的观点，他们都属于扁平人物，而现代小说要素找的是圆形人物。有趣的是，受欢迎、收视率高的电视剧里的人物基本上都是扁平人物，而且基本上都能找到原型，这说明现在电视剧的艺术水平尤其是人物塑造的原则还停留在古典主义的阶段，观众对电视剧的期待也不是现代主义的视野。这也就是为什么电视剧热衷于改编名著、热衷于戏说名著的原因了，因为古典名著里的人物基本上是扁平的，即使不那么扁平有点圆形也已经为广大观众所熟知，理解起来不那么困难，因而借用古典之壳灌进现代电视剧之实，便成为电视剧成功的一条隐在的规律。

当然，石光荣的形象如此受观众青睐，还有更深刻的时代原因和文化内涵。

二 英雄并不欢乐

石光荣的形象让我想起了美国电影《巴顿将军》。战神巴顿是美国人的偶像，《巴顿将军》的出现是美国人在越战中陷入困境之后的一部“怀旧”之作，颇有“但使巴顿将军在，不在越南吃败仗”

的味道。

巴顿将军退休之后，会是什么样的情景呢？在电影《巴顿将军》的结尾，二战结束了，战争也结束了，战神巴顿将军陷入了深深的苦恼，他的苦恼是和平年代军人的烦恼。因为生活中的巴顿将军在战后的一次车祸中身亡，战神的烦恼也随之消失。《巴顿将军》的续集自然也不可能拍摄。

石光荣不是中国的巴顿将军，但石光荣式的烦恼、苦闷、愤怒却是巴顿在和平年代的衍生和发展。电视剧的片名叫《激情燃烧的岁月》，好像是写石光荣的戎马生涯，其实只有开头几集与战争有点关系，全剧更多的篇幅是表现石光荣在没有战争的岁月里的日常生活，尤其是离休之后退出领导工作岗位的晚年生活，一个当年叱咤风云的骑兵团长在没有马骑、没有仗打的世俗生活中的悲喜剧。渴望激情、怀想激情成为石光荣与现实生活碰撞的"冲突面"，在这个"冲突面"上石光荣时时从一个军人的思路、战时的思路、英雄的思路来面对家庭的生活、和平的岁月和普通的人生，思维与现实的错位便产生出很多荒唐而可爱的故事情节来，石光荣英勇、耿直、粗暴和霸道在和平年代普通家庭中表现得淋漓尽致，如果说他的耿直、英勇、粗暴和霸道在战争年代里并不引人注目，战争结束之后这些性格特点因为与环境的不协调，就显得异常的棱角分明。石光荣在剧里的举动，可以说是一条蛟龙在脱离水之后的挣扎，或者说是一头猛兽在失却山林漠野之后被关进动物园的挣扎。

剧中有一个细节也许就是全局的缩影。这就是石光荣和石晶准男朋友去玩战争游戏，石光荣选择了最难打的丛林区，他手握电子枪，依然是当年的神枪手，仿佛蛟龙重入大海、猛虎再入森林，但这样的神枪手却无用武之地，只有在游乐场中才能施展身手，这是一个军人在和平年代的困境，也是战神、英雄置身日常生活的悲剧。

在写作这篇文章时，我也看一些电视台重播的《激情燃烧的岁月》，也看到了CCTV国庆期间举办的大型综艺节目《欢乐英雄》。《欢乐英雄》的名字让我想起了贝多芬的《欢乐颂》和《英雄交响曲》，可等我打开电视，却发现是央视的两位搞笑大师和两台收视率最高节目的强强组合，《开心辞典》的主持人王小丫带领的“开心队”与《幸运52》的主持人李咏带领的“幸运队”为争夺大奖展开的决战。《开心辞典》和《幸运52》是目前电视界最为流行的益智节目，王小丫和李咏带领的两个队都是“当代英雄”，这些英雄也是过关斩将，“爬雪山、过草地”，克服重重险阻才进入决赛的，但这些英雄连电子枪也不要背，他们以丰富的知识作武器，揿揿抢答器，便成为“欢乐英雄”。更重要的是这些英雄的欢乐是建立在巨额奖金和巨额奖品之上，是受到利诱之后才登上竞赛台的。如果石光荣还健在的话，看到这种情形一定会气得他把电视关了。

“英雄”含义的变异，是时代转型的必然。比尔·盖茨成为当代英雄，是因为他的微软公司为他创造数以亿计的财富。而石光荣成为英雄，是因为他歼灭了多少敌人，攻克了多少阵地。石光荣以消灭生命来捍卫自己的生命，来体现生命的尊严和价值；比尔·盖茨通过财富的积累来实现自己的英雄梦想，来完成自己的人生价值。今天流行的词叫“商战”，英雄自然也是商业英雄、挣钱英雄，欢乐也属于他们。当然《激情燃烧的岁月》还没有涉及商业价值的问题，但它放映的时机对应的正是这样一个中国经济腾飞的年代，正是商业英雄辈出的年代，自然也会引起很多人的感慨和惊奇。

过来人感慨，年轻人好奇。

在剧中，石光荣是一个定数，他的性格始终没有发生变化，但他的生存环境，他周围的世界发生变化，他的行为便成与风车决斗的堂·吉诃德。堂·吉诃德与风车决斗并不是因为精神失常，而是没有能够相应的敌手，无仗可打的石光荣像没有敌手的堂·吉诃德一样也不会放下手中的长剑，他满腔的激愤和浑身的胆略会转移到其他地方倾泻。《激情燃烧的岁月》在另一层意义上是一出家庭戏，一出夫妻戏，孙海英和吕丽萍出神入化、炉火纯青的演艺无疑为这出戏增添了诸多的光彩。把一个身经百战、战功屡屡的战神放到一个家庭之中，就越发显出石光荣是百无聊赖的堂·吉诃德。妻子褚琴成了石光荣的“风车”，石光荣和褚琴生活三十多年，便“战斗”了三十多年。在石光荣离休之后，褚琴对他说，你离休了，心里憋着气，窝着火，就往我身上发。其实，在剧中，褚琴始终是作为石光荣的“对立面”存在的，她身上的气息都是与战争无缘的，她的存在就意味和平岁月、日常生活、家庭精神、世俗情怀、城市气息，这与石光荣的乡村本质、英雄气概、战争热情格格不入，她自然便成为石光荣无数次“扫射”的对象。但最终是褚琴战胜了石光荣，回到家庭生活中的石光荣对孙子那种无条件的溺爱，说明亲情的巨大征服力，老了的英雄、迟暮的战神、刚强的硬汉也会表现他特有的“绕指柔”。

战时与日常、终极与世俗，是人类社会生活、精神生活的两大表现形态，而社会分工和社会格局往往会把人放在两种不同的情形中，就会产生错位和逆转。石光荣的困境不只是军人与平民生活的困境，它具有某种抽象性和象征性。一个人会碰到类似的情况，一个国家也会碰到相同的境地，十一届三中全会将经济建设作为全国的中心，实际是从战时思维向和平年代思维的大转移，“阶级斗争为纲”的思维实际是战争年代思维惯性的延续，因而 1977 年以前的中国政治生活、经济生活所碰到的种种尴尬与挫折，就在于没有及早实现战略目标的转移，仍以战争的、军事的思维方式来处理和平建设年代的问题，悲剧难免发生。这也正是石光荣让我们觉得如此熟悉而又亲切的原因。

三 土地情怀

在激情燃烧的岁月里，有一个堪称经典的细节，石光荣和褚琴新婚宴尔，后石光荣又奔赴前线，但此时褚琴怀孕，两人上演了一出“十八相送”：石光荣已经离去，又转回来将一块土豆送给褚琴，观众都会心地笑了。因为在这以前，石光荣曾经对褚琴开玩笑说，想不到还是块沃土呢（当时他刚得知褚琴怀孕）。用土地来比喻女人，用土豆来比喻孩子，是地道的石光荣式话语，来自蘑菇屯的孤儿石光荣是农民的后代，从小耪地，满脑子的“形容词”都只能与农耕庄稼活有关。

剧中还有一个有关土豆的细节，这便是他和另一个团长比赛吃土豆的情节，一筐土豆，两人吃完还叫没饱，吓得司务长不知如何是好。食、色（生存、繁衍）都与土豆密切相关，显示了石光荣的农民本色。蘑菇屯和部队大院在剧中是石光荣活动的两个舞台，石光荣虽然走出了部队大院，但满脑子依然是蘑菇屯的思维和蘑菇屯的想象。剧中颇有深意地让石光荣衣锦还乡请蘑菇屯全村人在冰上雪地里吃猪肉炖粉条，说明石光荣的价值参照系依然悬挂在蘑菇屯。这一方面使石光荣与基层人民保持血肉的联系，另一方面又让他难以洗脱浓重的农民习气。心系家乡人民，在老家遭遇天灾，农民面临死亡危险的时候，他冒着违抗军令受军法处置的危险，擅自将战备粮调到地方用于赈灾救民，为家乡人民做了大好事。但浓郁的农民气息也时不时影响了石光荣成为严格现代军人、现代军事家。特别在电视剧中经常出现的那句“人比人人死，货比货货扔”的口头禅，是典型的农民精神胜利法。

在我上中学的时候时兴“评法批儒”，法家是受到褒扬的，儒家则是被钉在耻辱柱上的。当时不明白什么是法家，只知道法家重农抑商，重战轻文。如果按照这样的标准去衡量石光荣的话，石光荣当属于“法家”，因为他是一个农本主义者，除了喜欢打仗以外，就是喜欢种地，最有趣的是，他将院子里褚琴种的花圃毁了，改为菜地，他觉得种花种草是浪费土地，改为菜地才是正道。在这样的意义上，我们又应该庆幸石光荣没有到城市去搞经济建设，只是在那个小院子折腾他的蘑菇屯想象，如果他不小心担任了一个城市的市长，那市里的花圃、草地不全改良为庄稼地了？

我在看这一集电视剧时，马上想到已故的著名作家高晓声笔下的《陈奂生上城》写一个土得掉渣的农民进城之后的奇遇，活灵活现地写出了农民的质朴和狡猾。高晓声后来写了陈奂生系列小说，其中有一部叫《陈奂生出国》，里面写陈奂生住到一个美国友人家里，陈奂生闲着无聊，浑身劲没处使，便将友人家门前的草地进行耕耘，又施肥又浇水，门前的草地成了一块绿油油的菜地，美国友人回来之后哭笑不得。

陈奂生没有能够参军，陈奂生木讷本分的性格也不会成为石光荣式的虎胆英雄。但与陈奂生有相同基因的阿Q却“革命”了，鲁迅先生塑造的阿Q具有中国农民的典型性格，这一形象开创了批判国民性的先河，以后凡描写农民的作品几乎都受到鲁迅精神的影响。战斗英雄、骑兵团长、满身勋章的石光荣应该比未庄的阿Q高过很多层次，但石光荣向褚琴父母求婚时的一跪，却让人猛然想起了阿Q向吴妈求爱时的一跪。历史是如此地相似，阿Q来自浙江绍兴，而石光荣来自东北蘑菇屯，南北相距甚远，可他们身上有着诸多类似的地方，太让人深思了。我甚至设想，假如阿Q革命了，参军了，功成名就之后，这位孤儿回到未庄会不会大宴乡亲显其富贵呢，他进城之后，王胡、小D会不会像电视剧里的柱子成为座上客呢？这样的推理未免过于残酷。但有句话说得好，最严重的问题是教育农民。

农民身上的劣根性正是我们国家走向现代化的障碍，其实，说石光荣身上有阿Q的基因并不意味着对石光荣这个英雄的否定，而且阿Q精神也不是一天两天就形成的，消除它也不是一天两天的事。社会的进步也慢慢地改造着人的性格，石光荣与柱子都是蘑菇屯的农民，但石光荣后来已经成为个性鲜明的军人，而柱子身上依然保留着浓烈的阿Q气息。只是我们欣赏石光荣形象时，不能笼统地肯定，更不能把他作为什么榜样来学习。

㊃ 怀的什么旧

《激情燃烧的岁月》是一部怀旧之作。

它横跨了近50年的中国历史，距今天已经有相当的距离，剧末的时间落在1984年的国庆，也已有18年之久了。一个1984年出生的孩子，在观看这部片子一定会觉得已经是很遥远的故事。它所表现的生活曾经被我们的文艺作品反复表现过，无论是解放战争烽火连天的战争场景，还是“文革”的红卫兵浪潮，都有优秀的文学作品和影视作品表现过。但《激情燃烧的岁月》还是被人们看好，电视台反复播放，有些人看得泪流满面，一看再看。是什么样的“旧”让观众如此喜爱呢？这个“旧”又是如何拨动了我们这个时代的心弦呢？

著名影视人黄宗江是与石光荣同时代的人，他在评价《激情燃烧的岁月》时说，在今天，英雄主义同样具有不可抗拒的魅力。这也是一个民族的精气神。还有一些评论，认为电视剧中人物传递的英雄主义、理想主义、乐观主义精神，给了观众以光照度极强的光明感和希望感，让许多寻求精神支点的人击节叫好。英雄主义的情绪确实贯穿了全剧，但我在前面陈述过，石光荣身上的那种英雄主义却是一种不能绝对伸展、不能充分表达的英雄主义，从战争结束那一天，石光荣便开始“怀旧”，怀想战火连天的岁月，怀想骑马打枪打天下的日子，作为一个军人，他最怀念的当然是昔日战争之旧。如果说是英雄主义引起了大家的共鸣，那么《长征》《突出重围》以及重新上演的《江姐》《洪湖赤卫队》以及《杜鹃山》《红色娘子军》的英雄主义色彩却表现英雄，阐释英雄，而不是描写英雄在和平岁月的困顿。

《激情燃烧的岁月》怀的“旧”固然有英雄主义的成分，但更重要的、更能击中这个时代观众心弦的，却是集体主义的精神。因为如果我们从另一个角度来看，《激情燃烧的岁月》所不屑一顾的是个人主义的选择，被浓墨重彩大肆渲染的都是集体主义的场景，个人的爱好、个人的空间往往不堪一击。石光荣与褚琴的婚姻是集体主义的结晶，文工团员褚琴被团长石光荣看上，虽然极不情愿与他结合，更谈不上爱他，而且心中已经有了那位戴眼镜的意中人，但为了服从组织上的命令仍然和他成婚。如果按照电影《天云山传奇》的思路来写，石光荣与褚琴的结合自然会是一出撕心裂肺的悲剧。我们以前也曾读过这样的小说，写过分的集体主义对个人爱情幸福生活的损害。但在此剧中，观众并没有感到那种拉郎配的婚姻对褚琴幸福有多大的伤害，反而充满了同情，石光荣那种粗线条的男性阳刚之气虽不免简单、粗暴，但带给褚琴的是另外一种甜蜜、另外一种幸福。新婚之夜，褚琴男朋友枪击新房被石光荣放了，更显得石光荣的大度和豪放气。石林被父亲逼迫从军而放弃考大学的举动，在今天望子成龙的父母看来简直不可思议，应该说石林选择考大学该是他个人的自由，但在专制父亲的蛮横命令下，石林只有放弃个人的价值取向，从戎参军。失去“自我”的褚琴和石林的人生并没有太多的痛苦，褚琴和石光荣虽然吵吵闹闹，但却真心相爱，石林在部队里也得到了应有的发展。在这样的家庭氛围之中，女儿石晶、小儿子石海也先后参军，石海甚至主动报名进藏，到最艰苦的地方去锤炼自己。整个家庭都融到部队的集体之中，石光荣为此非常得意。

毋庸讳言，石光荣所欣赏的、表现的那种集体主义在我们的生活中已显平淡，在一个充分强调个人解放、强调自我价值的和平年代，随着市场经济的高速发展，随着观念的多元与宽容，被压抑、被遮蔽的个人自由、个人价值近些年来得到了极大的释放，再随着电子信息技术的神奇发展，个人化的生活空间越来越大，个体户、独生子女、自由撰稿人、私营企业、独立制片人，这些非组织化非集体化的存在，说明社会的进步和发展。一个人可以没有单位，可以没有组织，凭一台电脑借助互联网就可以很好地生存。过去强调个人是集体机器上的螺丝钉，而今天每个人都想努力成为一台独立的机器。

但是个人主义是要有极限的，个人主义的空间也不是可以无限膨胀的。当个人主义的发展失去控制时，就会带来与集体主义过度同样的悲剧。《激情燃烧的岁月》在这样的时候出现，与以个人为本的价值观提供了一个有力的参照，某种程度也是回归。在人们吃够了高脂肪、高蛋白的大鱼大肉的个人主义大餐之后，重新尝一尝窝窝头、野菜，甚至忆苦饭，会有另一番风味的。

如果因个人主义而肥胖犯喘的人，可以到集体主义中去减减肥。

2002年10月7日于碧树园

电影“人妖”何时休

——张艺谋的电影歧途

人妖是泰国古老民风民俗遗留下来的一种文化，它的出现可能与旧时代达官贵人的病态的审美心理和性心理有关。我曾看过人妖的演出，这些原来是男人经过修剪而成为女人的演员虽不乏演艺水平高超者，但就真正的美感而言，他们是一种残酷而恐怖的美，即违反了人性又逆自然。然而，作为一个民族的特有的风俗，我们用不能简单地用人性人道主义这些规则去要求他们。遗憾的是人妖最终被商业化利用，如今它成为泰国旅游业长盛不衰的法宝。很显然，泰国保留“人妖”文化，并不是为了张扬该民族优秀文化，也不是为强化民族的健康的人性和提高整个民族的文明水平。

本文的“人妖化”只是一种比喻性的说法，意在说明中国当代电影创作者某种现象。由于人妖最初的出现是以“他者”的方式出现，是处于“被看”、被欣赏的处境。这正好吻合了中国电影目前的环境。其实，这也是整个中国文化的处境，你想走向世界，你想与国际“接轨”，那你就必须是“民族的”“地方的”，而这种“民族的”“地方的”，往往是第三世界向现代化过渡过程中必须扬弃或者行将消失掉的，而这正是第一世界目光所关注的、欣赏的。泰国的人妖之所以能够引起欧美诸多旅游者的兴趣和热情，并不是说人妖代表人类文化的某种发展方向，也不是说人妖有着如何高深的审美内容，而是它是“地方的”“民族的”，它是欧美当下文明早已不存在的形态。

由于中国电影也处于欧美视野“被看”的位置当中，要进军戛纳要进军好莱坞，其实就是进入西方的视野。如何才能引起西方的关注，如何才能得到西方电影界首肯，这是中国电影导演特别是年轻一代导演颇费踌躇的事。如今中国电影也确乎得到了世界性的声誉，以陈凯歌、张艺谋为代表的第五代导演也牢牢树立了他们在国际影坛上的一席地位，可中国当代电影特别是在国际上有影响的电影的“人妖化”倾向非但没有收敛，反而以新的更加奇异的方式取悦西方大奖的评委们。早在 1992 年我曾经著文批评过张艺谋《大红灯笼高高挂》的“人妖化”倾向，虽然引起了一定的反响，但看到近几年来中国当代电影的“人妖化”倾向反而有愈演愈烈的趋势，以至于形成了某种“国际配方”，觉得有必要就当代电影的“人妖化”的问题，做进一步的阐述和评析。

一、奇风异俗满足畸趣。这是中国电影“人妖化”的最初形态。从《红高粱》开始到《大红灯笼高高挂》形成高潮。在 1985 年前后出现的第五代电影探索高潮中，天真的凯歌们以为凭他们对电影语言的追求和探索就可以在世界电影的格局中找到自己的位置，当时在国内曾经被视为划时代开辟新纪元的《黄土地》到了国际电影节上却默默无闻，之后的《孩子王》又被戏弄，《边走边唱》也遭冷遇。实事求是地看，陈凯歌的这些电影比之他后来的几部影片并不见得逊色，特别是《黄土地》对中国电影艺术的发展贡献更是功不可没，中国新电影史当从《黄土地》开始。就在陈凯歌连连受挫的同时，却传来了《老井》《红高粱》获奖的消息，一下子改变了中国电影的进程。民俗化的创作思路成为电影走向世界的一大诀窍，张艺谋在《红高粱》之后又拍了《菊豆》《大红灯笼高高挂》，满足西方部分评委畸趣的倾向已经非常露骨，《菊豆》里畸形的恋以及乱伦，《大红灯笼高高挂》里的“妻妾成群”，都为张艺谋两度获取最佳外语片提名奖立下了赫赫战功。值得注意的是在《大红灯笼高高挂》里，张艺谋为了“人妖”文化的充分和醒目，他不惜用制造伪民俗来迎合西方人的“东方主义”趣味。这就是关于挂灯和民俗的胡编乱造。我曾经看过张艺谋对“伪民俗”这一问题的答辩，显得非常之乏力。他认为电影创作可以虚构民俗，不必事事较真。这个问题我们姑且不论，我要说的是制造伪民俗的动机是什么。在中国电影院里，中国的观众对这个伪民俗一笑了之，觉得胡编乱造得荒唐，也不会真信其事。在西方人的眼里就不一样，几乎看过张艺谋的这部片子而又对中国不大了解的西方人一看到灯笼就会发出一种奇怪诡异的笑。西方人无疑把伪民俗当成真民俗了。

二、乡野土人成为景观。这是从《老井》拍出来的另一个“人妖”谱系，以张艺谋的《秋菊打官司》和周晓文的《二嫫》为代表。《秋菊打官司》是张艺谋介入当下状态的新尝试，在这部影片中，巩俐的出色表演为电影出了彩。《二嫫》可以说是《秋菊打官司》的续篇。这两部影片中用的全是土得掉渣的方言，表现的也是愚昧而憨厚的性格（90年代的女阿Q）。但他们的一举一动都是为了让西方人看“西洋景”，他们所有的土都是为那个潜在的“洋”预设的。1994年我在上海参加世纪之交电影研讨会，会上看了《二嫫》，看完以后就有一位北京的影评人告诉我,《二嫫》就是按“国际配方”调制出来的。不久,《二嫫》果然被老外看好，被挑选去参加国际电影节。

三、“文革”成为“政治人妖”。“文革”和“海上旧梦”是电影界的两大热点，这热点多半是因为陈凯歌的《霸王别姬》引起的。陈凯歌和张艺谋具有一种“互文”性，他们在相互模仿对方的同时又相互补充着对方，第五代的跨时代力作《黄土地》一为导演一为摄影，两人的合作似乎是这种“互文”的象征。90 年代初期，面对张艺谋的成功，陈凯歌不得不改辙易弦，回到故事的层面，陈凯歌的妥协实际上是对国际口味的妥协。《霸王别姬》前半部无疑受到香港电影《胭脂扣》的影响，也不乏张艺谋《大红灯笼高高挂》的气息，但陈凯歌如果仅仅把这样一个人戏不分、男女不分的悲剧放在那个旧时代,《霸王别姬》就只有“人妖”而缺少“政治人妖”。在《霸王别姬》的下部，由于“文革”场面和政治色彩的出现，这部影片除了自身的蕴涵外（这种内涵在尊龙演的类似的同一故事中所表达，但其反响远不如《霸王别姬》)，又加上了政治性的内涵，其可视性自然上升。因为在中国社会上演长达十年的“文革”悲喜剧，由于自身的荒诞和传播的变异，在西方人的眼里已经形成了某种文化（或可曰“小红书文化”)，是一种带有观赏性的政治文化景观。如果说陈凯歌的《霸王别姬》的“文革”背景尚与人们的命运密切相关的话，尚能以政治的色彩来强化人性的悲剧，到了张艺谋的《活着》里面，将“文革”这一“政治人妖”裸展的欲望愈发明显而不加掩饰了。《活着》的下集基本上就是一部闹剧了，福贵的作为人生悲剧的艺术气氛被冲淡，而“文革”的场景和过程成为主体，但这种对“文革”的表现又是肤浅的、漫画式的，完全是为了展览而作的简单的小品式的编排。《活着》后来在国外受到了好评，说明“政治人妖”获得某种成功。因为对“文革”缺少了解的人，看了《活着》以后还不免要被懵一下的。记得《活着》在北京试映时，笔者发现电影院二十岁左右的学生在电影结束后给了异常热烈的掌声，而我们这些经历过“文革”的三四十岁的人却感到“文革”的故事张艺谋讲得幼稚可笑。可见“政治人妖”还是很有市场，不用说那些对中国毫无了解的老外，连“文革”后出生的中国年轻人也会信以为真。“文革”被作为“人妖”来展现已成为一种流行套路，连优秀影片《阳光灿烂的日子》也不能免俗，所幸的是这部电影自身的非意识形态特性使它的青春状态淹没了政治意味。

四、方言怪语成时尚。这几年导演们为了能让影片猎奇，可谓全方位地出击，题材的人妖化，人物的人妖化，也费尽了心机使语言古怪起来。张艺谋在《秋菊打官司》里用了陕西方言，周晓文在《二嫫》紧步后尘，李少虹的《红粉》里用吴语，而胡雪桦的《兰陵王》则干脆“发明”了一种部落语言。从制造伪民俗到制造方言，中国电影进步得如此迅速。1995年的中国影坛出现了一部很古怪的电影，这就是耗费巨资拍摄而成的《红樱桃》。《红樱桃》的出现，说明中国电影导演已经会利用政治特有的商业价值，而不再是为了艺术而艺术一味地搞个人化的电影。《红樱桃》出现在反法西斯战争胜利五十周年的当下，受到各方面的叫好是不难理解的，但这部影片的制作显然充满“人妖”的倾向，这就是文身情节的设立。文身情节可谓一石三鸟，既能揭发法西斯的残暴，又能展现少女的体态美，还有极高的票房价值。没有文身这个中心情节，整部电影的效果可想而知。再一个奇怪的是它的语言，其中的对白除了楚楚痛说革命家史那一段是用中文外其他的语言居然全是用俄语说出来的，这不禁让人感到疑惑，这部电影是拍给中国人看的，还是给俄国人看的？我在影院看这部片子时，有一种看资料片的错觉，因为中文是作为字幕出现的，耳边响起的全是叽里咕噜的陌生的异乡之语。有人说这是为了表现真实的需要，其实不然，照此逻辑，很多影剧就属不真之列了？反映少数民族生活的题材也不该用汉语了？而很多国外的影视和话剧就没有翻译的必要了？这实际上说明了导演们对汉语的不自信，潜意识里是对当下汉文化的自卑心理。照此下去，出现一部中国人讲英语而汉语成为字幕的电影将不会是新闻，因为这样更易于与国际“接轨”，而省去了翻译过程中信息的损耗，且有助于国人学习外语。

电影人妖化出现的原因非常复杂，它对中国电影的得失这里也不作详细探讨。有一点则是无疑的，如果早期是为了攀登世界电影高峰，那今天更是受制于金钱这根魔棒了。在计划经济的年代里，电影的商品属性不明晰，而今天电影的票房价值谁也不能忽略。而出口转内销是最好的捷径：先在国外得奖或受注目，然后返回国内，名利双收。张艺谋这么干了，陈凯歌这么干了，连天才姜文也这么干了，想成事似乎都逃不了这个怪圈。倘能成功也不枉“人妖”一场，可悲的是那些也人啊也妖啊的一番，最终成不了正果，对得起谁呀？

又记：这两年张艺谋先后导演了《英雄》和《十面埋伏》，其人妖的商业化倾向已经毫不掩饰，武侠作为功夫片在西方一直是了解中国的一个文化误区，张艺谋走到今天也是很自然的事了。

把女人还给女人？

有朋友从海外归来，说起域外新兴的“新女权主义”，其主要命题是“把女人还给女人”。乍一听，很新鲜，可仔细一想，不由得让人怀疑这是不是一些“男权主义者”的阴谋了。因为在这一命题中，使用的是规范的男性话语。其一，命题中前后出现的两个“女人”都是男性话语的产物，不是女权词典里的女人，仍是沿袭的传统（男权）概念。其二，“把女人还给女人”，意即今天的女人已经非女性化，是对女权主义的一种颠覆和反动，其实也在肯定昨日的女人，所谓“新女权主义”可能是一场复辟运动。其三，也是最主要的就是话语的发出者，“把女人还给女人”，是男性模拟女性所做的呼吁，是女性要求男性把某项东西还给她，“还”意味着首先被剥夺、被掠夺、被占有，谁剥夺了“她”做女人的权利，是“他”！那么，现在“她”想重新作为女人，居然还要由“他”还给“她”！这里已不是甘心臣服受奴役的问题了，男人差不多了成了女人的救世主了。女人就在女人身上，不是男人施舍的结果，也不是男人压迫的产物，要想成为什么样的女人，“全靠我们自己”，《国际歌》

的这句歌词同样适用于妇女解放运动。因此我怀疑“新女权主义”极可能起源于东南亚地区，即使出自女性理论家和革命家之口，也不奇怪，只有这块地区的女性才有如此深层的受虐愿望。当然，“新女权主义”在调节整个社会关系的和谐、解决女权主义矫枉过正之弊方面，也许是非常清醒的现实主义做法，但它所使用的话语则混合着婢奴式的胆怯和男性的粗暴。

本人不是一个女权主义者，也不倡导“新女权主义”，可对生活中有些肆意侵略女权的言语和行为得不到谴责和制止不能不表示遗憾。比如覆盖面达 960 万平方公里的电视台广告节目中，就时常出现一些男尊女卑、男君女臣、男优女劣、男呼女随的画面和非常刺耳的广告词。如果电视台迄今没有收到女同胞或女权主义者的抗议，倒真是一件怪事。这是表明妇女解放的程度不高还是说明现代中国社会已经进入“新女权”时期呢？好像都不是。可能人们对司空见惯的事物已经懒得去动脑筋了。

有一种全自动洗衣机，被誉为“爱妻型”，不能不说制作者绞尽了脑汁，让这种洗衣机充满了爱的温馨和家庭的和谐气息。但制作者忽略了一个购买对象问题，也就是说“小天鹅”只能售给先生，不便售给女士、太太、小姐们，因为它是“爱妻型”，而女士倘若去购买便对其身份产生误会：一、寡妇，丈夫去世，无人疼爱；二、独身女性或大龄女青年（这个词本身就是践踏女权的），因为她们不想或不能成为妻子；三、家庭生活不幸福者，夫妇关系恶化；四、离了婚而尚未再婚的人，她们过去是妻将来也可能会是妻，但现在不是。丈夫不在身边但夫妻感情良好的妇女划入到哪一类当中好呢？因此这则广告的潜台词：只销男士，不销女士。这是不是会影响产品的销路呢？扩大产品的知名度来扩大产品的销路，这是厂家刊登播映广告的初衷，而“爱妻型”的广告词正是违背这一初衷的，这则广告虽然可以唤起丈夫的爱心和家庭的主人感，但弄不好，却在很大程度上抑制了女士的购买欲，这恐怕是制作者忽略了的。

同样，“爱妻型”还可能引起全国妻子们的一个怀疑：广告制作者视妇女为洗衣工具。人们不妨对“爱妻型”作这样的误读：买了洗衣机就是爱妻，若没有洗衣机或不购买洗衣机，爱妻不就成了洗衣机么？如果这一“罪名”不能成立的话，但广告制作者把妻子当作洗衣妇的观念则是明确无误的。有哪种法令、哪种文件规定脏衣服必须非由女性来洗涤不可呢？家务的分工是自由选择的结果，女人可洗衣服，男人亦可洗衣服，就像男人要穿衣服女人也要穿衣服的道理一样简单。把家务的专利赐给妻子是封建社会农业文化的遗留物，正在走向社会并与男性同时拥有社会的现代女性怎么会接受这种带有侮辱性的称呼呢？家务的社会化与电器化并不只是为了解放妇女，而是整个家庭的共同需要。当然，广告制作者的动机并没有我分析、推理的那么可怕，他们的心思无非仍是为了多销产品、好销产品而已，但长期以来形成的男性话语中心思维使人们（包含制作者在内）根本不会去考虑女性话语的存在，才会出现“爱妻型”这种现象。

无独有偶，在一则为洗衣粉所做的广告中可以说是“爱妻型”的续篇。画面上，母女俩在操作洗衣机（必是“爱妻型”无疑了），接着出现了“白的更白，艳的更艳”的文字，这种画面本身就呼应了上述我所说的“爱妻型”现象，更糟糕的是，这时响起了小女孩清脆而可爱的画外音：“妈妈，我也要海鸥洗衣粉！”这实在是令人触目惊心的“壮举”，制作者不仅要将这种置女性于洗衣机旁的画面肯定下来，而且还要通过下一辈的热情呼唤使女人等同于洗衣妇的观念世世代代地沿袭下去。童心本是一片洁白，你在电视上反复播“妈妈，我要喝娃哈哈果奶”的诱惑之言，果奶在幼小的心灵中便成为世界上最美好的食物。而“妈妈，我也要海鸥洗衣粉”这类广告词，目的是让女性成为洗衣妇的男性要求成为女性的自觉行为准则，虽然小女孩长大后会受到女权主义的影响改变旧观念而与这种男性中心进行挑战，但幼年的影响进入到潜意识机制其作用是不可低估的；更重要的是这种语言同时在小男孩的意识里形成男女有别、男尊女卑的性别格局，他们长大后自然会本能地强化他们已经拥有的优势地位。

在电视广告中，还有一类产品则是以“爱夫型”（并没有使用这一称呼）的面孔出现的，它们本质上与“爱妻型”的话语保持着惊人的一致。比如在“灭害灵”广告中，家庭主妇使用“灭害灵”是为了消除蚊蝇、蟑螂等害虫对丈夫的困扰，似乎蚊蝇、蟑螂对女性就没有危害，或者说女性能够容忍、接受害虫的侵扰。虽然制作者用意并非如此，可实际效果很容易让人产生这种误读。

传统文化特别是封建社会文化以男性话语为中心，我们今天迈向现代化显然不是要强化这种话语功能，而是要淡化、消解男性的中心地位，逐渐以一种新的话语之势展开平等而自由的对话。作为现代社会大众传播工具，电视广告节目虽然无法完全消除这种男性话语的痕迹，但不应对其视而不见。还有另一种广告现象也值得一提，比如有一种化妆品的广告词叫“早一天使用，迟一天衰老”，就不仅是男性话语中心的问题，而是使用了某种暴力话语。语言的暴力性是封建专制的产物，到近代社会则成为一种新的语言垃圾。“早一天使用，迟一天衰老”这一句式进行换位后便是“迟一天使用，早一天衰老”，这就不免粗暴了。

广告、广告词是为了提高产品知名度、推销产品，自然不是意识形态的宣传工具，但作为商业文化的组成部分应该具有现代社会的文明、民主、自由精神，应该摒弃旧的话语中的垃圾，而不应简单地向封建文化认同。

作女与淑女

5 月的书市，长篇小说几乎是女性的天下。虹影推出《阿难》，池莉推出《水与火的缠绵》，而张抗抗不甘人后，在《情爱画廊》“息影”文坛之后又推出了《作女》，这三部长篇和《桃李》一起成了 2002 年文坛的“四大花旦”（张者是男旦）。

其中，池莉和张抗抗的新书都以女性为主角，都带有那么一点女权主义的意思。两人都是新文学不可或缺的人物，张抗抗辈分略高一点，属于新时期文学的开山之辈，和王蒙、刘心武、李国文、张洁等人同是思想解放的先驱。池莉是 20 世纪 80 年代后期成长起来、90 年代走红的女作家，和方方、刘恒、王朔、余华、苏童是同时代人。两人都属于那种叫好又叫座的作家，但其价值取向却顺着不同的路径展开，因而构成了不同的风景、不同的天地。

《作女》的精华在于一个“作”字，这个“作”在北方话里念平声，在吴语里则念入声，有“不安分、折腾”的意思，也可理解为“进取多变”。小说主人公卓尔便是这样一个作女的典型，好好的一份工作丢弃了不做，要去南极考察；好好的家庭不要，要去做单身贵族。她追求新鲜、刺激、陌生，对于已经得到的视为粪土，而对于没见过的却充满好奇。可以说卓尔是一个“在路上”的女人，因为她没有终极目标，用小说里的话说就是“不断地放弃和开始”。作女其实就是不断放弃的女性，卓尔放弃工作，放弃金钱，放弃男人，放弃家庭，放弃幸福，只有“作”中才是幸福，只有不断的开始才是幸福。卓尔的“作”在小说中的典型行为便是对婚姻的逃避，谁要和卓尔结婚，她就立即 PASS 谁。卓尔属于新人类的角色，与张抗抗自己的生活有一定的距离，我在同张抗抗交谈时，张抗抗认为“作”其实是女性长期被压抑之后的一种“喷发”，只不过今天的新人类、今天的白领有了表现“作”的平台而已。

池莉的《水与火的缠绵》是另外一种景象，小说的女主人公曾芒芒可以算得上是一个淑女，出身干部家庭，大学毕业之后工作，腼腆、害羞不善于表达。她发现自己的丈夫有外遇之后，也默默地忍受着，并不去追问和质询。在夫妻感情破裂之后，曾芒芒为离婚分居，和丈夫一拖就是 8 年，直到小说结尾也没离成。在《水与火的缠绵》中曾芒芒被男性勾引着，诱惑着，一不小心与以前的朋友邝园发生了一次错误之后，还懊悔不已。可张抗抗笔下的卓尔，为了能够辞掉工作，居然谋划如何将自己的顶头上司搞上床，把性作为一个圈套，作为一个诱饵来实现自己的理想。曾芒芒最终成为一个成功人士，她作为优秀知识分子获得“金钥匙”，并有希望与理想中的男人常声远在一起。而作女卓尔，却下落不明，像翡翠鸟一样四处飞翔。

张抗抗和池莉对笔下的女性都倾注了自己的感情，虽然作女卓尔屡屡出轨，令人不可思议，但张抗抗的笔端带着理解和赞许。而另一个渴望家庭、婚姻、男人的陶桃是个淑女，张抗抗却把她的命运写得比较悲惨，甚至处于被男性耍弄的尴尬处境。这表明张抗抗是在“扬作抑淑”的。池莉的小说没有出现作女这样的女性，但池莉显然对淑女有一种热爱，这不仅因为《水与火的缠绵》是一部仿自传的小说，它的倾向自然回落在曾芒芒身上。更重要的是池莉的小说一直在塑造贤淑型的知识分子，把它作为一种理想的女性来描摹。对作女和淑女的不同态度，也可以说是两个女作家不同价值的体现，更说明如今文学的多元和丰富。张抗抗和池莉两位作家的经历不同，背景也不一致，两部小说人物也似乎有些对立，但都以男人作为自己的参照对象。曾芒芒的成长和成功是和高勇、邝园、常声远这三个不同类型的男人分不开的，他们以不同的方式刺激了曾芒芒的成熟。《作女》中的卓尔也分别和三个男人有着错综复杂的关系，刘博、老乔、郑达磊这三位与池莉小说中的常声远、邝园、高勇有着天然的对应关系。邝园似乎是《作女》的老乔，而高勇尤其是发达以后的高勇与《作女》的郑总郑达磊也有些不谋而合。

对待三个男人的不同态度也构成了两部小说价值取向的差异。作为金钱象征的老乔和邝园，被作女卓尔和淑女曾芒芒不约而同抛弃了。但卓尔抛弃的刘博却是曾芒芒心仪已久的常声远，刘博和常声远都是旅居海外的知识分子类型，有高雅的谈吐和渊博的学识。但卓尔认为这类人过于保守，过于按部就班，因而果断地和刘博离婚。曾芒芒厌弃的丈夫高勇和《作女》中的郑达磊颇为相似，因为这两个男人都喜欢“作”。但卓尔似乎没曾芒芒那么讨厌他们，甚至有些偏爱。在《作女》中有一个意味深长的细节，就是卓尔从不把男人带到自己的床上做爱，但居然鬼使神差地和郑达磊在自己的床上云雨缠绵，这说明卓尔潜意识里对郑达磊还是动心、动情的。

《作女》和《水与火的缠绵》还有一个共同之处，就是女主人公都有一种回归自然、超脱尘世的幻想。卓尔因为要去南极探险，丢弃了工作，曾芒芒则对常声远的环保事业充满向往，小说结尾便是曾芒芒要求常声远带她一起去长江保护白鳍豚。无论是作女还是淑女都有一种乌托邦的冲动，这种冲动是人的理想主义的一种现实表达。当曾芒芒投身常声远的环保事业时，我们似乎看到了淑女亦有“作”的一面。其实，女人不是平面的单一的透明体，她是水与火的共同体。当她表现贤淑、宁静的一面时，可能像水一样优美、恬淡；她表现热情、潇洒的一面时，可能像火一样热烈、奔放。只是传统的观念在塑造淑女，而现代的观念要求静如清水，动如火焰。

足球不相信暴力

A

先说女足。

女子足球运动的兴起得力于女权主义者们的辛勤耕耘。

女子足球显然是仿效男子足球的，在西方女权主义者眼中妇女最为解放的中国妇女当然捷足先登了，因此中国的女足和中国的女子举重一样成为世界强项。遗憾的是女子足球有了世界杯，也有了职业联赛，甚至成为奥运会的重要项目，可女足的市场并不景气，与世界第一运动极不相称。男足的世界杯会搅得全世界鸡犬不宁，成为球迷的狂欢节。而女足的世界杯平淡得像一场中学的运动会。中国男足的水平用官方人士的话说，在亚洲也就是个“二流水平”，但是中国足球的市场却跻身世界一流的行列，连曼联、拜仁这样世界顶级的俱乐部都前来中国宣传开发市场，要与中国足球俱乐部合作。中国的甲 A 联赛显然难与欧洲五大联赛媲美，可它的市场屡屡吸引“可口可乐”“百事可乐”等国际品牌为主冠名。而中国足球市场所表现出来的“性别歧视”令人感到某种“黑暗”。中国女子足球是世界一流水平，拿过好几个世界亚军，但中国女足的联赛凄冷得在场边找得出麻雀（不是悉尼奥运场上的鸽子）。虽然 CCTV 为了弘扬女足的拼搏精神，每周也进行直播，可球迷宁可去看水平更为低俗的甲 B 联赛，也不愿把目光在女足姑娘矫健的身影上多停留一会儿。

这不是性别上的沙文主义。

这是足球的本质决定的。

足球应该有很多的本质，有很多美妙的定义，但足球最能吸引人的恐怕在于它是集体暴力的表演，足球运动是一场有规则、有组织的“群体殴斗”。在所有运动中，拳击无疑是暴力的、殴斗的，但他是用手来完成的，而且是单打独斗，而足球是唯一的用脚进行的群体“暴行”。

而暴力又是属于男人的。

足球这个词本身就是阳性的。我们说某某国家足球队时绝对不会与女足混淆，女足本身的发展和延伸在这种意义上就显得多余。这倒不是一种性别的歧视，而是一种文化和身体的积淀。女子可以参加速度、力量的对抗，但女子如果来参加暴力对抗强烈的运动，其观赏性与男子相比，自然就会落了下风。就像花样游泳、艺术体操是女性展示“天生我材”的优势项目一样，如果男性不甘示弱，也选择花样游泳和艺术体操与女子争艳，那是很倒胃口的。体操比赛的项目设置是很人性化的，比如平衡木作为女性的专有项目，便能充分发挥女性自身的优势，它让女性借助“独木桥”这个奇特的舞台来展现她们的运动美感和性别魅力。在女足和平衡木两个项目中，观众更欣赏后者。

B

暴力又是和里比多（libido）联系在一起的。

弗洛伊德老人的学说似乎是一把万能钥匙。性的问题如此直接地影响我们的生活、影响我们的思想、影响我们的语言，与这位老人的重大发现是分不开的。弗洛伊德创建的精神分析学说让生活变得科学的同时，又让生活变得庸俗甚至丑陋起来。一方面，因为老弗的理论让我们很多受压抑的举动能够找到合理的依据；另一方面，我们生活的许多隐秘面被老弗的思想照亮之后又让我们惭愧和惶惑。

足球也无法拒绝弗洛伊德。北京工体上空雷鸣般的“牛 B”和“傻 B”的狂呼，也许是足球运动最好的注脚。

2000 年是世纪之交的一年，当“伟哥”带着西方的雄风和霸道登陆古老的中华大地之后，引起的不是一片恐慌和兴奋，人们谈论得更多的是“临门一脚”的问题。“临门一脚”本是中国足球的顽症，射门不力、射术不精屡屡让球迷扼腕痛惜。为根治“临门一脚”偏软的问题，中国足球早就想借助西方的“伟哥”来让中国国脚“雄起”。德国的施拉普纳、英国的霍顿都是来自足球之乡的骄子，如今的米卢，更是“专治阳痿”的高手。活像中国古人自甘阴柔，他们把“阳”（“洋”的同音）送给了外国人，而对中国足球来说，“洋人”就是“阳人”，外教与外援都是各个俱乐部用来滋阴壮阳的。照古老的中医学说来看，“临门一脚”欠佳多半是阳亏，引进洋人增加阳气强肾就是很自然的事了。

古利特提出“性感足球”的概念，他和他的荷兰老乡们把足球踢得阳气四溢，激情癫狂。伟大的曼联队高举“足球就是性感”的大旗，让全世界的男球迷热血高涨，女球迷春意盎然。足球是一种性，它是被压抑的里比多的集体释放。足球是男人的运动，是男人在绿茵场这张硕大的卧床上的激情表演。运动员在场上的攻击性举动，都是男性渴望爆发、渴望成功的呼唤。女作家徐坤称足球是“狗日的足球”，这个“狗日的”表现了她的女性主义立场，但“狗日的”的本身道出了足球蕴藏的男性的、暴力的、性交的特质。现代足球的规则极其简单：把足球踢进对方的球门，阻止对方球员攻击自己的球门。足球场上有 11 名队员，其中有一位是守门员。守门员负责守门，因而他的着装与其他运动员格格不入，其他队员都是短裤短袖，而守门员则是全副武装，长衣长袖棉手套，整个一个妇人打扮，因为“她”（守门员）要捍卫球门的贞洁，对守门员来说，破门如破身。一场比赛一个球队的球门如果洞开几次，这个守门员就有“荡妇之嫌”。1998 年世界杯、2000 年欧洲杯的“双冠王”法国队，夺魁的一大功臣便是守门员巴特兹。巴特兹的守术固然很高，但巴特兹作为一个“门”的形象委实让英格兰、意大利、荷兰那些帅哥们提不起一点射门的激情和爆发力。而英格兰队近年来屡屡受挫，用庸俗化了的弗氏学说来看，多半与英俊潇洒的贝克汉姆有关，小贝的俊颜英姿已让人妒火中烧，而小贝背后又有那位风情万种的辣妹，就会更激起各国国脚的同仇敌忾，里比多超能量发挥，他们打英格兰队就如有神助。

很多的球类比赛都与性的隐喻相关，但多半是一种合作和默契，有时甚至是一种和谐。比如排球、乒乓球、羽毛球，你攻过来，我打过去，双方攻防配合，是一种鱼水交融的关系。而足球的性则是一种强暴，射门，射门，再射门，撕破对方的防线射，射，再射。足球运动就是射门与反射门的运动，也就是强暴与反强暴的较量。这种集体强暴的行为引起了人们围观的热情，而0：0的僵局则让球迷感到不满足。球迷对球门守身如玉的贞操表示敬意，而对前锋们软弱无力的临门一脚表示讥笑和嘲讽。一届世界杯赛下来，如果每场平均进球率提高了，人们会兴高采烈，好像人的生命力变得旺盛了似的。进球率下降了，人们会感到一种莫名的沮丧，这种沮丧是对人的生命力的怀疑。于是，修改规则，鼓励进攻。总之，一切为了进球，一切为了射门。

C

射门进球不只是足球的专利，橄榄球、篮球、冰球、曲棍球、水球等都有着与足球相似的规则和相似的方针，都是众多的球员围绕着一个球门进攻，都用暴力的方式将球射进去。但是球的载体却不一样，橄榄球虽有美式足球之称，但橄榄球却是手足并用，篮球、水球都是用手来运球、传球、射门的，冰球、曲棍球、高尔夫球都是借助器械来完成射门的，足球是所有球类运动中唯一使用双脚来完成的运动，也就是说足球是用脚——射门的。

脚意味着什么？它是人体中最下的部位，它是人身上最承重的肢体，它紧贴大地，支撑着人的肉身和思想。双脚的功能是行走，是奔跑，是前进。在远古时代人的双脚本来和双手一般灵活、一般具有思想的功能。从猿到人这样一个漫长的过程中，手脚分工是人类进化的一次里程碑式的革命。因为手脚分工不同使人类有了今日的面貌，人开始直立行走，不再匍匐爬行或跳跃。但手脚分工的结果也使手越来越精细小巧，而脚的作用则越来越显得次要甚至多余。汽车出现之后，差不多宣布了脚的死亡，越来越多的残疾人摇手轮车出现在政治、经济、军事、文化诸多领域，比之正常人毫不逊色，脚再一次贬值。电脑时代的到来，虽然让人脑的地位下降，但操作电脑对手的要求反而更高了，当飞行的双手在电脑键盘上快速运动时，我们会产生是飞行的手在思想的错觉。手与脚的距离在电脑时代又一次被无情拉大。联系大地与人的双脚对现代人来说已无足轻重。这是社会的进步，但于人自身的发展却是一个退步。人们有理由更多地使用双脚，在它的实用性下降（以车代步）时，必须通过游戏和竞技来补充。因为足球运动中，脚代替手进行思维，脚传递大脑的信息和思想，脚在产生着情绪、思想和智慧。在足球比赛中，脚部的神经异常活跃，它表现出的倒挂金钩、凌空怒射、横扫铲射，其实都不过是远古猿类最正常的维护生存本能的日常动作而已，而今天的观众则为之惊叹、称赞、歌颂，正说明人的双脚已退化到了何种地步。

手位于人的上半身，脚位于人的下半身。手意味着文明、知识、理性和智慧，脚意味着力量、野性和本能。现代社会人的“上半身文化”得到了充分自由的发展，特别是电脑出现以后，“键盘文化”就等于“上半身文化”，手指是IT业的驱动器，手指操纵着选票、股票、核按钮。而脚，在日常生活和工作中只是在田径场上、足球比赛中才能看到它的英姿。脚的沦丧是野性的沦丧，脚的衰退是原始生命力的衰退，脚的沦丧也意味着暴力时代的终结。

但脚的意义不能沦丧，脚的生命不能终结，脚的价值不能只在洗头房里才能实现。现代医学研究证明，脚是人的第二大脑，脚部穴位连接着人体的每一个部位，脚的健康便是人的健康。足球在开发脚的功能的同时，也是在弘扬另一种价值观，这就是原始生命力。未开发的脚潜藏着生命的原动力，未被同化的脚是人类成为人类而不像机器的一个重要标志。足球唤醒了人的野性，也激发了人的原始冲动——用生命去撞击生命，用野性去激发野性，用暴力去征服暴力。

足球场是所有体育比赛中最大的球场，足球的观众也是所有体育比赛中最多的观众。虽然室内足球曾风行一时，也有世界锦标赛，但室内足球太像篮球、排球了，太人工化了。地板与草坪的区别在于前者是人工合成的，而后者则是在阳光雨露的抚育下自然成长的。绿茵场上广袤的天空让你能感受到造物主的神奇，而地板上展现更多的是油漆和工艺。人与人的碰撞，人与自然的沟通，在足球野性的狂舞中被昭示无遗。国际象棋、中国象棋、围棋也曾用硕大的棋子在体育场内模拟棋手行棋对弈，但那些棋子再庞大再有气势，厮杀再残酷，也看不到棋手的身影，也感觉不到对手身上的气息。人与人的厮杀，一群人与另一群人的脚的直接交锋，再加上唾沫、辱骂、合理不合理的冲撞以及犯禁的拳头，才能充分展现足球的魅力，才能张扬脚的伟大力量。

D

球迷，一群窥暴狂。

超级球迷被称为足球流氓。足球流氓是一个奇怪的概念。为什么没有篮球流氓、排球流氓和冰球流氓？甚至拳击这样狂热的运动也没有产生拳击流氓，唯独足球的发烧友们会滋生出足球流氓来，奇怪！

一代球王马拉多纳是足球运动的天才，我曾撰文将他比喻成足球世界的“尼采”，因为他用他的上帝之手击溃了高贵的英格兰人，为在马岛海战中落败的阿根廷人挽回了一点面子。他的“上帝之手”成为现代足球的一个经典，就像尼采宣布“上帝死了”一样改变了整个足球世界的纲纪。马拉多纳这个叛臣逆子分不清绿茵场和现实生活的界限，将足球中的暴力意识带进了生活领域，他忘记了球场与生活是两个不同的领域，他在两个领域按照同一个游戏规则行事，生活便出现了严重的分裂：在球场上他威风八面，攻城拔寨，让足球的野性原则和暴力原则得到完美的体现；然而，在现实生活中，他也按照足球比赛规则行事，便触犯了生活的许多禁忌，他殴打、枪击记者，召妓吸毒，与黑社会组织不清不白，与国际足联闹对立，另立山头企图分裂国际足联成立什么球员工会，因而几次入狱，几次释放，屡遭禁赛又屡屡再犯，成为彻头彻尾的“坏小子”。马拉多纳的过错是将足球竞赛的规则在现实生活中演练了一遍，惹下了无数的祸殃。若不因他是世界球王，恐怕连性命都难保。可见足球的运动规则与现实生活的规则是相悖离、相对抗的。足球本身像一出舞台剧，帮助观众去实现、宣泄某种生活所不能容纳的激情和理想。有趣的是，马拉多纳这个全世界的邪恶明星，却得到了古巴总统卡斯特罗的青睐，在马拉多纳走投无路之日，卡斯特罗亲自召见，接到古巴奉为上宾，名义上是帮马拉多纳疗毒治病，实际上是英雄惜英雄。卡斯特罗在马拉多纳身上找到了某种同构，看到了自己的血液在流淌，暴力的马拉多纳是卡斯特罗暴力理论的忠实范本。卡斯特罗看到了足球的本质，足球的本质是以革命的暴力对付反革命的暴力。

卡斯特罗对足球和球星的钟爱带有某种意识形态取向，他之所以欣赏马拉多纳在于这位球星对西方价值观的彻底否定。那么更多的球迷对足球的迷狂则缺乏明确的价值取向，他们只是欢呼足球运动规则对现实秩序的颠覆。足球运动屡生暴力事件，英格兰足球场惨案成为 20 世纪历史上触目惊心的一幕。1998 年法国世界杯德国足球流氓疯狂殴打法国警察，更是骇人听闻的事件。足球滋生暴力，足球滋生流氓，已经是不争的事实。由于足球本身与暴力结伴，球迷闹事也就不可避免。

由于足球运用了合理的暴力，所以球员在球场上的一些小节也就被忽略。虽然现在对球员脱去上衣的举动处以黄牌警告，但所有的球员都有“随地吐痰”的习惯，英国球星莱因克尔征战绿茵场近二十载能够绅士得不领一张黄牌，但他还是会当着全世界几亿人的面往草地上吐唾沫。足球运动员在比赛中吐唾沫或许是一种生理反应，但当众吐痰是极不文雅的行为，是对公众文明的亵渎。可在足球场上却是司空见惯、习以为常，甚至还常常爆发球员之间的口水大战。球迷也不甘示弱，全国各地的甲 A、甲 B 的赛场几乎是“省骂”“市骂”的大合唱，北京工体通过 CCTV 的直播将京骂“傻 B”“牛 B”传向全国，而南京五台山体育场“呆 B”的吼声，我在遥远的河西都能听到。这些野蛮的言行，在日常生活中只有在吵架、殴斗等暴力冲突时才会出现。

球迷看球是为了宣泄情绪，足球场变成了口水街，几万人同声高唱“省骂”和“市骂”已成为一道足坛风景。这些在日常规则中属于禁忌的言行某种程度上是对足球魅力的一种补充。没有球迷，就没有球星，没有球星，就没有足球。足球运动本身为球迷提供了充分表现的舞台。球迷打架、球迷砸人、球迷纵火乃至球迷杀人在警察那里总会得到相对轻一些的发落和处置。主场的球迷爱闹事，多半与警察的宽松有关系，主场火爆的下面潜伏着暴力的急流。

到现场看球的球迷大多有着强烈的表演欲和暴力释放欲，在电视机前看球的球迷则有一种窥暴欲在起作用。窥淫欲是一种病态，窥暴欲则可能是健康机制所要释放的。1991 年海湾战争爆发时，几乎所有的电视台都兴高采烈，因为这意味着在一段时间内收视率可居高不下。1999 年北约轰炸南联盟，电视台新闻的收视率几乎都增加了 10 个百分点。人们在确认战争的性质（正义或非正义）之后，更关心战争的过程。过程是激动人心的，足球作为一场没有硝烟的战争，会比冷兵器时代的武侠小说更为精彩，不仅不是虚拟的生活，更重要的它是不带任何兵器的肉搏，又是脚的施暴艺术，锁定那些窥暴者的目光也就很自然了。

或许可根据窥暴的程度为球迷定个级

超级球迷，窥暴狂。

高级球迷，窥暴癖。

一般球迷，窥暴欲。

窥而不暴者，是球迷。

又窥又暴者，足球流氓也。

E

足球潜藏着诸多暴力要素，人们如此迷恋足球与人们的暴力崇拜欲有关。暴力或许是人类与生俱来的一种素质，人类最初的施暴可能是用于生存，用于防卫。当人类遭到野兽攻击时，人类必须以暴制暴，这个时候的暴力是正义的。野兽要吞噬人类的生命，野兽要用暴力消灭人类，人类不可能和它讲和，只有杀死它人类才能发展衍生。当然，这里还有暴力级别的抗衡，只有人的暴力大于兽的暴力时，暴力的正义性价值才能实现。当人的暴力能够充分制服野兽之后，便出现了狩猎这一生产方式。人类的祖先在没有能力制造武器时，对野兽是没有能力施暴的，人类只能进行简单的刀耕火种来维持生存。如果没有弓箭、刀剑、火药的发明，人类也许至今还是素食主义者。但有了弓箭、刀剑、火药之后，人类开始射杀、屠戮动物，暴力升级了，已经超越了生存的层次。部落在狩猎时除了果腹之外，还有一种精神需求，这就是英雄崇拜。最早的英雄肯定诞生于人与野兽的恶斗，因为我们至今仍听到这样神奇的传说，“周处除害”“武松打虎”等都表明英雄是与野兽联系在一起的。而“西班牙斗牛”这一古老的民间风俗流传至今，并得到各国人民的喜爱，就在于它拥有浓郁的正宗的英雄色彩。斗牛士们手持利刃与暴戾凶残的困兽作生死之斗，是古典英雄大显身手的经典场面。只有这种血腥的厮杀才能够显示出英雄的本色来，没有暴力，就没有英雄。

人与动物的对抗以动物的溃退而渐渐冷落，到后来就发展为人与人的对抗，就出现了暴力的最高形式——战争。战争中大量生灵涂炭，一将功成万骨枯。我们在欢呼英雄诞生的同时，往往会忘记那些死去的生灵。但战争又从另一个方面促进了人类社会的进步，推动了文明的发展，也就是历史学家常说的，战争是历史的杠杆。战争是一种暴力对另一种暴力的制服，英雄则是运用暴力出奇制胜的高手。人类可以没有战争，但人类不可能没有暴力，人类制定的法律便是暴力的一种合法使用，国家专政工具是用来捍卫法律的尊严的。

但是在和平的年代里，人们渴望比日常生活更有戏剧性的英雄出现，因为在英雄身上凝聚着许多的冲突和对抗，而这些冲突和对抗往往会意识形态化。古巴丛林英雄格瓦拉至今仍被一些人提及，并不是要真的模仿他的生活方式，而是他身上的那股草莽气息和英雄本色具有炫目的光晕，他一心一意执着于暴力革命的理想，在苍白的日常生活里是一股灼人的烈焰。中国的“文革”也是和平年代里发生的暴力事件，它之所以能够激发那么多“红卫兵小将”疯狂投入，就在于江青等人利用了青年人的英雄崇拜和暴力表现欲。几乎同时发生于法国巴黎的“五月风暴”也是由语词的暴力转向行为的暴力，这场以语词颠覆和语词暴动为思想基础的学潮最终走向了暴力革命，后来引起了思想界的反思。

暴力话语天然有一种迷人的魔力。在部队里长大的作家朱苏进说，“最优美的最危险”，这是他对强杀伤力武器的认识和理解。暴力话语本身就是一种武器，具有很强的杀伤力，它在白热化的阶级斗争和民族矛盾中屡屡发挥巨大的作用。毛泽东著名的“5·20 声明”，同样是一种壮美。我学习“5·20 声明”时还是一个小学生，但当时带给我的震撼到现在犹可触及，“全世界人民团结起来，打倒美帝国主义及其一切走狗！！！”何等磅礴的气势，何等豪迈的口吻，气宇轩昂，字句铿锵，是大军出征，又是长河落日，真让人热血沸腾，你觉得那就是真理，那就是终结，那就是抛头颅洒热血的价值所在。现在想来，当时我对“5·20 声明”的内容全然无知，只是被那种气势、那种力量所慑服。现在想来，这种慑服与当时的文化内核有极大的关系，几乎所有这种话语都带有强烈的煽动性和迷惑力，而平和的常识与普遍的规律往往都是最令人乏味的。《青春之歌》中林道静所厌倦的是生活的常识和普遍的规律，学究气的余永泽是一种非暴力的象征，他对林道静的吸引力远远不如卢嘉川、江华等革命青年，因为卢嘉川是“长夜里的一道闪电”，而余永泽则是一个平静、平庸的书生。

暴力话语必然是一种宏大叙事。施暴者必然要做出一副真理在握的架势。常常听人埋怨说，现在的文章没有激情，没有文采。有人甚至说张春桥、姚文元的文章虽然反动透顶，但他们的文章还挺有文采。这等于说刑场上的死囚临刑前还挺男子汉的。张、姚的文章是彻头彻尾的暴力话语，充满了“宁可错杀一千，也不漏过一个”的气息。当时有一篇叫《对资产阶级全面专政》的鸿篇大论，全文透出的凛冽的杀气和霸道，不能不说没有气势，也不能说没有文采。这就像当年希特勒的演讲被戴上真理的光环一样，迷惑了一大批的德国人，他的理论与“四人帮”的政治纲领并不一致，但同样的反动，同样的气壮如牛，也同样的煽动人心，但最终也同样把国家民族带入灾难的废墟。暴力必定制造废墟，但废墟在形成过程中爆炸的一瞬间所迸发的辉煌也会产生一种激动人心的悲壮美。

F

足球也是一种暴力话语。

观看足球赛更像一场集会，手持小喇叭，高举小彩旗，啦啦队在“托儿”的召领之下掀起一阵又一阵的“墨西哥人浪”，锣鼓喧天，鼓手光着上身，头扎标语，活像古典祭祀的场景。

我有一种不太恰切的联想，现在甲 A、甲 B 各俱乐部大旗一竖，招兵买马，拉出个山头，有点像“文革”期间的战斗队和司令部，而球迷则像各派的忠实拥趸，球迷们“远征”客场为己队加油助威，则有点像当年的红卫兵“长征”“串连”，那些球迷的大小头目和代表人物在“文革”期间也肯定是大腕级的“五星”红卫兵。现在足球俱乐部取代各个派别山头，联赛取代混乱不堪的文攻武卫，是时代的一大进步。足球比赛终究是一场虚拟的“战争”，而且在足球比赛中意识形态的因素被降解到最低点，特别是在欧洲，足球比赛已成为另一种“新经济”。人们的暴力崇拜被巧妙地纳入到市场化的操作之中。球迷支持心中的球队，崇拜心中的明星，前提是必须掏钱买票，看电视球赛也要忍受接连不断的广告。至于俱乐部所生产的产品，更是肆无忌惮地赚取球迷的钞票。

暴力本是与意识形态紧密相连的，人们的暴力崇拜欲是由于意识形态给予施暴者一个正义的前提。而今，暴力却被市场经济这只无形的手利用了。球星是城市英雄，是青春偶像，但球星更是亿万富翁，更是金钱巨子。球星与古典英雄已经有了质的变化，古典英雄是除暴安良、一身正气、视金钱为粪土的楷模。武侠小说里的古典英雄无不轻商，无不贱利，所谓的侠义心肠除了助人为乐之外，更重要的一点是重义轻利、无一点铜臭。而现今人们崇拜的这些英雄明星无不是宝马香车、一宵千金，正好是古典英雄所歧视的那种武林败类。贝克汉姆、罗纳尔多、马拉多纳等足球巨星所拥有的财富远远超过一般的实业家和金融家，他们靠自己的双腿开掘了一座金库。保险公司为罗纳尔多双腿承诺的保险金额足以赈济一个非洲小国灾民一年的生活。贝克汉姆一家险遭劫持，便是当代英雄与古代英雄的错位。《水浒》里的英雄为了正义去劫持生辰纲，而当代的足球英雄却成了现代绿林劫持的对象，委实是一种深刻的反讽。

与足球同样享有广大受众面的是武侠小说。武侠小说也是一种暴力话语，武是一种暴力，而侠是暴力斗争中的英雄。武侠小说通过展示武林的种种血腥和阴谋来满足读者的施暴欲和窥暴欲。武侠小说是纸上的足球联赛，而足球联赛则是武侠小说在现实中的演绎。武侠在小说中杀人如麻，而足球则是以球“杀人”，争夺联赛的冠军便是要成为江湖霸主，便是《笑傲江湖》中任我行的“千秋万载，一统江湖”。影视中的武打片、暴力片经久不衰，也是因为暴力这个永恒的主题拥有持久的收视率。金庸的武侠小说能够风行海内外，其魅力所在不言自明。金庸的版税收入恐怕十倍于王朔，百倍于王蒙、余秋雨，千倍于余华、苏童，即使诺贝尔文学奖得主的稿费也难与之匹敌，这就像足球明星、拳王的收入要比跳水王子、皇后的收入高得多一样，暴力的“收视率”远远高于优美和抒情。在意大利，足球产业已成为该国国民经济的三大支柱之一。

暴力在脱离意识形态之后，必定被商业市场所利用，它永远是一个卖点。而意识形态在缺乏暴力的激情之后，必定是软弱的。

（载《大家》2001 年第 1 期）

世界杯与后意识形态空间

比联合国更权威的 FIFA

世界的概念对生活在地球上的人来说，就是覆盖我们所有空间和时间的一个巨大指称；比世界更巨大的概念是宇宙，宇宙的无边无际也只是存在于地球人的理念之中。世界自然便是人类生活空间的全部涵括，世界性的组织机构自然也是人类社会的权威机构。然而，现实并不像逻辑推理那样简单明了，世界上各种各样的国际性组织也就不见得都有至高无上的权威和权力。它有时候更像联谊会一样松散，因为世界上各个国家、地区的政治、经济、文化、宗教、人种甚至饮食的差异，往往会导致这种国际性组织决策时顾此失彼，如果再加上各自的意识形态在作祟的话，这种国际性组织很难顾及所有成员国的利益，因而它的权威性受到限制也就是很正常的。

有权无威、有令不行的现象在国际上是常有的事，最明显的要数联合国这个最宏大叙事的机构。联合国作为世界各国的联合组织机构，理应拥有足够的权力和不可藐视的权威，事实上，联合国在处理国际事务当中，也曾经发挥过这种权威作用，为了实施这种行政权力，联合国甚至组织过联合国军队来强制执行过它的号令。但在不少的时候，联合国的权威却受到了嘲弄和挑战，比如在一些敏感地带，不仅联合国的法令不能得到执行，甚至它派出的观察员和维持和平部队的人员都难以全身而归。因此，早在 20 世纪 70 年代初，中国加入联合国之后首次参加联合国大会时，中国代表团团长乔冠华就宣布联合国是一个过时的机构，语惊四座，倒也道出了几分真情。

或许联合国有太多的政治色彩，或许联合国容易被一两个超级大国操纵，因而它的权威性受到挑战也是很正常的事。但是国际足联的权威性却远在联合国之上。国际足联对所属各协会的领导像一个威严的皇上对子民一样至高无上，国际足联的每项决议都能够不折不扣地执行，在世界的每一个角落、每一个民族都不例外，没有人用地域的、文化的、民族的、宗教的差异来进行篡改。虽然联合国拥有动用军队的权力，但联合国的命令却不如国际足联的命令落实得好、落实得快，没有任何武力的国际足联对属下发号施令像军队的司令部一样，军令如山倒。比如伊拉克，对联合国的各种决议从来是软顶硬顶，明抗暗抗，甚至在经历海湾战争的残酷打击之后，对联合国的“命令”也是软泡硬拖，不到万不得已也不会让步。但伊拉克对国际足联甚至亚足联的决议，却一点脾气也没有，可以说言听计从，要它禁赛就禁赛，要它参加什么样的分组赛就参加什么样的分组赛，没有丝毫的抗拒，与它对联合国的态度形成了巨大的反差。其他国家对伊拉克的态度也是如此，虽然联合国对伊拉克实行种种制裁，但还有一些国家变换着花样偷偷地与伊拉克进行某种经济活动和交易。而在足球问题上，从来没有人敢和遭国际足联禁赛的伊拉克队、南斯拉夫队、朝鲜队比过赛。

这并不是说国际足联这个国际组织如何纯洁、公正，事实上它和任何一个国际组织一样均有偏见，具有浓厚的意识形态色彩。最近国际足联主席布拉特和欧洲足联主席约翰松之间争权夺利的斗争，就颇为阴暗、肮脏。国际足联还是联合国的帮凶，1992 年欧洲杯赛中本已获取决赛资格的南斯拉夫队，因为有联合国的制裁令，国际足联和欧洲足联活生生地剥夺了南斯拉夫参加决赛的资格，后来顶替南斯拉夫队比赛的丹麦队获取这一届欧洲杯的冠军，兵强马壮的南斯拉夫队只能作壁上观。国际足联的绝对权威让人羡慕又让人不可思议。

游戏的超越性

是什么原因让国际足联拥有如此说一不二的权威？它没有武力，不能动用军队；它没有经济权利，不能给予参与国很具体的经济实惠。国际足联最有力的杀手锏不过是禁赛，禁止球员参加某种级别或所有的比赛，禁止球队参加某种级别或所有的比赛。禁赛就有那么大的威慑力吗？伊拉克因为入侵科威特，受到联合国制裁以后民不聊生，但伊拉克并没有向联合国低头，并没有执行联合国的游戏规则。相反，伊拉克人非常在乎自己球队在世界杯赛上的位置，特别遵守国际足联的游戏规则。1993 年海湾战争刚刚结束，伊拉克人甚至被剥夺了主场作战的权利，所有的比赛都被安排在美国人的盟友日本举办，而伊拉克人居然也接受了这种不公平的待遇，并企图冲进决赛圈。奇怪的是伊拉克人在其他方面一直与美国为首的国际组织为敌，但在足球上、在国际足联面前像一个乖孩子、好学生一样，一点也不调皮。国际足联最大的处罚也就是禁赛，被禁赛对伊拉克人民的生活没有半点妨碍，对伊拉克的政治也没有任何损失，比之联合国的制裁，实在是九牛一毛。不仅伊拉克，其他联合国的“逆臣”们也看重这“一毛”，虽然马拉多纳屡次向国际足联挑战，但真正响应者寥寥，各国首脑避之如瘟疫，而受国际足联青睐的贝利、贝肯鲍尔、普拉蒂尼等每每出访都能受到各国人的欢迎。唯一给予马拉多纳上宾礼遇的是古巴总统卡斯特罗，而古巴的足球名不见经传。

足球比政治更重要吗?

足球比脸面更重要吗?

游戏有时高于政治——这就是国际足联给予的启示。足球作为一项体育运动，说到底是一项游戏，但一项游戏到达极点时，像世界杯这种伟大的经典的游戏，就产生了非游戏性，也就是说意识形态性就暗暗滋生。体育是游戏的产物，也会成为政治的载体。这就是为什么一些国家对西方社会的政治、经济、文化不屑一顾，却愿意在体育如足球上和西方人按照同一游戏规则同场竞技。也正因为这项游戏本身是空白的意识形态载体，不同的国家和民族都可以灌输自己的政治内涵、民族意志，在一些已经被西方意识形态格式化了的国际组织中，你所有的反抗也只能强化它固有的意识形态，而世界杯却是一个可以更新的意识形态载体。1986 年的世界杯，正是在英国与阿根廷的马岛之战之后，在马岛之战中阿根廷人虽然击沉了英国人的军舰，但由于军事力量的悬殊，阿根廷最终还是失去了马岛。两国球队在世界杯赛场上相遇，可谓冤家路窄，正是仇人相见，分外眼红。在战场上失意的阿根廷人在一代球王马拉多纳的带领下，成功地击败了英格兰，尤其是马拉多纳带球连过英队五人直捣龙门的神奇举动，一扫马岛之战给国人带来的颓气，振奋了阿根廷人的民族自信心。马拉多纳和他的队友因此成为阿根廷人心目中的英雄。足球这场游戏带给国民的愉悦和自豪感有时候足以和一些战争相比。

这也正是一些被西方人视为眼中钉的国家为什么置联合国制裁而不顾却把国际足联的禁令奉为圣旨的原因了。足球的意识形态内容为一些国家特别是经济不发达的国家提供了极大的方便，各国喜爱足球的原因还在于它的意识形态负面效应能缩小到最小的范围。比如1986 年世界杯赛上的英阿之战，胜利了的阿根廷人趾高气扬，而没能获胜的英格兰人的民族自尊心并没有受到挫伤，英国人知道那只是一场足球赛，并不是一场战争。1998 年美国世界杯赛上，美国人与政治上的宿敌伊朗队在小组赛里相遇了，两个对峙多年的国家用这样的方式交锋，引起了各国媒体的极大关注，最终伊朗人以 2∶0 击败美国队，美国队的队员称这只是一场普通的比赛。比赛完了以后，两国队员还友好地交换了球衣，甚至有人将此称作美伊关系解冻的契机。

获胜的球队往往获得民族英雄的盛誉，而被打败、被淘汰出局的球队并不会为此而丢国人的脸。2002 年世界杯赛上阿根廷、法国队在小组赛中铩羽而归，阿根廷人流下伤心的泪，法国人也陷于悲痛之中，但没有人因此去怀疑这两个国家的民族精神和民族意志，两个国家在政治上也不会失分。同为亚洲球队，韩国队以顽强的意志挺进了四强，无疑树立了韩国人在世界上的新形象，但沙特队并不因为连吞八蛋就影响它的国家在整个国际社会的形象，石油大亨们的富相也不会大受损害。同理，中国足球队在世界杯净输三场、一球未进也丝毫不能影响到中国在国际社会的地位，它只表明足球还是中国人的一门体育弱项。中国的体育解说员可以拿乒乓球去和巴西人比，这倒不是阿 Q 精神，而是就体育言体育，足球和世界杯是不承担意识形态文化符号功能的。

这就是足球的奇妙之处，这就是世界杯的超越性。可以说参加世界杯是一项不蚀钱的买卖，赢了，扬国威，振民心，颂民族；输了，只是游戏，只是原本的体育精神，与民族的优劣、国家的兴衰无关。当然，足球承担的意识形态毕竟有某种虚拟性，巴西足球称霸全球，并不代表巴西在国际社会中拥有主流话语权，更不是超级大国；相反，最不重视足球运动的美国却是真正的超级大国。

“足球党”与红魔强国梦

足球胜利对提升一个国家和民族的自信心的效力有时是无可估量的，作为 2002 年世界杯东道主之一的韩国在本届世界杯上的收获是丰硕的。《足球》报记者郭先春说：“本届世界杯带给韩国社会的极大影响，以及在政治、经济、外交、国民精神等方面带来的巨大变革，则是有目共睹的。和这些成就相比，足球队的成绩反倒显得仅仅像是一个刺激点，其本身的意义只在其次。这届世界杯，让韩国的国家发展计划提前了五年，被认为将让韩国的国家品牌由世界第三十位，一跃而跻身世界前十二位。韩国政府和经济界人士甚至雄心勃勃地提出计划，要让韩国的经济实力借世界杯东风，跻身世界前四强。”郭先春预言：“历史将见证，足球这项游戏，在 21 世纪初的韩国，促成的是整个社会的变革。”

世界杯对韩国社会能否产生巨大深远的影响，能否促进社会的变革并推进韩国的历史，现在可以预言但不能断言，但此次世界杯委实点燃了韩国人的强国热情，也再次证实世界杯具有强大的意识形态凝聚力。以往韩国被不同派别的政治家分割，形成了不同的势力范围，因而韩国的政治很难拥有统一的号召力，“在我的记忆中，韩国人从未这么爱国，通过足球这个玩意儿，全体韩国人终于团结起来了”（韩国媒体评论员语）。在韩国流传这么一种说法，2002 年 6 月 22 日，韩国队打入四强的这一天，韩国便出现了一个新政党——“足球党”，因为足球成了团结所有韩国人的纽带。这个虚拟政党的领袖是希丁克和全力支持希丁克的韩国足协主席郑梦准，他们在韩国民众中受欢迎的程度，是任何一个现役的政治家都无法比拟的。这或许应了我前面所说的“足球大于政治”“游戏大于政治”的说法，因为所有的政治都不能愉悦百姓而又提升民族的精神，而足球做到了这一点，希丁克和郑梦准便受到了广大民众的拥戴，狂热的韩国民众甚至要求希丁克担任韩国总统。把足球主教练与总统相提并论并不是韩国人首创，早在 1994 年时英国人查尔顿带领爱尔兰队取得不俗战绩时，爱尔兰的球迷就呼吁全国的民众选举主教练查尔顿担任总统。球王贝利在巴西国内也多次被人要求参加总统的竞选，可见足球是极容易被泛政治化的。韩国人的足球热情甚至超越国界、民族甚至洲际的限制，希丁克是欧洲的荷兰人，可韩国民众没有了皮肤和人种顾忌，要推举这么一个异族人任自己祖国的总统，足球的胜利超过了一切障碍。

希丁克参选总统的可能性很小，但推荐希丁克并全力支持希丁克的韩国足协主席郑梦准却有希望成为总统最有力的竞争者。有政治评论家估计，只要郑梦准成立一个新的政党，它在12月开始的大选中极有可能脱颖而出。尽管郑梦准还没有明确表示参加总统的竞选，但最新的民意调查中郑梦准已被排在总统竞选者的第三位。在两家报纸6月17日公布的调查中，郑梦准的支持率分别达到了18.7%和15.3%，比六个月前增长了五倍，请注意，这个时候韩国还没有进入四强。郑梦准的支持者并非都是“红魔”，而是包含了各个年龄和多个领域的人，这说明足球巨大的政治超越性，也说明郑梦准将韩国带入新的政治理想之中。

“足球党”的政治凝聚力也许是短暂的，但韩国人通过世界杯提升了在国际上的形象。1997年亚洲金融危机期间，韩国百姓踊跃捐献家里的黄金，帮助政府渡过难关，在国际上留下了极为深刻的印象。而这一次韩国队和韩国“红魔”球迷的优异表现，是对1997年韩国形象又一次完美的提升。在世界杯期间，有2000多万人次的群众上街游行，但激情并没有导致暴力，没有发生骚乱和安全事故，与欧洲的一些国家屡次发生足球骚乱形成了鲜明的对比。

韩国人的国民性格在世界杯上也发生了变化，最典型的便是他们对红色的钟爱。整个世界杯期间，整个韩国成了一个“红海洋”。这种“红海洋”与中国“文革”期间的“红海洋”在外形上极为相似，但内涵却不可同日而语。中国“文革”的“红海洋”是与个人崇拜、阶级斗争联系在一起的，它象征革命、烈火和鲜血；而韩国的“红海洋”象征着强国梦和胜利的庆贺，更重要的是韩国以前的“颜色图腾”是宁静、内敛的白色，而现在将红色作为民族性格的象征，本身就是一种自信、向上、争强的国民精神体现。韩国“红魔”球迷给世界杯留下了一片红色的海洋。

“足球党”的说法也许带有调侃意味，但说明世界杯在韩国人心中激起的那种民族的自豪和自信心已经超过一两个政党的地位。足球能否强国，可能是难以回答的问题，但足球被意识形态化之后便拥有了特别的含义。都说世界杯是一场没有硝烟的战争，韩国人在此次世界杯大战中赢得了胜利，他们的胜利与战场上的英雄凯旋是同一级别的。

我们通过对韩国人在这一次世界杯上种种变化的认识，可以看到足球是怎样一步一步地被意识形态化的。如果追溯韩国与日本争办 2002 年世界杯主办权的历程，就会更清晰地昭显其意识形态色彩。韩国人在申办世界杯时与日本人平分秋色，在本届世界杯小组赛上，又与日本人一起挺进十六强，但在其后的赛程中，日本人止步不前，韩国人却一直冲进四强，在日韩两个老冤家的竞争中，韩国人历史性地战胜日本。

能激起韩国人民族自豪感的原因，还有历史的缘由。早在 1966 年，朝鲜队也曾经击败意大利队挺进八强，亚洲球队在世界杯上两次由同一个民族的球队有所建树，以至韩国媒体用“重现 1966”“金主席，下一次让我们并肩作战”这样的标题表达“本是同根生”的兄弟之情。

当然，足球的胜利也可能被夸大，被意识形态泡沫化，韩国人想在经济上进入世界四强的设想便是被足球宏大叙事之后构筑的乌托邦。足球在意识形态方面有它的特殊效应，但足球水平不是综合国力的体现，世界杯成绩与国家的国际地位更不成比例，世界杯能激活一个国家的经济增长的动力，但并不是一个国家腾飞的翅膀。

足球诱发“后东方主义”

韩国人的胜利是亚洲人的胜利，也是东方人的胜利。当然韩国人的胜利，也招致诸多的非议，这些非议大都是对韩国人胜利的不服气，对韩国足球进入四强的不满意。一时媒体广为渲染，乃至认为整个世界杯都贬值了，关于黑哨、裁判、阴谋的种种猜疑四起。这些舆论当中，有一些是来自韩国队对手的媒体，像葡萄牙、意大利、西班牙的媒体大肆夸张裁判的不公正，大肆宣传国际足联与郑梦准的“阴谋”，这很正常。一是失败的一方总是为自己找理由；二是韩国队本不入流，这一次踢得这么好肯定有“猫腻”，心理上会把自己的失败归结为对方的舞弊。

让我感兴趣的是中国媒体和日本媒体的反应。日本媒体发过这样一条消息：如果韩国队进入决赛，日本人将拒绝韩国队入境。这当然只是一种态度，按照赛程的规定，韩国人真的进入了决赛，日本人是没有理由拒绝韩国队进军横滨的。很显然，日本人对韩国人的胜利是有些难受的，这种难受是由于一种嫉妒，出于心理不平衡，因为韩、日同时举办世界杯，日本队只进入十六强而韩国队却超水平发挥，进入四强。日本人心里酸着，但拒绝入境便带有一种仇恨的心理，这或许是最经典的东方式的嫉妒。

日本人的嫉妒、愤怒乃至仇恨，还是可以理解的，但中国媒体的反应就有些出人意料。在韩国人进入八强、四强之后，中国的媒体几乎异口同声地用各种各样的腔调来挖苦、讽刺、嘲笑韩国人的历史性突破，最著名的观点便是央视一主持人的“小人得志论”。作为韩国人的近邻，中国人对韩国人在世界杯的出色表现应该欢呼、激动，虽然中国足球队在首次进入世界杯吃了九个蛋、零得分、零进球，但也不能怨韩国人打得好，把韩国人的顽强拼搏精神视为“小人得志”。

诚然，韩国足球队在本次世界杯上的优异成绩与天时、地利、人和是分不开的。作为东道主，韩国人得到的便宜不是第一家，也不会是最后一家。1986 年墨西哥举办世界杯，凭借天时、地利、人和进入了八强；1998 年法国世界杯，法国第一次获得世界冠军，捧走了大力神杯，虽然有实力的因素，但与地主之利关系极大。在这之前，法国队多次有问鼎世界冠军的实力，就因为缺少那么一点点的“便宜”，让一代球王普拉蒂尼扼腕长叹。人们没有指责 1998 年法国队利用主办国之利挤走巴西获得世界冠军，却对韩国的第四名嗤之以鼻，说到底还是一种“后东方主义”的思维在起作用。

赛义德的东方主义揭示了西方对待东方文化的误区，西方人总是按照某种想象的“东方”来看待东方、对待东方。西方人的东方主义又反过来影响了东方人的思维，“他者”“被看”便成为东方的景观。应该说，东方主义仍根深蒂固地存在于西方人的意识形态之中。后东方主义则是由于东方受西方文化的影响而滋生出来的一种价值系统，像央视主持人由于平常担任欧洲联赛的解说，他们的立场会自觉不自觉地以欧洲为正统，其他的如韩国、塞内加尔当然是异类，他们打败了正统，胜利自然是名不正言不顺，不是国际足联的阴谋，就是黑哨。这种偏见是典型的后东方主义的错误。

后东方主义在冷战结束之后会有更大的市场。在一个全球化的信息时代，西方文化以强势进入，肯定会影响我们的人文观念和价值取向，这种潜在的渗透会销蚀掉很多的民族主见。西方的意识形态在全球化的话语中获得主宰的地位，或许，这正是发展中国家最大的困惑，就像足球一样，西方人制定的游戏规则，你想战胜对方，就必须遵循对方制定的游戏规则。在这样的意义上，韩国人，整个亚洲人，甚至整个东方都不可能拿到世界杯冠军，这是足球的深沉的意识形态。